어느 원로 체육인의 인생 이야기

인생이라는 코트 위에서

방 열 지음

대경북스

1판 1쇄 인쇄 2022년 4월 11일
1판 1쇄 발행 2022년 4월 15일

지은이 방열

발행인 김영대
펴낸 곳 대경북스
등록번호 제 1-1003호
주소 서울시 강동구 천중로42길 45(길동 379-15) 2F
전화 (02)485-1988, 485-2586~87
팩스 (02)485-1488
홈페이지 http://www.dkbooks.co.kr
e-mail dkbooks@chol.com

ISBN 978-89-5676-903-5

글 머리에

조선 영조 때의 학자 김천택의 시조 가운데 "촌음을 아껴 쓰라. 가다가 중지 곧 하면 아니 간만 못하니라"라고 한 문장이 있다. 경복중학교 다닐 때 국어시간에 배운 시조다. 나는 이 구절을 "시간이 나를 지배하는 게 아니라, 내가 시간을 지배하는 주인이 되어야 한다"는 의미로 받아들였다. 10대의 소년 시절에 운명적으로 꽂힌 이 시구는 팔순이 넘은 지금까지도 여전히 나의 내면 세계를 지배하고 있다.

시간에 대한 나의 도전은 학창 시절 엘리트 스포츠 선수를 거쳐 지도자, 교육자, 문화단체장에 이르기까지 항상 치밀하게 관리해야 할 대상이었다. 하지만 이제는 그 '시간의 감옥'으로부터 나를 풀어 놓을 때가 됐다고 생각한다. 새로운 시간 앞에 해방된 눈으로 과거를 돌아봐야 할 시기에 이르렀다. 동시에 그동안 나의 일과 삶 속에 갇혀 동고동락한 시간을 자유롭게 풀어놓고 싶다.

2021년 2월 28일, 대한민국농구협회 회장직을 끝으로 나는 촌음으로부터 해방을 맞이했다. 비로소 긴 여행의 종점에 닿았다는 안도감이 든다. 이제 그간의 삶을 되새겨 보며, 다음 여행지로 나아갈 방향을 모색해 보려고 한다. 더 나은 미래를 위해서이기도 하지만, 오래된 과거를 소환해 세상 사람들 앞에 털어 놓는 일에는 상당한 용기가 필요했다. 이 글은 내 삶의 가장 오래된 기억을 출발점으로 삼아 시간의 흐름을 타고 희노애락이 점철된 과거를 불러내는 형식으로 꾸려 나갈 참이다.

사람의 삶과 업적은 당사자가 세상을 떠난 뒤 남는 사람들에 의해 알려지게 된다. 역사는 특별한 생애를 살았으나, 그 사람의 행적이 당대보다 후대에 빛을 보는 경우를 많이 발굴해 기록하고 있다. 그러나 나는 이 글에서 나의 철학적 가치나 의미를 알리려는 데에 목적을 두고 있지 않다. 나아가 거창하게 후학들에게 나아가야 할 길을 밝히려는 데에도 관심이 없다. 다만 앞에서 언급했듯 나에게 남은 인생의 여행길에 필요한 지혜와 나침반을 찾아보고, 특별히 농구를 중심에 놓고 삶을 설계하고 실천해 온 나의 행적이나마 기록해 두기 위해 집필에 나섰다.

그동안 농구와 함께한 삶 속에서 나는 12권의 책을 출간했다. 중학 시절부터 농구선수와 지도자 생활을 하면서도 결코 책을 멀리하지 않겠다는 다짐을 실천해 온 데에 따른 작은 성과물이라고 생각한다. 첫 저술은 1994년 대학교수 시절 출간한 《농구 만들기 인생 만들기》였다. 2007년엔 경원대 정년퇴직을 맞아 교수생활을 정리하는 《화문집》과 《농구 바이블》을 상재했다. 최근에는 2018년에 출간한 《페어플레이를 위하여》와 2019년에 출간한 《대한민국 농구 기술 및 규칙의 변천사》가 있다.

틀림없이 내 인생의 마지막 책이 될 이번 자서전은 서울 토박이인 나의 유년 시절부터 농구선수 생활과 지도자, 교수, 단체장 등 지금까지 내 공적 삶의 양지 아래 숨겨져 햇빛을 기다려온 이야기들이 씨줄과 날줄이 되어 책으로 옷을 입혔다.

그동안 나의 시간과 공간 위에서, 크고 작은 인연으로 만나 내 삶을 풍요롭고 가치 있게 만들어 준 분들에게 감사의 마음을 전한다. 또 미흡한 내용의 원고를 좋은 책으로 만들어 준 대경북스에 고마움을 전한다.

2022년 연초에

수지 상현동 서재에서

방열 명예교수의 자서전 출간에 붙여

방열 명예교수에 대한 나의 기억은, 농구 감독으로 한창 팀과 국가의 명예를 드높이던 그 무렵으로 거슬러 올라갑니다. 깔끔한 정장 차림으로 선수들을 독려하시던 모습은 흡사 전쟁터에서 휘하 병사들을 독려하시던 장군의 모습과도 같았습니다.

이길여(가천대학교 총장)

그러던 귀하께서 농구 감독으로서의 소임을 마치시고, 가천대학교(전 경원대학교) 교수로 오셨을 때 나는 반가움과 함께 큰 기대를 품게 되었습니다. 귀하의 열정적인 모습이 우리 대학에 새로운 변화를 가져올 것이라는 생각이 들었기 때문입니다.

직접 만나 학교의 일을 함께하면서, 나는 지금까지 알고 있던 귀하의 모습과는 또 다른 교수로서의 모습을 보게 되었습니다. 학문에 대한 갈망으로 연구에 매진하면서 강의를 준비하고 학생들을 지도하는 모습은, 경기인이 아닌 학자의 모습 그대로였습니다. 그 결과 학원 스포츠 발전의 초석이 되는 여러 논문을 발표하셨고, 《사회체육 프로그램론》, 《스포츠보도론》, 《농구 바이블》, 《전략농구》, 《대한민국 농구 기술 및 규칙의 변천사》 등과 같은 저술 활동으로 학문적 성과도 보여주셨습니다.

물론 귀하께서 세계농구코치협회 부회장 및 아시아지역 회장, 아시아농구협회 중앙이사로서 일본, 중국, 대만, 필리핀, 인도, 쿠웨이트 등지에서 지도자 강습회를 주관하여 새로운 기술을 전파하고, 우리나라 스포츠의 위상을 높이기 위해 애쓰신 것도 잘 알려진 사실입니다.

한편 체육 관련 학과가 없던 가천대학교에 사회체육학과를 창설한 후 학과장을 역임하셨고, 교육대학원에 교육학 석사과정을, 일반대학원에 체육학 석사과정을 개설하셨고, 사회체육대학원을 신설하여 대학원장직을 맡기도 하셨습니다. 학생처장 재임 시에는 학생들의 면학 분위기 조성에 힘쓰시고, 문민정부 초기의 혼란한 상황에서 학내 분위기를 일신하는 데 앞장서심으로써 관리자, 행정가로서의 면모도 보여주셨습니다.

교수 재임 기간에 가천대학교에서 보여주신 열정과 헌신은 나의 기억에 그대로 남아 있습니다.

정년 후에도 귀하께서는 건동대학교 총장직을 맡아 학교 발전을 위해 노력하셨고, 또 농구협회 회장으로 선출되시어 통합된 대한민국농구협회를 이끌어 가시는 열정과 도전 정신에 외경심마저 들었습니다.

방열 명예교수는 가천대학교 교수로 재임 시 늘 "가천은 나의 고향"이라 말씀하셨습니다. 앞으로도 가천대학교가 늘 귀하의 고향이기를 바랍니다.

방열 명예교수께서 평생의 이야기를 책으로 엮으신다는 소식을 듣고, 내가 몰랐던 이야기를 책으로나마 접할 수 있게 된다는 생각에 가슴이 두근거렸습니다. 그 장대한 이야기 속에 나와 가천대학교의 스토리가 한 축을 이루고 있음을 감사하게 생각합니다.

앞으로 방열 명예교수의 새로운 도전이 모두 좋은 결실을 맺기를 기대하며, 귀하의 마음의 고향인 가천대학교 총장으로서 우리 대학교 모든 가족을 대신해 《인생이라는 코트 위에서》 출간을 진심으로 축하드립니다.

2022년 3월

가천대학교 총장　이 길 여

방열 회장님의 자서전 발간에 즈음하여

호기심은 인간을 앞으로 나아가게 하는 원동력이자 삶의 근원입니다. 나 또한 인생을 살아가며 호기심을 중요한 덕목 중 하나로 생각하고 있습니다. 방열 회장님의 자서전을 진지한 마음으로 읽어 나갔던 것도 '한평생 사랑하는 일에 몰두한다는 건 어떤 느낌일까?'하는 호

이기흥(대한체육회장)

기심에서였습니다. 또한 '농구인이 아닌 인간 방열이란 분의 참모습은 어떤 것일까?'하는 궁금증도 있었습니다.

자서전에는 한 사람의 인생이 담겨 있기에 비슷한 두께의 책들보다 조금 더 무겁다는 느낌을 받습니다. 하지만 이 책은 느껴지는 무게와는 다르게, 저자의 땀과 눈물 그리고 농구인으로 살아

온 생애를 글과 사진으로 쉽고 재미있게 녹여내고 있습니다. 농구 선수, 지도자, 대학 교수, 대학 총장 그리고 농구협회장까지, 저자만이 나눌 수 있는 경험과 이야기는 나를 끌어당겼고, 때때로 저자와 함께 농구코트 위를 뛰는 듯한 느낌을 받기도 했습니다.

이 책에서 방열 회장님은 당신의 경험과 업적을 자랑하지 않습니다. 매사에 신중하고 차분한 회장님의 성격처럼 그저 겸손하게 자신의 이야기를 풀어 나갑니다. 그래서인지 팔순이 넘은 저자의 이야기에는 진정성이 느껴집니다.

경험해 보지 못한 타인의 삶을 느껴본다는 건 참으로 재미난 일입니다. 한평생을 사랑하는 농구와 함께 멀티플레이어로 지내온 방열 회장님의 이야기라면 더욱 그렇습니다. 이제 여러분의 차례입니다. 신발끈 꽉 조여 매고 저자와 함께 인생이라는 코트를 신나게 달려 보시기 바랍니다.

2022년 3월

대한체육 회장 · 국제올림픽위원회(IOC) 위원 **이 기 홍**

차 례

제1부 꿈을 키우다

제2부 농구에 빠지다

제3부 지도자의 길

제4부 강단에 서다

제8부 지란지교

제9부 농구로 연을 맺은 그리운 분들

제1부

꿈을 키우다

초등학교 입학

1948년 3월, 종로구 운현궁 옆 교동에 자리한 서울교동국민학교(1894년 우리나라 최초의 관립 교동소학교로 개교) 입학식을 마치고 1학년 학생이 되는 날이다. 앞가슴 왼쪽에는 흰 손수건을 달았고 가죽으로 만든 책가방을 등에 멨다. 꽤나 많은 1학년 또래들이 운동장 중앙에 나란히 섰다. 맨 앞줄에는 담임 선생님이 인솔자로 서 계셨고, 교장 선생님은 높은 교단 위에 서 계셨기에 고개를 들어 올려 바라볼 수밖에 없었다. 푸른 하늘에는 흰 구름이 떠 있었고 교장 선생님 얼굴 옆으로 태극기가 펄럭이고 있었다. 참 멋있는 모습이었다. 어린 나이였지만 '나도 이담에 크면 교장 선생님이 돼야지.'하는 막연한 생각을 했다.

식이 끝나자 우리는 나란히 선생님을 따라 교내 구석구석을 구경했다. 여기는 화장실, 저기는 강당 뭐 그런 식이었는데, 가장 무섭고 호기심이 가는 곳은 교정 뒷마당의 한 건물 안에 있는 인체골격(skeleton) 상이었다. 뼈만 드러내고 서 있는 사람을 처음 보았다. 특히 눈도 없는 해골이 우리 모두를 주시하고 서 있었는데 어떤 애들은 아예 외면했다. 무서웠다. 마지막으로 운동장을 한 바퀴 크게 돌고 난 후 담임 선생님을 따라 각 반 교실로 들어갔다. 나의 대한민국 민주주의 의무교육은 이렇게 시작됐다.

초등학교에 입학하기 전, 나는 4살 때 언문(한글)은 아버님한테, 한문(천자문)은 어머님께 배웠다. 당시 우리집에는 온통 《동아일보》 천지였다. 이런 집안 환경 때문에 우리말은 물론 한문까지 읽고 쓰기가 매우 자연스럽게 이루어졌다. 익선동 집 대문은 큰 대문과 중간 문이 따로 있었다. 첫 번째 대문을 열면 바로 왼쪽에 머슴 할아버지가 거처하는 문간방이고, 그 옆에는 사랑채로 연결되는 작은 문이 따로 나 있었다. 정중앙에 있는 중문을 열고 들어서면 커다란 마당에 둥그런 화단이 있고, 철 따라 봉선화, 개나리, 진달래, 코스모스 등 예쁜 꽃들이 자랐지만, 이곳은 나의 피난처이기도 했다.

말썽 피우다 야단을 맞을 것 같으면 나는 냅다 화단으로 도망쳤다. 어머님은 날 잡기 위해 좇아왔지만 화단을 빙빙 돌아가며 뛰어 달아나는 나를 끝내 잡지 못하셨다. 결국 어머님은 날 잡는 걸 포기하시고 대청마루에 덜커덕 주저앉으시며 숨을 몰아쉬곤 하셨다. 나는 멀찌감치 떨어진 툇마루에 앉아 어머니를 바라보며 생각했다. 어른들은 모두 태어날 때부터 어른으로 태어나는 줄 알았다. 왜냐하면 아무리 자고 일어나도 할머니는 할머니였고, 아버지 어머니도, 심지어 나까지도 늘 똑같았기 때문이다. '이렇게 재빠른 나를 어른이 어떻게 잡겠어.'하는 생각이었다.

뒷마당엔 앵두나무가 있었고 뒷문 바로 옆에는 화장실이 있었다. 밤이면 화장실 가는 게 무서웠다. 할머니께서 들려주신 옛날이야기가 생각나기 때문이다. 어른 말 안 들으면 몽달귀신이 나타난다는 것이다. 그래서 바로 아래 동생 '위'는 한밤중 화장실 갈 때는 으레 잠자는 나를 깨웠다. 동생은 두려움이 많았다. 문제는 왜 큰형이 아니고 하필이면 날 깨우는지 알다가도 모를 일이다. 나 역시 귀찮고 무서운 건 마찬가지다. 그렇다고 동생한테 차마 무섭다고 말하기는 더 싫었다. 그래서 생각해 낸 게 부엌 옆에 쌓아 둔 장작 중에서 광솔이 붙어 있는 가지를 골라 불을 붙여 손에 들고, 다른 한 손으로는 동생의 손을 꼭 붙잡고 화장실로 가는 것이었다. 그리고 화장실 앞에서 장작불을 든 채 동생이 나오길 기다리는 거다. 기다리다 지쳐 "다 누었니?" 물으면 동생은 "아니, 아직!"이란다. 그렇게 동생이 나올 때까지 화장실을 지켰다.

뒷마당으로 진입하려면 사랑채를 돌아가든가, 부엌 옆문을 통과해야 하는데 옆길엔 커다란 장독대가 있었다. 크고 작은 독이 셀 수 없이 많았다. 장독 뒤엔 옥수수를 심어 놓았다. 여름철에는 옥수수 따먹는 게 일과였다. 가을에는 옆집 감나무에 열린 감을 따 먹는 게 큰 재미였다. 옆집 감나무 가지가 우리집 담을 넘어 뻗어 있었던 것이다. 그 집 주인양반 성질이 고약해 나만 보면 담뱃대를 휘두르며 야단을 쳤다. "왜 남의 집 감을 따 먹는 거냐! 이놈들아!"하며 고래고래 소리를 질렀다. 그런다고 어디 꿈쩍이나 할까. 계속 감을 따서 먹었더니 어느 날인가는 우리 어머니한테 항의를 했나 보다. 어머니는 날 야단치려 하셨지만 나의 피난처인 둥근 화단을 재빠르게 돌며 도망치는 나를 잡을 수는 없었다. 익선동 집은 나의 공부방이었고, 놀이터이고, 먹방 터였다.

할머니 환갑날이다. 어른들은 온통 음식 만드느라 분주했다. 전을 부치고, 고기와 생선 굽는 냄새가 진동한다. 엄지손가락으로 경단에 구멍을 내고 돌림판으로 만들어낸다. 떡도 종류가 많았다. 흰무리, 찹쌀떡, 메떡, 술떡. 오만가지를 만드느라 온 집안에 먹을 것 천지다. 동네 애들과 노느라 바빴지만, 연신 집 안을 들락거리며 이것저것 집어먹었다.

어머님은 제사상 차리기 전 음식을 먹으면 입이 부르튼다고 먹지 말라 하신다. 하지만 의구심이 생겼다. 정말일까? 아냐, 그럴 리가! 나는 긴가민가하다가 일단 시험해 보기로 했다. 민어 생선전이 젤로 맛있기에 날름 집어 먹었으나 입술이 부르트기는커녕 맛만 더 좋았다. 억척스레 먹어 대며 동네 아이들과 자치기를 하다 새치기한 놈과 싸움이 붙었다.

나는 큰 소리로 "줄 서서 차례대로 해야 할 거 아냐? 내가 할 차례니까 비켜!"라고 한 후 앞으로 나섰다. 아, 그랬더니 두 놈이 달려드는 것이 아닌가. 이름은 기억나지 않지만 한 놈은 내 양팔을 뒤에서 꼭 붙잡았고, 또 한 놈은 내 목을 붙들었다. 몸을 뒤틀며 반항하다 남은 건 머리와 입뿐이라서 목을 조이고 있는

1949년 7월, 교동국민학교 2학년 때 옥상에서. 맨 뒷줄 오른쪽 끝이 필자.
뒤쪽에 보이는 건물이 흥선대원군이 거주했던 운현궁이다.

놈 얼굴을 냅다 박으면서 입 닿는 곳을 물어버렸다. 그랬더니 손가락에서 피를 흘리며 울어대기 시작했다. 동네 사람들이 모여들기 시작했다. 말 그대로, 아이들 싸움이 어른 싸움이 됐다. 손가락을 물린 아이네 엄마와 우리 엄마, 할머니가 맞섰다. 동네 사람들은 잘 알지도 못하면서 피 흘린 애가 불쌍하다고 나를 몰아세웠다.

늘 도망치던 피난처 화단이 생각나 그리로 도망을 쳤다. 그러나 어머님, 이모님, 할머니까지 가세하면 쉽게 잡힐 것 같아 화단은 포기하고 환갑잔치를 위해 마련한 병풍 뒤로 숨어들었다. 가까스로 헐떡이는 숨을 가라앉히고 바깥소리에 귀 기울였다. "열이야, 열아~!" 온통 날 찾는 소리로 집 안이 떠들썩했다. 아무도 병풍 뒤에 숨은 나를 모르고 있었다. 이것저것 주워 먹은 게 있어 배는 불렀고 병풍 뒤는 안전했다. 꽤나 시간이 지났고 곧 잠이 들어 버렸다. 어머니는 후일 그때가 내 나이 5살 때라 하셨다.

새로 이사한 인사동 97번지 집은 지금의 종로 YMCA 건물 뒤 2층으로 된 양옥이다. 집은 익선동 집보다 작았지만 편리성과 활용도는 높았다. 대문을 열면 바로 오른쪽에 2층으로 오르는 계단이 있었고, 곧바로 중문을 열고 높은 문지방을 넘어서면 작았지만 아담한 마당이 있었다. 수돗가엔 수도꼭지와 펌프도 함께 있었고, 특히 오른쪽으로 화장실, 목욕실 그리고 장독대가 있었다. 정면

앞쪽은 부엌이다. 겨울철 눈 내리는 날 마루에서 마당을 바라보면 한 폭의 동양화를 방불케 하는 풍경이었다. 마루로 올라서면 오른쪽에 있는 안방은 다락을 함께 사용할 수 있도록 설계되었다. 왼쪽은 건넌방이라 했다. 주로 큰형과 내가 쓰는 방이다.

뒷마루 문을 열면 아버님께서 즐겨 보시는 서책들과 평소 사용하시는 골프채, 그리고 각종 트로피가 쌓여 있었다. 특히 겨울철엔 그 옆으로 게장을 담근 항아리들이 길게 들어서 있었다. 2층에는 올라서자마자 10평 남짓한 공간이 있고, 이어서 문을 열고 들어가면 다다미로 바닥을 깐 넓은 공간이 있었다. 그리고 끝부분엔 침실이 있었는데, 그곳이 아래층 안방의 바로 위다. 창 너머에는 아래층 지붕 위에 설치된 또 하나의 장독대 비슷한 구조의 난간이 설치돼 있었는데, 빨래를 널어놓는 용도로 사용되었다. 익선동 집에 살 때는 바로 옆이 학교였지만, 인사동 집에서는 낙원동을 지나거나 관훈동을 지나야 하기 때문에 다소 멀었다. 하지만 동무들과 어깨를 나란히 하며 등교하는 길은 늘 즐거웠다.

6.25전쟁

1950년 6월 28일 아침이다.

'우르릉 쿵쾅', '우르릉 쿵쾅' 하는 요란한 소리에 호기심 많은 나는 대문을 열고 밖으로 뛰쳐나갔다. 큰길가에서 들려오는 소리다. 거리를 달려 나가니 동네 멍멍이들도 놀랐는지 함께 뛰었다. 길가에 도착하자 우르릉대는 소리가 종로 거리를 뒤덮었다. 난생 처음 보는 쇳덩어리 차(탱크)들이 일정한 간격을 유지하며 전찻길 한복판을 달려 광화문길로 향하고 있었다. 이때 갑자기 '땅' '땅' 하는 소리가 내 귀를 때렸다. 두 귀를 감싼 채 주저앉았는데 바로 옆 YMCA 정문 앞에 한 사람이 쓰러져 있었다. 머리에서 솟구친 붉은 피가 도로를 붉게 물들였다. 파리떼들이 순식간에 윙윙 거리며 몰려들었다. 순간 말할 수 없는 공포감이 몰아쳤다.

나는 걸음아 나 살려라 냅다 달려 집으로 돌아왔다. 어머님께서는 나를 보시더니 안도의 숨을 몰아쉬면서 다시는 허락 없이 밖으로 나가지 말라며 야단을 치셨다. 잠시 후, 어머님은 우리 4형제를 마루에 앉히고 평소와 다른 엄한 모습으로 말씀을 이어가셨다. "세상이 바뀌었으니 혹시라도 누가 아버지 어디 계시냐고 묻거든 모른다고 해라! 그리고 나갔다 들어오면 대문은 반드시 잠가둬라. 학교도 가지 말고." 아버지께서는 라디오에 귀 기울이시고 뉴스만 듣고 계셨다.

종로구 인사동 97번지는 내가 초등학교 시절부터 대학 시절까지 살았던 집이다. 인사동은 평소 조용하고 평온했던 동네다. 바로 옆에는 대동인쇄소(후에 디쉐네 음악 감상실)가 있었고, 백선엽 장군 댁이 골목 안쪽에 있었다. 우리나라 최고의 부자라고 하는 박흥식 씨 집이 있었고, 그 바로 앞집은 김 변호사 댁, 그리고 보스턴 마라톤 우승자인 서윤복 씨 댁도 한동네였다. 뿐만 아니라 우리집 바로 앞에는 내 단짝 이병구(전 국가대표 농구선수)가 경성전기 기숙사에, YMCA 골목 안쪽 우미관 앞에는 박신자(농구선수) 씨, 우리집 뒤는 조병현(전 국가대표 농구선수) 씨, 국제심판으로 이름을 날렸던 한상욱 씨, 윤한성 선배님께서도 살고 있었다. 길 건너 관철동엔 전 KBL(프로농구연맹) 총재 김영기 씨가 살았다. 우연인지는 몰라도 주위엔 온통 농구선수들이 많았는데, 한국스포츠의 요람이라 할 수 있는 YMCA 탓도 컸을 것이다. 사람들은 아침부터 저녁까지 동네를 오가며 서로 인사를 나누고 화평하게 살았다. 그런데 그 조용했던 동네가 갑자기 험악한 분위기로 돌변했다.

청계천 다리 아래서 살았던 넝마주이들이 넝마바구니 대신 어깨에 따발총을, 허리엔 칼을 차고 온 동네를 활보하기 시작했다. 어린 나의 눈에도 낯익은 넝마주이들이 한두 명이 아니었다. 그들은 떼로 몰려다니면서 변호사를 잡아갔고, 당대 재벌이었던 박흥식 씨 일가 사람들도 잡아갔다. 하루 밤 자고 나면 '누가 잡혀갔다, 누가 끌려갔다'는 소문이 돌며 동네는 점점 음산해지기 시작했다.

어머님께서는 혹시라도 아버지 차례가 오지 않을까 노심초사하시면서 인민내무서에서 복구사업으로 차출되면 열심히 동원에 따르셨다. 찌는 듯

부친 방태영 님(1950년 7월 인민군에 피랍)

한 여름이 오고 있을 무렵이다. 험상궂은 얼굴을 한 인민군 한 사람과 내무반 사람들이 우리집에 들이닥쳐서는 아버지를 찾았다. 어머님은 침착한 어조로 아버지는 안 계시다고 이야기했지만 그

들은 막무가내였다. 대꾸도 없이 신도 벗지 않은 채 마루로 올라서서는 이 방 저 방을 뒤졌다. 아버지께선 이미 동대문에 있는 일가 댁으로 피하셨기에 변을 면하셨다. 하지만 결국 아버지는 동대문 집에서 납치되어 서대문형무소로 이감되셨다고 한다. 죄명은 대지주라는 것. 부친께서는 '우리나라는 낙농을 하지 않으면 춘궁기를 벗어날 수 없다'고 믿으셨다. 그리하여 일찍이 덴마크에서 낙농 경영을 공부하시고 《덴마크의 농촌》이라는 책을 발간하였고, 연천목장을 운영하셨다. 그러나 목장은 총독부로부터 허가를 받았기에 압수되었고 친일세력으로 몰렸다고 어머님께서 후일 말씀해 주셨다. 어머님은 긴 밤을 뜬 눈으로 새우시고는 해가 뜨자마자 입을 것, 먹을 것을 챙겨 서대문형무소로 아버지를 찾아 나서셨다. 그 뒤로 오로지 아버지의 석방을 위해 온갖 노력을 다하셨지만 아버지는 끝내 돌아오지 못하셨다.

우리 동네에는 평소 보지 못했던 낯선 풍경이 하나둘 생겨나기 시작했다. 인민재판소가, 내무소가, 인민군 부대가 여기저기 들어섰다. 밤 9시면 통금이 시작됐다. 여름철 해가 질 무렵이면 바람도 쏘일 겸, 집 앞 평상에 둘러앉아 참외와 수박을 먹으며 이야기에 꽃을 피웠던 정겨운 동네 모습은 자취를 감췄다. 세상은 등화관제로 깜깜했다. 이따금 공습경보가 울리면 촛불도 끄고 이불을 뒤집어쓴 채 온 식구가 아랫목으로 모여 들었다. '쾅! 쾅!'

울리는 대포 소리가, 하늘을 나는 쌕쌕이(제트전투기) 소리가 번갈아 가며 들렸는데, 어떤 때는 멀리서, 어떤 때는 아주 가까이서 귓전을 때리기도 했다. 공습경보는 한 번 울리면 보통 2시간을 넘게 끌었다. 그러는 동안 나는 할머니 무릎을 베개 삼아 잠들곤 했다.

포화 속의 놀이

우리들의 놀이는 M1과 캘빈 소총의 탄피를 모으는 것이었다. M1 탄피에 카바이트를 넣고 물을 조금 섞은 다음 캘빈 탄피를 뚜껑으로 막아버리면 훌륭한 폭발물이 되었다. 이렇게 제작한 탄피를 전차길 선로 위에 올려놓고 멀리 달아나 숨어서 전차가 오기를 기다린다. 전차가 지나가면 탄피는 '빵~' 하는 요란한 소리를 내고 터지며 순간 번갯불이 솟아오른다. 신나는 놀이가 아닐 수 없다. 우린 쾌감을 느끼며, 계속해서 탄피를 주워 폭발물을 제작했다.

어느 날인가 실탄을 주웠다. 요즘 말로 대박이다. 전차길 선로에 놓인 탄환을 전차가 밟고 지나갈 때 폭발하는 광경은 말로 표현하기 어려울 정도로 가관이었다. 실제로 총알이 어떻게 날아가는지 그 궁금증을 해소할 수 있었으니 말이다. 여기서 중요한 것은 탄환을 전차길 위에 놓을 때는 반드시 탄알의 방향이 전차가 가는 방향과 일치하도록 하는 것이었다. 만일 전차가 가는 반대 방향으로 놓으면 불발한다는 것을 우린 수차례의 시도를 통해 터득할 수 있었다. 탄환이 "꽝!"하고 터지면 달리던 전차가 갑자기 멈추어 선다. 그리고 완장을 찬 아저씨가 내려서는 전차 바퀴를 둘러보며 당황해 한다. 철없는 어린아이들로서는 그것이 매우 재미난 일이었다. 그렇게 우리는 탄피와 실탄을 모으는 일에 재미를 붙였다.

아침에 눈을 떠도 학교에 안 가도 되니 그저 매일매일이 방학이다. 병구, 영웅이, 철준이, 희준이 등의 동무들과 하루 종일 어떻게 놀 것인지 고민하는 것이 일과였다. 그래 봐야 새총쏘기, 딱지치기, 구슬치기, 자치기, 팽이치기가 주를 이뤘다. 서울 한복판에 살았기에 자연과 어울리기보다 빌딩 사이사이 또는 폭격으로 파괴된 건물더미 속에서 뒹구는 것이 일상이었다. 동네 아이들 대부분 아버지를 잃었기에 집에 있거나 밖에 나왔거나 삶의 형편은 모두 거기서 거기였다.

한번은 철준(김 변호사 집)이를 YMCA 뒷골목에서 기다리는데 아무리 기다려도 나타나질 않았다. 기다리다 지친 우리는 하는 수 없이 철준이 집으로 갔다. 탄피놀이에는 철준이가 일가견이 있었기 때문에 철준이가 꼭 필요했기 때문이다. 대문은 굳게 닫혀 있었다. 우린 대문 앞에다 대고 "철준아~!, 철준아~ 나와 놀자!"하고는 소릴 질러댔다. 그래도 아무 반응이 없었다. 몇 번을 불러대도 대답이 없기에 결국 대문을 밀고 안을 들여다보았다. 철준이는 마루턱에 앉아 울고 있었다. 우린 놀라서 달려가 철준이를 붙잡고 "왜 우는지? 어디가 아픈지?" 물어댔다. 아무리 물어도 철준이는 대답하지 않았다. 한동안 철준이를 달랬더니 그제서야 조금씩 울음을 멈추고 말하기 시작했다.

내용은 이랬다. 어제 저녁 우리와 놀다가 헤어진 뒤 집에 돌아와 보니 엄마도 안 보이고, 형과 여동생도 없었다는 것이다. 걱정도 되고 두렵기도 했지만 이제나저제나 가족들이 올 때를 기다리며 홀로 밤을 샜다는 것이다. 어제 저녁은 물론 아침도 굶고, 가족들이 돌아올 때까지 집을 지켜야 한다는 생각에 나가지를 못해 약속을 못 지켰다고도 했다. 그래서 미안하단다.

우린 철준이를 도와야 한다는 생각에 눈을 맞췄다. 누가 어찌어찌 하자는 말도 없었는데 모두들 헤어져 각자 자기 집으로 돌아가 먹을 것을 갖고 돌아오기로 했다. 나는 할머니께서 가마솥에 감춰둔 고구마가 떠올랐다. 재빨리 집으로 달려가 고구마를 들고 철준이 집에 제일 먼저 도착했다. 이어서 누구는 옥수수를, 또 누구는 개떡을, 또 누구는 엿과 사탕을 들고 왔다. 심난한 얼굴이었던 철준이는 허겁지겁 먹더니 고맙다고 울먹이며 말을 더

듬거렸다. 그리고 내일부터는 엄마가 돌아올 때까지 밖에 나갈 수 없다고 했다. 우린 알았다고 한 후 헤어졌다.

그리고 이틀 후 철준이는 세상을 등졌다. 왜 죽었는지 아무도 모른다고 했다. 철준이 집을 다녀 온 어른들의 말에 의하면 가족들은 아무도 없었다고 한다. 집안 식구들 모두 납치라도 당한 건지, 아니면 우리 아버지처럼 형무소로 잡혀간 건지 도무지 알 수가 없었다. 외로움 속에 홀로 버텼을 철준이 모습이 눈에 선했다. 동네 친구들과 철준이 집에 갔을 때는 대문에 빨강 색칠을 한 나무 판대기가 X자로 대못에 박혀 있었다. 그 위로 철준이 얼굴이 어른거렸다. 무섭고 두려운 감정과 안타까운 감정이 겹쳐졌다.

김 변호사 댁은 그렇게 사라졌다. 그 뒤로 우리는 철준이네 집이 있던 골목길로 한 발자국도 들여놓지 않았다. 탄피놀이, 전쟁놀이도 철준이와 함께 떠나보냈다.

공습경보는 차츰 더 자주 울렸다. 쌕쌕이가 뜨면 폭탄이 투하됐고, 서울은 점점 불바다가 되었다. 인민군은 날로 포악해졌다. 화신백화점 승강기 속에는 누구인지도 모르는 남녀의 시체로 가득했다. 한길 건너 한청빌딩, 동아일보, 고려당은 불타버렸다. YMCA 건물에는 셔플보드, 농구장, 유도장, 역도장, 영화관 등 구경거리가 많아 자주 갔었는데, 그곳에 거주했던 그 많던 인민군마저 보이질 않았고 대신 시신들만 늘어갔다. 무섭고 두려운 마음에 몸서리를 치고는 아예 발길을 끊었다.

불이 났다. 우리집 앞 YMCA가 불타고 있었다. 초저녁부터 시작된 불은 차츰 커져갔다. 밤이 되자 활활 타올라 사방이 불빛으로 선명하게 드러났다. 자칫 우리집으로 옮겨 붙을 것만 같았다. 우리집과 YMCA는 골목길을 사이에 두고 불과 10m도 안 되는 거리다. 어머님께서는 심각한 표정으로 "이 집은 내가 지킬 테니 너희들은 와룡동 삼촌 집으로 가."라고 하시면서, 공중에서 떨어지는 파편이 위험하니 반드시 솜이불을 머리에 쓰고 가라 하셨다.

옷을 차려입고 대문을 나서자 불길의 뜨거운 열이 몸에 와 닿았다. 어머님을 두고 떠나려니 발길이 떨어지지 않았다. 형님은 우릴 잡아끌었다. 캄캄한 인사동 골목 사이를 달렸다. 형님은 이문고개를 넘어 낙원동 파고다 공원 뒷길을 택해 우리를 인도했다. 비원 앞 행길을 넘어가면 삼촌 댁이다.

'원길'(故 김원길 : 전 보건복지부장관)이네 약국 앞 건널목으로 들어서는 순간, 길가에 모래주머니로 방어벽을 만들어 놓은 산병호 속에서 갑자기 "섯!"하는 고함소리가 들렸다. 인민군이다. 이어서 따발총을 들이대며 "손들어!"라고 했다. 우리 4형제는 모두 손을 들어 올렸고, 머리에 쓴 이불을 벗었다. 인민군은 아이들이라는 걸 알았는지 어딜 가느냐고 물었고, 형님은 행길 건너 삼촌 댁으로 가는 길이라 했다. 이때 비원쪽에서 요란한 소릴 내며 오토바이 한 대가 다가오고 있었다. 인민군은 "저 오토바이가 지나가면 건너가!"라고 했다. 잠시 후 오토바이가 지나가자 우리 4형제는 삼촌 집을 향해 냅다 달려갔다.

할머님, 삼촌과 식구들 그리고 우리 4형제는 그곳에서 첫 피난 생활을 시작했다. 대포 소리는 점점 가까이 들렸다. 하늘이 벌겋게 물든 지 오래 됐다. 밤새도록 폭탄 터지는 소리, 사람들의 비명소리 그리고 인민군들의 고함소리에 섞여 이동하는 마차 소리가 끊이지 않았다.

1950년 3월에 촬영한 네 형제의 사진. 왼쪽부터 막내 욱, 맏형 엽(경복중학교 1학년), 셋째 위 (교동국민학교 1학년), 필자(교동국민학교 3학년)

서울 입성

1950년 9월 28일, UN군이 서울에 입성했다.

군인들은 모습은 제각각이었다. 피부색도 달랐고 얼굴 윤곽마저 달랐다. 국군 아저씨도 간혹 보였지만 드물었다. 군인들은 연변(沿邊)에 나선 서울 시민들의 환영을 받으며 종로 행길 양옆을 일렬로 걸었다. 사람들은 태극기를 손에 들고 "대한민국 만세!"라고 외치며 양손을 들어 올렸다. 나는 신나서 군인들의 모습을 관찰하며 따라 다녔지만, 최대 관심사는 그들이 어깨에 멘 총이었다. 모양이 인민군들 총과는 퍽 달랐다. 총알도 끝부분이 빨간색, 파란색이었다. 왜 그럴까? 못내 궁금하고 신기했다. 철모마다 나뭇가지가 꽂혀 있었고 투박하게 생긴 군화는 걸을 때마다 철컥철컥 소리를 냈다. 한 번 신어봤으면 좋겠다는 생각이 들었다.

이때 하늘에서 휙휙 소리가 들렸다. 모두들 하늘을 쳐다봤다. 처음 보는 물체가 떠 있었다. 누군가가 "잠자리 비행기다!"라고 소리를 질렀다. 난생 처음 보는 비행체는 정말 잠자리 모양으로 프로펠러가 등에 길게 달려 있었다. 나중에 알았지만 그게 바로 헬리콥터였다. 사람이 마구 죽어가는 전쟁 통이었지만 어린이들의 눈에는 세상이 온통 신기하고 궁금한 것들 천지였다. 병구, 희준이, 영웅이, 그리고 나는 깜깜해질 때까지 군인 아저씨들을 따라 다녔다. 놀랍게도 그들은 내가 다녔던 교동국민학교로 들어섰다.

운동장에는 군인 아저씨들을 비롯해 장갑차, 지프차, 트럭, 심지어 탱크도 있었다. 내가 공부하던 교실은 미군들이 차지했고, 밤에는 전등을 설치해 교실이 환하게 들여다보였다. 책상은 온데간데 없어졌지만 칠판은 들창에 매달려 교실을 들여다보고 있는 나처럼 끈질기게 벽에 붙어 있었다.

갑자기 알아들을 수 없는 큰 소리가 들렸다. 돌아보니 얼굴이 새까만 군인이 손에 권총을 들고 서 있었다. 우린 '걸음아 나살려라'하고 냅다 도망치기 시작했다. 파고다공원을 지나 이문고개를 넘어 집으로 돌아왔다. 숨을 몰아쉬며 이젠 안전하겠지 하고 맘을 놓았는데, 할머님과 어머님은 늦게 들어왔다고 밥을 굶기셨다. 엄하신 어머니는 6시를 저녁밥 먹는 시간으로 정해 놓았기 때문에 늦을 경우에는 굶어야 했다. 배는 고프고, 낮에 본 권총을

든 검은 군인이 천장에서 나를 내려다보는 것 같아 좀처럼 잠을
이룰 수 없었다.

동네 아이들은 새로운 놀이를 만들어냈다. 서울에 있는 높은
빌딩 꼭대기를 하나씩 점령하는 놀이였다. 첫 번째 목표는 바로
중앙청 건물이다. 나는 늘 궁금했다. 세상에서 제일 높은 저 건
물 꼭대기엔 무엇이 있을까? 꼭 가보고 싶었다. 우린 날을 정하
고, 중앙청을 지킨다는 해태 동상 앞에서 만나기로 했다. 중앙청
건물은 으스스했다. 불에 탄 부분은 시꺼멓고 흉측스럽기까지 했
다. 안으로 들어서자 군인들이 제법 보였다. 어린 우리들에게는
천장이 매우 높은 큰 공간이었다. 금세 돌로 된 계단이 눈앞에 나
타났다. 한 명씩, 한 명씩 다람쥐처럼 들어가 한 층, 한 층 올라
갔다. 교동국민학교 복도보다 몇 배나 더 큰 복도가 나타났고 좌
우에는 강당처럼 보이는 큰 방들이 보였다. 이젠 더 이상 계단을
따라 올라갈 길이 없었다. 꽤나 올라왔다 싶어 창문을 바라보았
다. 창문 밖으로 보이는 사람들은 개미처럼 작았고, 집들은 지붕
만 보였다. 가슴이 뛰기 시작했다. 높은 곳에 올라와서 뛰는 건
지, 힘이 들어 뛰는 건지 가늠하기 어려웠다.

드디어 우린 더 이상 갈 곳이 없는 마지막 공간에 들어섰고,
벽에 붙어 있는 반쯤 열린 문과 마주했다. 나는 천천히 문 사이로
발을 옮겼다. 깜짝 놀랄만한 세상이 펼쳐졌다. 둥근 도형처럼 생

긴 텅 빈 공간이었다. 그곳에는 아무도 없었고 우리들만의 세상이었다. 하지만 실망스럽게도 여기저기 대변이 말라붙어 있는 바닥이 보였고, 찌그러진 의자들만 놓여 있었다. 그리고 사방이 유리창이다. 중앙에 꽈배기처럼 생긴 계단이 천장을 향해 연결되어 있었다. 그것이 나를 흥분시켰다. 용이 승천하는 것처럼 천장을 향한 계단. 계단에 발을 올려놓자 '우두둑 삐거덕' 소리가 났다. 혹시 무너지는 건 아닐까, 조심스레 한 걸음 한 걸음 계단을 올랐다.

마지막 계단에 올라서자 다시 넓은 원형의 공간이 나타났다. "아! 여기구나!" 하는 소리가 절로 나왔다. 여기가 바로 중앙청 건물 정중앙에 있는 돔 형태의 건축물, 바로 그곳이었다. 우린 흥분한 얼굴로 서로를 마주보았다. 서울시가 바로 내 발 아래 있었다. 그동안 궁금해 했던 문제가 풀렸다. 꽈배기 계단을 거쳐 올라온 텅 빈 공간, 그곳이 바로 중앙청 꼭대기다.

그제야 긴장감이 풀렸는지 배가 고파왔다. 우리는 서둘러 내려왔다. 그런데 재수 없게도 헌병에게 걸리고 말았다. 그것도 다 내려와서 말이다. 우리 세 명은 헌병에게 끌려갔다. 중앙청에 왜 들어왔는지 꼬치꼬치 묻는 말에 시종일관 꼭대기가 궁금해서 왔다고 대답했다. 계속 물어도 계속 같은 말로 응했다. 결국 하얀 백지에 반성문을 쓰고 군밤을 한 대씩 얻어맞은 뒤 풀려 나왔다. 9.28 수복 뒤 국군이 맨 먼저 서울에 입성해 전열을 정비할 무렵이었다. 집으로 돌아오며 나는 천도교 교당과 광화문 소방서를 다음 목표로 결정했다.

집 안에 먹을거리가 점차 줄어들기 시작했다. 연천목장에서 들여왔던 쌀, 콩, 옥수수, 감자, 고구마, 그리고 각종 채소들은 바닥을 보인 지 오래되었다. 어머니는 일가친척 집을 찾아다니며 우리가 먹을 식량을 구해 오시기도 했다. 형님은 신문팔이를 하자고 나를 잡아끌었다. 나는 신문을 팔면 뭐가 생기는지 몰랐지만 무조건 형의 말을 따랐다.

"내일 아침 동아일보~, 내일 아침 동아일보~!"

목이 터져라 소리를 질러대며 신문을 팔았다. 1950년 교동초등학교 3학년 10월쯤으로 기억된다. 동아일보사는 내가 살던 종로구 인사동 97번지에서 걸어서 10분 정도 거리에 있었다. 오후 서너 시, 후문으로 달려가면 벌써 신문팔이 소년들이 줄을 길게 늘어서 있다.

'철커덕 철컥, 철커덕 철컥' 기계 소리와 기름 냄새가 진동한다. 윤전기 위에는 이불보다도 큰 흰 종이가 요란한 소리를 내며 원기둥 모양의 기계 속으로 빨려 들어간다. 어느 순간 하얗던 종이는 시커먼 잉크를 뒤집어쓰고 절단기에서 두부처럼 잘려져 놓인다. 《동아일보》다!

난 신문을 바라보며 내게 할당된 구역을 되짚고는 갓 받아든 신문을 내 왼팔과 옆구리 사이에 끼웠다. 신문은 따끈따끈했다.

바람을 가르듯 달리기 시작한다. 가슴이 뛴다. 거리를 향해 "내일 아침, 동아일보~!"를 외치며 인사동, 관운동, 낙원동, 파고다공원을 휘젓는다. 그때까지 신문을 다 못팔면 길 건너 관철동, 수표동 그리고 동대문까지 가서 신문을 판다. 거기까지가 내게 할당된 구역이다. 잘 팔릴 땐 하루 두 탕을 뛸 때도 있었다. 그럴 때면 신문사 후문으로 달려가 또 한 차례 배당을 받아야 했다.

《동아일보》는 우리집 신문이었다. 아버지가 해방 후 조선서적 인쇄주식회사 사장을 역임하시고 언론계 인사들과도 친분이 많아 집안에 《동아일보》 외에도 신간 잡지와 중요한 단행본 책들이 많이 비치되어 있었다. 어머니는 《동아일보》에 쓰인 한자를 교재삼아 나를 가르치기도 했다. 일 년에 한 번씩 도배를 할 때면, 그때까지 읽고 쌓아둔 《동아일보》는 무조건 초배지로 쓰였다. 1948년 교동공립국민학교에 입학하기 전 아버지로부터 한글을 깨우친 것도 바로 《동아일보》 덕분이다. 나의 유년 시절은 한국전쟁을 기점으로 전쟁 전에는 《동아일보》를 읽으며 자랐고, 전쟁 후에는 《동아일보》 신문을 팔며 성장한 셈이다.

흰 눈이 온종일 내려 세상은 하얀 솜이불을 뒤집어썼다. 전쟁이 한창이던 그해 겨울은 유난히도 추웠다. 식구들은 안방 아랫목 이불 속으로 발을 모으고, 화롯불에 밤을 구워 먹고 있었다. 외출하셨다가 막 돌아오신 어머님은 우리 식구들 모두 부산으로 피난을 가야 한다고 말씀하셨다. 할머니는 단호하게 말씀하셨다.

"이 아이들을 데리고 어딜 간다는 말이냐? 나는 이곳에 남겠으니 네 맘대로 해라."

어머님께서는 인민군과 중공군이 쳐들어오면 집도 빼앗기고 우리들 모두 거리로 나앉을 수밖에 없으니, 우리 연천목장에서 일했던 목축업하는 지인이 부산에 있으니 그리로 피난을 가야 한다고 연거푸 주장하셨다. 기차 편을 예약하고 왔으며, 3일 후에 영등포역에서 출발한다고 한다. 어머님은 할머님과 건넌방으로 건너가셔서 오랜 시간 말씀을 나누셨고, 이튿날부터 피난 짐을 싸기 시작했다.

할머님은 다락을 반으로 나누어 중요한 물건은 안쪽에 보관하신 후 나머지 반은 벽을 만들고 차단하셨다. 어머니와 우리는 크고 작은 짐 보따리를 만들어 누가 어떤 짐을 갖고 갈 것인지를 정했다. 그 중엔 평소에 한 번도 보여주지 않으신 비밀스러운 물건도 있었다. 바로 미용기구였다. '고데'와 '파마'를 하는 기기들과 특수한 모양의 가위들이었다. 어머님께서는 아버지에게 시집오시기 전 우리나라 최초 미용사 자격증을 보유하고 계셨는데, 그때까지 우리에겐 절대 말씀도 안 하시고 도구들을 보여주지도 않으셨다. 하지만 어머님께서는 "피난처에서 혹시 돈벌이로 미장원을 운영할 수 있을지도 몰라."라고 하시며 따로 챙기셨다.

피난길

영등포역은 한강 건너에 있는데, 한강다리가 폭격으로 파괴되어 건널 수가 없었다. 강을 건너기 위해 배를 탈 줄 알았지만 얼어붙은 강 위엔 배가 한 척도 보이지 않았다. 어머님께서는 어떻게 강을 건널지 궁리를 하시고 우리를 이끄셨는데, 바로 미군이 설치해 놓은 고무다리를 이용해 강을 건널 것이라고 하셨다.

밤이 되기까지 기다린 후, 땅거미가 내려앉자 우리는 군용차에 몸을 실었다. 차는 얼어붙은 강바닥 위에 대형 군사용 고무튜브로 이어진 부교를 따라 천천히 움직이기 시작했다. 차가 지나가자 고무다리 양옆으로 '쩍쩍' 얼음 깨지는 소리가 들렸다. 난데없이 살을 에는 듯한 세찬 바람과 함께 진눈깨비가 내렸다. 어머니는 할머니를 감싸 안으셨고 형과 나는 동생들과 한 몸을 만들었다. 강 건너편에 닿자 군인들이 사람 수를 점검했다. 갑자기 어머니와 군인이 말다툼을 벌였다. 어머니는 어디선가 발급받은 것으로 보이는 종이 증명서를 내밀며 오랫동안 실랑이를 하셨고, 결국 우리는 차에서 내려 영등포역으로 향할 수 있었다. 어머니는 어떻게 군인들의 허락을 받아낼 수 있었을까. 하나하나가 '난 중의 기적'이었다.

겨울눈은 얼굴에 쌓일 만큼 내리기 시작했고, 견딜 수 없도록 차가운 냉기는 피부를 파고들었다. 몸은 차갑게 굳어가고 등짐은 천근만근이었다. 멀리서 대포 소리, 따발총 소리, 비행기 소리가 요란하게 들려왔다. 고개를 들어 강 건너 하늘을 바라보니, 서울 하늘이 폭격의 불길에 싸여 벌겋게 타들어가고 있었다. 우리 식구는 기차 시간에 맞추기 위해 서둘러 걸어 간신히 영등포역에 도착했다. 나는 그 순간에도 그림으로 본 기차를 빨리 보고 싶어 앞장서 걸었다. 기차는 김밥처럼 기다란 까만색의 쇳덩어리였다. 바퀴는 소달구지 바퀴보다 몇 배나 더 컸고, 바퀴 사이사이로 수증기가 새어 나올 때마다 '치익'거리며 하얀 연기를 뿜었다. 기차 선로는 양쪽으로 길게 뻗어 있었는데, 내가 알고 있는 전차길보다 더 크고 넓었다.

갑자기 죽은 철준이 생각이 났다. 그 와중에도 철준이와 탄피 놀이를 하면 재미있을 것 같았다. 철없는 소년 시절이었다. 그때 누군가 내 팔을 잡아당겼다. 어머님이셨다. 기차 바퀴 가까이 있으면 위험하다시며 잡아 끄셨다. 할머니께서도 "도대체 넌 누굴 닮아서 그러니. 형처럼 얌전히 기다려야지!"하며 야단을 치셨다. 기차를 타보고 싶었지만 군인들이 지키고 있어서 올라 설 수 없었다. 피난민들이 하나둘 모이기 시작하더니 금세 승강장 주위는 아비규환으로 변했다. 군인들은 총으로 공포를 쏴대며 질서를 유지하라고 소리쳤지만, 피난민들은 아랑곳하지 않고 기차를 타려고 안간힘을 쓰며 달려들었다.

그 와중에 우리 식구는 군인 한 명의 안내를 받아 곳간차(짐만 싣는 곳)에 오르는 데 성공했다. 군인의 도움으로 할머니께서 제일 먼저 오르셨고, 이어서 어머님이, 그리고 우리들은 사람들의 몸에 이리저리 밀려 공중으로 붕 떴다 싶더니 이내 곳간 바닥으로 떨어졌다. 곳간차 측면에는 작은 창문이 하나 있었고, 우리가 올랐던 커다란 문은 이내 철커덕 소리를 내며 곧 닫혀버렸다. 이 모두가 눈 깜짝할 사이의 일이었다. 형과 내가 조금만 늦게 탔더라면 할머니, 어머니와 영영 헤어질 뻔한 것이다. 나는 안도의 숨을 내쉬며 창밖을 내다보니 열차를 못 탄 사람들이 이제는 열차의 지붕 위로 올라타기 위해 아우성이었다.

기차 승강장은 그야말로 난장판이었다. 기차는 출발할 테니 모두 물러서라는 듯이 요란한 기적을 울린 후 '덜커덩' 소리를 내더니 영등포역을 출발해 남쪽을 향해 서서히 움직이기 시작했다. 이젠 다시 볼 수 없는 아버지, 그리고 병구, 영웅, 희준이 등 동무들의 얼굴이 떠올랐다. 나는 떠오르는 얼굴들을 털어버리기라도 하듯 휙휙 지나는 바깥 풍경으로 눈길을 돌렸다. 난생 처음 보는 광경이 어둠을 뚫고 희미하게 보였다. 논과 밭, 군데군데 모여 있는 초가집들, 그리고 강과 산이 모두 흰 눈을 뒤집어쓰고 일렬로 늘어서 있었다.

기차는 역을 통과할 때는 속도를 줄였고 벗어나면 속도를 다시 높였다. 시커먼 굴 속을 통과할라치면 몹시 두려웠다. 혹시라도 열차가 터널벽에 부딪치는 건 아닌지 걱정이 앞섰지만, 그런 일은 일어나지 않았다. 기차는 밤새 달리고 또 달렸다. 고통스러운 건 어른들이 곳간차량 안에서 대소변을 볼 때였다. 그럴 때마다 곳간 속이 온통 악취로 가득했고 참다못해 사람들은 힘을 합쳐 곳간 차량 문을 열어젖혔다. 열차를 스치고 간 찬바람이 눈보라와 함께 '휘이익' 들어왔다. 냄새는 금방 사라졌지만 그나마 피난민들의 체온으로 유지됐던 훈훈한 온기는 곧 차가운 냉기로 교체됐다. 피난민들은 또다시 벌벌 떨었다.

그렇게 곳간차 속에서 먹고 자고, 씻지도 못하고, 대소변을 받아내며 달렸다. 얼마를 달렸을까 갑자기 기차가 속도를 내지 못하고 엉거주춤 기어가고 있었다. 한 사람이 창밖을 내다보더니 "추풍령이다!"하고 소리 질렀다. 기차는 고개를 넘느라 숨을 고르는 듯했다. 영등포역을 떠날 때부터 얼마나 무거웠을까. 객실에 탄 군인 가족, 곳간차에 가득 찬 사람들로 무거운 열차 지붕 위까지 올라탄 수많은 피난민들을 여기까지 끌고 왔으니 말이다. 그 와중에도 어린 내 머릿속은 이처럼 순진한 생각이 맴돌았다.

기차의 속도가 서서히 빨라지기 시작했다. 내리막길이다. 밖으로 경사진 길이 보였다. 잠시 후 기차는 멈췄다. 곳간차에 탄 사람들이 문을 열어젖혔다. 낯선 세상이 펼쳐졌다. 선로를 향해 달려오는 아주머니들이 보였다. 그들은 저마다 머리에 바구니를 이고 있었다.

"내 배 사이소! 내 배!"

"능금 사이소!"

"담배 사이소"

"다갈(닭알) 사이소!"

아주머니들은 무슨 말인지 알아들을 수 없는 소리를 질러댔다. 나는 그렇게 난생 처음으로 경상도 사투리를 접하게 되었다.

대구역에 도착하자 어처구니없는 일이 벌어졌다. 한국·미국 헌병대로 구성된 군인들이 검문을 실시하며, 10~40세까지의 남자들은 하차하라고 소리를 질러댔다. 남자 어른들은 여기저기서 못 내리겠다고 버티며 군인들과 드잡이를 했다. 악에 받친 피난민들은 "내가 여기까지 어떻게 왔는데 내리라고 하느냐!"며 난투극까지 벌였고, 한쪽에선 아이들의 울음소리가 터져 나왔다. 헌병들은 기어이 그 나이 대에 해당하는 남자들은 모두 하차시켰고, 형과 나 역시 어머님과 헤어질 수밖에 없었다. 막막했다. 형은 어머니와 대구역 앞마당에 임시 거처를 마련했다. 어머니는 군인들을 만나 우리 형제들을 빼내려고 노력했지만 잘 안 됐다. 이튿날 어머니는 할머니, 두 동생을 데리고 부산으로 떠났다. 그 야말로 생이별이었다.

대구에 남은 형과 나는 고아가 된 셈이다. 형이 굳센 얼굴 표정으로 말했다. 어머니를 부산국제시장에서 만나기로 했단다. 형 손을 꼭 잡고 역 앞을 나섰다. 사람들이 바쁘게 오가고 군용차들이 쉴새없이 달렸다. 대구의 날씨는 몹시 추웠다. 서울보다 더 추운 것 같았다. 어머니와 헤어진 우리는 함께 내린 다른 어른 남자들과 달리 며칠 뒤에 풀려났다.

우리의 거처는 대구역 앞 고장난 탱크였다. 탱크는 대포를 하늘로 향한 채, 바퀴는 뒤틀어져 도로 난간 아래로 빠져 있었다. 나는 호기심이 발동해 탱크 위로 올라갔다. 도대체 탱크 속은 어떻게 생겼는지 얼마나 큰지 호기심이 가시지 않았다. 다른 아이들도 따라 올라섰다. 대포도 만져보고 비틀어진 탱크 뚜껑도 만져봤다. 6·25 때 인민군이 몰고 온 탱크가 생각났다. 종로 전차길 가운데를 달리며 냈던 '우르릉, 우르릉' 하는 소리가 생생하게 들려왔다. 그러나 내가 올라탄 탱크는 죽은 탱크라 그런지 조용했다. 탱크 속으로 들어갔다. 바람 한 점 없는 좁은 공간이다. 도대체 이 좁은 공간에서 어떻게 이 큰 쇳덩어리를 움직일 수 있는 건지 신기하기만 했다.

눈앞에 펼쳐진 각종 계기들이 내 눈엔 모두 큰 시계, 작은 시계처럼 보였다. 단지 시계 안에 그려진 표시가 다를 뿐이다. 실내는 작았지만 아늑했다. 나는 이 곳이 역 앞 광장 구석보다 훨씬 편하다는 걸 깨달았다. 그렇지만 우리는 국제시장에서 기다릴 어머니를 만나기 위해 떠나야 했다. 형은 말했다. 이젠 부산으로 가야 한다고.

아늑했던 탱크를 버리고 걷기 시작했다. 며칠을 낮에만 걷고 밤엔 고장난 탱크나 빈 집에 들어가 잤다. 날이 새면 또 걸었다. 어린 나는 그곳이 어딘지, 왜 낮에만 걷는지 알 수 없었다. 오직 형만이 나의 구세주였다.

당시 경복중학교 1학년이던 형은 내게 물었다.

"열아, 너 미군 차가 지나가면 손들고 '헤이~! 하우스보이 오케이!'라고 할 수 있어?"

그 뒤로는 그게 뭔 말인지 모르고 알았다고 한 뒤 미군 군용차만 지나가면 무조건 소리를 질렀다.

"헤이~ 하우스보이 오케이?"

어떤 날은 미군이 던져주는 깡통을 다른 아이들과 경쟁하며 달려가 받아먹기도 했다. 미군들은 초콜릿, 껌도 주었다. 하지만 늘 허기가 가시지 않았다.

한 번은 형이 작은 목소리로 말했다.

"여기는 서울과 달라 문둥이가 많으니 조심해야 돼. 넌 몰라서 그러는데 문둥이들은 어린이 간을 먹어 인마! 그래서 밤엔 돌아다니지 말아야 해."

형은 참으로 대단하다. 어디서 그런 걸 알았는지? 또 부산 가는 길은 어떻게 아는 건지 이해가 되지 않았다. 그러니 싫어도 따라가고, 따라할 수밖에 없었다.

때론 걷다가 소달구지를 보면 뒤로 올라타 편하게 이동했다. 군 트럭에 올라탈 때도 있었다. 멋있게 군복을 차려입은 국군 아저씨를 만난 적이 있었다. 민 대위라고 했다. 그는 형과 뭔 말을 나누었는지 우리를 트럭으로 인도했다. 나는 신이 났다. 이제 걷는 건 지겨웠다. 이젠 다리 아픈 것도 끝이라고 생각했다. 트럭에는 모두 국군 아저씨들이 타고 있었다. 형과 나는 민 대위 옆에 바싹 달라붙어 있었다. 길은 비포장도로여서 차는 덜컹대며 달렸지만, 그래도 여간 편한 게 아니었다. 낮에도 달리고 밤에도 달렸다. 군인 아저씨들은 우릴 보호해 주었다. 끼니 때는 주먹밥까지 주었다.

난생 처음 먹어보는 주먹밥은 김으로 둘러싸인, 돌처럼 차갑게 언 밥이었지만 그야말로 꿀맛이었다. 양 손으로 받쳐 들고 어기적거리며 삽시간에 먹어치웠다. 그렇게 잘 지내다 갑자기 달리던 차가 섰다. 캄캄한 밤이라 아무것도 보이질 않았고 덴지(플래시) 불로 여기저기를 비추는 빛만 보였다. 미군 헌병들이었다. 군인 아닌 사람들은 모두 내리라는 것이라고 형이 말했다. 우린 또다시 대구역 신세가 되는 게 아닌가 불안했다.

이때 민 대위는 자기가 쓰고 있던 철모를 형에게 씌웠고 나에게는 민 대위 다리 밑으로 몸을 숨기게 했다. 순식간에 일어난 일이라 두려웠다. 미군 헌병은 덴지 불로 여기저기를 훑어보더니 "오라잇!"하고 소리 질렀다. 트럭이 미군 초소를 완전히 빠져나온 후에야 나는 몸을 일으켰다. 그러기를 여러 번 거듭했고, 한참을 달린 후 오밤중에 국군부대에 도착했다. 아저씨들은 모두 내려 일렬로 정돈했고 앞에 선 사람이 큰 소리로 "번호!"하니까 "하나, 둘, 셋, 넷!" 우렁찬 목소리로 이어갔다. 우리는 민 대위가 시킨 대로 트럭 위에 그대로 앉아 있었다.

여기저기서 군인 아저씨들이 뛰어다녔다. 때론 군용차량 소리, 우렁찬 명령 소리, 총과 대포를 이동하는 소리 등으로 분주해 보였다. 한참 시간이 흐른 뒤 민 대위가 왔다. 형과 나는 민 대위를 따라 막사에 들어섰다. 조그만 방이다. 우리가 들어서자 몇 안 되는 군인들이 놀라는 얼굴로 우리를 쳐다보더니 질문을 던져댔다.

"어디서 왔니? 여긴 어떻게 왔니? 이름이 뭐냐?"

민 대위는 여기는 부산이니까 내일 아침 일찍 부대에서 나가야 한다고 이야기했다. 민 대위는 그 말을 끝으로 방에 남아 있는 군인들에게 잘 이해할 수 없는 말을 한 뒤 밖으로 나갔다. 우린 허기와 불안 속에서 아무 말도 하지 못했다. 민 대위님이 우릴 안

전하게 부산까지 데려온 데 대한 감사 인사도 하지 못했다. 그리고 곧 쓰러져 잠들었다. 형은 밤을 샌 것 같았다. 나를 깨우더니 날이 새기 전 얼른 부대를 빠져 나가야 한다고 했다.

형과 나는 군인 아저씨들이 흐트러져 자고 있는 사이를 조심스럽게 발을 디뎌가며 방을 빠져나왔다. 부대 마당은 모두 잠들어 있어 적막감마저 들었다. 지프차도, 우리가 타고 온 트럭도, 대포도, 모두 자고 있었다. 다만 초소에 어깨총을 하고 있는 아저씨만 꼿꼿이 서 있었다. 우리는 그를 피해 나가야 할 텐데 방법이 없었다. 나는 형에게 철조망 사이로 빠져 나가자고 제안했다. 형은 "안 돼!" 하고 말했지만 잠시 후 내 말을 따랐다. 내가 먼저 철조망 사이를 벌렸고 형이 몸을 굽혀 빠져나갔다. 이어서 형이 철조망을 벌려 주었고 내가 나왔다.

우린 방향도 모른 채 달려갔다. 부산의 훈훈한 새벽 바닷바람이 내 뺨을 감싸 안았다. 숨이 차올라 천천히 앞으로 걸어 나가자 흰 갈매기들이 푸른 바다 위를 낮게 날고 있었다. 분홍빛 눈, 그리고 두 발을 몸통에 감춘 채 끼익끼익 거리며 이리저리로 날아올랐다. 출렁이는 푸른 바다 위에는 배들이 떠 있었다. 가슴이 벅찼다. 바다와의 첫대면. 자갈치시장이라고 했다.

형은 나를 끌고 길을 물어가며 국제시장 쪽으로 향했다. 헤어진 어머님을 어떻게 만난다는 건지 이해가 안 되었지만 나에게 형은 전능한 절대자였다. 형은 서울에서 가지고 온 가죽장갑과

목도리를 팔았다. 그 돈으로 어머님을 만날 때까지 장사를 해서
버텨야 한다고 했다. 형은 국제시장에서 양담배를 샀다. 럭키스
트라이크, 올드골드, 체스터필드, 카멜 등이다. 가격을 정해 주
고 나에게 팔아보라고 했다. 종이 박스로 만든 판매대에 담배를
놓고 끈을 목 뒤로 연결해 양쪽 판에 묶었다. 그렇게 하니 제법
자세가 나왔다. 형은 담배를 다 팔거나 해가 지면 영도다리 끝에
서 만나자고 했다. 이후 우리는 헤어져 각자도생의 길을 나섰다.

거리엔 나와 같이 담배팔이 아이들이 많았다. 그들이 하는 대
로 소릴 질렀다.

"미제 담배 사이소. 담배!"

"럭키스트라이크 사이소!"

"체스터필드 사이소!"

담배를 다 팔고 영도다리 끝으로 갔다. 형은 오지 않았다. 기
다리고 또 기다렸다. 해질 무렵 형이 나타났다. 얼마나 기쁜지 우
린 얼싸안았다. 형은 국제시장 꿀꿀이죽을 먹으러 가자고 내 손
을 잡아끌었다. 발 들여 놓을 틈도 없는 시장거리는 먹을 걸 찾느
라 난리였다. 줄서서 받아 든 꿀꿀이죽은 참 맛있었다. 가끔 고깃
덩어리와 소시지도 나왔다. 형은 정말 나의 구세주고 왕이었다.
어떻게 이런 걸 다 알고 있는지 신기하기만 했다. 담배 판 돈은
다 형에게 줬다. 그리고 다리 밑 구석에서 잤다. 그러길 며칠인가
계속했다.

그날도 담배팔이 판를 메고 형과 국제시장으로 가고 있었다. 그때였다. 저 쪽에서 우릴 마주 보며 걸어오시는 어머님과 할머니 모습이 보였다. 외삼촌과 두 동생들도 함께 였다. 신기하고 꿈만 같았다. 형과 나는 어머니를 향해 달려갔다. 어머니와 가족들은 그때까지 우릴 알아보지 못한 것 같았다. 나는 큰 소리로 "엄마~!"를 외쳤다. 그제야 머리를 돌려 바라보시더니, 어머님은 우리를 향해 달려오셨다. 온 식구가 국제시장 한가운데서 얼싸안고 울었다. 서럽게 울던 내 얼굴을 감싸주던 어머니의 손길을 이제 80이 넘은 내 두 뺨은 여태 생생하게 기억하고 있다. 대구에서 헤어진 이산가족이 오랫만에 부산에서 상봉한 것이다. 길 가던 사람들이 신기한 얼굴로 우릴 쳐다봤지만 우리 식구는 아랑곳하지 않고 한참을 울었다. 영화〈국제시장〉의 한 장면 같았다.

시간이 흘러 1970년대 어느 날, 6.25전쟁 때 피난길 고생을 회상하게 하는 미술작품을 보게 됐다. 김환기 화백의〈피난열차〉였다. 피난열차를 화려한 대형화분으로 묘사한 뒤 피난민들을 꽃으로 형상화한 강렬한 색채의 유화였다. 불과 얼마 전 피난열차에서 굶어 죽고 얼어 죽고 떨어져 죽은 이들이 수백수천 명인데 저렇게 아름답게 표현하다니 전복이나 역설의 미학을 모르는 바 아니나 맹렬한 거부감이 들었다.

부산에서

어머니는 형과 나를 초량산 중턱에 자리한 〈초량목장〉으로 인도하셨다. 목장 주인은 연천목장에서 목축업 일을 도우시던 분이라 하셨다. 사방천지 피난민들로 목장은 빈자리가 없었지만 주인 아저씨는 우리에게 특별히 방 하나를 내주셨다. 어머님과 할머니는 짐 정리와 매 끼니 준비하느라 늘 바쁘셨고, 나는 동생들과 젖소, 말, 돼지, 닭 등을 구경하느라 더욱 바빴다. 밤이면 냉방에서 온 식구가 서로 끌어안고 새우잠을 잤다.

목장엔 사나운 흰 거위 한 마리가 있었다. 주둥이는 노랗고 덩치는 닭보다 훨씬 크지만 개보다는 작았다. 나만 보면 양 날개를 펼쳐들고 '거익, 거익' 짖어대며 달려들었다. 무섭다기보다 물릴까 봐 피해 다녔다. 목장에서의 삶에 익숙해졌는데, 거위가 귀찮았다. 한번은 우사(소가 기거하는 곳)에서 송아지와 놀고 있는데 느닷없이 거위가 꺼꺽거리며 들이닥쳤다. 당황했다. 피할 곳이 마땅치 않아 한쪽 벽에 몸을 숨겼다.

거위는 양 날개를 펼치고 '꺼억, 꺼억' 대며 전속력으로 달려와 입을 크게 벌렸다. 내 발을 물기 위해 내민 부리가 발에 닿으려는 순간 나도 모르게 있는 힘을 다해 거위를 걷어찼다. 거위는 푸드득거리며 한쪽으로 쓰러졌는데, 아무 반응이 없었다. 이 때다 싶어 우사 밖으로 뛰쳐나와 초량산으로 피신해 내 동무 벗나무 위로 기어올랐다.

마음이 안정될 때까지 벗나무에게 말했다. '거위가 없어졌으면 좋겠다'고. 벗나무는 아무 대답도 없이 가지 사이로 부산 앞바다를 열어줬다. 바다 멀리 잔잔한 수평선이 보였고 내 마음도 이내 평정을 찾았다. 집으로 돌아와 보니 어머니께서 미장원 도구를 숯불에 달구시며 동네 아주머니 머리를 다듬고 계셨다.

목장에서 일해야 하는 어머니는 무척 고생을 하셨다. 거기에다 우리 형제들 교육 문제에 많은 신경을 쓰셨다. 어느 날 어머니는 새로운 곳으로 이사를 가자고 했다. 영도다리 건너 봉래동에 있는 적산가옥이었다. 형과 내가 전에 머물렀던 영도다리 끝자락과 그리 멀지 않은 거리였다. 할머니께서 생활을 맡으셨다. 어머니는 실종된 아버지의 소식을 듣기 위해 예전 아버지 친구들을 찾기도 했으나 그때마다 생사 확인을 못하셨다. 나중에 알았지만 어머니는 서울 집을 담보로 은행으로부터 대출을 받으셨다고 했다. 그 집을 맡기고 빌린 종자돈으로 부산 제1부두에서 생선 도매 가게를 열었다.

부산부두는 좁은 바닷길을 사이에 두고 왼쪽 도로변 철조망 안은 미군부대, 오른쪽 바다로 이어지는 곳은 〈부산 제1부두〉였다. 어느 날 새벽 형과 나는 어머니를 만나러 도매 어시장을 향하고 있었다. 내 눈 앞에 두툼한 지갑이 떨어져 있었다. 얼른 집어 들었다. 그 속엔 미화 달러가 들어 있고 한화도 꽤 많았다. 그때 형이 말했다.

"이리 내놔! 주인에게 찾아주어야지. 잃어버린 사람이 얼마나 애타겠냐?"

형은 지갑을 받아들고 가던 길을 앞서 나갔다. 잠시 눈깔사탕 수백 개를 사먹을 수 있을 텐데 하는 생각도 났지만, 난 형을 따라 걸음을 재촉할 수밖에 없었다.

며칠 후 형은 빨간색 박스에 들어 있는 반들반들한 하모니카를 들고 저녁 밥상 앞에서 자랑했다.

"엄마, 이게 뭔 줄 아세요? '열'이가 주운 지갑을 주인에게 찾아주었더니 '요즘 같은 세상에 이렇게 착한 학생이 있구나'라면서 선물로 준거예요."

그리고 형은 자랑삼아 '휘이익' 하고 하모니카를 불어댔다. 난생 처음 본 하모니카, 난생 처음 들어본 신기한 소리에 나는 넋을 잃었다. 마치 풍금 한 대가 작은 하모니카에 들어가 있는 듯했다. 형의 어진 마음에 감동을 받았다. 물론 할머니와 어머님은 침이 마르도록 형님을 칭찬하셨다. 이후 하모니카는 형님의 보물 1호가 되었다. 하지만 나는 학교가 끝나면 잽싸게 귀가해서 형이 서랍 속에 감춰둔 하모니카를 꺼내 들었다. 소리 나는 대로 불기 시작했다. 멋진 하모니카와 그 소리에 매료됐다. 쉬지 않고 입술이 불어터져라 불었다. 노래를 만들어 불어보기도 했다. 그러다가 형이 돌아올 때면 얼른 서랍 속에 넣어두었다.

이런 날들이 계속되다 보니 형은 아예 "너 가져라!" 했고, 그 날부터는 온종일 불고 다녔다. 이층에 살고 계셨던 아저씨가 하모니카 소릴 들으시고는 부는 법을 가르쳐 주시겠다고 했다. 하모니카를 들고 2층으로 올라갔다. 아저씨는 하모니카를 입에 대더니 '도레미파솔라시~'로 음정을 맞춰 보셨다. 하모니카 소리가 명쾌했다. 이어 행진곡을 연주했는데, 반주까지 턱턱 넣으면서 삽시간에 연주를 끝냈다. 대단한 실력이었다.

나는 행진곡이 끝나자 다른 곡을 더 연주해 달라고 부탁했다. 아저씬 〈신라의 달밤〉을 멋들어지게 연주했다. 그날 이후 나는 더 열심히 연습했다. 〈신라의 달밤〉을 아저씨보다 더 잘 불 때까지 연습했다. 어느덧 나는 영도 피난국민학교의 하모니카 소년으로 유명해졌다. '하모니카 하면 방열, 방열 하면 하모니카'였다.

때마침 학예회가 열렸다. 6학년 2명과 3학년인 내가 남도극장에서 하모니카 연주를 하기로 결정됐다. 6학년 형들은 육군 복장과 해군 복장을, 나는 공군 복장을 하고 연주하기로 했다. '아~아 잊으랴'로 시작되는 〈6.25 노래〉와 〈얘들아 모여서 달 따라가자〉 그리고 마지막엔 〈애국가〉를 연주했다. 행여 틀리지 않을까 노심초사하느라 학예회 전날 밤엔 잠을 설쳤다. 어머님과 할머니께서 자리를 함께해 주셨다. 신나게 불었다. 박수도 받았고 칭찬도 받았다. 내가 주인공이었다. 형에게는 감사한 마음이 들었다.

영도 피난국민학교는 다양한 학생들이 다녔다. 부산 토박이 아이들을 비롯해서, 북에서 배 타고 피난 온 아이들, 서울에서 나처럼 피난 온 아이들까지 가지각색이다. 말씨가 다 달랐고, 툭하면 싸웠다. 특히 부산토박이 아이들의 텃세는 심했다. 나를 향해 "서울내기 다마내기, 문둥이 머스마"라고 놀리면서 혓바닥을 앞으로 내밀고 날름거리기도 했다. 어떤 날은 직접 싸움을 걸어오기도 했다. 나는 지지 않고 대항했다. 토박이든, 피난둥이든 가리지 않았다. 공부도 열심히 했다. 학급 반장이었기 때문에 뭐든지 그들보다 앞서야 했다.

담임이셨던 김철수 선생님은 부드러우면서도 때에 따라서 무척 엄한 분이었다. 점심 시간엔 우리를 모아놓고 빅토르 위고의

《장발장(레미제라블)》, 《삼국지》 등을 읽어주었고, 그때마다 우리들
은 무척 재미있게 들었다. 그러나 성적이 떨어지면 즉각 반장을
바꿀 정도로 신경을 썼다. 싸움하는 아이들은 종아리를 때린 뒤
공개 사과하도록 했다. 그래서 싸움할 때는 선생님 눈에 띄지 않
기 위해 학교 옆 질그릇 공장 안에 가 몰래 싸웠다. 강철환, 오진
우, 박형철, 하태훈은 늘 함께 다니는 패거리였다. 그중 강철환
이 요샛말로 1진이었다. 평양에서 피난을 왔다고 하는데, 아버지
가 치과의사였다. 철환이는 참으로 사나웠다.

영도 피난국민학교는 교사도, 교실도 없어 바닷가와 산과 들
을 찾아 수업을 진행했다. 철환이는 내가 들고 있는 화판에 물을
붓기도 했고, 여학생들 앞에서 "방열은 무서워서 수영도 못 한
다."고 비아냥대기도 했다. 수영을 못한다는 사실이 너무 창피
했다.

우리집 앞바다에는 〈도쎈버〉라는 곳이 있었다. 뜻이 무엇인
지 물어보아도 누구도 가르쳐주지 않았다. 확실한 건 육지에서
바닷물 쪽으로 길게 만들어 놓은 둑이라는 것이다. 둑을 중심으
로 왼쪽은 북쪽에서 배타고 피난 온 피난민들이 정박시켜 놓고
배 위에서 생활하는 곳이다. 다른 한 쪽은 상선들이 정박하는 곳
이다. 정박한 배는 밧줄을 길게 늘어뜨려 둑에 설치한 걸이에다
묶어 놓고 바다 가운데 떠 있었다. 큰 배가 정박하는 곳이기에 물
속이 깊고 맑아서 바닥에 있는 불가사리가 보일 정도였다.

갑자기 주위가 왁자지껄하기에 돌아보니 철환이 패거리들이 왔다. 철환이와 형철이는 웃통을 벗어 던지고 팬티 바람으로 물속 깊이 뛰어들었다. 그리고 고개를 내 밀더니 나를 자극했다.

"야~ 열아! 니는 수영 몬 하제."

동생들이 옆에 있는데, 나는 오기가 발동했다. 그래서 크게 소리 질렀다.

"왜 못해 XX야"

순식간에 나도 옷을 벗어 던지고 물속으로 첨벙 뛰어들었다. 한참을 내려간 것 같은데 숨이 찼고 눈을 뜨려니 쓰라렸다. 순식간에 짠 물을 삼켰다. 정신이 곧 혼미해졌다.

나도 모르게 허우적대다가 손에 잡히는 걸 당겼다. 밧줄이었다. 계속 끌어당겼다. 방향이 어딘지도 모르고 무조건 당겼다. 더 이상 몸은 나가지 않고 머리가 쿵하고 돌에 부딪혔다. 머리를 들어 올리자 둑 아래 바윗돌들이 눈에 들어왔다. 엉금엉금 둑 위로 기어 올라섰다. 사람들은 내가 수영을 못한다는 것을 눈치 채지 못한 듯했다. 철환이는 저만치 먼 곳 바다 한가운데 떠 있었다. 나의 무모함을 반성했다. 만일 내가 끌어당긴 밧줄의 방향이 바다 한가운데에 정박한 배로 향했다면 아마 죽었을지도 몰랐다. 그리고 수영이라는 게 생각대로 되는 게 아니란 걸 깨달았다. 나는 수영을 제대로 배우기로 결심했다. 다들 수영을 할 줄 아는 것으로 알았을 테니 속일 수도 없지 않은가. 수영 실력도 철환이보다 더 앞서야 된다고 스스로에게 다짐했다.

하지만 내게는 수영을 가르쳐 줄 사람이 없었다. 뒤늦게 누구누구한테 배우고 있다는 게 소문이라도 나면, 수영할 줄 알고 있던 아이들에게 탄로나 더 망신스러울 것 같았다. 혼자 수영을 배우기로 마음을 먹었다. 아무도 없는 밤 시간을 택했다. 장소는 물이 깊은 도쎈버를 피하고, 집에서 좀 멀기는 했지만 수산시험장앞을 택했다. 수산시험장 앞 해변은 바다를 향해 바나나처럼 휘어진 모습을 하고 있다. 모래사장에는 크고 작은 차돌이 뒤섞여 있고, 바닷물은 잔잔한 데다가 한참을 걸어 들어가도 배꼽에 물이 닿을 정도로 낮았다. 초보들이 수영 배우기에는 안성맞춤이었다.

나는 마음 놓고 수영하기 위해 숙제는 집에 오기 무섭게 해치웠다. 그리고 해 떨어지면 쏜살같이 수산시험장으로 달려갔다. 수산시험장 앞 바닷가는 예상한 대로 아무도 없고 조용했다. 신이 나서 옷부터 벗어 던지고 물속으로 뛰어들었다. '첨벙', '첨벙' 물이 허리가 닿을 때까지 걸어 들어갔다. 그리고 바닷물에 머리를 넣고 몸을 엎드렸다. 숨이 찼다. 고개를 들고 일어섰다. 다시 물속으로 몸을 던지고 숨을 참았다.

물속에서 눈을 떠 보았다. 달빛에 희미하게 비친 조개 껍질과 소라 껍데기들이 여기저기 흩어져 있다. 모습이 뿌옇게 보였고 작은 물고기들이 화들짝 놀라 달아났다. 아름답다고 느낄 찰라 숨이 답답해 또 물 위로 몸을 일으켰다. 호흡을 참을 수 없었지만 재미있었다. 나는 반복해 가며 물을 즐겼다. 그러나 몸은 앞으로 나갈 줄 몰랐다. 이번엔 머리를 물에 집어넣은 채 팔을 뻗어 바닥을 짚고 기어갔다. 한참을 가다 팔이 아프면 철환이가 했던 것처럼 양팔을 옆으로 저어나갔다. 그랬더니 몸이 앞으로 쭉 나아갔다. 물론 머리는 물속에 잠겨 있었다. 또 숨이 가빠 올랐다. '푸우' 하고 일어서 숨을 내뱉었다. 하늘은 내가 수영하는 걸 분명 보았을 것이다. 별도 보았다고 반짝이며 박수를 쳤다. 만족했고 행복했다. 순간 오한이 났다. 덜덜덜 떨면서 돌멩이 위에 축 늘어져 있는 옷을 찾아 주섬주섬 입은 뒤 전속력으로 집을 향해 달렸다. 내가 혼자 수영을 한 첫날이었다.

나는 매일 수산시험장을 찾았다. 수영실력은 점점 나아졌다. 지난 날 죽을 뻔했던 도썬버에서도 자유자재로 헤엄쳤다. 배영, 잠영, 제일 힘들다는 자유형, 평영까지 골고루 해냈다. 심지어 약 5m 높이의 배 위로 올라가 바다로 떨어지는 다이빙도 서슴지 않았다. 영도다리 위에서도 다이빙을 했다. 또래아이들은 무섭다고 피했다. 다리 위에 올라서면 나보다 크고 근육질인 어른들뿐이었지만, 그 가운데 유일하게 초등학생인 내가 끼어 있었다. 나도 어른이 된 것 같아 더 신이 났다.

바다는 나의 친구였다. 동생들에게도 수영을 가르쳤다. 심지어 등을 햇볕에 태우면 겨울에 감기 안 걸린다는 말을 들었기에 여름방학 땐 온종일 바다에서 살았다. 아무리 여름이라 해도 수영을 오래 하면 춥다. 해변으로 나와 모래바닥에 엎드리면 햇빛을 받은 등이 따스하게 익어가기 시작한다. 땀이 날 때까지 버티다 다시 물로 뛰어든다. 그걸 반복하면 등에 물집이 생기고, 물집이 터지면 피부껍질이 벗겨지고, 아프고 쓰렸다. 잠을 잘 때 새우처럼 구부리고 옆으로 누워서 자야했지만, 그래서인지 겨울엔 감기 한 번 걸린 적 없이 자랐다.

다시 서울로

1953년 여름, 한반도에 휴전이 찾아왔다.

어머님과 할머니께서는 서둘러 서울 집으로 돌아갈 채비를 하셨다. 어시장의 도매 가게를 정리하고 서울로 올라갈 준비를 했다. 크고 작은 짐 보따리가 방안에 가득했다.

우리 반 친구들도 하나둘씩 떠나기 시작했다. 그때마다 김철수 선생님은 학급 아이들 앞에서 인사말을 시키셨다. 교실은 그때마다 울음바다가 되곤 했다. 드디어 내 차례가 되었다. 내일 뭐라고 인사말을 해야 할지 앞이 캄캄했다. 먼저 떠난 아이들이 뭐라고 인사말을 했는지 생각도 나지 않았다. 형에게 물었더니 "학교 다니면서 네가 제일 기억나는 게 있으면 그걸 말해!"라고 했다. 답이 떠올랐다. 이튿날 아침 등교를 하자마자 선생님께 귀경

한다는 인사말을 올렸다. 종례 시간엔 선생님의 호명에 따라 예외 없이 나도 아이들 앞에 섰다. 그리고 인사말을 했다.

"친구들과 바닷가와 산·들에서 공부했던 일과 이곳 교실을 짓느라 땀 흘렸던 때가 많이 기억납니다. 그동안 가르쳐 주신 선생님과 친구들 모두에게 감사드립니다."

아이들 모두가 박수를 쳤지만 철환이만 조용했다. 마지막 날 하교 시간, 영도 피난국민학교와 영원히 이별하는 시간이다. 교실 문을 나서는데 철환이가 나를 불렀다. 그의 손엔 군인들이 쓰는 단도가 들려 있었다. 철환이는 빠르게 내 얼굴을 향해 칼을 휘둘렀다. 순간 무릎을 굽히며 자세를 낮췄다. 칼은 벽을 긁어 내렸고 나는 일어서면서 철환이의 배를 향해 주먹을 내질렀다. 철환이가 배를 움켜쥐고 쓰러졌다. 우리 두 악동은 마지막까지 주먹다짐으로 작별인사를 대신했다.

3년 만에 찾은 서울 우리집은 피난살이하던 집에 비하면 그야말로 대궐이었다. 다행히 폭격을 피해 모든 곳이 피난 전 그대로 깨끗하게 정돈돼 있었다. 둘째 이모님이 집을 잘 지키셨다. 나는 마루로 올라가 안방에 있는 다락방부터 찾았다. 피난 시절에도 어머니와 할머니께서 숨겨둔 보물이 그대로 있는지가 늘 궁금했기 때문이다. 하지만 다락문을 열자 텅 빈 공간이 눈앞에 드러났다. 어머니는 물론 할머니까지 망연자실이었다. 이층으로 오르는 층계 벽에 걸어둔 가족사진은 그대로 있었다. 사진 속에 6.25전쟁 직후 납치돼 행방불명된 아버지가 나를 바라보고 계셨다. 보고 싶고 그리웠다.

초저녁엔 병구, 희준이, 영웅이를 찾아 나섰다. 영웅이네 대문을 두들기며 영웅이를 불러보았지만 대답이 없었다. 돌아서려는데 대문이 열리고 왠 낯선 아저씨가 얼굴을 내밀었다. 아무 말도 못했다. 다행히 우리집 바로 앞에 사는 병구, 영웅이네 앞에 살던 희준이가 나를 반겨주었다. 병구와 희준이는 피난을 가지 않았고 서울에서 살았다며, 전쟁 중에 서울에서 겪은 흥미진진한 이야기를 들려주었다. 영도 피난초등학교 얘기를 이어가면서 우리는 시간 가는 줄 모르고 3년 만의 해우를 만끽했다.

이튿날부터 우리들은 예전부터 즐겨 놀던 종로, 을지로, 광화문까지 구석구석을 찾아 나섰다. 〈화신백화점〉을 비롯해 모든 건물은 뼈대만 앙상하게 남아 있었다. 성한 건물은 하나도 없었다. 모두 비행기 폭격에, 대포 포격에, 시가전으로 망가지고 부서져 있었다. 전쟁이 할퀴고 간 자리는 잔인하고 처참한 모습뿐이었다. 거리마다 축 늘어진 상이군인 아저씨들을 쉽게 발견할 수 있었다. 군용차가 요란하게 다녔고 미군들도 많이 보였다. 중앙청은 옛 모습보다 살이 빠지고 메말라 있었다. 이제 꼭대기는 더 이상 궁금하지도 않았다. 안국동 로터리를 돌아 비원으로 향했다.

갑자기 인민군 오토바이가 떠올랐고, UN군 서울 탈환 때 하늘에 떠 있던 잠자리비행기가 생각나 하늘을 올려다 보았다.

어머님께서는 4형제 교육에 쉼이 없으셨다. 어떻게 아셨는지 형은 내일부터 효자동에 있는 경복중학교에 등교하라고 하시며 전차표를 내미셨다. 나는 교동국민학교를 아직도 미군들이 사용하고 있다는 걸 이미 알았기에 학교에 갈 수 없다는 걸 알았다. 하지만 어머님은 단호히 말씀하셨다. 너희들도 내일부터 종로국민학교로 가라고 하셨다. 교동국민학교는 종로국민학교와 교정을 함께 사용한다 하셨고 4학년으로 등록했으니 내일부터 가라고 하셨다. 옛 친구들을 만날 수 있다는 생각에 얼른 가고 싶었다. 그렇게 서울에서의 나의 학업이 다시 시작됐다.

우리 반 학생 수는 90여 명이었다. 그중 피난 가기 전 교동국민학교 본교생은 찾아보기 힘들었다. 거의 낯선 아이들이었다. 경상도 사투리를 사용하는 아이들은 없었지만 평안도와 함경도 사투리를 쓰는 아이들은 많았다. 나이도 천차만별이다. 아주 어린 아이들도 있었지만 얼굴에 여드름이 돋은 아이들도 있었다.

나는 7살 때, 10월생이어서 초등학교 입학불가 통지를 받아 이듬해 8살이 되어서야 입학했다. 6.25가 발발한 1950년에 3학년이었지만 부산 피난 시절 또다시 3학년에 편입돼 공부를 했다. 전쟁이 끝나자 내 친구 일부는 벌써 5학년이 됐고, 일부는 나와 같이 4학년이 됐다. 나이는 반 전체에서 중간 정도였다. 내가 이렇게 나이를 따지는 건 우리 반 최고령이자 별명이 '장거리포'인 김지열 때문이다. 당시의 놀이는 공차기였다. 지열이는 한 번 볼을 차면 운동장 밖으로 공이 넘어가거나 교실 유리창이 박살났다. 우리보다 두 배, 세 배나 멀리 보냈다. 힘도 아주 셌다. 그래서 별명이 장거리포다. 성격도 거칠고, 수업시간에는 떠드는 소리가 수업을 방해할 정도였다.

앞줄에서 공부하던 나는 뒤를 돌아보며 소리를 질렀다.

"야! 좀 조용히 할 수 없어?"

갑자기 교실에 적막이 흘렀다. 선생님은 소리를 지른 나를 주시하시며 말씀하셨다.

"방열, 앞으로 나와!"

나는 천천히 일어서면서 장거리포를 쳐다봤지만 그는 쌤통이라는 표정을 지었다. 선생님은 왜 소릴 질렀는지는 알아보지 않고 종아리를 때렸다. 억울하고 분했지만 묵묵히 벌을 받았다. 장거리포에 대한 복수혈전을 꿈꿨다.

마지막 종례를 마치고 지열이를 운동장에 있는 야외수영장으로 이끌었다. 아이들은 낌새를 알아차리고 몰려들었다. 단짝 광진(강영진 : 한국현대문학관 이사장)이와 바른 길이 아니면 가지 않는 기춘(이기춘 : 바스코리아 대표이사, 제7대 문배주 명인)이는 싸움을 극구 말렸다. 한 녀석이 돌을 집어들고 수영장 한가운데에 굵은 선을 그었다.

"열을 셀 때까지 선을 넘지 못하는 사람이 무조건 지는 거다. 알았지?"

이쪽엔 내가, 반대편에 장거리포가 서 있었다. 긴장도 잠깐, 누군가 "하나, 둘, 셋!"하고 신호를 했다. 나는 선을 넘어 장거리포 얼굴을 향해 두발차기를 날렸다. 장거리포는 내 발을 붙잡았다. 공중에 발이 떠 불리했으나 한 발로 중심을 잡고 그의 가슴으로 뛰어 올라탔다. 체중이 실린 내 몸이 장거리포의 상체를 눌렀다. 장거리포가 시멘트 바닥에 넘어지고 나는 있는 힘을 다해 얼굴을 가격했다. 이번엔 장거리포가 나를 제쳐 바닥에 눕히고 올라탔다. 정신없이 얼굴을 맞았다. 이때 누군가 "선생님이다!"라고 소리쳤다. 구경하던 아이들이 너도나도 꽁무니를 빼고 도망갔다.

어떻게 알았는지 교실에서 종아리를 치시던 이익환 담임 선생님이 서 있었다. 장거리포와 나는 고개를 숙였다. 선생님은 아무 말 없이 양손으로 우리 귀 한 쪽씩을 잡고 교실로 향했다. 자초지종을 듣더니 8절지 한 장씩 주시며 반성문을 쓰게 했다. 그날 나는 장거리포가 써야 할 반성문까지 대필했다. 교실 밖으로 나오자 운동장에, 수영장에 함박눈이 사박사박 내리고 있었다. 우리는 어깨동무를 한 채 서둘러 학교를 빠져 나왔다. 청년 전기, 질풍노도 같은 시간이었다.

1955년 2월 교동초등학교(54회)를 졸업한 나는 입학시험을 거

처 형이 다닌 경복중에 입학했다. 어머니는 합격 기념으로 단성
사 극장에서 인기리에 상영되고 있던 〈원탁의 기사〉를 보여줬다.
경기중에 합격한 광진이와 함께 관람했다. 남대문 시장 안 지정
판매점에서 교복을 샀다. 모표에 '中'자가 달린 모자와 경복중 배
지가 찍힌 가방도 샀다. 등교 시 광화문에서 효자동까지 타야 할
전차도 시험 삼아 타 보았다. 모든 게 새롭고 흥미진진하고 자신
에 차 있었다.

교동초등학교 졸업사진(1955. 2). a : 이기춘, b : 필자, c : 김지열, d : 강광진

제2부

농구에 빠지다

뒷줄 왼쪽부터 필자, 송영택, 양용, 김인건, 서충원, 박영대 선생님, 앞줄 왼쪽부터 송준일, 최근창, 이병구, 박용휘. 군산에서 열린 제15회 전국 종별선수권대회(1960. 6. 9~12)에서 우승한 후 기념 사진

중·고등학교 시절

중학교 입학식은 강당에서 치렀다. 강당 상단에는 많은 선생님이 자리하고 계셨다. 우리들은 긴장한 자세로 강당 바닥에 앉아 있다가 사회를 보는 선생님이 합격자 번호와 이름을 호명하면 "네!"하고 일어섰다. 신입생 전체를 일일이 소개했는데 내 차례가 지나자 지루해지기 시작했다. 호기심이 발동했다. 내 느낌으로 교장 선생님이 누군지 찾아보기로 했다. 풍채가 가장 좋은 선생님을 찍었는데 보기 좋게 빗나갔다. 가장 마르고 꼬장꼬장하게 보이는 분이 바로 홍두표 교장 선생님이셨다.

내가 이처럼 기억하는 것은 그날따라 소변을 참느라 무척 힘들었기 때문이다. 홍두표 교장 선생님 입에서 나오는 훈시는 어찌나 긴지 끝날 것 같으면서도 계속 이어지는 바람에 나중엔 기

진맥진했다.

중학교는 매 교과 시간마다 다른 선생님이 들어오는 게 좋았다. 과목마다 지루하지 않게 이해력과 집중력을 높일 수 있었다. 담임 김종표 선생님은 종례시간에만 볼 수 있다. 호기심이 가는 건 수업시간 외 자유선택으로 '특별활동'에 가입하는 것이었는데, 미술, 음악, 공작, 연극, 생물 등 다양했지만 안병원(⟨우리의 소원은 통일⟩ 작곡가) 선생님 권유로 김성길(전 서울대 성악과 교수)과 함께 음악반을 택했다.

안 선생님은 음악실에서 평소 듣기 어려운 ⟨터키 행진곡⟩을 비롯한 피아노 소품, ⟨호프만의 뱃노래⟩ 그리고 독일과 러시아 민요, 영화 주제가 등을 레코드판으로 감상할 기회를 만들어 주었다. 그덕에 무럭무럭 감성을 쌓아갔다. 한번은 안병원 선생님께서 갑자기 물으셨다.

"너희들 중에 하모니카 불 줄 아는 사람 있니?"

나는 얼떨결에 손을 들었다. 음악반 아이들 앞에서 베이스를 넣어가며 피난 시절 갈고닦은 ⟨6.25노래⟩를 힘차게 불렀다. 친구들로부터는 박수를, 선생님으로부터는 칭찬을 받았다. 겸손하지 못하고 자랑만 하는 것 같아 조금 쑥스러웠다.

농구와의 만남

경복중학교는 농구 명문교였다. 그래서인지 휴식 시간에 야외 농구장은 늘 학생들로 붐볐다. 언젠가 친구들과 섞여 공을 주고 받는데 누군가 내 모자를 빼앗아 갔다. 키가 크고 얼굴이 여드름 범벅인 고등학교 선배였다. 그는 한 손에 여러 개의 모자를 하늘로 뻗쳐 들더니 따라오라고 했다. 영문도 모르고 따라간 곳은 운동장 가장자리에 있는 강당이었는데, 그곳을 실내 농구장으로 사용하고 있었다. 그 선배는 빗자루를 주면서 바닥 청소를 다하면 모자를 돌려주겠다고 약속했다. 우리는 뿌연 먼지를 뒤집어쓰며 열심히 청소를 했다.

여드름 선배는 모자를 건네주면서 농구 한번 해보라며 공을 건넸다. 우리들은 신이 났다. 마당과 달리 공이 규칙적으로 튀어

올랐다. 특히 링으로 공이 들어갈 때는 그물망이 '쓰윽' 하는 소리를 냈는데 야외 코트와는 다르게 알 수 없는 쾌감이 일어났다. 여드름 선배는 내게 다가왔다.

"너 내일부터 농구 할 맘 있어?"

순간 나는 어깨가 으쓱해졌지만 망설였다. 어머님께 물어봐야 한다고 답한 후 모자를 꾹 눌러썼다.

우리 학교 농구부가 결승에서 대동상고와 경기를 갖게 돼 전교생이 응원을 갔다. 〈장충체육관〉은 타원형으로 된 야외 코트지만 바닥에는 목재가 깔려 있었다. 선수들이 일렬로 마주한 후 인사를 나누고 곧 경기가 시작됐다. 경기장 스탠드에서는 양교 응원단이 서로 교가를 불렀다. 경복은 누군가가 "시골뜨기 꼴대기야!"하고 선창을 하면 일제히 일어나 "경복, 경복 스타트~!"라고 목이 터져라 소리를 질렀다. 반팔 속옷이 땀으로 젖었다. 여드름 형은 잘했지만 대동상고의 '곱슬머리'는 날아다녔다. 열심히 응원을 했지만 경복은 패했다. 나는 대동상고에 졌다는 걸 받아들일 수 없었다. 스탠드에 앉아 속으로 다짐했다. 농구부에 들어가 '대동상고는 꼭 꺾고 말겠다고.'

귀가 후 어머님께 농구부에 들어가겠다고 여쭈었다. 절대 안 된다며 큰집 형처럼 의학을 전공해야 하니 잔말 말고 학업에 열중하라고 하였다. 나는 대동 곱슬머리가 머리에 떠올라 아무것도 할 수 없었다. 이튿날 등교해서 대동상고만 이기면 농구를 그만

두리라고 작정하고, 일단 음악반 안병훈 선생님을 찾아 음악반에서 빠지겠다고 말했다. 곧바로 농구반 김항락 선생님 허락을 받아 농구부에 입단했다. 그날의 결정이 내 일생을 지배하게 될 줄은 그때는 감히 상상조차 할 수 없었다.

목표가 결정된 이상 미적댈 수 없었다. 농구를 해보니 정말 매력적인 스포츠였다. 규칙을 갖고 경쟁하고 상대를 존중해 예의를 갖추며 경기하는 모습이 마음에 끌렸다. 더구나 혼자 잘한다고 되는 것이 아니고 5명의 팀원이 서로 협력해야 승리할 수 있다는 것도 내 마음을 사로잡았다. 당시 농구부 훈련은 4시 학업이 끝난 후 4시 30분부터 시작됐다.

고등부의 훈련이 먼저고, 7시쯤에야 곁에서 견학하고 있던 우리들 차지가 됐다. 기초훈련은 반복에서 반복으로 끝난다. 뛰고, 던지고, 달리는 훈련에 다리가 끊어질 것처럼 고통스러웠지만, 대동상고 곱슬머리를 떠올리면 고통은 아무것도 아니었다.

비 내리는 날이면 육군 팀, 공군 팀, 한국은행 팀, 산업은행 팀 등 우리나라 대표급 선수들이 경복고 실내 코트를 찾았다. 실업팀 선수들은 곱슬머리보다 더 잘했다. 화려한 유니폼에 농구선수들만 타고 다니는 버스를 이용했다. 가끔 고등학교 형들이 실업팀과 연습게임을 할 때는 저들처럼 잘하는 선수가 되어 가슴에 태극기를 단 유니폼을 입는 꿈을 꾸기도 했다.

어머니가 학교를 방문해 농구부 담당 김항락 선생님과 나의 진로 문제로 의견을 나눴다고 했다. 어머니는 선생님께 나를 농구부에서 빼 달라고 부탁했다고 말했다. 그러면서 내일부터 농구하지 말라고 엄하게 단속하셨다. 나는 대동상고만 꺾으면 안 한한다고 하지 않았느냐며 걱정하지 말라고 어머니를 설득했다. 덧붙여 공부의 끈도 놓지 않고 열심히 하고 있다고 퉁명스럽게 말했다. 농구를 더 열심히 했다. 개인기술 숙달을 위해 길거리에서 드리블 연습을 했다. 한밤중이면 몰래 공을 들고 종로거리로 나섰다. 인도 옆 가로수를 수비선수라고 생각하고 그 사이사이를 가르며 드리블 연습을 했다. 동대문역까지 달렸다 돌아올 때는 아무도 없는 전차길 가운데를 빠른 속도로 드리블해 나갔다. 어

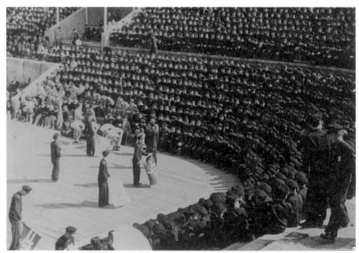

1956년 3월, 장충체육관 야외코트에서 경복고 전교생이 응원하는 모습

느 날 한참을 그렇게 드리블을 하던 중 요란한 호루라기 소리가 들렸다. 경찰이었다.

"지금 뭘 하고 있는 거지?"

경찰은 통금시간을 위반했다며 나를 파출소로 연행했다. 종로파출소는 종로4거리 신신백화점 건너편에 있었다. 파출소에 도착하자 자세한 신상과 통금 위반 이유를 물었다. 나는 자초지종을 털어놓았고, 이야기를 듣던 경찰관은 버럭 화를 냈다.

"인마, 너 미친놈 아냐? 통금시간 위반이라는 것도 몰라?"

신원 확인을 위해 집 전화번호를 물었다. 나는 사정했다. 경복중학교 학생인데 내일부터는 절대로 안 하겠다고 통사정했다. 경찰은 이름과 학년, 반을 적게 한 뒤 시말서와 반성문을 작성하라며 시험지를 두 장 내밀었다. 반성문을 쓰면서 국민학교 시절 '장거리포'를 떠올렸다.

1957년 5월 9일. 지방 첫 대회로 전주에서 종별 농구선수권대회가 개최되었다. 그동안 서울에서만 경기를 했는데 지방에서, 그것도 전주에서 대회가 있다고 하니 벌써부터 가슴이 뛰었다. 중학교 선수들은 고등학교 선배들이 움직이는 대로 따라만 가면 되었다. 우리 중학교 선수들은 서울역을 출발할 때부터 천방지축으로 행동하다 선배들로부터 꾸지람을 듣기도 했다. 여하튼 신나는 기차 여행이다. 호남선을 처음 타는 것도 설레는 일이었다.

열차 안에는 타교생들도 동승했다. 몇몇 안면 있는 휘문중학교 선수들이 눈에 들어와 인사를 나누기도 했다.

"찐 계란 있어요!"

"맛 좋은 호두과자요."

장사하는 사람들이 열차 복도를 왕래했다. 피난 시절 대구에 도착했을 때 머리에 주렁주렁 바구니를 이고 달려오던 아낙네들이 떠오르기도 했다.

천안역에 닿자 선배들이 승강장에 있는 가락국수집으로 안내했다. 벌써부터 줄이 길게 서 있었다. 10분 내로 먹어야 한다며 우리들에게 주의를 줬다. 나는 가락국수 사발을 받자마자 허겁지겁 먹느라 입천장이 데었다. 왜 그리 맛있는지 멈출 수가 없었다. 우리들은 기차가 움직이기 시작할 때까지 곁눈질을 해가며 먹었다. 갑자기 기차가 '꽤~액 꽥~' 소리를 치더니 서서히 움직이기 시작했다. 재빨리 우동그릇을 주인에게 건네고 기차를 따라갔다. 기차에 미리 오른 동료들은 큰일이라도 난 듯 창밖으로 머리를 내밀며 빨리 타라고 손짓을 했다. 바삐 달리는데 앞에서 달리던 사람이 넘어지고 말았다. 나는 그 사람을 피하느라 잠시 멈추어 설 수밖에 없었다. 순간 기차가 가속을 하며 빨라지자 겁이 털컥 났다. 기차를 놓치면 끝이라는 생각에 앞사람들을 제치고 달렸다. 겨우 왼손으로 기차 꽁무니의 난간을 잡을 수 있었다. 한 팔로 난간을 잡은 채 달리던 두 발로 농구에서 러닝 슛을 하듯이 온 몸을 던져 기차로 점프했다. 그리고 착지한 곳이 난간 디딤대였다. 다시는 가락국수를 먹지 않겠다고 다짐했다.

경복중·고등학교 농구단은 전주시내 북문 앞에 있는 〈전동여관〉에 투숙했다. 마당이 꽤 넓은 집이었다. 한쪽에는 계사(닭장)가 있고 또 다른 한쪽에는 제법 큰 개도 한 마리 있었다. 아침이되자 아주머니들이 밥상을 마주잡고 방으로 들어왔다. 세상에 반찬이 이렇게 많은 밥상은 처음이었다. 우리들은 선배들이 먹고난 후 두 번째로 밥상을 받았는데, 선배들 밥상보다는 못했다. 그래도 맛있었고, 배불리 먹었다.

첫 경기에서 경남중학교 팀과 맞섰다. 경남중학교에는 머리를 빡빡 깎은 김윤영이라는 선수가 압권이었다. 탄력이 뛰어났고점프슛도 정확했다. 마치 고등학교 선수처럼 잘했다. 우리는 그를 막지 못해 패하고 말았다. 첫 지방 출전에 첫 패배를 맛보았다. 모두들 사기가 떨어져 〈전동여관〉으로 돌아왔다.

여관에서 쉬고 있는데 짱구 형이 들어와 밖에서 누가 찾는다며 나가 보라고 했다. 나가보니 낯선 분이 서 있었다. 그분은 웃는 얼굴로 나를 보더니 북문 앞 빵집에서 보자며 1년 후배인 김인건과 함께 나오라고 했다. 인건이를 대동하고 그와 빵집에서마주했다.

"나는 전주지방법원에 근무하는 '유학봉'이라는 사람인데, 자네들 농구하는 모습을 보니 마치 동생을 보는 것 같아 만나보고 싶어서 이렇게 찾아 왔네."

나는 그분이 건넨 명함을 유심히 살펴보았다. 劉學鳳이라 적혀 있었다. 그 후로도 그분은 경기가 있는 날에는 여지없이 농구장을 찾아 우리를 응원하고, 경기가 끝나면 빵을 사주면서 대화를 이어갔다. 대회를 마치고 전주를 떠날 때는 역까지 나와 서 계셨다. 서울로 돌아온 지 며칠 후 그로부터 편지가 날아왔다. 편지에는 전주에서 만남을 소중하게 간직하고 있다는 내용이었다. 나도 답장을 드렸다. 진정한 농구 팬이었다.

전주 대회에서 느낀 중학생들의 농구 실력은 내가 알고 있던 수준과 큰 차이가 있었다. 경복중학교의 농구는 우물 안 개구리였다. 그걸 깨닫게 한 대회가 전주종별선수권대회였다. 세상엔 나보다 더 크고, 더 잘하고, 더 체력이 우수한 선수가 많았다.

여름방학이 시작되면 "와아!" 소리치며 전교생이 교문을 빠져나간다. 어떤 친구들은 무전여행을 간다거나, 또 다른 친구들은 고향을 찾거나 모두들 꿈을 갖고 떠난다. 그러나 농구부는 방학중에도 합숙훈련을 했다. 입소할 땐 으레 쌀 112.5홉(1말 반 정도, 2홉 5작×1일 3식×15일=112.5홉)을 이부자리와 함께 각자 지참했다. 부식은 학교에서 제공했다.

합숙소는 따로 있는 게 아니다. 교실의 책걸상을 모두 복도로 내놓으면 훌륭한 마루가 생긴다. 그 곳에 의자 6개를 서로 마주

보도록 붙이고 그 위에 돗짚요^(다다미) 1장을 올려놓고 담요로 씌운다. 그러면 아주 근사한 침대가 된다. 머리맡엔 반드시 책상을 놓고 방학숙제 및 일기를 쓸 수 있도록 준비했다. 10여 명이 그렇게 똑같이 꾸미고 잠자는 곳이 당시의 우리학교 합숙소였다. 식사는 선생님들의 숙직실 식당에서 해결했는데 반찬은 많지 않지만 늘 맛있었다.

짧은 방학 기간 내 훈련의 성과를 올리려고 오전·오후에 걸쳐 하드 트레이닝을 했다. 더위는 극에 달했다. 한나절 외부 온도는 섭씨 30도지만, 체육관 안은 32~34도를 오르내렸다. 훈련을 끝마치면 온몸이 땀범벅이다. 우리들은 정문 옆에 자리한 수영장을 담치기로 넘어가, 농구화만 벗어 던지고 운동복을 입은 채 그냥 물로 뛰어들었다. 피난 시절 배운 수영을 맘껏 즐긴다.

몰래 수영장을 쓰다 들켜 곤욕을 치르기도 했다.

"너희들 어떻게 여길 들어왔어?"

틀림없이 남영우 선생님 목소리다. 남영우 하면 전교생이 벌벌 떨었다. 채벌이 무섭기로 유명해 걸리면 뼈도 못 추린다는 소문이 자자했다. 우리는 사태의 심각성을 알아차렸다. 너나 할 것 없이 재빨리 숨을 곳을 찾느라 야단법석이다. 나는 신속하게 물에서 빠져나와 수영장 주변에 있던 드럼통 뒤로 몸을 숨기는데 성공을 했다. 기회를 봐서 남 선생님의 눈을 피해 정문으로 도망치려 했다.

다들 그렇게 여기저기 몸을 감추었는데 평소 동작이 느린 홍식이가 우왕좌왕하다가 남 선생님과 눈이 마주쳤다. 홍식이는 수영장 바닥에 얼어붙은 자세로 떨고 있었다. 그리고 우릴 향해 말했다.

"야, 너희들 다 나와, 선생님께서 다 아신단 말이야!"

나는 주먹을 불끈 쥐고 "너 죽을래?"하고 소리는 못 지르고 입 모양을 크게 벌리며 말했다. 홍식이가 걸린 게 두려워 우릴 물고 들어간 것이 뻔했다. 아니나 다를까, 우린 하나 둘 남 선생님 앞에 항복할 수밖에 없었다. 홍식이가 원망스러웠다. 우리들 모두는 남 선생님의 주먹을 피할 수 없었고, 벽을 향해 물구나무서기를 한 채 수영장을 바라보는 벌을 받았다. 수영장이 거꾸로 보

1957년 경복중학교 농구부 시절. 뒷줄 첫 번째 김항락 선생님을 비롯해 한태규, 이홍식, 손지영, 방열(필자). 아랫줄 은학표, 신윤희, 박명규 선수

이고 남 선생님은 하늘에서 수영을 하고 있었다. 우린 남 선생님이 물에서 나올 때까지 계속해서 물구나무서기 자세를 유지하는 벌을 받았다. 팔이 떨어져 나가는 듯 아파 나중엔 팔 대신 머리를 땅에 대고 버텼다. 그 뒤로는 아무리 더워도 수영장에는 얼씬도 하지 않았다.

겨울방학 중에도 열심히 훈련을 이어 갔지만 일요일은 쉬는 날이다. 함박눈이 아침부터 펑펑 내렸다. 나는 눈 오는 날을 무척 좋아했다. 온 세상이 먼지 하나 없이 하얀 침묵 아래 평등해지기 때문이다. 일요일 어느 날, 방구석에서 뒹굴고만 있는 건 태만이라는 생각에 백을 메고 학교 농구장을 찾았다. 학교 정문은 잠겨 있었다. 교문을 붙들고 수위 아저씨를 불렀다. 점박이 아저씨가 날 알아보고 "웬일이냐?"며 쪽문을 열어주었다.

교정에 들어서 보니 학교 운동장, 스탠드, 교실 지붕, 각종 나무들, 심지어 전깃줄에도 하얀 눈이 덮여 있었다. 나는 아무도 지나가지 않은 하얀 운동장 한가운데를 마치 미지의 세계를 찾는 탐험가처럼 한 발 한 발 걸어 나갔다. 이루 말할 수 없는 쾌감이 가슴을 메웠다. 지나간 발자국은 곧 새 눈으로 채워졌다. 한참을 걷다 발길이 멈춘 곳은 체육관 앞이었다. 체육관 문은 굳게 잠겨 있었다. 아무리 열려고 해도 꿈쩍도 안 했다. 낭패다. 모처럼 연습하러 왔는데 꼴이 말이 아니었다.

혹시 열려 있는 창문이 있나 보려고 처마 밑 창문을 올려다보았지만 앞쪽 창은 모두 닫혀 있었다. '혹시나…' 하는 생각에 건물 뒤쪽을 향해 체육관 담을 따라 돌아갔다. 천만다행으로 반쯤 열려 있는 처마 밑 창 하나가 눈에 들어왔다. 나는 지체 없이 달려가 담벼락 사이에 붙어 있는 배수관 기둥을 붙잡고 기어오르기 시작했다. 옆구리에 낀 운동 백이 벽에 닿으면서 밑으로 떨어졌다. 푹신하게 내린 눈이 완충작용을 했는지 아프지 않았다. 이번에는 백을 등에 짊어지고 재차 올랐다. 조심조심 손이 창문에 닿았다. 왼손으로 창틀을 붙잡고 다른 한 손으로 창문을 활짝 열어젖혔다. 그리고 두 손으로 창틀을 쥔 채 턱걸이로 좁은 창틀에 엉덩이를 올려놓는 데 성공했다. 먼저 등에 멘 백을 농구장 바닥에 내던지고 서서히 벽에 몸을 대고 내려갔다. 두 발이 바닥에 닿자 나는 벌렁 누어 천장을 바라보았다. 야간이면 불을 밝혔던 전등이 나를 내려다보며 웃고 있었다.

1958년도 고등학교 입학 시험일을 3개월쯤 앞두고 있었다. 중학교 3학년인 신윤희, 은석표, 이홍식, 한태규, 박명규, 손지영과 나는 운동 금지령을 받았다. 고등학교 입학시험 준비를 하기 위해서였다. 국어, 영어, 수학, 생물, 화학 등 10일에 한 과목씩 벼락치기 공부를 이어 나갔다. 낙방하면 보습반으로 편입된다. 보습생은 중학생도 아니고 고등학생도 아닌 어정쩡한 신분이었다. 물론 하고 싶은 농구도 집어치워야 한다. 입학시험에는 타교생들도 지원했다. 그중에는 농구선수들도 포함되어 있었는데, 주로 군산중학교, 경남중학교, 광신중학교, 휘문중학교 선수들이었다.

합격자 발표 날, 본교 출신 수험생들은 학급에서 결과를 발표해 알았지만 어찌된 영문인지 타교생들은 한 명도 입학하지 못했다. 당시에는 특기생 입학전형 제도가 없었기 때문이라는 것을 나중에 알게 되었다. 잠시나마 그들과 함께 농구하는 꿈을 꿨는데 안타깝기만 했다. 본교생들로만 구성된 경복고등학교 선수생활이 이어졌다.

농구와 학업

거리에는 자전거를 타고 다니는 학생들이 제법 늘어났다. 롤러스케이트를 어깨에 메고 활보하는 학생들도 있었다. 자전거는 모두 일제였다. '골든', '미야타' 브랜드의 자전거가 제일 인기였다. 앞바퀴 양옆으로 발전기가 부착돼 있어 달릴 때 자동으로 충전된 전기로 밤이면 작은 헤드라이트에 불을 밝혔다. 1단부터 4단까지 변속기어도 달린 신형 자전거였다. 몹시 갖고 싶었다. 농구선수는 하체 훈련이 필수인데, 자전거로 등하교를 한다면 일석이조일 거라는 생각도 들었다.

어머니는 나의 끈질긴 요구에 전국대회에서 우승하면 사주겠다고 약속했다. 나는 우리의 라이벌 팀들을 머리에 떠올렸다. 서울에는 휘문고, 양정고, 배재고, 대동상고, 중동고 등이 있었고,

지방에는 경남고, 마산고, 계성고, 인천고, 대구고 등이 있었다. 이들 가운데는 우리 학교 진학을 실패한 선수도 있었다. 그 외 스타급 선수들도 떠올랐다. 각 팀의 장단점을 연구하며 미야타 자전거를 오버랩시켰다. 이들 모두를 이겨야 했다. 경복고등학교 팀은 서울시 산하 예선대회에서 곱슬머리가 졸업한 숙적 대동상고를 이겼다. 중학교 2학년 때, 장충체육관 관중석에서 결심했던 나와의 약속은 이렇게 달성되었다. 이제는 어머님과의 약속을 지켜야 한다.

전국체전이 시작되었고, 경복고는 서울 대표로 출전해 결승전에서 대구 대표 계성고와 맞섰다. 전반전은 엎치락뒤치락 했지만 후반 들어 여유 있게 승리했다. 드디어 생애 첫 전국대회 금메달을 목에 걸었다. 어머니는 약속을 지키셨고, 미야타는 내 발이

1959년 4월 춘계중고연맹전에서 우승한 후 기념촬영. 앞줄 우측에서 세 번째

되어 전국 각지를 돌아다녔다.

시간이 갈수록 농구에 대한 나의 열병은 깊어 갔다. 그중 하나인 농구에 관한 책을 구하기 위해 이리저리 다녀봤지만 헛수고였다. 길이 없으면 돌아서라도 가야 했다. 을지로 뒷골목에는 미군부대에서 흘러나오는 각종 물품들을 파는 상인들이 많았다. 책도 그중의 한 품목이었다. 혹시나 하는 마음으로 찾아갔다가 농구 교본을 한 권 구할 수 있었다. 그 뒤로 매일같이 들락거렸다. 농구에 관한 책이 제법 많았다. 미국대학스포츠협회(NCAA)와 관련된 책들과 《스포츠 일러스트레이트(Sports Illustrate)》와 같은 잡지, 농구 전문서적까지, '바스켓 볼'이라는 말이 들어간 책은 모조리 구입했다. 선수들의 사진만 있어도 샀다. 그들이 취하고 있는 동작도 연구대상이었기 때문이다.

전술과 전법이 들어가 있는 순도 100%짜리 책은 많은 도움이 됐다. 꼼꼼히 읽고 필요한 부분은 스크랩했다. 스크랩은 지금도 가지고 있다. '동작 스크랩'은 선수들의 숏·드리블 등에 대한 사진이고, 전술 스크랩은 지역수비 및 맨투맨 수비 등에 관한 설명이 자세히 수록되어 있었다. 하지만 드리블이나 패스, 숏, 수비에서부터 지구력과 순발력 훈련 등에 대해 남녀별·학년별 등으로 반복훈련 횟수나 시간 등 세부적인 내용은 없어 아쉬움이 남기도 했다.

나에겐 중학교 시절부터 절친한 벗들이 있다. 오늘날까지 우정이 이어지고 있어 〈늘벗〉이라 부른다. 일요일에는 석찬, 봉관 등과 미야타 자전거를 타고 춘천까지 나선 적도 있었고, 백운대·도봉산에 올라 밧줄에 몸을 의지한 채 인수봉에 오르는 줄타기를 즐겼다. 중국집에서 자장면을 먹고는 돈이 부족하여 도망친 적도 있었다. 시험 때면 한 집에 몰려가 함께 공부하는 걸 좋아했고, 아무리 해도 안 되는 과목은 선배들에게 물어보았다. 학업과 선수생활의 병행은 평행으로 이어진 밧줄 사이를 오르내리는 것과 흡사했다. 밧줄에서 떨어지면 낙오자가 된다는 신념으로 두 줄 위에 올린 발을 헛딛지 않고 이어갔다. 하지만 학년이 올라갈수록 어렵고 힘들었다. 절친한 친구들은 학업이 끝나면 도서관으로 향했지만, 나는 체육관으로 향했다. 성적이 떨어지면 학업 줄에 매달렸고, 농구 기량이 부족하면 농구 줄에 매달렸다.

청소년 시절부터 비판력을 갖고 있어야 한다고 생각했다. 비판의 역량은 사고력이 그 바탕이며, 생각의 힘은 충실한 학업과 독서 등으로부터 얻게 된다. 세상은 천태만상에 변화무쌍 그 자체이다. 무지의 상태에 빠지지 않으려면 운동 못지않게 학업에도 충실해야 한다. 나는 어떤 경우에도 학업은 소홀히 하지 않겠다는 다짐 속에서, 내게 주어진 이중의 과제에 늘 최선을 다하는 자세로 살아왔다.

승마

고등학교 1학년 때다. 한밤중 촛불에 의지해 《삼국지연의》를 읽고 있는데 어머니가 내 방에 들어오셨다. 그리고 조용히 말씀하셨다.

"열아, 너 혹시 말 타고 싶지 않니? 만약 배우고 싶다면 엄마한테 말해라, 기회를 만들어 보겠다. 말을 타면 우선 몸의 자세가 잡히고 행동거지도 바르게 된단다. 남자는 가능하면 뭐든 다 할 줄 알아야 좋다. 잘 생각해 봐라!"

어머니는 나의 답을 기다리지도 않고 나가셨다. 나는 읽던 책을 덮고 생각에 잠겼다. 어머님의 뜻은 알겠지만, 내가 하고 있는 학업과 운동만 해도 벅찬데 과연 말까지 탈 여유가 있을지 반문해 보았다. 어머니 말씀을 따르면 등교시간 전 새벽밖에 시간이

나지 않고, 말 타기를 포기하자니 곧장 호기심이 발동하면서 《삼국지》에서 관우가 탔던 적토마가 머리를 떠나지 않았다.

잠자리에 들자 적토마뿐만 아니라 영화에서 본 존 웨인이나 게리 쿠퍼, 버트 랭커스터 등이 출연하는 서부 활극과, 올림픽에 출전한 승마 선수들이 높은 장애물을 넘고 환호하는 모습이 더해져 잠들 수가 없었다. 이리저리 몸을 뒤척이다가 밤을 새고 말았다.

서울기마경찰대는 수송동 숙명여고 옆에 자리하고 있었다. 인사동 우리집에서 가려면 두 가지 길이 있는데, 전차를 이용하면 광화문역에서 내려 걸어가는 코스여서 자주 지나쳤다. 기마경찰대는 내게 친숙한 곳이었다.

말 타러가는 첫 날이었다. 교복을 입은 채 책가방을 옆구리에 끼고, 짙은 밤색의 긴 장화를 신었다. 한 걸음 한 걸음 걸을 때마다 철거덕 철거덕 장화에 달린 톱니 박차소리가 말을 리드하는 것 같았다. 숙명여고 앞을 지날 때는 폼 잡느라 허리를 더 꼿꼿하게 세우고 걸었다. 드디어 기마경찰대 정문에 섰다.

위병은 나의 이름을 적고 기다리라고 한 뒤 어딘가 전화를 걸었다. 나는 선 채로 기마경찰대 내부를 살폈다. 마침 새벽녘이라 그런지 말은 한 마리도 보이지 않고 조용했다. 모래가 깔린 운동장 주변은 온통 통나무로 된 울타리가 둘러싸고 있고 그 오른쪽은 마사가 길게 연결되어 있었다. 잠시 뒤 안내원이 나에게 따라

오라는 신호를 하며 앞서 나갔다. 그는 마사로 나를 인도하면서 물었다.

"혹시 전에 말 타 본 경험이라도 있나요?"

"네? 아뇨 한 번도 없었는데요!"

"아, 네! 그렇다면 오늘이 첫날이니까 내가 안내하겠습니다."

안내원은 우선 말을 고르기 시작했다. 마사에 갇혀 있는 말들은 유난히 커 보였고, 내가 지나갈 때마다 큰 눈으로 주시했다. 마치 '아침부터 귀찮게 넌 어디서 왔냐?'는 듯 날 경계하는 듯한 태도였다.

안내원이 한 마사 앞에 섰다. 문패엔 '공운'이라고 쓰여 있었다. 말마다 이름을 갖고 있다는 걸 처음 알았다. 안내원은 공운의 고삐를 쥐고 마사를 빠져나와 운동장 쪽으로 걸어 나갔다. 나는 그의 뒤를 따라갔다. 운동장 안으로 들어서자 그가 말했다.

"오늘은 말에 오르는 기술과 말과 함께 걷는 연습을 할 테니 내가 하는 동작을 유심히 보길 바랍니다."

그는 말안장을 잡는 법, 발걸이에 발을 올려놓는 법, 안장 위에서 정자세를 유지하는 법, 말고삐를 쥐는 법, 양다리와 무릎을 사용하는 법 등을 차례차례 시범해 보이며 설명해 나갔다. 한눈에 알아차렸고 배울 것도 없다고 생각할 정도였다.

그가 말에서 내려오자 나는 순식간에 말에 올라 똑같이 행동했다. 그리고 빨리 달리고 싶어 슬그머니 박차로 공운의 배를 긁었다. 순간 말이 후다닥 뛰면서 운동장을 가로질러 마사 쪽으로 달려가더니, '공운'이라는 명패가 달린 제 집으로 들어가려 했다. 말 위에 올라탄 내 머리가 마사 천창에 부딪치려는 찰라 황급히 몸을 굽혀 말목에 난 긴 갈기를 붙잡고 간신히 불상사를 면했다. 안내원이 황급히 달려와 숨을 고르면서 내게 화를 냈다.

"아니 학생! 내가 아까 말했지만, 우선 오늘은 승마의 가장 기본을 배우기로 했는데 왜 박차를 사용해서 말을 놀래키는지 도대체 모르겠네! 얼른 내려와!"

나는 엉거주춤 몸을 굽혀가며 말에서 내려왔다. 공운은 잘 됐다는 뜻인지, 섭섭하다는 뜻인지 두 눈을 나에게 고정시키고 말 특유의 소리로 '히히힝' 거렸다. 창피하고 미안하고 부끄러웠다. 나의 겁 없는 행동이나 침착하지 못한 태도도 그렇지만 안내원의 말을 무시한 것이 송구했다. 나는 정중히 사과했다. 그리고 부탁했다.

"사실 제가 오늘 만나게 될 말에게 주려고 당근을 가지고 왔는데, 이거라도 꼭 공운에게 주고 싶은데요?"

그는 빙그레 웃으며 나를 공운에게로 안내했다. 공운은 우리가 오는 걸 보았는지 머리를 밖으로 길게 내밀었다. 나는 가방에 든 홍당무를 몽땅 공운 입에 넣어 주었다. 눈 깜짝할 사이 홍당무를 먹어치우더니 벌건 입술을 말아 올리며 만족감을 표했다. 오늘 나는 또 많은 것을 배웠다. 중학교 영어시간에 배운 문장이 떠올랐다. 'The horse is a very useful animal.' 말은 대단히 유능한 동물이라는 뜻이다.

공운은 영리했다. 그는 내가 말을 탈 줄 모르는 초년생이라는 걸 알았고 거기에다 자기가 제일 싫어하는 박차로 배를 긁어대자 나를 거부한 것이다. 마사로 나를 끌고 들어간 것은 골탕 먹이려고 한 짓이 틀림없었다. 만약 내가 순발력이 없었더라면 얼굴이 마사 천장에 부딪혀 만신창이가 될 뻔한 사건이었다. 그제야 나는 깨달았다. 어머님은 내게 단순히 말 타는 것 외에 말과의 교감, 그를 위한 세심한 준비를 하는 과정을 통해 만사에 신중해야 한다는 삶의 교훈을 주고 싶었던 것 같다.

"그래, 공운아, 어디 한 번 해보자! 내일부터 너와의 싸움을 기대해라!"

나는 굳게 결심을 하고 등굣길로 나섰다.

낫 홀맨 코치

1959년 11월 미국 프로농구선수 출신으로, 당대 미국 프로농구 제1의 지도자였던 낫 홀맨(Nat Hollman)씨가 내한했다. 한국 농구선수 지도를 위해 조동재 아시아재단 사무총장 초청으로 이루어진 것이다.

농구협회는 나를 포함한 12명의 청소년 팀을 선발하여 홀맨 코치의 교육을 받도록 했다. 백발의 홀맨 코치는 훈련 시엔 반드시 운동복 차림으로 나섰고, 훈련하기 전 시청각교육으로 20mm 영사기를 사용했다. 훈련 중에는 호루라기 대신 손가락을 입에 물고 '휘이익' 소리를 내 집중시켰다. 경복고등학교 체육관은 작고, 난방시설이 없어 추웠지만 그는 콧물을 연신 닦아내면서도 열심히 지도했다. 당일 가르쳐야 할 훈련 프로그램을 손에 들고, 120분에 걸쳐 지도했다.

그는 내가 지금까지 배운 감독·코치들과 기본원리는 같았지만 지도방법은 완전히 달랐다. 깔끔하고, 명료했으며, 체계적이어서 신기했다. 무엇보다 선수들의 기량에 맞춘 선수 중심의 코칭이었다.

그는 미국 동부지역 농구에서 핵심이 되고 있는 '기브 앤 고' 전술과 '삼차원 패스', 즉 '점프 패스'를 소개했다. 이 기술은 지금도 프로농구에서 볼 수 있는데 '드라이브 앤 킥 아웃(drive and kick out)'이라고도 한다. 그의 새로운 기술과 지도법, 시청각을 활용한 교육은 우리 청소년 선수들의 눈을 자극하고 미국 농구의 세계로 돌리는 데 충분했다.

홀맨 코치는 훈련 중 선수들을 웃기는 '제스추어(gesture)'에도 능숙했다. 그럴 때마다 피로가 확 풀리면서 훈련에 촉매 역할을 했다. 예를 들면 공격기술을 지도할 때다. 스크린을 이용해 오른쪽 방향으로 공격해 들어가야 하는데 잘 안 되니까 반복해서 훈련했다. 잘 안 되는 이유는 따로 있었다. 수비하는 선수들이 이미 공격 방향을 알고 미리 막아버린 탓이다.

그때 홀맨 코치는 나를 향해 왼쪽으로 공격하라며 큰 눈과 엄지손가락으로 왼쪽 방향을 가리켰다. 물론 수비선수들은 눈치 채지 못하게 말이다. 그 표정이 어찌나 우스웠는지 지금도 눈에 선하게 나타날 정도이다. 나는 오른쪽 방향으로 가는 자세를 취했다. 수비하는 선수들은 이번에도 막아내겠다는 듯 오른쪽 수비를 강화했다. 그 찰나 홀맨 코치의 뜻에 따라 왼쪽으로 드리블해 들어갔다.

작전은 성공적이었고 수비는 그대로 돌파되었다. 홀맨은 '야호'하며 환호했다. 선수들 모두 한바탕 웃었다. 이처럼 홀맨 코치의 훈련은 지루함을 느낄 사이도 없이 진행됐다. 훈련이 시작되었다 싶었는데 금방 끝나는 시간이 돌아왔다. 다들 시간 가는 줄 모를 만큼 즐겁고 만족스러운 훈련이었다.

안타깝게도 그의 체류시간은 무척 짧았다. 어느덧 홀맨 코치의 출국일이 다가왔다. 선수들과 협회 임원들이 홀맨 코치를 배웅하기 위해 김포공항에 모였다. 까만 모자와 까만 정장, 그리고 까만 가방을 든 그는 CAT 비행기에 오르면서 큰 손을 들어 흔들며 작별인사를 했다. 홀맨 할아버지처럼 멋진 지도자가 되는 상상을 해보았다.

1959년 11월. 출국 직전 낫 홀맨 코치와 함께

종별농구선수권대회

1960년 5월, 고등학교 3학년 초였다. 모두 대학 진학을 위해 마지막 학년을 '내 인생의 1년은 없다'는 각오로 대입준비를 해야 할 시기였다. 하필 서울에서 멀리 떨어진 군산에서 종별농구선수권대회가 개최되었다. 박영대 선생님은 대회 우승을 위해 여러 가지 전술과 기술훈련을 시도했다. 그럴 수밖에 없었던 이유는 따로 있었다. 나와 함께 선수생활을 한 고3 선수들이 모두 대학 진학을 이유로 운동을 그만 두었기 때문이다. 12명이 정규 멤버였지만 남은 선수는 겨우 8명에 불과했다. 특히 신윤희(육군예비역 소장)의 '은퇴'는 큰 손실이었다. 나는 장충동에 있는 그의 집까지 찾아가 마지막 대회를 함께하자고 설득했지만 학업에 대한 그의 집념은 완고했다.

군산고와 성동공고가 경복의 최대 라이벌이었다. 박영대 선생님께서 새로운 전술·전략으로 지도하고, 나 역시 주장으로 선수들의 단합을 위해 무슨 일이든 감당해야 했다. 어릴 적 아버지 어머니의 손을 잡고 다닌 명동성당이 떠올랐다. 나는 농구팀의 후배 7명에게 이튿날 새벽 6시까지 명동성당으로 오라고 지시했다. 후배들은 선잠 깬 얼굴로 한 명도 빠짐없이 성당으로 모였다.

성당에 들어서면 성수를 손에 찍고 성호경을 그어야 한다. 나는 '성부와 성자와 성신의 이름으로 기도하옵나이다.'라고 속으로 말하며 성호경을 긋는 방법을 순서대로 알려주었다. 기도 내용은 군산 대회에서 경복고 선수들이 부상당하지 않고 최대의 기량을 발휘할 수 있도록 간절히 살펴 달라는 내용으로 하되, 절대로 '우승하도록 도와주세요!'라고는 하지 말라고 당부했다.

우리들은 나란히 무릎을 꿇고 앉아 양손을 잡은 채 기도했다. 그리고 다른 신자들처럼 오래 머물지 못하고 조용히 빠져나와 등굣길에 올랐다. 수업에 참석하기 위해서다. 우린 수업을 마친 뒤 최선을 다해 훈련에 임하고, 다음날 새벽이면 명동성당을 찾아 기도를 이어갔다. 학교공부와 훈련, 기도로 이어지는 생활을 군산으로 출발하는 전날까지 지속했다.

군산으로 출발하기 며칠 전 생생한 꿈을 꾸었다. 성동공고와의 결승전이었다. 마지막 2초를 남겨두고 나는 자유투를 얻었다. 야외 코트 중앙선 밖에 설치된 스코어판을 바라보니 경복 대 성동의 스코어가 82대 83이었다. 우리가 1점 차로 지고 있는 상황이다. 내가 2개를 모두 성공시키면 경복이 우승하는 것이고 하나면 연장으로 가고, 둘 다 못 넣으면 패하는 상황이었다. 나는 모두 성공시켰고 환희와 함께 꿈에서 깨어났다. 꿈 치고는 너무 선명했다. 꿈은 반대라고 했는데, 불길한 생각도 들었다. 아무에게도 말하지 않았다.

출발을 앞둔 터라 할 일이 많아졌다. 우선 담임 선생님께 인사를 드려야겠기에 교무실로 달려가 남도영 담임 선생님과 마주했다. 선생님께서는 나를 보며 당부에 당부를 거듭하셨다.

"군산에 가면 경복고 학생이라는 걸 잊지 말고 행동하게!"

"타교생들과 절대로 싸우지 말고, 특히 자네가 주장인 만큼 솔선수범하게나!"

당시엔 경기 도중이나 끝난 후에 싸움도 잦았었다. 상대와 싸우지 말라고 하신 것은 페어플레이(fair play)하라는 것이었고, 솔선수범하라는 말씀은 리더십을 강조하신 것이다. 경복인(景福人)으로서 스포츠맨십을 강조하신 높은 뜻이 찡하게 가슴에 닿았다. 이 말씀은 평생 내가 선수들을 지도할 때나 조직의 구성원들을 이끌어 갈 때마다 다짐하는 지침이 되었다.

박원익 교감 선생님께서는 이왕 출전하는 것 꼭 이기고 돌아오라 하셨다. 군산에 도착하면 자네를 찾는 사람이 있을 것이라며 서찰을 건네주시면서 전하라고 하셨다. 다음날 우리 선수단은 서울역 대합실에 모였다. 종별대회에 참가하기 위해 서울 소재 중등학교 선수들부터 실업팀 선수단까지 거의 모여 있었다. 어느덧 내 마음은 기도하는 심정으로 돌아갔다.

'부상 선수 없이 무사히 귀경하게 도와주세요!'

군산에 도착하자마자 마중나온 분께 서찰을 전해드렸는데, 그 분이 바로 구암의원 홍 원장님으로 경복고 선배님이셨다. 선배님께서는 학생들이 여관에 묵는 것은 교육적으로 옳지 않다 하시며 입원실 침대를 이용해서 숙소를 마련해 주셨다.

당시에는 서울만 떠나면 물이 바뀌어서 그런지 설사를 하는 선수들이 있었는가 하면, 잠을 잘 때 이불을 걷어차 배탈이 나는 선수도 많았다. 나는 후배들이 배탈 날까 봐 이불 덮어주느라 밤잠을 설쳤다. 잠이 오질 않아 거실로 나왔더니, 뜻밖에도 박영대 선생님께서는 붓을 들어 '景福 勝, 擊破 城東工高'라고 쓴 뒤 벽 한가운데 붙여 놓았다. 은근히 선동적이었으나 알 수 없는 감동에 휩싸였다. 선생님의 의지와 지혜를 본받고 싶었다. 박영대 코치는 집착과 몰입이 남달랐다. 또한 관찰력이 뛰어나 선수 개개인에게 맞춤형 지도를 해 경기력을 끌어올렸다.

당시에 우리 선수들은 주로 대만에서 만든 농구화(回力)를 신고 뛰었다. 이런 현실은 박영대 선생님의 창의력에 불을 당겼다. 선생님은 이후 한국 최초의 국산 브랜드인 '대영 농구화' 개발에 성공했다.

결승전 날 아침에 일어난 선수들은 벽에 붙어 있는 선생님의 글씨를 읽고 꼭 승리할 것을 다짐했다. 예선전은 물론 8강 준결승전을 일방적으로 승리한 뒤 마침내 성동공고와 맞붙게 됐다. 경기는 치열했고, 말 그대로 시소경기를 펼쳤다.

종료시간이 얼마 남지 않았을 때였다. 성동공고 선수가 나의 슛동작을 무리하게 막으려다 접촉이 일어났고 심판의 호루라기 소리가 들렸다. 자유투 2개가 나에게 주어졌다. 그때, 나도 모르게 스코어판을 올려다보게 됐다. 어찌 이런 일이 생길 수 있는가. 군산으로 출발하기 전 서울에서 내 꿈에 나타난 상황과 한 치 다 다르지 않은 장면이었기 때문이다. 무엇보다 스코어가 꿈에 나온 대로 82대 83 그대로였고, 파울을 당한 주인공 역시 나였다. 그 다음 현실에서도 모두 꿈대로 재현됐다. 첫 구에 이어 두 번째 자유투 역시 림에 맞지도 않고 들어갔다. 어느샌가 우리 모두는 박영대 선생님을 행가래치고 있었다. 홍 원장님을 비롯한 구암의원 직원분들의 열렬한 응원이 너무 고마웠다. 새벽잠 못자고 명동성당에 모여 기도한 후배들이 자랑스러웠다.

대학 시절

연세대학교 정치외교학과를 지망했다. 지정학적으로 삼면이 바다로 이루어진 우리나라는 이웃 강대국에 둘러싸인 약소국이다. 역사가 이를 대변해 주고 있다. 그렇기 때문에 외교가 최우선이라 믿고 정치외교학과를 선택했다.

종로 집은 어머님께서 금정관이라는 요식업을 운영하고 계셨기 때문에 공부하기가 좋은 환경이 아니었다. 어머니는 이를 알고 신촌 이모님 댁 하숙방으로 거처를 옮겨주셨다. 학교와 하숙방을 왕래하는 것 외엔 다른 할 일이 없었다. 입학시험 날까지 약 4개월 간 공부에만 몰입했다.

당시 연세대학교 입시는 서류심사를 통해 지원자 수의 1/2^(지원자가 1,000이라면 500명)을 합격시켰다. 그리고 2차 시험은 각 단과대

학 학과별 정원의 배수를 책정해 2대1로 만들어 필기시험을 치렀
다. 신입생 선발 방법으로 참 이상적인 제도라고 생각했다.

　나는 다행히 정외과에 합격해서 우리 가족 모두를 기쁘게 했
다. 대학 생활이 사회로 진출하기 전 마지막 학업 기간이므로 농
구를 지속할 것인지를 두고 잠시 고민에 빠졌다. 중학 시절부터
내가 목표로 삼았던 타도 대동상고를 이루었고, 전국대회 우승도
달성했으니 약속대로 이젠 농구를 그만둬야 할 단계에 이른 것이
다. 다른 한편으론 국가대표 선수가 되고 싶은 욕망을 지울 수 없
는 것도 사실이었다.

연세대학교 1학년 입학 후
뒷줄 왼쪽부터 김광길, 옥달인, 김명일, 하의건, 방열, 이경재 감독

대표선수가 되는 길은 눈앞에 보였다. 젊은 시절, 가슴에 태극기를 달고 타국 선수들과 국제무대에서 겨뤄 볼 생각에 어머님께 국가대표 선수까지만 농구를 해야겠다는 결심을 말씀드렸다. 다행히 나의 농구기량은 1학년부터 두각을 나타내기 시작했다. 2학년 때는 군·실업·대학이 함께 출전한 대회에서 우승컵을 차지했다. 일본 농구선수권대회 우승팀인 일본광업과 미국 기독교선교 농구팀 빅토리에 승리하기도 했다.

나는 선수로서 늘 최고 컨디션을 유지하는 느낌으로 매 경기에 임했다. 농구공을 가지고 하는 기술과 함께 경기를 읽는 능력이 일취월장했다. 수비선수의 움직임을 보고 거기에 맞는 공격을 펼쳐 골을 얻었을 때 오는 성취감이 쉽게 얻는 득점 때보다 훨씬 가치 있게 느껴졌다. 경기를 읽는 눈이 발달하면서 나는 붙박이 베스트 멤버로 항상 경기의 중심에 서 있을 수 있었다.

당시 연세대학교 농구팀은 이경재 선생님의 가르침으로 대학은 물론 군과 실업팀이 참가하는 대회까지 석권하면서 국내 최강으로 성장하기에 이르렀다.

'62년 자카르타아시안게임과 '63년 대만 ABC대회

1962년 8월, 꿈에 그리던 제18회 인도네시아 자카르타 아시안게임에 나는 김영일, 김인건과 함께 한국 대표선수로 최종 선발됐다. 처음으로 가슴에 태극기를 새긴 단복을 입고 국제대회 출전 길에 올랐다. 경복고 시절 나를 가르치신 박영대 선생님이 감독을 맡았다. 합동훈련은 마침 여름방학 기간이어서 연세대학교 체육시설을 이용했다. 농구·배구는 농구장에서, 축구는 대운동장 겸용인 축구장에서, 탁구·육상 등 모든 종목 선수들은 한 공간 안에서 훈련했다. 각 경기단체 대표선수들은 혹서기인데도 불구하고 강도 높은 훈련을 소화해야 했다.

합동훈련이 본격적인 효과를 거둬 농구대표팀의 경기력이 크게 강화되고 있을 무렵 비보가 날아왔다. 그동안 병상을 지키고

계신 할머니께서 소천하신 것이다. 나는 할머니 곁으로 달려갔
다. 할머니는 내게 늘 부재중인 아버지 몫을 대신해주신 어른이
셨다. 전쟁의 와중에 아버지가 납치된 뒤 생사를 알 수 없을 때부
터 할머니는 우리 4형제의 지킴이셨다. 할머니가 우리 형제들에
게 주신 사랑은 그 무엇과도 비교할 수도, 바꿀 수도 없었다. 평
생을 희생과 사랑의 삶을 이어오신 분이다. 내가 훈련하느라 늦
게 귀가할 때는 늘 큰길까지 나오셔서 맞이해 주신 분이다. 운동
하는 나를 위해 다른 식구들 몰래 영양식을 만들어 두었다가 차
려 준 상차림이 한두 번이 아니었다. 내가 크게 아프거나 부상 없
이 선수생활을 계속하게 한 원동력이었다. 할머니가 돌아가신 뒤

왼쪽부터 방열, 김인건, 김영일
뒤로 자카르타 메인 스타디움이 보인다(1962. 8. 자카르타에서 열린 제4회 아시안게임)

엔 어머니마저 몸져 누우셨다. 장례식을 마친 뒤 며칠 후 선수단으로 복귀해야 하는데 발걸음이 떨어지지 않았다.

인도네시아는 제2차 세계대전이 종식되자 인도의 네루 수상이 주창한 제3계 노선을 선언하고 중립을 지켜온 나라였다. 스카르노 대통령이 교도민주주의라는 정책을 앞세워 집권한 뒤 실제로는 사회주의 정책을 따르며, 소련과 중국 등과 가깝게 지내고 있었다. 당시 인도네시아의 외상이었던 수반드리오(Subandrio)는 양면 작전의 귀재였다. 인도네시아는 국제대회 개최를 위해 선수촌은 소련의 도움으로, 교통체증 해결을 위한 도로 건설 등은 미국의 원조로 해결했다. 인도내시아와 북한의 관계는 우리보다 밀접했고, 자카르타와 평양에 대사관을 두기로 하는 등 외교관계가 급진전을 이루고 있는 상태였다. 나는 국제경기에 출전하는 선수라면 해당 국가의 정치적인 입장 정도는 알고 있어야 될 것 같아 도서관에 가서 관련 자료를 찾아보기도 했다.

자카르타는 습도가 매우 높은 데다 무더웠다. 본격적으로 경기가 시작됐다. 환경 탓이 매우 컸겠지만 한국의 성적은 전체적으로 좋지 못했다. 남자농구 대표팀은 일본과 필리핀에 패해 동메달에 그쳤다. 무엇보다 일본에 진 것은 쓰라렸다. 자카르타 경기 뒤 내 개인적 목표가 수정됐다. 반드시 일본을 꺾고 금메달을 목에 거는 것으로 상향 결정됐다.

귀국 뒤엔 그동안 밀린 학업을 위해 강의노트를 정리하고 공부에 전념했다. 서석순 교수님의 〈영국정부론〉 강의시간이었다. 언제나 그렇듯 나는 맨 앞자리에 앉아 서 교수님이 강의를 듣고 있었다. 갑자기 서 교수께서 나를 불러 일으켜 세우셨다.

"방열 군! 아시안게임에 출전하느라 고생했는데, 어떤 비행기를 타고 갔었나?"

"네, SAS편을 이용했습니다."

"그 SAS가 어느 나라 비행기고 SAS는 무슨 뜻인지 알고 있나?"

나는 당혹스러웠지만 아는 대로 설명했다.

"비행기는 노르웨이, 덴마크, 스웨덴 삼국이 공동으로 운영하는 것으로 알고 있고요, Scandinavia Airline System의 약자입니다."

서 교수께서는 우리 모두 방열 군의 동메달을 축하하는 뜻에서 박수를 보내자며 먼저 박수를 유도했다. 그리고 강의를 이어가는데, 나중에 보니 질문 이유가 〈영국정부론〉과 관련이 있었다. 즉 영국정부가 북쪽의 스칸디나비아 반도 나라들과 어떻게 외교를 정립해 나갔는지를 설명해 나가기 위해서였던 것이다. 물론 〈영국정부론〉 학점은 A였다.

1963년 11월 20일~12월 3일, 자유중국 대만에서 개최된 ABC(아시아농구선수권대회)에 대표선수로 출전했다. 대만은 제2차 세계대전 이후, 국제사회에서 우리와 처지가 비슷한 나라였다. 나라가 분단된 상태인 것과 자유민주주의를 표방하는 측면에서 같았다. 일정 때문에 처음부터 어려움이 닥쳤다. 경기가 있는 당일 도착한 것도 무리한데, 여기에다 장개석 총통관저를 방문한 뒤 곧바로 말레이시아와 경기를 하도록 되어있었다. 시차 극복은커녕 현지 기후에 적응하지도 못한 채 경기에 투입돼야 했다. 체재비가 빠듯해 좋은 조건의 시설마저 물색할 수 없었다. 만약 그런 일이 지금 벌어졌다면 선수단 인권 침해와 학대라고 지적받았을 것이다.

결국 비교적 약체로 알려졌던 말레이시아와의 첫 경기에서는 지고 말았다. 최악의 컨디션에다 무더위까지 겹쳐 제대로 기량을 발휘하지 못한 결과였다. 그러나 교민들의 지원과 응원은 대단했

1963년 11월 21일. 자유중국 장개석 총통과 기념사진(아시아농구선수권대회). 오른쪽 끝이 필자

다. 김신 대사님의 적극적인 협조와 지원으로 심기일전한 한국 팀은 이후 월남, 홍콩, 싱가포르 등에 연속 승리한 뒤 예선리그 마지막 경기에서 필리핀을 맞았다. 필리핀은 아시아 챔피언 팀으로, 1년 전 자카르타 대회에서도 우승한 팀이었다. 세계적인 센터 로이사까가 버티고 있었다. 장이진 감독은 로이사까를 5개 파울로 퇴장시켜야 한다는 전략을 세웠다. 돌파력엔 자신 있던 나에게 골밑 돌파를 통해 로이사까의 반칙을 유도하라는 특명을 내렸다. 나는 볼만 잡으면 즉시 로이사까를 향해 돌파해 들어갔고, 그때마다 파울을 지적하는 호르라기 소리가 울렸다. 남은 경기시간은 8분, 후반전 12분께를 지나고 있었다. 필리핀은 공수의 핵심 역할을 해온 로이사까가 빠져나가자 급속하게 전력이 무너지기 시작했다. 그날 경기서 우리는 여유 있게 승리했다. 장이진 감독의 필살기였던 셈이다.

준결승리그에서의 자유중국과의 경기는 대만 시민 모두가 경기장에 입장한 것 같았다. 일방적 응원에 압도되어 83대 96으로 패했다. 하지만 결승리그가 남아 있었다. 다시 만난 대만을 78대 74로 물리쳤고, 다음날 필리핀에 패했다. 한국 팀은 2위라 믿었다. 하지만 ABC는 3위로 발표했다. 대만과 1승 1패로 동률이지만 예선에서 말레이시아에 패한 것이 발목을 잡았던 것이다. 나에겐 쓰라린 두 번째 동메달이었다. 허탈한 기분으로 귀국길에 올랐다.

때마침 미국에서는 케네디 대통령 암살사건이 일어났고, 대만의 대회 분위기도 가라앉고 말았다. 직행 비행편이 없어 도쿄를 경유를 할 수밖에 없었다. 그런데 이해하지 못할 사건이 발생했다. 대만을 떠나기 전, 우리 대표팀 단장은 대만농구협회가 대회기간 동안 선수 1인당 1일 10달러씩 지급했던 세탁비와 간식비를 선수들에게 지급하지 않았다. 선수들 개인에게 최소 100달러씩 지급될 것이라는 것이라고 모두 알고 있었는데, 그말을 전했던 나는 부도수표를 남발한 게 되어버렸다.

1963년 12월 제2회 대만 ABC대회 후 귀국하여 가족들과 함께.
왼쪽부터 필자, 모친(故 강복형 여사), 막내 욱, 그리고 셋째 위

우리들은 일본에 도착하면 지급받을 것이라는 희망으로 일단 기대를 미루었다. 그러나 2일간 일본에 체류했지만 감감무소식이었다. 끝내는 단장 방문에 '세탁비 지급 바람. −선수 일동'이라고 써서 붙여 놓았다. 그리고는 단장이 방으로 들어가는 모습을 확인하려고 문틈으로 내다보았다. 한참 후 단장이 복도를 따라 걸어오기 시작했고, 호텔방문에 써 붙인 글을 확인 후 좌우를 살피더니 곧 찢어버렸다. 우리들은 문을 '꽝' 닫고 침대로 들어가 머리를 감쌌다. 우리들의 마지막 쇼핑계획은 산산이 부서졌고, 내가 잘못 알고 선수단을 속인 것처럼 해프닝이 되어버렸다.

'64년 도쿄올림픽

1964년 도쿄올림픽에 참가하기 위한 담금질은 대한체육회 주도로 동숭동 합숙소에서 시작됐다. 5.16 이후 첫 올림픽 출전 및 남북 대결이 예상돼 강도 높은 합숙훈련이 수행되었고, 따라서 선수들의 일탈은 엄격하게 통제되었다. 새벽 6시에 기상하여 동숭동 서울대학교 운동장에서 전 선수단이 기초훈련을 실시하고, 7시 조식, 10시 종목별 훈련, 오후 16시 종목별 훈련, 19시 석식, 20시 취침하는 것이 하루의 일정이다. 다람쥐 쳇바퀴 굴리듯 매일 똑같은 일정을 반복했다. 훈련단장은 군 장교 출신이어서 엄한 규칙 준수를 요구했다.

문제는 학교 강의를 들을 수 없게 된 것이었다. 며칠을 견디다 못해 나를 비롯한 김영일, 김인건은 새벽 훈련과 오후 훈련만 참석하고, 오전엔 등교를 했다. 우리들에겐 운동도 좋지만 학업은 더 중요했기 때문이었다. 이를 알게 된 훈련단장은 애국심 없는 선수들이라며 분노했고, 체육회에 보고한 결과 이효상 체육회장 앞에 불려나갔다. 이 회장은 올림픽의 중요성, 남북 대결, 정신자세, 국가의 명예와 같은 진부한 설명을 이어가며 훈련에 정진해 달라고 당부했다. 나는 이때라 생각하고 이 회장에게 우리들의 생각을 말씀드렸다.

"저희는 학생입니다. 등록금을 내고 수강신청도 했습니다. 수업을 빠지면 학점을 받을 길이 없습니다. 학교에서 대표선수라고 학점까지 주는 건 아니지 않습니까? 준다고 하더라도 그걸 받아 어디에 쓰겠습니까. 그런 것은 받을 수 없습니다."

영일과 인건은 내 말에 동의한다는 표정으로 조심스레 고개를 끄덕였다. 솔직한 건의 탓이었을까. 이 회장께서는 태도를 바꿔 우리가 오전 강의시간을 학교에서 보낼 수 있도록 하라고 지시했다. 우리들의 등교는 계속됐다. 학교에 갈 때 선수촌 영양사가 싸준 푸짐한 도시락까지 들고 갔다. 그 덕분에 강의는 물론 오후 합동훈련도 잘할 수 있었다. 이밖에도 이를 계기로 학업에 참여할 수 있어서, 장학금을 받는 데 필요한 성적 'B학점 이상'을 유지할 수 있었다. 대표선수라고 사정하면 졸업에 필요한 학점은 얻을 수 있었겠지만 그것은 내 기준에 맞지 않았다. 졸업장만 받아 뭘 하겠는가? 무엇보다 운동선수이기 때문에 공부할 필요가 없다는 건 말이 되지 않았다. 운동선수가 공부도 잘할 수 있다면, 공부만 하는 학생보다 더 많은 것을 누릴 수 있지 않겠는가. 어머님과의 약속도 그랬다.

도쿄올림픽 농구대표팀은 무려 세 차례나 코칭스태프가 교체되는 수난을 겪었다. A감독이 2개월 만에 교체되고, 새로 부임한 B감독은 출국 직전에 C씨로 교체되었다. 당시 농구협회 회장단은 회장에 김창규, 부회장 전성진, 전무이사 김용무 등으로 구성됐지만 바람 잘 날 없었다. 문제는 협회 수뇌부의 갈등과 능력부재가 고스란히 선수들에게 돌아왔다는 것이다.

감독들마다 채택한 전술 · 전략이 다른데, 감독이 번번이 바뀌면서 거기에 맞추느라 선수들이 생고생이었다. 훈련기간은 충

1964년 4월 동경올림픽을 위한 1차 강화훈련 중 용산고 체육관 앞에서. 맨 뒷줄 왼쪽부터 故 김영일, 故 이경우, 김종선, 故 하의건, 앞줄 왼쪽부터 김인건(전 KBL 경기이사), 신동파, 방열, 정진봉, 김영기(전 KBL 총재), 故 김무현

분했지만 지도자의 잦은 교체로 일관된 전술전략을 익히는 데까지는 시간이 턱없이 부족했다. 한국 팀은 요코하마에서 열리는 예선전(Pre-Olympic)을 통과해야 올림픽 출전자격을 얻을 수 있었다. 프레올림픽에서 맞대결할 팀은 전혀 낯선 호주, 쿠바, 멕시코와 아시아의 라이벌 필리핀과 대만이었다.

어렵사리 아시아의 강팀들을 따돌리고 호주, 멕시코와 함께 본선 진출 마지막 경기를 남기고 있었다. 매 경기는 KBS 임택근, 이광재 아나운서에 의해 라디오로 생중계되었는데, 멕시코와의 경기가 하이라이트였다. 한국은 3분을 남겨 놓고 10점을 앞섰다. 승리한 경기라 해도 과언이 아니다. 그런데 이때부터 이변이 일어났다. 멕시코는 경기를 영리하게 운영하며 파울작전을 펼쳤다. 멕시코는 후반 경기에서 교체해 들어오는 우리 선수에게 무조건 반칙을 하도록 지시했다. 교체된 선수의 경우 몸이 채 풀리지 않은 상태여서 자유투를 실패할 가능성이 높다는 걸 노렸다. 멕시코의 작전은 맞아 들어가 연거푸 8점을 만회했다. 4회에 걸쳐 우리 팀 D선수에게만 파울을 범했다. 불행하게도 D선수는 마지막 동점 상황에서 얻은 2개의 자유투마저 놓치고 말았다. 멕시코는 리바운드볼을 잡아 경기가 끝나는 버저소리와 동시에 던진 슛을 성공시켰다. 볼이 내 머리 위 바스켓에서 돌고 있을 때 경기종료를 알리는 '땅' 소리가 났고, 볼은 바스켓으로 빨려 들어갔다. 1점 차로 역전패하고 말았다. 관중석에서 응원을 하던 교포들은 고무신을 벗어들고 체육관 바닥을 두드리며 엉엉 통곡을 했고, 이 사실은 중계방송 아나운서의 입을 통해 고국에 생생하게 전달됐다.

이후 한국 선수단은 국내외에서 수많은 편지를 받았는데, 멕시코 전 패배에 대한 비판이 주를 이뤘다.

"현해탄을 넘어올 때 모두 바다에 빠져 죽어라!"

격한 반응이 많았다. 심지어 자유투를 실패한 D선수의 집에 돌이 날아와 그의 어머니가 머리를 풀고 몸져 누우셨다는 소식까지 들려왔다. 그런가 하면 K여고에서는 수업을 중단하고 중계

1964년 10월 도쿄올림픽 예선. 요코하마대회 쿠바와의 경기에서 레이업슛을 하는 김영일, 그 뒤가 방열, 왼쪽에 김영기

를 들으며 응원을 했는데 지는 바람에 학생들이 통곡을 해 수업
이 중단되었다고도 했다. 당시 현지의 한국선수단은 멕시코에는
졌지만 다음 경기에서 쿠바에는 승리해 올림픽 출전자격을 획득
한 상태였다. 출전 목표를 100% 달성했기 때문에 멕시코전 패배
에 대해 심각하게 생각하지는 않았던 것이다. 하지만 국내에서는
엄청난 충격으로 받아들였다. 당시는 지금처럼 실시간 소통이 안
되는 때였기 때문에 대중의 이런 반응은 오히려 당연한 것인지도
모른다. 어쨌든 고국의 소식을 전해 들은 D선수는 한동안 호텔방
에서 두문불출했다.

대망의 도쿄올림픽에 출전하게 되었다. 1964년 10월 10일,
일본은 제18회 도쿄올림픽 입장식을 마치 '우리가 언제 전범 국
가였느냐'는 듯 거창하게 진행했다. 평화를 상징하는 수백 마리
비둘기가 선수단 머리 위로 날아갔다. 1945년 2차 대전 패전을
공식화한 항복문서를 낭독했던 '덴노 쇼와'가 그 목소리 그대로
"세계평화를 위해 올림픽정신을 이어가자"는 개회사를 했다. 운
동장 한가운데 서 있던 나는 '참, 가증스럽다'는 생각이 들었다.

참가가 예상됐던 북한은 불참했다. 북한의 세계육상 100m 기
록 보유자 심금단 선수가 최대 관심사였지만 IOC가 인정하지 않
은 가네포(인도네시아 스카르노 대통령이 제3제국 중심으로 진행한 국제대회)대회에
북한이 참석한 이유를 들어 출전 자격을 박탈했다. 북한의 불참

으로 남북 농구 대결은 이뤄지지 않았다. 한국은 오후 늦게 첫 경기에 나서 핀란드와 맞섰다. 막상막하의 시소경기로 진행되었으나, 나는 연속으로 두 골을 성공시키고, 세 번째 득점을 위해 공중으로 점프한 순간 상대선수로부터 얼굴에 팔꿈치로 가격당해 정신을 잃고 말았다.

앰뷸런스에 실려 병원으로 이송되었다. 얼굴은 형체를 알아볼 수 없을 정도로 부어올랐고 흐르는 코피를 주체할 수 없었다. 의사는 살펴본 후 코뼈가 휘었다며 교정수술을 위해 코를 마취시켰는데, 일단 통증은 사라졌지만 어찌됐는지 아무런 감각이 없었다. 그 와중에도 궁금한 건 경기결과였다. 요란한 사이렌 소리를 내며 앰뷸런스를 타고 요요기 선수촌으로 돌아오자마자 나는 핀란드와의 경기 결과를 물었다. 근소한 차로 패했다고 말했다. 얼굴 통증이 갑자기 심해졌다. 동료선수들과 코칭스태프는 나의 흥분된 모습에 위로의 말을 전해왔으나 분노는 쉽사리 가라앉지 않았다.

침대로 돌아와 보니 내 앞으로 'Happy Birthday!'라고 쓰인 편지와 케이크가 놓여 있었다. 올림픽조직위에서 1941년 10월 10일이 내 생일이라는 걸 잊지 않고 배려해주었던 것이다. 선수들이 함께 불러 준 생일축하 노래를 들으며 케이크를 잘랐다. 그렇게 스물세 살이 되었다.

우리 선수들은 지쳐 있었고, 계속된 경기에서 모두 패했다.

요코하마에서부터 시작해서 18경기를 치렀고, 무려 1개월이 넘는 긴 숙소 생활은 선수들을 거의 공황상태에 빠뜨릴 정도였다. 1962년 자카르타아시안게임과 1964년 도쿄올림픽대회에서 한국 농구대표팀의 성적은 초라해 보였다. 그러나 동시에 미래를 향한 희망을 확인한 것은 값진 수확이었다.

친구 병구의 국제 약혼식

나의 단짝친구 병구가 말했다.

"열아, 사실 내가 내일 '시즈오까'에서 약혼하는 날인데 어떻게 하지? 나 미치겠다!"

"뭘 그렇게 고민하냐? 있는 그대로 감독님께 말하고 허락받으면 되는 거 아냐? 마침 대회도 끝났으니까 괜찮을 거야!"

말이 그렇지, 쉽지는 않을 것 같았다. 하지만 일단 두드려 보기라도 해야 할 것 아닌가. 도쿄올림픽도 막바지를 향해 가고 있고, 농구는 모든 경기가 끝났기에 매일 다른 종목 선수들 응원하는 게 일과였다.

"병구야, 걱정하지 마. 내가 허락을 받아낼 테니. 너는 당사자니까 잠자코 있어. 알았지?"

　고민하던 병구의 얼굴에 화색이 돌았다. 나는 병구에게 믿음을 주기 위해 다시 한 번 말했다.

　"야 인마, 내가 너하고 어릴 때부터 약속한 게 한두 번이냐? 어긴 게 있었어? 말해 봐?"

　나는 그렇게 큰 소리를 치고 곧장 주기선 코치를 찾아 나섰다. 요요기 선수촌 식당에서 만난 주 코치는 마침 식사 중이었다. 바로 다가가 사정 이야기를 하려다 참았다. 식사 중에 잘못 말하면 될 일도 안 될 것 같았다. 식사 후에는 포만감이 들고 마음에 여유가 생길 테니 잘 되리라 믿고 싶어졌다. 나는 밖에서 주 코치가 나오길 기다렸다. 한참 만에 식당 앞에서 주 코치와 마주했다. 나는 거두절미하고 대뜸 말했다.

　"코치님 큰일 났습니다."

　"응! 무슨 일인데?"

　대답을 듣는 순간 문제는 해결되었다는 생각이 들었다. 그래서 다시 말했다.

　"병구 말입니다!"

　그리고 일단 뜸을 드리고 말을 끊었다.

　"병구? 걔가 왜?"

　주 코치의 궁금증이 치솟는 듯했다. 나는 아주 천천히 설명했다.

　"병구가 일생일대 큰 실수를 했습니다."

　"아니, 걔가 대회도 끝났는데 왜 말썽을 피우고 난리냐? 뭔 일인데?"

　나는 이때다 싶어 말했다.

"아, 내일이 병구 약혼 날인데 갈 수 없으니, 약혼이 깨진 거죠!"

아니나 다를까 주 코치는

"약혼? 아, 그 일본 여자 말이냐? 우리가 경기 중이라면 몰라도 모두 끝났는데 가면 되지 뭘 그래? 난 또 뭐라고!"

"근데 촌장님께 허락받기가 어렵지 않을까요?"

말이 떨어지기 무섭게 주 코치가 답했다.

"인마, 나만 알고 있을 테니 조용히 다녀오면 되지. 단 병구 혼자서 가면 안 되니, 너도 같이 가도록 해!"

나는 슬그머니 꽁무니를 빼면서 말했다.

1964년 9월. 요코하마 프리올림픽 대회 중 이병구와 필자

"저는 안 가도 되지 않을까요?"

"병구 혼자는 절대 안 돼. 요즘 조총련 관련 사고가 많아서 같이 행동해야 하니 그리 알고 내일 아침 일찍 갔다 와. 알겠지?"

"네. 잘 알겠습니다."

나는 큰 소리로 응답하고 이 기쁜 소식을 전하기 위해 곧바로 병구에게 달려갔다.

이튿날 병구와 나는 새벽같이 선수촌을 빠져나와 도쿄 역으로 달렸다. 마침 올림픽조직위원회에서는 참가 선수들에게 무료 교통카드를 지급했는데 요긴하게 써먹었다. 병구와 나는 주머니에서 카드를 빼들고, 일본 정부가 올림픽을 위해 야심차게 기획한 신칸센 고속철도에 승차했다. 시속 200km 이상으로 달린다는 신칸센을 타고는 신기해 하며 한참을 가고 있는데, 낯선 사람들이 한국말을 사용하면서 다가 왔다. 병구와 나는 긴장했다. '혹시 조총련 사람들인가?'하는 생각을 떨쳐 버릴 수 없었다. 그들은 계속 질문을 했다.

"조선 사람이냐? 어디를 가느냐? 무슨 일로 가느냐?"

하지만 속 시원하게 말할 수 없어 전전긍긍했다. 하지만 곧 그들은 "안녕히 가세요!"라고 한 후 선물을 건네고 다음 정거장에서 하차했다. 병구와 나는 "안녕히 가세요!"라고 인사를 한 후, 조심스럽게 포장지로 싼 선물을 뜯었다. 박스 속에는 하얀 찹쌀

떡이 들어 있었다. 아침도 굶었겠다, 얼른 하나를 들어 입에 물려는 찰라 병구가 말했다.

"열아, 잠깐만, 이거 혹시 독 들어 간 거 아냐?"

"병구야, 내가 한번 죽든 살든 먹어 볼 테니, 너는 내가 하는 거 보고 결정해, 알았지?"

나는 빙그레 웃으면서 대답했지만, 병구는 심각한 얼굴로 말했다.

"야, 그건 아니지, 우리 없던 걸로 하고 먹지 말자. 응!"

나는 그 말이 끝나기도 전에 한 입 베어 물었다. 병구는 놀라날 쳐다보았지만, 입속으로 들어간 찹쌀떡은 달콤했다. 나는 입에 든 떡을 혀를 이용해 이리저리 돌려보았지만 역한 느낌 없이 달기만 했다. 갑자기 어렸을 적, 어머님께서 '제사상에 올릴 음식을 먹으면 입이 부르튼다.'고 하시던 말씀이 떠올랐다. 하나를 다 먹고 하나 더 입에 물자 병구도 질세라 따라 먹기 시작했다. 그리고는 우리는 서로 바라보며 웃고 또 웃었다.

시즈오까 역에는 병구의 약혼녀가 마중 나와 있었다. 병구는 일본말을 못하고, 약혼녀는 한국말을 하지 못했다. 그러나 그들은 서로 사랑했고 결혼까지 약속했다. 내가 고등학교를 졸업했던 1961년 5월 경복고등학교 농구팀이 일본에 원정 경기를 하러 방문했을 때, 병구와 그녀는 선수와 팬 사이를 넘고, 국경마저 넘어 사랑하게 되었다. 병구가 귀국한 후에는 사랑의 편지가 현해탄을 넘어 이어졌고, KBS 방송에 보도되기도 했다. 드디어 두 사람이 온갖 난관을 극복하고 약혼식을 하게 된 것이다. 병구는 떨리는 건지, 아니면 침착해지려고 애쓰는 건지 지금까지 내가 본 것과는 전혀 다르게 초조한 빛이 역력했다.

나는 시즈오까의 작은 여관에서 약혼식이 끝날 때까지 기다리기로 하고, 병구는 약혼식을 하기 위해 약혼녀의 집으로 향했다. 내가 묵고 있는 여관은 병구가 찾아간 약혼녀 집과 개천 하나를 두고 있었다. 약혼식은 약혼녀의 아버지가 퇴근한 후에 진행할 것이라고 했다. 나는 여관방에 누워 천장을 바라보며 병구와 어릴 때 인사동 골목길을 누비며 놀던, 이런저런 기억을 떠올리기도 하고, 농구대회를 위해 합숙 훈련하던 때를 떠올리기도 했다. 하지만 도대체 약혼식은 어떻게 하는 건지 궁금하기 짝이 없었다. 결국 나는 궁금증을 못 이기고 병구가 약혼식 하는 모습을 확인해야겠다고 생각했다.

얼른 일어나 옷을 갈아입었다. 그리고 실개천 다리를 건너 어둠이 내려앉길 기다렸다. 얼마나 지났을까? 약혼녀 집 창문에 환한 불빛이 보였다. 마침 병구와 약혼녀의 모습이 보이다가 사라지고 다시 보이곤 했다. 나는 뛰는 가슴을 가라앉히며 숨을 가다듬었다. 그렇게 시간이 흘러갔다. 창 너머 방 안에 약혼녀의 부모인 듯 나이가 들어 보이는 사람들이 보였다. 창문을 통해 서로 마주하고 있는 모습이 눈에 보이는 듯했다. 약혼녀 부모를 향해 무릎을 구부리고 앉아 있는 병구의 모습은 반 정도만 보였고 약혼녀는 완전히 보였다.

부모와 약혼자 사이에는 작은 탁자가 놓여 있고 그 위에는 긴 칼 하나가 놓여 있었다. 나는 놀랐지만 금세 알아차렸다. 칼 앞에서 맹세한다는 것이렷다. 일본 사무라이 소설을 읽다 보면 가끔 사무라이들이 결연한 행동을 할 때 이같은 장면을 연출한다는 걸 익히 알았기에 낯설지 않았다. 그리고 부모가 하는 당부의 말을 듣고 있는지 병구와 약혼녀는 마치 죄지은 사람처럼 꼼짝도 않고 앉아만 있었다.

점점 지루해졌다. 약혼식 장면도 다 보았고 이제 여관으로 돌

1964. 10. 10. 생일축하자리. 맨 왼쪽 이병구, 바로 옆이 방열, 김승규
맨 오른쪽 주기선 코치, 앞줄 하의건

아가야 되는데, 슬슬 배가 고파오기 시작했다. 그리고 은근히 뿔이 났다. 병구는 정성껏 차린 식사 대접을 받을 텐데, 나는 밖에서 찬밥 신세가 된 것이다. 여관으로 들어서기 전 길가에 오뎅을 파는 행상을 발견했다. 이게 웬 떡이냐 싶어 이것저것 어묵을 배불리 사먹고 여관에 들어가 잤다.

이튿날 새벽에 병구가 날 깨웠다. 빨리 요요기 선수촌으로 돌아가잔다. 우린 이른 새벽에 오던 길을 되돌려 신칸센을 탔다. 그리고 바람처럼 숙소로 스며들었다. 주 코치에게 무사히 귀숙 보고를 마치고 나니, 스르르 눈이 감기면서 잠이 찾아왔다. 친구 따라 강남 간다고 하는데, 나는 병구 따라 시즈오까에 다녀왔다. 오고간 시간이 즐겁고 행복했다.

사회생활과 가정교사

귀국하자마자 졸업 시즌이 다가왔다. 정외과 졸업생들은 대부분 외무고시에 도전했다. 나도 조금은 같은 생각을 하고 있던 차여서 열심히 외시를 준비하고 있던 럭비선수 주진엽(전 멕시코 대사)을 찾았다.

진엽의 말을 듣고서야 내 생각이 안일했다는 느낌을 받았다. 나는 이런 저런 이야기를 나눈 끝에, 농구를 그만 두고 외시를 준비하기에는 내가 너무 멀리 와버렸다는 사실을 깨닫게 됐다. 대학 입학 때 3면이 바다로 둘러싸여 있는 약소국가 대한민국의 직업외교관이 되겠다던 꿈이 연무처럼 희미해지기 시작했다. 농구선수로 훌쩍 커버린 내 몸과 마음 모두 불안했다. 졸업식 날이 되어 학교에 갔더니 한 친구가 말했다.

"야~ 방열. 기자라는 사람이 널 찾고 있어. 빨리 학과실로 가봐."

눈이 휘둥그레졌다. '아니! 졸업식 날이고, 농구경기가 있는 것도 아닌데 웬 기자가 날 찾을까?' 급히 학과실로 달려갔다. 뜻밖에도 동아일보 기자가 찾아와 기다리고 있었다. 인터뷰가 시작됐다.

누구나 자신이 걸어온 길을 돌아볼 때면 몸담았던 분야를 잘 찍은 영상처럼 표현하고 싶은 욕구가 강해진다. 드라마틱한 승부의 세계, 어스름 새벽 동트는 태양을 친구처럼 마주하는 연구의 세계, 끊임없는 나태의 유혹을 뿌리치고 아침이면 생존전쟁에 나서는 샐러리맨의 세계 등 모두 분야만 다를 뿐 인고의 시간과 반복되는 노력은 똑같다. 모든 사람은 자신만의 예술을 창조하면서 살아가고, 그 모습 자체만으로도 충분히 아름답다. 하지만 예술이 그냥 이뤄지는 것이 아니듯 거기에는 끊임없는 도전과 투쟁이 켜켜이 쌓여 있다.

빅토르 위고는 이렇게 말했다.

"인간에겐 세 가지 투쟁이 있다. 첫째가 '자연과의 투쟁'이고, 다음엔 '사람과의 투쟁'이며, 마지막은 '자신과의 투쟁'이다."

나의 대학 시절 역시 나 자신과의 투쟁에 매진했던 삶 그 자체였다. 그만큼 힘들었다. 나는 대학생활 4년 동안 학업과 국가

대표선수 생활 모두에 집중했다. 내게는 농구선수로서의 최고가 되는 것도, 학업도 모두 정복해야 할 목표였다. 그러나 두 가지 모두 최고의 순간을 유지하면서 견디어 내는 것은 매우 고달픈 일이었다. 집안이 어려워지면서 반드시 장학금을 받아야 했던 것도 한 이유가 되었다.

나는 운동선수들에게 지급되던 동아출판사 박영기 사장님의 전액 장학금을 받았다. 이 장학금을 받으려면 평균 B학점 이상의 성적을 받아야 했다. 시험기간과 해외원정이 겹칠 때면 과목별로 교재를 챙겨 정독하고, 리포트를 낼 때면 담당 교수에게 올리는 편지를 동봉했다. 운동과 학업 두 가지를 모두 잡자니 입술이 부르트고 체중이 줄기도 했다. 그러나 나는 버릇처럼 꾸준히 지속했다. 운좋게 졸업 때까지 전액 장학금을 받게 돼 무난히 졸업할 수 있었다.

1965년 2월 22일 졸업식 날. 뜻밖에 잡힌 동아일보와의 인터뷰는 나 자신과 싸워온 4년 동안의 희로애락으로 채워졌다. 인터뷰를 하면서 당시 연세대학교 학생처장이던 김대준 교수님이 동아일보에 나를 추천해 기자가 찾아왔다는 사실도 알게 되었다.

예측은 했지만 한국은행과 기업은행에서 스카우트 제안이 들어왔다. 선택의 기로에 서 있을 때는 스승의 말씀 속에서 길을 찾는 것이 현명한 처사다. 김명회 교수님을 찾아 고민을 말씀드렸고 명쾌한 답을 받았다. 개발도상국을 향해 나아가고 있는 "한국은 중소기업이 대기업과 병행해서 발전해야 된다"고 주장하시면서 기업은행에서 보람을 찾을 수 있을 것이라 하셨다. 내가 농구에서 은퇴하고 난 후까지 내다 보시고 조언해 주신 게 틀림없었다.

그렇게 기업은행은 나의 첫 직장이 되었다. 첫 월급을 받던 날 어머님께 고생은 이제 끝이라고 말씀드렸다. 그동안 어머니는 수입 없는 가계를 지탱하느라 인사동에서 서대문 밖 불광동으로 집을 옮겨가며 내핍생활을 이어오고 있었다. 나의 취업으로 우리 집에도 조금씩 희망이 보이기 시작했다.

기업은행에서의 첫 대회는 마산에서 열린 제20회 종별선수권 대회였다. 전국종별대회는 농구 저변확대를 위해 농구협회가 개최하는 대회로 초·중·고·대·군·실업팀들이 참가하였으며, 해마다 전국도시를 돌아가며 개최되었다. 서울역을 출발한 기차가 영등포역을 통과할 때는 피난 시절 곳간열차에 몸을 싣고 달렸던 때를 기억하며 감회에 빠져들었다.

갑자기 여학생들의 떠드는 소리에 눈을 떴다. 그때 내 옆자리 건너 창문 쪽에 호수처럼 맑고 큰 눈을 가진 여학생이 보였다. 그 여학생은 짙은 감청색 치마 위에 하얀 상의를 입고 있었다. 그 여고생의 이름은 김춘희. 훗날 그녀가 나의 일생의 반려자가 될 것이라고는 짐작 못한 채 열차는 내 인생의 미래를 향해 달려가고 있었다.

마산은 작은 항구도시지만, 부두는 피난 시절 경험했던 부산의 자갈치시장을 연상케 했다. 거리엔 많은 사람들이 몰려들어 열정적으로 살아가고 있었다. 나는 경기가 있는 날이면 아침 일찍 경기장을 찾아 가벼운 연습을 하는 습관이 있었다. 새벽같이 운동복 차림으로 마산상고 농구코트를 찾았다. 코트는 야외에 설치돼 있었다. 이런저런 동작을 연습하다가 볼이 골대 밑으로 굴러가는 바람에 볼을 주우려고 다가갔는데, 두 아이가 땅바닥에서 일어나고 있었다. 작은 체구, 남루한 옷차림에 얼굴은 온통 부스럼으로 곪아 있었다. 아이들은 두 손을 꼭 붙들고 있었다. 나는 순간 측은한 마음에 가지고 온 우유와 삶은 계란을 건넸다. 아이들은 허겁지겁 먹었다.

나는 이 아이들에겐 치료가 급선무라는 생각이 들어 대충 훈련을 마치고 아이들을 데리고 병원을 찾았지만 모두 닫혀 있어 약국을 찾았다. 이곳저곳을 찾아다녔지만 이른 아침에 문을 연 약국도 보기 어려웠다. 드디어 내가 묵고 있는 여관 앞까지 와서야 한 곳을 찾았다. 나는 두 아이들의 얼굴을 약사에게 보여주며 부스럼 치료약을 부탁했다. 약사는 무척 친절했다. 핀셋으로 곪은 피부를 하나씩 터트리고 소독을 한 후 연고를 발라주었다. 그리고 먹는 약과 바르는 약을 처방해 주었다.

나는 약값을 치르고 아이들에게 약을 시간에 맞춰 잘 복용하

면 금방 나을 거라며 꼭 챙겨 먹으라고 당부한 후 헤어졌다. 그
이후다. 경기가 있는 날에는 반드시 두 아이들이 경기장에 나타
났다. 그리고는 경기가 끝나면 어디론가 사라졌다가, 다시 경기
가 있는 날 나타나기를 반복했다. 대회를 마치고 마산역에서 귀
경 길에 오를 때였다.

기차가 출발하기 전 한 선수가 나를 불렀다.

"열아, 빨리 내려가 봐. 어떤 아이들이 널 찾고 있어."

재빨리 가보니 두 아이가 한 손을 맞잡은 채 다른 손엔 종이
뭉치를 들고 서 있었다. 얼굴은 그새 많이 좋아 보였다. 큰아이가
건넨 종이뭉치를 받아 들고, 그제야 이름을 물어 보았다.

"지는 박우진입니더. 야는 내 동생이라예!"

서서히 기차가 움직이기 시작했다. 나는 두 형제 머리를 쓰다
듬으며 "선물 고맙데이~!"하고 어릴 때 배운 경상도 말투로 인사
를 건넸다. 두 형제는 내가 안 보일 때까지 승강장에 서 있었다.
종이에 싼 선물을 열어 보았다. 아직도 온기가 남아 있는 고구마
2개가 있었다. 갑자기 눈시울이 시큰해졌다. 한참 동안 고구마를
바라만 봤다.

얼마 후 우진이는 기업은행에 다니고 있는 내 앞으로 편지를
보내왔다. 서울로 올라와 도금공장에서 일한다고 했다. 조금 시
간이 흘러 입대한 후에는 월남에 파병장병으로 가겠다며 작별인
사를 하기 위해 나를 찾아왔다. 나는 "남의 나라 전쟁에 목숨을

거는 건 매우 위험한 일"이라며 우진이가 의지를 꺾도록 만들었다. 우진이는 제대한 후에 현대건설의 현장 식당(함바식당), E고등학교의 구내 식당을 경영했고, 결혼 후엔 분당에서 제법 유명한 식당을 운영하고 있다. 지금도 명절 때면 꼭 찾아오는 의리의 경상도 사나이가 바로 박우진이다.

기업은행 외자부에 근무하면서 업무에 익숙해질 무렵 입대영장을 받았다. 해병대와 공군 팀에서 입대 권유를 해 왔지만, 나는 새롭게 창단되는 육군 팀에 더 매력을 느꼈다. 기존 팀에 합류하기보다는 신생팀에서 뛰는 게 훨씬 가치 있다고 생각했다. 팀 창단 준비를 책임지고 있던 김홍배(경희대)는 중·고·대학 시절 함께 농구를 했던 동기생이자 친구였고, 감독으로 이경재(연세대학교 감독) 선생님이 부임한다는 소식도 선택에 영향을 끼쳤다.

나와 하의건은 논산훈련소에 입소하기 위해 정식절차를 밟았다. 입대하는 날, 성동구 사근동 강변에는 입대자들로 부산했다. 인솔 책임자는 우리를 '장정'이라 부르고는, 앉아번호를 반복하여 시키면서 인원을 확인한 후 왕십리역까지 걷게 했다. 줄지어 이동하는데 보행 중 말이 많거나 처지거나 흐트러진 자세를 보일 땐 몽둥이가 날아왔다. 무서워서 도망가는 장정도 있었다. 역에 다다르자 인원 점검이 재차 이어졌는데, 지겹기가 한량 없었다. 징집자를 수송할 특급열차에 오르기 전 주의사항을 들었다. 고성

금지, 좌석이탈 금지, 취식 금지, 흡연 금지 등 금지사항이 무척 많았다.

기적소리가 울리며 열차가 움직이기 시작했다. 역까지 따라온 가족 · 친지 · 연인들은 눈물을 흘리거나 손을 흔들며 이별을 안타까워했다. 열차 객실에는 악다구니를 쓰는 선임병이 있었다. 그가 손을 들면 무조건 좌석 아래로 숨어야 한다. 머리나 팔이 보이면 몽둥이로 내려쳤다. 군기를 잡는 것 같았다. 그가 "번호!" 하고 외치면 맨 앞좌석부터 "하나, 둘, 셋~!"하고 번호가 이어졌다. 그런데 이럴 때마다 누군가가 늦게 대답하거나 자기 번호를 잘못 불러대는 바람에 전체가 기합을 받기 일쑤였다. 땀 냄새, 장정 냄새, 고린내 나는 발 냄새, 심지어 오줌을 지렸는지 지린내까지 무더운 열기와 비벼져 진동했다. 열차는 아랑곳하지 않고 8월의 무더위를 식히려는 듯 뜨거운 바람을 받아들이며 달렸다.

드디어 논산훈련소 〈연무대〉에 도착했다. 〈연무대〉는 송파구 교관교육대인 〈문무대〉와 이름이 첫 글자만 달랐다. 순간 '아~!' 하고 깨달음이 왔다. 〈문무대〉의 문무(文武)는 문식(文識)과 무략(武略)이요, 〈연무대〉 연무(鍊武)는 무예(武藝)를 단련한다는 뜻이렷다.

하차 후 모든 장정들이 훈련소 연병장에 모였다. 육군 중사가 앞으로 나와 소리를 질렀다.

"지금부터 장정들은 그 자리에서 사제 옷과 신발을 모두 벗고 각자 자기의 물품을 집어 든다. 실시!"

모두들 의아했다. 목욕탕도 아닌데 벗으라니. 그는 또 소리를 질렀다.

"옷을 벗은 사람은 운동장 한 바퀴 돌아 저쪽 건물로 들어선다. 이상, 실시!"

나는 사방을 둘러보았다. 여자는 단 한 명도 없었고 우리를 구경하는 사람조차 보이지 않았다. 난생 처음 발가벗고 뛰었다. 그리고 건물로 들어섰다. 대기했던 조교의 명령대로 옷을 박스에 넣고 주소를 적었다. 그리고 바로 군내의, 군복, 군화, 군모, 군가방, 생필품 등을 지급 받아 착용했다. 건물 밖으로 나오자 장정이라 불렸던 이름은 온데간 데없고 갑자기 '훈병'이라 명했다. 장정이 군복을 착용하니 훈병(훈련병)이 된 것이다.

이어서 훈련소 입소 절차가 시작되었다. 김홍배는 훈련소에서 다시 만났다. 1주일만 훈련하면 즉시 서울로 배치된다면서 며칠만 고생하자고 했다. 하지만 내게는 1주일이 여삼추(如三秋)로 느껴졌다. 훈병 중엔 절간에서 마당 쓸다 징집된 사람도 있었고, 외국에서 공부하다 들어 온 유학생, 중졸, 고졸, 대졸 등 학력도 다양했다. 물론 말씨도 다 달랐다. 경상도, 전라도, 이북 사투리, 서울 말씨가 엉켜 있었다.

새벽 2시, 잠잘 때 집합명령이 떨어지기도 했다. 훈련은 항상 경쟁적이었다. 뒤처지거나 패배한 사람들은 기합을 받았다. 심할 때는 훈련 강도를 높이려는 기합인지 아니면 기합을 주기 위한 훈련인지 헷갈릴 정도였다. 부상자도 속출했다.

때로는 재미도 있었다. 우리 부대의 정원은 40명이었는데, 항상 39명만 모자를 착용하고 40번째 한 명은 모자가 없었다. 한 명은 분명 분실한 게 틀림없다. 그런데 다시 집합할 때는 모두 모자를 착용하고 있는 게 아닌가. 어찌된 영문일까? 그 이유를 내가 모자를 잃어버리고서야 깨닫게 되었다. 화장실에 앉아 큰일을 보던 중이었다. 그런데 별안간 누군가 내 모자를 뒤에서 벗겨갔다. 모자를 잃어버렸다는 것보다 깜짝 놀라서 가슴이 더 뛰었다. 얼른 허리춤을 붙들고 밖으로 나와 찾았지만 훈병은 한 명도 보이지 않았다. 이 시간부터 내가 우리 부대의 모자 없는 40번째 훈병이 된 것이다. 결국 나도 똑같이 할 수밖에.

입소한 지 일주일째가 되는 날 홍배가 찾아왔다. 홍배는 '구원의 성자'였다. 나는 '이제야 훈련소를 떠날 수 있게 됐다'며 흥분된 마음으로 짐을 챙겨 막사를 나오는데 난데없이 "야, 향도(훈병대표)! 너 어디 가는 거야?"라며 소대장이 불러 세웠다. 서울로 돌아간다는 사실에 흥분만 했지 내가 향도라는 걸 까맣게 잊고 있었던 것이다.

육군 의무감의 직인이 찍힌 전통을 보여주며 작별 인사를 나누었고, 훈련소장에게 신고도 마쳤다. 훈련소 정문을 빠져나오는 발길은 날아갈 듯했다. 훈련소 정문의 초병들이 어이없다는 듯 고개를 갸우뚱거렸다.

　　육군농구단은 의무감 산하 수도육군병원 소속이다. 군인이라고 하지만 모두 집에서 출퇴근했다. 육군농구단 감독으로는 이경재 선생님을 모셨고, 오전 9시에 병원 뒷마당에 집합하면 모두 스리쿼터에 탑승, 용산 미8군 〈트렌트 체육관〉으로 이동하여 훈련을 했다. 〈트렌트 체육관〉은 고교 시절부터 낯익은 곳이다. 벽은 시멘트블록으로 세워졌고, 기둥은 철근과 철재로 세웠고, 천장은 비가 새지 않도록 두꺼운 특수비닐로 된 천으로 막았다. 일단 체육관에 들어서면 여름엔 에어컨이 가동돼 시원했으며 겨울엔 훈훈했다. 코트 바닥에는 고급 단풍나무가 깔려 있었다. 입구에는 농구화를 대여하는 곳이 있는데, 발의 크기를 알려주면 내 발에 꼭 맞는 신발(All Star 농구화)을 내 주었다. 체육관 사용규칙에 따라 체육관 내에서는 무조건 농구화를 신어야 했다.

　　2층 한쪽에 체력단련장이 있었다. 가장 부러웠던 시설은 의무실이었다. 누구나 부상을 당하면 즉시 치료가 가능하도록 농구장 한구석에 준비되어 있었다. 나도 여러 번 치료를 받아 본 경험이 있었다. 전쟁 중이라지만, 군인들의 체력단련을 위해 또 여가활동을 위해 건설한 체육관이라고 보기엔 너무나도 훌륭한 최고의 시설이었다. 이 체육관은 대한민국 민간인의 사용이 금지되어 있었는데, 오직 해병대 팀과 육군 팀만이 훈련할 수 있는 기회를 누렸다.

겨울에는 '인터 서비스리그(*Inter-Service League*)'가 주한 미8군 내에서 진행되었다. 이때 간혹 제2동두천부대, 대구비행전투부대, 월미도 육군부대 등 한국의 육군 팀을 초청해 경기를 하기도 했다. 미군 소속 선수들과 경기를 하는 날에는 비록 해외에 주둔하고 있는 군대라 할지라도 의전을 비롯한 경기 준비를 철저히 하고 빈틈없이 진행하여 배울 점이 많았다. 예를 들면 경기 당일 우리들이 부대에 도착하면 정문부터 환대가 이루어졌다. 행진곡이 군악으로 연주되고 호송차가 따라붙었다. 경기장엔 부대장 및 장교들이 서열대로 입장하고 반드시 애국가 연주 후 미국 국가 연주 순으로 진행했으며, 선수단 소개 역시 동일한 절차를 밟았다. 심판도 한국인 1명, 미국인 1명으로 형평성과 객관성을 유지했다.

당시 미군 소속 선수 중에는 뛰어난 기량을 보유한 선수가 흔했다. 미국의 모병 제도를 통해 대학에서 활동하던 우수한 선수들이 많이 지원했던 탓이다. "스포츠 활동을 보

용산 미8군 트렌트(Trent) 체육관에서 경기하는 모습. 왼쪽 끝이 필자, 오른쪽 끝이 하의건

면 그 나라의 국민성을 알 수 있다"는 말이 있다. 미군 팀은 일단 경기가 시작되면 반드시 승리해야 된다는 각오로 코트는 마치 전쟁터를 방불케 했다. 물론 비열한 플레이를 하는 것이 아니라 정정당당하게 승리를 쟁취하겠다는 의미로 말이다. 그런데 안타까운 건 우리가 승리하면 미군은 아무도 우리를 돌아보지 않았다. 심지어 식사할 기회도 주지 않고 냉랭하게 대했다. 하지만 우리가 패하고 미군이 승리하면 희희낙락하여 환대가 이루어졌다. 장교식당에서의 식사 대접, 농구공(그때는 귀했다) · 농구화 등을 선물하고, 귀대에 필요할 것이라며 휘발유까지 제공했다. 미국인들의 승부에 대한 애착과 우월주의의 일면을 보는 것 같았다. 제2차 세계대전을 승리로 장식한 미국이 왜 원조를 해주면서도 반미감정을 유발시키는지 그 이유를 알 것 같았다. 하지만 그들과의 경기를 통해 한국 농구의 기량은 아시아의 정상을 향해 치닫고 있었다.

육군 팀 창단은 성공적이었고, 나는 군 생활을 비교적 여유 있게 보낼 수 있게 됐다. 그러나 한편으로는 입대 뒤의 기업은행 급여가 본봉만 지급돼 생활이 어려워지기 시작했다. 나는 남는 시간을 이용해 우유배달이라도 하려고 고민했다. 그러던 차에 어머니로부터 연세대학교 학생처에서 연락이 왔다는 전갈이 왔다.

이튿날 모교를 찾았다. 학생처 강필승(교양체육) 교수님과 김대준(경제학교수) 교수님이 L선수의 집에 가보라고 했다. L선수가 학

교생활에 잘 적응하지 못하고, 그의 동생 또한 적절한 과외지도
가 필요하다고 해 나를 추천했다고 말씀했다. 갑작스럽게 일어
난 일이라 조금 당황스러웠지만 연세대학교 백양로 길을 빠져나
오면서 마음을 정리했다. L은 2년 후배니까 그를 리드하는 건 자
신 있었다. 하지만 동생을 상대로 한 과외수업은 난생 처음이어
서 잘할 수 있을지는 확신이 서지 않았다. L의 집에 도착할 무렵
나의 경복중학교 시절이 떠올랐다. 영어는 동사와 전치사 그리고
관계대명사, 문장 5형식까지, 수학은 2차방정식과 삼각함수, 국
어는 고어와 글짓기 등의 교육과정이 떠올랐다. '에라이, 나머지
는 공부해 가면서 가르치자' 난생 처음 과외교사에 도전했다.

L의 아버님인 이재현 씨는 모직수출기업 사장으로 경복고등
학교 대선배님이셨다. 가정적이고 교육에 남다른 정성을 쏟는
분이었다. 내게 방을 내주면서 바로 이사 오라고 말했다. 가정교
사 생활과 우유배달 알바를 동시에 시작했다. 기업은행에서 나
오는 본봉 4천 원과 가정교사로 들어오는 5천 원, 그리고 우유
배달 수입 6천 원까지 총 1만 5천 원이었다. 그 돈은 우리집 생
활비로는 충분했다.

4시에 통금 해제 사이렌이 울리면 모자를 꾹 눌러쓴 채 고교
시절 어머님께서 사주신 미야타 자전거를 타고 덕수궁 옆에 있는
서울우유협동조합으로 달려갔다. 벌써 줄이 제법 길다. 1병을 배
달하면 2원이 남는다. 초짜는 100병으로 시작한다. 자전거 앞에

50병, 뒤에 50병을 나누어 싣는다. 한강로 주변과 용산구 청파동 일대가 나의 배달지다. 6시 30분쯤이면 배달이 모두 끝난다. 식사를 마치면 8시부터 서울신문사 지하에서 시작하는 〈코리아 헤럴드〉 영어강의를 들었다. 10시 10분이 되면 광화문 큰길가에서 육군농구단 스리쿼터를 타고 미8군 〈트렌트체육관〉으로 가 하루 훈련 일정을 소화했다. 16시엔 틀림없이 귀가해 L의 동생을 가르쳤다. L군과는 매일 대화 주제를 정해 허심탄회하게 의견을 교환하는 방법으로 이야기를 나눴다.

이같은 생활이 3개월 지속되자 어머님께서 내가 머물고 있는 집으로 찾아오셨다. 부쩍 마른 체격과 야윈 얼굴이 걱정되었나 보다. L의 아버님께서는 급여를 올려 줄 테니, 우유배달을 당장 그만두라 하셨다. 나는 선배님의 급여 제안을 거부하고, 우유배달은 중지했다. 이듬해 L군의 동생은 고등학교 입학시험에 합격하였고, L군 또한 대학생활에 활기를 되찾았다. 일단 내 몫은 다한 셈이다.

대학 시절 나의 스승이던 이경재 선생님은 호남비료 여자농구팀 감독과 육군농구팀 감독을 겸직하고 있었다. 그 인연으로 겨울이면 이 감독님이 나주에 있는 호남비료체육관으로 육군 팀을 초청했다. 나에게는 여자 선수들의 개인기술 지도를 맡겼는데, 선수들이 잘 따랐다.

그런데 훈련이 끝나면 늘 물수건과 음료수를 들고 오는 여성 매니저가 눈에 띄었다. 기업은행 선수 시절 마산행 열차 안에서 만난 눈이 큰 그녀였다. 웃을 때는 하얀 이가 조화를 이뤄 매우 건강해 보였다. 평소 내가 좋아하던 모습이었다. 결혼 상대로 어떤 사람은 돈 많은 이성을, 또 어떤 사람은 배경이 좋거나 무조건 얼굴이 잘 생긴 사람을 찾을지도 모르지만, 나의 경우는 여성의 눈(마음)과 고른 치아(건강) 그리고 바른 체격(바른 동작)이 중요했다. 그러나 그 무렵 그녀와의 관계는 더 이상 진전되지는 않았다.

유학의 꿈과 지도자의 꿈

1960년대 한국 사회는 청년들이 희망을 갖기에는 미래가 너무도 불확실했다. 곁에 머물던 봉관, 정현, 인평 등 많은 친구들이 하나둘 미국으로 떠났다. 내겐 가족들을 보살펴야 한다는 현실의 무게가 막중했다. 그러면서도 내면에서는 유학에 대한 강한 욕망은 좀처럼 사라지지 않았다. 하지만 유학에 드는 비용은 만만치 않았는데, 유학비용을 어머님께 신세질 수는 없었다. 전액 국비장학생 혜택을 받거나, 미국 대학의 장학금(full scholarship)이 보장되지 않으면 불가능하다고 결론을 내렸다.

국비장학생이 되려면 문교부 해외유학 선발고시에 합격해야 했다. 미국 대학에는 편지로 문의하는 수밖에 없다. 오하이오주립대학교(Ohio State University), 버클리대학교(UC Buckley), 노스캐롤

라이나대학교(North Carolina University), 캘리포니아대학교(University California) 등에 입학원서를 제출하면서 장학금 혜택을 요청했다. 대한민국 국가대표 농구선수라는 점을 기록했다. 노스캐롤라이나대학교의 회답이 가장 맘에 들었다. 전액 장학금은 각 학년에 1명씩 4명에게 지급되는 '리처드슨(Richardson) 장학제도'가 있는데, 각 학년 1명씩 모두 받고 있으니 한 명이 졸업하는 1년 후에 가능하다고 했다. 만일 곧바로 입학한다면 '수업료장학금(tuition scholarship)'은 지급하겠다고 밝혔다. 편지를 읽고 또 읽었다. 미국 대학 선수들과 함께 훈련하고 경기하는 모습도 상상해 보았다. 미국인 교수의 강의를 듣는 모습과 고등학교 3학년 때 청소년대표팀을 지도한 바 있던 낫 홀맨 씨를 만나는 생각도 떠올렸다.

한편으로는 마음을 무겁게 짓누르는 것도 있었다. 내가 제대한 후 기업은행에 복직함으로써 집 형편이 점점 안정을 찾아가고 있는데, 내가 떠나면 어머니와 동생들이 고생할 일을 생각하니 잠이 오지 않았다. 꼬리에 꼬리를 무는 고민거리에 밤을 꼬박 새웠다.

그무렵 이경재 선생님이 나에게 만나자는 소식을 전해왔다. 기업은행 서대문지점 바로 옆 다방에서 만났다.

"열아! 조흥은행에서 여자농구 팀을 창단한다는데 네가 필요하니 함께 가자! 어때?"

예나 지금이나 선생님 말씀은 긴 설명이 없이 딱 부러졌다.

갑작스러운 질문에 어안이 벙벙해 탁자만 바라보고 있는 나에게 선생님은 한마디를 더 보탠 뒤 자리에서 일어났다.

"지금 대답하기 어려우면 내일까지 우리집으로 전화해라!"

선생님은 내가 유학을 꿈꾸고 있다는 걸 알 리가 없었다. 선생님은 평소 스타일대로 기업은행도 은행이고 조흥은행도 은행이니, 함께 일하는 것도 좋지 않겠느냐는 말씀이었을 뿐이다.

그날부터 '유학이냐, 코치냐'의 갈림길에서 하나를 택해야 하는 고민에 휩싸였다. 결론적으로 가족의 안녕이 먼저라는 생각이 무겁게 어깨를 짓눌렀다. 결국 유학을 포기하고 지도자의 길을 택하는 것이 나의 운명이라 믿었다. 시리도록 푸른 하늘 위에서 돌아가신 할머니와 아버지가 고개를 천천히 끄덕이고 계시는 듯했다.

제3부

지도자의 길

1982년 11월 19일. 뉴델리아시안게임 한국대표 선수단의 입장 모습.
태극기를 든 기수가 필자.

여자농구 조흥은행 시대

-1970년대-

1968년 기존의 호남비료 농구팀을 주축으로 조흥은행 여자농구단이 창단되었다. 송원래 단장, 이경재 감독, 방열 코치, 그리고 선수 12명이 단복을 차려입고 창단식을 가졌다. 조흥은행 방산지점 옥상에 콘서트룸 형식의 실내 체육관과 숙소가 마련되었다. 체육관은 옥상 위에 설치한 반원형에 가까운 구조물이어서 여름엔 덥고 겨울엔 몹시 추웠다.

여자 농구는 금융권 내 은행 간의 패권대결이었다. 박신자 선수가 속한 상업은행을 비롯해 제일은행, 국민은행, 한일은행의 팀이 있었고, 실업팀으로는 한전, 코오롱 등이 있었다. 가장 강한 팀이 상업은행. 패권을 차지하기 위해서는 과학적 훈련과 소통을 통한 팀워크가 무엇보다 중요했다. 그때까지 나는 여성 농구선수 지도에 관한 한 거의 백지상태였다. 여성 농구선수의 지도방법은 물론 여성의 심리와 정서·감정 등을 접해 볼 수 있는 관련 자료를 찾기 시작하였다.

평소 단골로 찾던 을유문화사와 종로서적을 방문해 《여성의 심리》, 《여성의 신체적 특성》, 《여성의 사회발달》과 같은 서적을 구입하여 탐독했다. 여성 선수에 대한 전문기술 훈련은 낫 홀맨 코치로부터 배운 120분 훈련시간을 응용해 150분으로 구성했다.

여성들의 체력이 과거보다 훨씬 향상된 것은 사실이지만, 절대적인 신체능력은 남성에 비해 뒤떨어지는 것 또한 사실이다. 근력의 파워나 최대 산소섭취량 등 체력적인 면에서 성인여성은 남성의 70%~80% 정도 수준에 머문다는 게 그때까지의 과학적 분석 결과였다. 반면 여성들은 평균수명이 길고, 추위나 배고픔 등에 강해 조난이나 위난 시 생존율이 남성보다 높은 특성도 지니고 있다는 것을 책을 통해 배웠다.

생리적인 차이 중에서 특히 스포츠 지도자들이 염두에 두어야 할 점은 여성들의 체지방이 남성보다 1.5~2배 정도 더 많기 때문에 체중부하가 그만큼 커 많은 훈련시간을 필요로 한다는 사실이다. 이런 점을 감안할 때 내가 설계한 훈련량 증가계획은 나름대로 타당성을 갖추고 있었다.

'구관이 명관'이라고 했다. 여자농구의 대부이신 상업은행의 이상훈 감독, 국민은행의 우재민 감독을 각각 찾아뵙고 자문을 구했다. 한편 전문서적으로는 종로서적에서 구입한《Women Basketball》이 나를 보조했다.

전술전략부터 시작해 지금까지 국내경기에서 여자농구가 경험해 보지 못한 수비와 공격전술을 택해 집중적인 훈련을 시작했다. 팀이 창단되고 1년 만인 1969년 가을 추계여자농구대회가 열렸다. 우승팀에게는 유럽 원정 보너스를 주는 좋은 기회였다. 매 경기마다 최선을 다해 승수를 쌓아갔고, 우리는 마침내 결승전에서 최강 상업은행을 넘어서는 데 성공했다. 박대진 행장님을 비롯하여 전 은행원이 하나가 되어 장충체육관이 떠나갈 듯 응원해 주었다. 여자농구가 은행 전 직원을 정서적으로 통합시키는 촉매제 구실을 하는 현장을 생생하게 목격했다. 스포츠가 갖고 있는 소프트 파워를 확인하는 계기가 됐다.

조흥은행 농구팀은 우승 보너스로 나온 유럽 원정길에 나섰다. 이스라엘, 이탈리아, 프랑스를 경유하는 순회경기로 파격적인 원정계획이었다. 그러나 도처에 복병이 만만치 않게 잠복해 있었다. 당시 유엔총회에는 이른바 '알제리 안'이 상정되어 있었다. 또 이스라엘과 돈독한 유대를 과시하는 것이 외교상 불리한 결과를 초래할지도 모르는 미묘한 국제정세에 놓여 있었다. 결국 우리 팀은 이스라엘 텔아비브 공항에 내렸다가 외무부의 긴급 연락을 받고 곧장 이탈리아로 향해야 했다. 이스라엘에서의 경기는 모두 취소할 수밖에 없었다.

한국 여자 농구는 1967년 체코 프라하세계여자농구대회에서 2위를 차지함으로써 여자농구 강국으로 세계에 알려지기 시작했다. 당시 조흥은행 팀의 유럽 원정도 이와 무관치 않았다. 유럽 팀들이 강팀인 한국 여자농구팀과 경기하기 위해 앞다투어 초청할 정도의 위상이었다. 그만큼 경기에 대한 압박감이나 스트레스가 많았다. 이탈리아나 프랑스에게 강팀의 면모를 보여줘야 했기 때문이다.

우리는 유럽의 장신 선수들을 상대할 전술을 세우는데 치중했다. 이탈리아에서 모두 5경기가 열렸는데, 로마, 밀라노, 그리고 베니스를 순회하는 형식이었다. 우리는 이탈리아 여성 팀과의 경기는 전승을 거뒀다. 선수들에겐 경기가 우선이지만 경기가 없

1969년 2월. 로마에서의 첫 경기를 승리한 후 기념 사진. 뒷줄 왼쪽에서 네 번째 송원래 단장, 뒷줄 오른쪽 끝이 방열 코치

는 날에는 고대 유럽문화의 최고봉인 〈바티칸박물관〉, 〈성 베드로 성당〉, 〈시스티나성당〉, 〈콜로세움〉 등을 견학했다. 나는 2차 대전 당시 폭격으로 폐허가 된 고대 유물들의 '안부'가 몹시 궁금했다. 놀랍게도 유적은 대부분 잘 보존되어 있었다. 특히 무솔리니(Mussolini)라는 도시는 퍽 인상적이었다. 전쟁의 피해로부터 로마를 보존하기 위해 외딴 곳에 건립한 이 도시는 로마의 또 다른 유적처럼 느껴졌다.

1969년 2월, 베니스로 이동하기 전 우리는 밀라노에 체류하고 있었다. 훈련을 마치고 돌아 온 선수들은 저녁식사는 했지만, 늦은 시간이면 으레 배가 출출했다. 선수들에게 간식을 제공하기 위해 간식거리를 구하려 밖으로 나갔다. 유럽의 대부분 도시가 그렇듯 카페나 술집을 제외하고는 대부분의 상점들이 문을 닫은 상태였다. 이리저리 기웃거리다가 밀라노역 앞 광장에서 의외의 장면을 발견했다. 우리나라로 치면 어묵을 끓여 파는 이동식 판매대와 마주친 것이다. 그 앞에는 몇 사람 머뭇거리고 있었다.

나는 역 광장을 질러 빠른 걸음으로 이동했다. 판매대 주위가 온통 구수한 냄새로 진동했다. 다가가 보니 점원이 주걱처럼 생긴 바닥이 넓은 뒤집개를 들고 빈대떡보다 커 보이는 밀가루 반죽을 이리저리 뒤집고 있었다. 낯선 음식이라 살까말까 망설이고 있는데, 주변이 있던 사람이 나를 보더니 말을 건넸다.

"여보세요? 나, 인천 알아요!"

그는 내게 악수를 청했다. 아니 이 사람이 어떻게 한국말을 하는 걸까? 몇 마디 더 주고받고 나서야 그의 정체를 알게 됐다. 6.25전쟁 당시 참전 용사였다. 그는 어설펐지만 〈아리랑〉도 불렀다. 갑자기 눈가가 촉촉해지는 순간 그가 주머니에서 돈을 꺼내더니 빈대떡을 사라며 점원에게 돈을 주었다. 나는 당황했다. "No! No!" 그러나 그는 막무가내였다. 나도 지지 않았다. 양팔을 벌려 많이 사야 한다는 표현을 했건만 그는 한사코 나를 만류했다.

바로 그때 이 장면을 한 발짝 뒤에서 조용히 바라만 보고 계셨던 분이 있었다. 송원래 단장님이었다. 나는 송 단장님의 등장에 또 한 번 당황하고 놀랐다. 송 단장님은 큰 봉투를 가슴에 안고 계셨는데, 그 속에서 술 한 병을 꺼내시더니 참전용사에게 건네면서 "땡큐, 땡큐!"로 고마움을 전했다. 참전용사도 우리말로 "감사합니다! 감사합니다!"를 연발했다.

송 단장님이 호텔로 돌아오면서 말했다. 자기도 선수들에게 간식거리를 주려고 뭘 좀 사려고 나섰고, 문을 연 가게가 없어 헤매다 나를 발견했는데, 두 사람 사이에 끼어들기가 뭣해서 바라만 보고 있었다고 했다. 참전용사에게 돈을 주면 안 받을 것 같아서 들고 간 와인을 선물한 것이라 했다. 그의 따뜻한 인간미가 엿보였다. 송 단장님은 와인 전문가였다. 와인 병을 따면 즉시 코로 냄새를 맡았다. 그리고 이건 몇 년도 어디 산이라는 것까지 맞출 정도였다. 식사 자리에는 항상 와인이 있어야 했다. 그날도 식당들이 문을 닫아 선수들 간식은 못 샀지만, 당신이 마실 와인만은 어딘가에서 구입한 것이다.

그날 선수들은 이태리 빈대떡의 명칭이 '피자'라는 걸 처음 알았고, 처음 맛을 보았다. 이후 이태리를 떠날 때까지 선수들의 간식은 피자로 일관했다.

기업은행 김흥경 전무이사와 송원래 단장은 경복고 선후배 간이다. 송 단장님은 내가 이적해 올 때 김 전무님께 청을 하나 넣었다고 했다.

"기업은행에서도 행원이지만, 우리 조흥은행으로 이적해도 행원 신분은 마찬가지입니다. 그러나 우리 은행에서는 지도자로 일할 테니 협조해 주시기 바랍니다."

나 역시 송 단장님의 후배가 되는 동문지간이지만, 그분은 단 한 번도 자신이 선배라는 위계를 의식하며 행동하지 않았다. 그저 묵묵히 뒤에서 병풍 역할을 해오며 농구단을 감싸 안은 분이셨다.

마지막 경기를 비쎈자(Vicenza)에서 마친 후 열차에 오르기 전일이다. 역사에 마련한 송별만찬에서 이탈리아 선수들과 우리 선수들이 어깨를 걸고 우정을 나누며 〈이별의 노래〉를 합창했다. 밖에는 하얀 눈이 소리 없이 내리고 있었다.

이탈리아에서의 일정을 마치고 프랑스로 이동하는 날이었다.

1969년 2월. 이탈리아 베네치아에서의 마지막 경기를 마치고 송별회에 참석한 양국 선수들의 우정적인 모습

나는 로비에서 선수들이 내려오기를 기다리고 있었다. 가죽코트에 가죽모자, 가죽가방까지 갖춘 12명의 게슈타포(?)들이 내 앞에 나타난 것이다. 우리 팀 선수들이었다. 언제 쇼핑을 했는지 가죽옷을 차려입고 나타난 그들의 멋진 모습은 지나가던 이탈리아인들의 선망에 찬 눈길을 받기에 충분했다.

여자 선수들을 지도하는 코치들은 그들에게 운동선수이기 전에 여성이라는 사실을 먼저 자각시켜 주어야 한다. 그렇게 해야 선수들이 자신에 대한 확고한 믿음과 정체성을 갖게 된다. 여자 선수들에게 여성다움을 키우는 것 자체를 금지하면 선수들에게 동기를 부여하기도 어렵고 나아가 효율적인 훈련도 이루어지지도 않는다. 사람은 가장 자기다울 때 아름답고 활기가 넘치는 게 아닐까?

1969년 1월 18일. 콜로세움 앞에서

〈스트라세 프랑스〉와 〈깡〉 여자농구 팀은 강했지만 우리가 모두 이겼다. 늘 그렇듯 경기가 끝난 뒤 환영회 자리가 마련됐다. 이구동성으로 '한국 여자농구의 경기방식', '훈련방법', '수비형태' 등의 질문 공세가 이어졌다. 어려운 대화는 대사관에서 파견된 '미스터 김'이라는 친구가 통역을 했다. 각종 질문에 성실히 답변하고 역으로 프랑스 농구의 현황과 정책도 파악할 수 있었다. 환영회를 마치고 선수들은 호텔로 이동하고, 임원들은 이수용 대사의 초청을 받았다. 프랑스에서 제일 유명하다는 샹젤리제 길가에 있는 작은 카페로 이동했다. 이 대사는 안내원이 지정해 준 테이블에 앉으며 우리에게 자리를 권했다.

"우리 선수들이 그렇게 잘할 줄 몰랐습니다. 사실 나는 개인

적으로 어제 이겼으니 오늘은 졌으면 어떨까 했죠. 하하하~, 그
래야 외교적으로 가장 좋은 상황이라고 볼 수 있으니까요!"

이 대사는 잔을 권하면서 칭찬 한 마디를 잊지 않았다.

"제가 이곳 대사로 온 지 좀 됐지만 그동안 우리 대사관이 이
룩한 업적보다 농구팀이 이룬 업적이 훨씬 큽니다."

카페는 작았고 공간은 담배연기로 자욱했다. 한 구석에서는
아코디언과 드럼 그리고 기타로 귀에 익은 샹송을 연주하고 있었
다. 그때 작은 자동차 한 대가 내가 앉은 벽(투명 유리)을 향해 주차
했다. 운전자는 차에서 내리자마자 코트를 몸에 걸친 채 연초담
배를 물고 카페 안으로 들어섰다. 그리고 이수용 대사와 마주쳤
다. 대사는 이게 웬일이냐며 벌떡 일어서더니 반갑다는 뜻으로
서로 얼굴을 맞댔고, 우리들에게 이 분이 프랑스 외무부장관이라
고 소개했다. 낯선 행동에 어리둥절하다 그제야 우리도 그를 맞
이하며 인사를 했다.

잠시 후 그는 좁은 테이블 사이를 비집고 가더니 다른 구석진
테이블에 합석했다. 이 대사는 그가 프랑스 미테랑 정부의 핵심
인물이라고 덧붙였다. 조금 후에 외무부장관은 우리 테이블로 돌
아와 샴페인 한 병을 선물로 주며 "승리를 축하한다."고 말했다.
그는 이 대사와 몇 마디 말을 나눈 뒤 카페를 떠났다.

나는 프랑스 외무부장관의 일거수일투족에 깊은 감동을 받았
다. 그는 거물급 고위직이다. 우리나라 같으면 비서들이 몇 명씩

따라오고 샴페인도 비서를 시켜 가져다 마셨을 것이다. 운전기사가 따로 있었을 텐데, 그는 아랑곳하지 않고 일반시민처럼 평범하게 행동했다. 과연 민주주의란 저런 건가. 그의 자연스러운 모습이 무척 부럽고 존경스러웠다.

1789년, 낡은 것을 버리고 새로운 세상을 열어가기 위해 봉기한 프랑스혁명 정신 때문이 아닐까 하는 생각이 들었다. 나아가 오늘날 그들이 쟁취한 민주주의 체제의 위력을 새삼 확인하는 계기가 되었다. 프랑스와 한국의 처지를 비교해 보니 우리의 후진성을 탈피하려면 정치 · 경제 · 사회적으로 많은 것들이 변화해야 하겠다는 생각이 들었다.

동남아여자농구대회

1969년, 〈박정희 장군 배 동남아여자농구대회〉 결승에서 한국(조흥은행)과 일본(유니티카)이 맞섰다. 그러나 유럽 원정까지 경험한 조흥은행은 예상과 달리 일본에 패하고 말았다. 농구팬은 물론이고 온 장안이 실망과 비난으로 들끓었다. 당시 본점 영업부 계산계에서 일했던 나는 자리를 지킬 수도 없을 정도였다. 패인은 유니티카의 센터인 고랑꼬(188cm, 중국계)와 이와모도(178cm, 한국 교포)가 포진한 '하이-로 포스트' 공격을 막아내지 못한 탓이다. 강부임(177cm)과 박용분(178cm) 두 사람으로는 역부족이었다. 유니티카의 전면 강압수비도 조흥은행을 침몰시키는 데 기여했다.

타도 일본을 위한 1년은 멀고도 긴 세월이지만 선수들과 함께 와신상담하는 마음으로 모든 것을 변화시켜야 했다. 그 와중에 우리 팀에 위기가 찾아왔다. 에이스라고 할 수 있는 H선수가 갑자기 은퇴를 선언하고 팀을 떠나버린 것이다. 치명적인 손실이 아닐 수 없었다. 국내를 석권해야 동남아여자농구선수권대회 출전자격을 획득할 수 있을 텐데, 당장 눈앞에 다가온 69년도 추계 여자농구연맹전이 문제였다.

최대 라이벌은 상업은행으로, 60년대 우리나라 여자농구를 주도해 온 팀이다. 이 대회에서 조흥과 상업, 두 팀이 우승을 다툴 것은 자명했다. 농구 전문가들은 전력에 큰 공백이 생긴 우리 팀보다 상업은행에 후한 점수를 매겼다.

그러나 결승에서 만난 상업은행과의 경기에서 우리 선수들은 예상을 뒤엎고 분전하며 막바지까지 접전으로 이어졌다. 경기종료 15초를 남기고 공격권이 넘어왔다. 나는 작전타임을 요청했다. 그 무렵 새로 개발해 두었던 공격법을 지시하고, 최종 마무리를 김영자 선수에게 맡겼다. 김 선수는 침착하게 자기에게 맡겨진 임무를 수행해냈다. 특유의 장기인 원 핸드 점프슛으로 역전골을 성공시킨 것은 4초 전, 67대 65로 우리 팀이 예상 밖의 역전승을 거두었다. 이 경기는 조흥은행으로서는 매우 의미 깊은 일전이었다. 만약 이 경기에서 H선수가 은퇴한 공백을 극복하지 못하고 주저앉았더라면, 우리 팀은 오랫동안 침체의 늪에 빠지게 되었을지 모른다. 김 선수의 역전 골은 우리 팀이 내리막길로 들어서지 않고 정상을 유지할 수 있는 정신적 토대가 되었던 셈이다.

　　김영자 선수 하면 가슴 아픈 기억이 떠오른다. 조흥은행에서
는 해마다 가을이면 행내 체육대회가 열렸다. 대회가 마무리될
무렵, 김 선수가 숙소를 찾아왔다. 배구경기에 참석하고 나서 땀
도 닦을 겸, 선수들도 만나 볼 겸 숙소로 온 것이다. 잠시 후 김
선수는 집에 가서 목욕을 해야겠다며 일어섰다. 나는 가벼운 마
음으로 선수단 숙소 시설을 이용할 것을 권했다.

　　"왜? 숙소 샤워장 이용하지 그래?"

　　"아뇨, 그냥 집에서 할게요."

　　그리고 쑥스러운 표정으로 일어섰다. 나는 더 권하지 않았다.

　　우리 선수단에 날벼락같은 비보가 전해진 것은 그날 밤의 일
이었다. 김영자 선수가 동네 목욕탕에서 목욕을 하던 중 보일러
가 터지는 바람에 온몸에 화상을 입었다는 것이다. 나는 선수들
과 함께 김영자 선수가 입원했다는 혜화동 로터리에 있는 우석대
학병원으로 달려갔다. 영자는 거의 온몸에 붕대를 칭칭 감은 채
안간힘을 쓰고 있었다. 소생 가망이 거의 없어 보였다. 너무 안쓰
러워 가슴이 미어졌다.

　　"힘내라! 영자야, 라스트야, 마지막 한 바퀴!"

　　선수들이 훈련을 하다 보면 체력의 한계에 이르는 경우가 있
다. 가령 운동장을 스무 바퀴 돌기로 하고 달리면 열여덟~아홉
바퀴째쯤에서 선수들은 거의 탈진하고 만다. 하지만, "라스트!"
라는 코치의 외침은 선수들에게 새로운 힘을 가져다준다. '이 고

비만 넘기면 끝이구나.'하는 희망과 함께 선수들은 극한상황을 이겨내는 것이다. 스포츠의 가치는 바로 이 상황에서 이루어지는 것이라고 가르쳐 왔다.

"오늘이 제일 힘든 고비야, 오늘만 넘기면 회복할 수 있어!"

"네!"

'라스트'라는 내 말에 기운을 얻은 듯 김영자 선수는 벌떡 일어나 앉았다. 그렇지만 그것이 마지막이었다. 바로 내 눈앞에서 꽃다운 나이의 한 생명이 꺼져갔다. 나는 애처로운 모습에 울음을 터뜨리고 말았다.

이듬해 1970년, 동남아대회는 국내 팀으로 조흥은행과 상업은행이, 국외 팀으로는 일본과 중국이 참가했다. 대회는 팀 수가 적은 관계로 1차, 2차 리그로 진행되었다. 일본과의 2차전에 걸친 맞대결에서 80:73, 70:62로 모두 격파했다. 얼마나 기다렸던 승리인가! 그동안 숨 한 번 편히 쉬지 못하고, 잠 한 번 편히 이루지 못했던 날들, 그리고 방산체육관에서 각고의 땀을 흘리며 고된 훈련을 이겨낸 선수들이 자랑스러울 따름이었다. 우리는 "우승배를 되찾아왔다"며 우승배에 맥주를 부어 승리를 마셨다.

1971년 동남아대회는 조흥은행이 2연패를 달성하는 것이 목표였다. 우수 선수 몇 명이 은퇴했지만 곧 새로운 신입선수들로 보강했다. 노련한 팀은 아니지만 투지가 강하고, 강인한 체력과 원만한 팀워크를 이루고 있었다. 대회 참가를 위해 국내 예선경기에서 우승해야 했다. 조흥을 비롯해 상은, 제일, 국민, 코오롱, 한전 등이 1차 리그~3차 리그까지의 성적을 합산, 최종 1위 팀과 2위 팀만 참가할 수 있었다. 치열한 경쟁 끝에 3위로 밀려 아깝게도 탈락하고 말았다.

그런데 의외의 소식이 들려왔다. 일본과 대만이 외교적 갈등으로 대회는 참가하지만 서로 경기는 할 수 없다는 소식을 전해왔다. 농구협회는 당황했다. 혹시라도 대회 자체가 무산될 것을 염려하여 묘안을 찾느라 분주했다. 일본과 대만이 대전하지 않도록

1970년 4월 12일. 조흥은행 선수들이 박정희 대통령으로부터 우승배를 받고 있다.

대진표를 작성해야만 했다. 그 결과 3위를 한 조흥을 참석시켜 일본과 대만을 분리, 조별경기를 하면 양국의 대결은 피해갈 수 있다는 안을 내놓았고, 조흥은행은 어부지리로 출전할 수 있었다. 비록 국내 예선에서는 실패했지만 드디어 2연패의 길이 보이기 시작했다. 훈련시간은 짧지만 굵게 준비하고 나섰다. 일본과 대만은 의외로 약체였다. 결국 결승전은 국내 팀 간에 이루어졌다. 조흥은행과 제일은행이 맞붙게 되었다. 때마침 제일은행 전무이사였던 고태진 씨가 조흥은행 행장으로 부임한 때여서 양 은행 간에는 미묘한 분위기가 감돌았다. 그도 그럴 것이 고 행장은 여자농구의 열혈 팬이었다. 그 때문에 별의 별 소문이 난무했다.

제일은행과의 경기는 결승전답게 진행되었다. 장충체육관은 두 은행 응원단과 임직원들로 입추의 여지가 없었다. 결국 우승배는 조흥이 차지했다. 나의 목표였던 대회 2연패를 달성하는 순간이었다. 선수들이 박정희 대통령과 육영수 여사로부터 우승배를 넘겨받는 순간 관중석은 열광과 환영의 도가니가 되었다.

60년대가 여자농구 상업은행 전성기였다면, 70년대는 조흥은행 전성기로 만들겠다고 설정한 목표는 결국 옳았으며, 그 목표를 한 걸음 한 걸음 이루어가고 있었다. 선수들에게 휴식기간이 필요했고, 나 역시 뒤돌아 볼 시간이 필요했다. 가족, 친구, 업무 등 미루어왔던 일들이 한꺼번에 밀려왔다. 대리시험도 치러야 하고, 집도 장만해야 하고, 결혼도 준비해야 했다.

대리 진급 시험은 예금, 환, 대출, 어음 등에 관한 것이었다. 그동안 본점 영업부에 근무하면서 틈틈이 현업에 투입되었던 바, 규정집도 낯설지 않았다. 코치 생활을 은퇴하고 뱅커(banker)의 길을 택하려면 책임자 시험은 필수과정이다. 열심히 준비하고 시험에 응했다.

결혼하려면 집이 있어야 했다. 결혼 초부터 남의 귀한 딸을 데리고 셋방살이로 출발할 수는 없었다. 내 집 마련을 위해 노조가 서울시와 공동으로 건설한 서강아파트에 청약했다. 3대 1의 경쟁률이다. 아침부터 추첨하게 될 오른손을 정갈하게 씻고 부정이라도 탈까 봐 왼손만 사용했다. 노조 사무실에 준비된 추첨함에 손을 넣기 전, 오른손을 나의 심장에 대고 경건한 자세로 임했다. 드디어 3대 1의 경합을 뚫고 당첨되었다. 어머니께서 종자돈을 내주셨고, 부족분은 은행 대출로 보충했다. 그렇게 해서 나의 스위트홈 서강아파트 입주가 결정되었다. 이제 결혼식만 남아 있었다.

1972년 8월. 〈비원〉에서

약혼한 지도 어언 1년이 다가오고 있었다. 아내는 조흥은행 본점 조사과에서 재무와 행보업무를 담당하고 있었다. 행보에 실어야 할 컷 그림을 직접 그려 넣고, 원고를 작성하며, 편집업무에 충실했다. 긴 시간을 묵묵히 기다려 준 예비신부에게 미안한 마음이 앞섰다. 우리 두 사람은 식장을 예약하고, 주례 선정, 청첩장 주문, 신혼여행지 예약, 예물과 예복을 맞추느라 눈코 뜰 새 없는 시간을 보냈다.

드디어 1971년 4월 28일 세종호텔에서 결혼식을 올려 처녀 · 총각 신세를 벗어났다. 신혼여행지는 나의 어린 시절 피난살이를 한 부산으로 정하고 열차에 몸을 실었다. 때마침 보슬비가 창문을 촉촉이 두드리며 결혼을 축하해 주었다.

"야! 니 열이 아이가? 내 모르나?"

피난 시절 활보했던 남포동 거리를 걸어갈 때 날 찾는 목소리가 들려왔다. 뒤돌아보니 누군가가 나를 향해 다가오고 있었다.

"야~, 인마 보래이? 내 '철환이' 아이가 강철환이."

아차! 그제야 그를 기억해냈다. 얼른 그의 손을 맞잡고 악수를 나누며 지난날 그와의 추억들을 떠올려 보았다. 철환이는 나를 반기며 그가 경영한다는 전파사 매장으로 안내했다. 매장 안은 온통 파나소닉, 소니, 내셔널, 아이와 등 일제 전자제품으로 가득했다. 나는 신혼여행 차 왔다는 것을 이야기하고 아내를 소개했다.

철환이는 내가 부산을 떠난 후, 영도 피난초등학교를 졸업하고 경남중학교에 진학했다고 이야기를 풀어나갔지만, 목소리만 굵어졌지 말하는 투는 어린 시절과 똑같았다. 그리고 1학년 때부터 야구를 해서 선수가 되었고, 3학년 때 서울에서 전국체육대회가 있었지만 자기는 출전을 포기했다고 했다. 나는 물었다.

"야, 네가 서울에 왔으면 나도 농구를 했으니까 서로 만날 기회가 있었을 텐데 그 좋은 기회를 왜 포기를 했어?"

그러나 철환이는 뜻밖의 말을 했다.

"인마 봐라? 니가, 부산 떠날 때 한 말 생각 안 나나? 서울 오면 직인다고 안 했나? 그래서 안 간기라, 와?"

그렇게 말하며 철환이는 냉수를 들이켰다. 머리가 띵했다. 어떤 말을 해야 할지 몰랐다. 잠시 후 나는 조용히 대답했다.

"야 철환아, 그건 내가 어렸을 때 한 말이지 기억도 안 나지만 그걸 그렇게까지 믿고 있었다니 말도 안 돼! 암튼 지금이라도 우리가 속을 털어놓고 이야기를 나누게 돼 반갑다."

우린 두 손을 힘주어 잡고 한바탕 크게 웃었다. 영문 모르는 아내는 찻잔만 뚫어지게 바라보고 있었다. 나중에 알았지만 철환이는 부산 전파무역계의 대부라는 말을 전해 듣고 그가 한 말을 일부 이해할 것 같기도 했다.

여자대표팀 코치로

- '72년 ABC대회와 '73년 모스크바U대회

나는 비교적 어린 나이에 국가대표팀 코치진에 합류했다.

1972년 11월, 대만에서 개최된 제4회 아시아여자농구선수권대

1972년 11월, 대만 여자ABC대회 우승 기념 사진.
왼쪽 첫 번째 이상훈 감독, 오른쪽이 필자

회(ABC)에 이상훈 감독님과 함께 코치로 대한농구협회로부터 명을 받았다. 일본의 불참으로 자유중국과의 치열한 경쟁을 했지만 선수권을 획득하며 금메달을 따냈다. 일본의 불참이 유감으로 남았다.

이듬해인 1973년 8월 15~25일에는 유니버시아드(Universiade) 대회가 소련의 수도 모스크바에서 개최되었다. 농구협회는 ABC 대회 우승을 이끌어 낸 것을 높이 평가해 코칭 스태프를 연임시켰다. 신혼 초 첫 아이와의 생활이 익숙해져가고 있던 차에 내가 합숙생활을 하게 되면서 육아의 부담은 모두 아내의 몫이 되고 말았다. 아내는 걱정 말고 힘내라는 말로 오히려 격려해 주었다.

대한체육회는 모스크바 U대회 참가 종목으로 여자테니스, 남자배구, 그리고 여자농구를 선택했다. 모두 메달 획득이 가능한 종목이라는 것. 이 대회에서 가장 신경을 곤두세웠던 점은 선수단의 안전 문제였다. 모스크바가 적성 국가의 수도라는 것 말고도, 우리나라와는 비공식적 교류채널조차 없었기 때문이다. 우리에게 우호적인 교민도 찾아볼 수 없었다. 반면에 북한의 공관원들은 모스크바를 자기네 안방처럼 활개를 치고 다녔다.

경기력 향상을 위한 준비도 중요하지만, 경기 외적인 체크가 반드시 필요했다. 경기에 대비해서는 과학적인 훈련의 방법과 훈련횟수 등을 결정해 대비해 나갔다. 팀의 목표는 'Zero Defect(무결함)'로 정했다. Zero Defect는 미국 항공우주국(NASA)에서 처음 사용한 단어로, 우주로 가기 위한 여정은 결함이 하나라도 있으면 불가능하다는 것. 수많은 난제를 해결해 결함 '0'가 됐을 때 비로소 발사체를 출발시키겠다는 다짐으로, 훗날 경제학 용어로도 사용됐다. 우리는 바로 이 '무결함' 정신을 슬로건으로 채택했다. 아예 'ZD'라고 쓴 깃발을 만들어 벽에 걸었다.

신장도 작고, 정보도 없고, 우리를 지원하는 대사관·교포도 없는 나라에서 결점을 갖고 경기에 임한다는 것은 패배를 자초하는 것이다. 그러나 스포츠의 또 다른 미덕은 이기는 것만이 최고가 아니라는 거다. 승리는 일종의 부스러기일 뿐이고 보다 중요한 것은 승리를 위해 최선을 다하는 준비과정이다. 무결함 팀을

1973년 대한체육회 대회의실에서 열린 모스크바 유니버시아드대회 결단식

구축하는 과정이 바로 그것이었다.

나는 이상훈 감독님과 의논해 러시아를 비롯한 서구 장신선수에 대항할 수 있는 공수전술, 북한·일본을 비롯한 아시아 팀에 대항하는 공수전술을 각각 분리해서 준비했다. 선수들은 반복되는 훈련을 통해 코칭스태프가 제시한 전략전술을 무리 없이 소화하면서 전술적 이해를 체현하기에 이르렀다. 대회기간 날씨도 중요하다. 기상청의 도움으로 모스크바 8월의 년 평균 기온은 '섭씨 18도', 일몰 후에는 '섭씨 0도~-1도, -2도'라는 걸 알아냈다. 여름에조차 영하의 날씨로 변한다는 게 놀랍기도 했지만 역시 북방 도시라는 걸 깨달았다. 문제는 기온차가 심하면 감기에 걸리기 쉽다는 것이다. 감기는 편도선이 큰 사람이 쉽게 감염되고, 편도염·인두염·후두염·몸살·근육통으로 이어진다.

선수들을 이비인후과로 데리고 가 점검하고, 편도가 큰 선수는 편도 제거 수술을 감행했다. 한편, 여자 선수들의 생리기에는 운동수행 능력은 개인차는 있지만 평균 60% 이하로 발휘되고, 심한 경우 전혀 움직이지 못하는 선수도 있다. 나는 각 선수들의 생리주기를 알아야 했다. 생리기간이 대회기간과 겹치는 선수를 산부인과로 보내 약물로 무생리 처리를 할 수 있기 때문이다. 선수들에게 "너는 생리가 언제냐고?"고 일일이 물어볼 수도 없어, 전전긍긍하다 주장을 통해 선수들의 생리기를 작성하도록 지시했다. 다만 이름은 쓰지 말고 생리주기만 정확하게 기록할 것을 당부했다. 작성된 자료를 검토한 결과 4명이 대회기간과 중복되었다. 이들을 모두 태릉의 원자력병원 산부인과에 의뢰했더니 의사가 내게 전화를 걸어왔다.

"선수들로부터 생리주기 연장에 관한 설명을 들어 잘 알았지만, 시차가 큰 국가로의 여행으로 인해 생리주기가 2~3일 달라질 수도 있고, 선수들이 모두 혼숙을 한다면 주기가 아니더라도 한 사람이 시작하면 하품처럼 옮길 수도 있으니 참고하세요."

선수들을 위해 약을 처방받고 대회기간에는 한국 선수들 모두가 무생리로 경기에 임하도록 했다.

하지만 예기치 못한 일도 발생했다. 훈련 중 한 선수가 맹장이 터졌다. 선수를 들쳐 업고 병원에 도착, 검진 결과 급성 맹장염이라 24시간 내 수술해야 한다고 했다. 나는 수술동의서에 서명을 하면서 같은 일이 다른 선수에게는 생기지 않기를 기도했다. 모스크바 현지에서 발생하면 그때는 대동하고 간 의료진도 없는 상태에서 현지인들과 말도 잘 통하지 않을 테니 얼마나 당황하겠는가. 수술을 마친 의사에게 물었다.

"혹시 전 선수가 맹장수술을 미리 받는 게 어쩐지요?"

"그럴 필요까지는 없고요. 전 선수들을 혈액검사로 확인하는 것이 좋겠습니다"

선수들은 만일에 대비하기 위해 혈액검사를 받았다. 며칠 후 답이 왔다. 선수 전원 염증이 없다는 통보를 받고 안심했다.

시차 역시 중요하다. 우리나라와 모스크바의 시차는 6시간이다. 우리 시간 오전 10시면 모스크바는 새벽 4시다. 6시간의 시차는 경기에 큰 영향을 준다. 모스크바에 미리 도착해 현지 적응 훈련을 할 수도 없는 처지다. 비자 발급도 일본 주재 소련대사관에서 받아야 한다. 의사들과 논의한 결과, 한국에서 소련의 시간대에 맞춰 훈련을 진행하다가 출국하면 어떠냐는 견해를 밝히면서 7일이면 충분할 것이라고 했다.

우리는 출국일을 기준으로 넉넉히 15일간 시차 극복훈련을 실시했다. 모스크바에서의 경기시간은 대부분 오후 6시 이후다. 그래서 밤 12시부터 훈련을 했다. 새벽 3시에 훈련을 마치면 모스크바 시간으로 오후 9시다. 선수들이 샤워하고, 빨래하고(무슨 빨래를 매일같이 하는지…), 석식시간은 새벽 4시다. 무더운 날씨 때문인지 밤이면 불나방이 체육관 불빛을 보고 날아와 선수들의 피부병을 유발하기도 했다. 그래도 훈련시간을 변경할 수는 없었다. 무결함으로 무장해야 한다는 팀의 목표를 수정할 수 없었던 것이다.

이 외에도 현지에서 먹게 될 식품, 전기밥솥, 대회기간에 맞이하게 될 8.15 광복절 행사에 사용할 대형 태극기, 남성 합창단이 부른 애국가 카세트 테이프, 모스크바에서 사용하는 전기 코드를 몰라 100볼트와 220볼트 두 종류를 다 준비했다. 관중들 중에 우리를 응원하는 사람들이 없을 것이므로 모스크바 시민을 우리 응원단으로 만들기 위한 방법으로 태극기 200장과 소련 국기 200장을 준비했다. 경기를 시작하기 전 화합의 표시로 선수들이 태극기와 소련 국기를 양손에 하나씩 들고 운동장을 한 바퀴 돈 뒤에 관중석에 집어던지면 그것을 받아 든 사람들이 곧 우리 응원단이 될 것이라 확신했다. 모든 준비는 철저히 체크리스트에 의해 준비되고 마무리했다.

드디어 출국 전날이다. 선수들은 체육회에서 지급한 단복과 가방, 그리고 단화를 신어 보았다. 모두가 아리따운 숙녀로 변신했다.

"자~ 우리 그동안 고생 많이 했는데, 어디 한 번 모양 좀 내볼까? 거울 어디 있니? 좀 보자꾸나!"

너도나도 거울 앞에 기웃거리며 가벼운 흥분에 싸였다. 바로 이때 갑자기 비명소리가 터져 나왔고, 선수촌 잔디밭에서 뒹굴고 있는 K선수가 보였다. 모두가 어리둥절했다. 영문도 모르고 K선수에게 달려가 "왜 그래?"라고 물었지만 대답 없이 소리 내어 울기만 했다.

내용을 듣고 보니 중앙정보부 요원 1명이 함께 가야 하는데 자리가 없어 농구선수 1명과 교체되어야 한다는 것이다. 그렇게 지명된 선수가 바로 잔디에서 통곡하는 K선수라는 것. 청천벽력이 따로 없었다. 그동안 긴 시간 동고동락했던 K선수. 왜 하필이면 출국 바로 전날 그에게 이런 일이 일어나야만 하는 건지 이해할 수 없었다.

결국 K선수를 집으로 돌려보내는 건 나의 몫이 되었다. 마침 통행금지 시간이어서 경찰의 협조 아래 흐느끼는 K를 차에 태우고 선수촌을 빠져나왔다. K는 정신 줄을 완전히 놓은 상태였다. 차에서 뛰어내리려고 몇 번 시도했으나 나는 그때마다 몸으로 막아냈다. 어렵사리 K선수의 집에 도착했다. 잠들었던 부모들이 뛰어나왔고, 당황한 건 말할 필요도 없었다.

"왜 하필이면 우리 딸입니까? 혹시 당신이 조흥은행 코치라서 제일은행 소속인 우리 딸이 희생된 것 아닙니까? 대답해 보세요! 정보부는 왜 우리 딸을…?"

미처 대답할 겨를이 없었다. K양의 부모님들도 넋을 놓고 방바닥으로 무너져 내렸다. 결국 대화는 K선수의 오빠와 이루어졌다. 나는 자초지종을 설명했다. 오빠는 다행히 우리의 입장을 이해하고 건승을 기원하겠다는 말로 작별 인사를 대신했다. 선수촌에 들러 짐을 꾸려야 했지만 시간이 없어 전화로 부탁하고 공항으로 달려갔다. 공항에서 만난 선수단의 안색은 어제 일어난 돌발적 사건으로 모두 굳어 있었다. 출국 절차를 마친 후, 비행기가 이륙하는 순간 K가 떠올랐다.

"K야, 진정 미안하다! 너와 함께했던 귀중한 시간은 절대 잊지 않을게! 그리고 너의 몫까지 발휘해 반드시 이기고 돌아올게!"

비행기가 창공으로 날아오르자 서울이, 대한민국이 점점 작아졌다.

소련 입국 허가(비자)를 받기 위해 도쿄에 들르려고 했으나, 소련은 모스크바 공항에서 바로 비자를 발급을 하겠다고 알려와 일정이 변경되었다. 서울에서 모스크바로 가는 직행이 없어 우리는 난생 처음으로 프랑스 파리에서 USSR이라고 표시된 소련의 여객기에 탑승했다. 몇 시간의 비행 후 이른 새벽, 희미한 조양(朝陽) 아래 모스크바 시를 내려다보려는 순간 기내방송이 들려왔다. 모스크바에 오신 승객을 환영한다는 말과 함께 창밖으로의 사진 촬영은 금지라 했고, 모두 창문을 닫아줄 것을 당부했다. 그리고 현재 날씨는 맑으나 섭씨 3도라 했다. 바로 어제만 하더라도 30도를 오르내리는 곳에서 생활했었는데, 북방의 도시임을 실감하지 않을 수 없었다. 전혀 다른 세상에 온 것이다.

우리들 모두 준비된 단복으로 갈아입었다. 가슴이 설레었다. 태극기를 든 기수가 제일 앞에, 바로 그 뒤에 내가 서 있었다. 여객기 문이 열리고 태극기가 모스크바의 공기를 접했고, 이어서 나의 코가, 나의 발이 뒤를 이었다. 역사적인 순간이다. 태극기가 소련 땅에서 펄럭이는 건 1945년 독립 후 처음이다.

이동식 계단을 통해 내려가며 아래를 내려다보고 깜짝 놀랐다. 북한대사관에서 나온 직원들이 전원 검은 양복에 선글라스를 끼고 우리를 쳐다보고 있었기 때문이다. 웃음이 터져 나올 것 같아 억지로 참았다. 마치 모스크바 주재 안마시술소 대표들이 마중나온 듯했다. 육지에 발이 닿자 북한대사관 사람들이 다가와 김택수 단장에게 몇 마디 인사를 나누고 비자 발급을 위해 이동했다. 북한 사람들이 통역을 맡겠다고 했다. 우리는 영어로 응하면 될 터이니 감사하지만 사양한다는 말을 했다. 모스크바 입국 사무관은 대한민국 여권에 비자를 찍어주지 않았고 별지를 사용했다.

태극기를 앞세우고 우리는 그 뒤를 따라 짐을 찾으러 가는 도중 웬 사나이가 나타나 코리아는 소련과 외교 관계가 설정되어 있지 않기 때문에 국기의 사용이 불가하다며 기수가 든 태극기를 빼앗으려 했다. 다툼이 일어났고, 정치적으로 스포츠를 이용한 처사라며 강력 대응했다. 모스크바 입국을 취소하고, 귀국하겠다고 경고하고 IOC에 스포츠를 정치적으로 이용한 국가라며 고발 조치하겠다고 맞섰다. 결국 태극기를 들고 공항을 빠져나오는 데 성공했다. 북한의 간섭이 있었다는 정보부원의 말을 들었다. 우리 선수단은 공항에서 실랑이를 하느라 보낸 시간을 허비했기 때문에 다급해졌다.

버스를 타고 우크라이나 호텔로 이동하는 도중에 시간을 절약하기 위해 운동복으로 갈아입고 출전 준비를 서둘렀다. 우크라이나 호텔에는 짐만 내려놓고 경기장으로 이동하여 덴마크와의 경기를 첫 승리로 장식했다. 서울에서 실시한 시차극복 훈련은 효과를 보았고, 선수들의 컨디션은 최고였다. 체코, 폴란드, 헝가리를 모두 이기고 4강에 올랐다. 미국, 소련, 쿠바, 그리고 한국이다.

8월 15일, 우리 민족 해방의 날을 맞았다. 마침 경기가 없는
날이었다. 나는 준비했던 대로 광복절 행사를 모스크바대학 광
장에서 실행했다. 애국가가 울려 퍼졌고, 국기에 대한 경례, 그
리고 순국선열을 기리며 묵념도 했다. 이 날이 바로 우리나라가
일제의 강점으로부터 해방된 28년째 되는 날이었다. 나는 선수
들에게 우리가 처한 환경에 대해 설명하고, 먼 고국 땅에서 우리
의 작은 어깨에 민족의 자존심을 걸고 지켜보고 있을 국민들의
염원을 새삼 인식시켜 주기 위해서
간소한 8.15 기념식을 준비했던 것
이다. 예상했던 아시아 팀들은 모
두 불참했고, 심지어 북한도 출전
하지 않았다.

4강 준결승 첫 경기는 소련과의
대결이다. 소련은 세계 여자선수 최
장신 쎄묘노바(212cm)를 비롯해 장신
선수로 구성된 팀이다. 나는 쎄묘노
바를 보다 정확히 파악하기 위해 식
당에서 그녀가 오길 기다렸다. 드
디어 그녀가 도착했다. 거대한 산이
다가오는 듯했다. 온몸이 하얀 전형

1973년 8월 15일~28일 모스크바 유니버시
아드대회에서 태극기와 함께한국 선수단이 입
장하고 있다.

적인 슬라브계 혈통이다. 얼굴은 어찌나 하얗고 투명한지 동맥·
정맥이 다 들여다보였다. 다리와 팔에는 왠 털이 그렇게도 많은
지. 그녀가 신문을 볼 때면, 그녀의 호흡으로 신문이 얼굴로 당겨
졌다 멀어지기를 반복할 정도였다. 여성이기보다는 남성이나 최
소한 중간성이라는 확신이 들었다.

　나는 성별 검사 신청을 준비했다. 국제경기 사무국에 제출하
려 했으나 미리 제출하면 소련이 홈팀이라 불리할 것 같아 경기당
일 제출해서 영원히 우리 선수와는 경기를 할 수 없도록 격리시켜
야겠다는 결심을 했다. 드디어 소련과의 경기시간이 다가왔다. 나
는 경기 직전, 경기국에 쎄묘노바 성별 검사의뢰서를 제출했다.
심판은 쎄묘노바를 불러 성별 검사실로 내보내지 않고 닥터를 부
르더니 그 자리에서 검사를 실시했다. 닥터는 쎄묘노바 입속에서
타액을 채취해 약물을 투여하고 현미경으로 판결했다. 여성이란
다. 3분도 안 걸렸다. 어이없었지만 쎄묘노바를 여성으로 인정하
고 경기를 진행할 수밖에. 결국 패했다. 미국이 쿠바를 이겨 소련
과 결승전을 하고, 한국은 쿠바와 3·4위전을 맞이했다.

　쿠바 선수들은 탄력이 뛰어났다. 워밍업을 할 때 점프로 솟아
올라 링에 매달리는 선수들이 보였다. 마치 정글에서 본 침팬지
들 같았다. 팔도 유난히 길었고, 체격도 스포츠하기에 딱 맞은 몸
을 가지고 있었으며 눈도 유난히 컸다. 그들이 눈을 한 번 깜박이
면 밤과 낮이 교체되는 듯했다. 그들을 바라보고 있다가 우리 선

수들을 바라보면 왜 그렇게도 작게 느껴지던지. 檀君^(단군)의 자손
이 아니라 短君^(단군)의 자손이 아닐까.

솔직히 경기 전부터 오늘 경기는 질 것 같은 예감이 앞섰다.
아니나 다를까, 전반전에 15점을 뒤졌다. 후반전에 들어가기 전
에 쿠바 선수들의 약점을 지적하고, 우리가 선수촌에서 익힌 그
대로를 실행하도록 독려했다. 선수들은 심기일전으로 후반을 맞
이했다. 그런데 후반 경기시간이 7~8분경과 시점부터 갑자기 쿠
바 선수들의 동작이 둔해지기 시작했다. 이때부터 우리 선수들은
"언니~, 슛해요!", "내가 막을게요!" 등 소리를 지르며 점수 차를
만회하기 시작하더니, 6초를 남겨놓고 45대 43, 2점을 리드하고
있는 상황에서 쿠바에 골밑 슛을 허용, 다시 45대 45 동점을 이

1973년 8월 25일 모든 경기를 마치고 모스크바 바실리성당 앞 기념 사진. 중
앙의 검은 양복 차림의 故 김택수 대한체육회장, 바로 옆이 필자, 그리고 왼쪽
끝에 故 강필승 총감독과 오른쪽 끝에 故 이상훈 감독

루었다. 순간 생각지도 못한 일이 벌어졌다. 쿠바 선수들이 일제히 흥분한 것이다. 마치 경기에 승리라도 한 듯이 각자 날뛰며 이리저리 뛰어다녔다. 그러나 한국의 C선수가 재빨리 아웃되는 볼을 받아 드리블로 치고 나가며 B에게 연결하여 숫을 시도했지만 빗나가고 쿠바 선수의 파울을 얻어냈다. 1초를 남기고 B에게 자유투가 주가졌다. 첫 자유투를 성공하여 46대 45로 승리를 눈앞에 두게 되었다. 이어 던진 제2구는 림을 맞고 돌아나오는 볼을 C가 탭숫으로 연결하여 결국 48대 45로 승리했다.

쿠바 선수들은 패배에 통곡을 했고, 우리 선수들은 승리에 통곡을 했다. 기자들과 관중들도 어디가 이겼는지 잘 모르는 것 같았다. 극적인 역전승이다. 나는 순간 문화의 충돌을 보았다. 하

1973년 8월 28일. 모스크바 유니버시아드대회에서 3위를 하고 폐회식에 참석한 여자농구선수단

바나해협에서 자연과 더불어 노래와 춤으로 낙천적 삶을 살아 온 쿠바 여성들의 문화와 한반도에서 반만 년을 지켜온 한국 여성들의 끈질긴 문화의 충돌이다. 지혜와 끈질김이 승부를 가른 한 판의 경기였다. 결국 3위 동메달을 목에 걸었다. 마지막 날 시상식에 선 우리 선수단은 1위 소련의 국가가 연주되는 가운데 누가 시키지도 않았는데 모두 손을 이어 잡고 "동해물과 백두산이~" 애국가를 합창했다. 그 자리엔 K선수도 함께 서 있었다. 모스크바 주재 북한대사관 직원 모두가 퇴장하는 모습이 아직도 눈에 선하다.

귀국 후, 청와대에 초대되어 우리 선수단이 준비한 모스크바 궁전 모형물을 박 대통령께 선물로 드렸다. 육영수 여사께서는 "이 선물은 언제든 소련 사람들이 이곳을 방문하게 되면 자랑삼아 내놓을게요."라고 하셨다. 퍼스트레이디로서 손색없는 언사였다. 그리고 며칠 후 나는 김종필 국무총리로부터 지도자 상을 수상했다. 세월이 모두 나를 위해서 지나고 있는 듯했다.

쿠웨이트 농구 지도자로

1974년 5월, 조동재 아시아농구연맹 사무총장은 쿠웨이트 농구협회장 쉐이크 파헤드(Sheik Fahed) 씨로부터 한 통의 편지를 받았다. 내용인 즉, 쿠웨이트 농구 발전을 위해 아시아에서 유능한 코치를 선정해 달라는 요청이었다. 조 사무총장께서는 일본, 중국, 필리핀, 대만 그리고 한국의 지도자들을 놓고 고민하던 중, 이왕이면 우리나라에도 유능한 지도자가 많으니 한국의 지도자를 선택함이 어떨지 아시아농구연맹 및 한국농구협회 이병희 회장과 논의하셨다. 이 회장께서는 농구협회 이사회로 본 건을 이첩하고 논의해 보기로 했다. 그 결과 나를 파견하는 것으로 결정했다고 협회로부터 통보를 받았다.

갑자기 소식을 접한 나는 협회가 나의 지도력을 인정해 준 것에는 감사했지만 다른 한편으로는 걱정도 되었다. 자국 선수를 지도하는 것도 어려운데 과연 외국선수들을 잘 지도해낼 수 있을지 하는 의문이 앞선 탓이다. 대학 시절 수강했던 국제법 전문가이신 박관숙 교수님의 강의가 떠올랐다. 쿠웨이트라는 국명 역시 그때 처음 들었는데, 오일 달러니, 오일 쇼크니 하는 새로운 용어를 만들어 내며 한껏 위세를 떨치던 산유국들. 그중 쿠웨이트는 상대적으로 낙후되어 있지만 사회 각 분야에서 변화와 발전을 서두르고 있는 중동의 진주 같은 국가라고 말씀하신 내용이 떠올랐다.

우리나라에서 농구 코치가 공식기관을 통해 외국팀을 지도하기 위해 해외로 스카우트되는 것은 최초의 일이다. 당시 조흥은행 여자농구팀을 지도하고 있던 나는 무엇보다도 새로운 도전이라는 점에서 그 일이 끌렸다. 해외 유학의 기회는 놓쳤지만 해외에서로 지도자로 꼭 성공하고 싶었다. 그래서 조 사무총장님께 초청에 응하겠다는 답을 드리고, 이어서 쿠웨이트로부터 초청장을 직접 수령했다. 내용을 읽어보니 3개월간 쿠웨이트에 머물면서 코치 강습회를 실시하고 대표팀을 지도하는 것으로 되어 있었다. 준비해야 할 것이 많았다. 우선 연로한 어머니를 어떻게 홀로 두고 떠나야 할지를 비롯해 조흥은행 팀으로부터의 동의, 여권 발급, 코치강습회 자료 준비, 대표팀 지도계획서 준비, 영어회화 공부 등 수많은 일들이 한꺼번에 닥쳤다.

우선 소속 팀인 조흥은행으로부터는 휴직신청이 받아들여졌으나, 여권 발급에서 문제가 발생했다. 8월 15일, 광복절 기념행사장에 뛰어든 문세광의 박 대통령 암살사건과 관련된 공안 문제로 출국 과정이 복잡해졌다. 초청 대상자인 나의 여권은 발행 가능하나 가족과 함께 출국하는 것은 불가능했다.

평소 나를 아껴주시던 연세대학교 정외과 선배이신 공화당 이만섭 의원님을 찾아뵙고 도움을 요청했다. 이 의원께서는 "해외에 나가 국위를 선양하는 건데 국가가 도움을 주질 못할망정 왜 안 된다는 거지?"라고 말씀하시며 외무부로부터 허락을 받도록 도움을 주셨다. 남은 문제들은 책상머리에 앉아 주야로 준비해 나갔다. 다만 영어회화를 어떻게 해결할 것인지 고민이었다.

그때 박신자 씨의 남편 브래드너(Mr. Bradner) 씨를 떠올렸다. 사정 이야기를 들고 난 뒤 브래드너 씨는 2일에 1번씩, 꿈을 주제로 대화해 보자고 제안했다. 나는 감사했다. 미8군 영내에 있는 그의 집을 뻔질나게 찾았고 서투른 말을 차근차근 다듬어 나갔다.

이제 남은 문제는 어머니에 대한 것인데, 어머니는 내가 모시고 있던 아파트에 그대로 계시면서 생활비는 쿠웨이트에서 번 돈을 송금해 드리기로 마음먹었다. 어머니는 송금을 반대하셨다.

"내 걱정 말고 너희들이나 잘 살면 되지, 엄마 걱정 하지 말라!"

하지만 어머님과 함께하지 못하는 게 못내 가슴 저렸다.

홍콩, 방콕과 봄베이를 걸쳐 4박 5일의 여정을 통해 쿠웨이트에 도착했다. 직항이 없어 어쩔 수 없기도 했지만, 모처럼 여행길에 오른 가족과의 추억도 남기고 싶었다. 공항에 환송나오신 어머님과 작별인사를 나누고 큰녀석은 손을 잡고 또 한 녀석은 안은 채 기내에 올랐다. 그동안 약 3개월에 걸친 여행 준비가 차질 없이 진행된 것에 안도의 숨을 몰아쉬고 있는데, 비행기가 서서히 이륙하기 시작했다. 첫 경유지인 홍콩에 도착하자 나는 아내와 아이들을 홍콩의 관광지로 안내했다. 윌리엄 홀덴과 제니퍼 존스가 열연한 〈모정〉의 언덕 그리고 스타 페리에서 전통 중국요리를 즐기면서 앞으로 전개될 우리 가족의 미래를 아내와 나누었다. 그동안 선수로, 코치로만 방문했던 곳을 이번엔 가족과 함께 다시 찾아 여행하면서 행복한 시간을 보냈다.

방콕을 거쳐 인도 봄베이에 도착했다. 습한 몬순 기후의 바람이 봄베이의 특이한 냄새와 섞여 우리 가족을 맞이했다. 공항 앞에는 택시 기사들이 손님을 잡으려고 싸움을 벌였다. 손을 내밀며 동정을 바라는 사람들이 몰려들기도 했다. 낯선 광경에 아내는 당황했다. 작은아이를 업고 큰아이의 손을 꼭 붙들었다. 나는 짐을 들고 가장 가까이 정차하고 있는 차에 무조건 올라탔다. 그리고 기사에게 예약한 봄베이 플라자 호텔명을 알려주고 출발시켰다. 한밤중에 도착해서 그런지 도로에서 잠자는 사람 천지였다.

호텔에서 여장을 풀고 이튿날 아침 일찍 나는 계획한 대로 관광할 스케줄을 예약했다. 자동차는 인도의 국민차라는 〈짜이〉였는데, 너무 작았다. 우리 가족이 모두 타면 불편할 정도였다. 나는 호텔에 요구해 큰 차로 교체해달라고 했지만, 그래 보았자 조금 크긴 했어도 좁은 건 비등했다. 우선 아이들을 위해 봄베이 동물원과 국립공원, 그리고 시내를 관광했다. 동물원을 제외하고 모두 차안에서 내릴 수 없어 앉은 채로 관광했다. 내리기만 하면 사람들이 구걸을 해대는 통에 길을 걸을 수 없었기 때문이다. 사람들을 직접 사고파는 인신매매장도 보았다. 아내는 눈을 돌리며 말했다.

"재원 아빠, 우리 호텔로 돌아가면 안 돼요?"

관광계획은 나의 실수였다. 예상했던 시간보다 일찍 호텔로 돌아와 관광 대신 내일 봄베이를 출발할 준비를 여유 있게 했다. 이튿날 아침, 식사는 바나나와 홍차였다. 택시로 공항을 향해 가는 길에는 여전히 노숙하는 사람들로 인산인해를 이루고 있었다. 공항에 도착해 쿠웨이트 항공편으로 봄베이를 출발하려는 데 출국수속 과정에서 제재를 당했다. 쿠웨이트 비자가 없다는 이유다. 나는 당황한 나머지 가방 속에 들어 있는 초청장을 보여주면서 '쿠웨이트 비자는 쿠웨이트 공항에서 발급한다(Visa will be available at Kuwait Airport)'는 활자로 된 문서를 보여주었다. 그래도 소용없었다. 무조건 "No!"라는 소릴 들었다.

이 문제를 어떻게 풀어야 하는지 앞이 캄캄했다. 나는 하는 수 없이 아내와 아이들을 안정시키기 위해 플라자호텔로 향한 후, 불길한 마음으로 봄베이 주재 쿠웨이트 영사관을 물어물어 찾아갔다. 영사관 앞에는 끝이 보이지 않는 긴 줄로 사람들이 서 있었다. 서울에서 부산까지 서 있는 것 같았다. 인도인들이 쿠웨이트로 직업을 찾아 떠나기 위해 비자 발급을 기다리고 있는 중이란다. 나는 맨 끝 줄에 서 있다가는 이번 여행이 수포로 돌아갈 수 있다는 생각이 들어 번득 아이디어를 떠올렸다.

나는 조용히 영사관 경비병에 접근, 초청장과 비행기표 그리고 여권을 보여주며 영사를 꼭 만나야 한다는 다급함을 전했다. 그는 내가 내민 서류를 한참 들여다보더니 다행히 옆문을 이용해 영사를 만날 수 있도록 안내해 주었다. 영사는 젊은 친구였다. 초청장과 여권을 확인한 후 즉시 비자를 발급해 주었다. 나는 감사의 뜻을 표하고, 쿠웨이트 도착일과 항공편, 그리고 마중을 바란다는 내용을 작성해 보여주며 내친 김에 쿠웨이트 농구협회로 팩스를 발송해 줄 것을 희망했다. 그는 군소리 없이 그 자리에서 팩스를 발송해 주었다. 온갖 체증이 한꺼번에 사라진 듯 속이 시원했다. 기분은 날아갈 것 같았다.

이튿날, 우리 가족은 우여곡절 끝에 봄베이 발 쿠웨이트 항공편에 올랐다. 안도의 숨을 내쉬며 기내식을 즐겼다. 항공시간은 예상보다 길었다. 기내 창문 아래로 보이는 것은 모래밭, 사막으로 연결돼 있었다. 그때 아내가 둘째아이를 달래며 당황한 모습으로 내게 말했다.

"재원 아빠, 재웅이가 열이 자꾸 오르니 어떻게 하면 좋을지 모르겠네요?"

아내는 수건으로 아이의 얼굴을 연신 닦아 주었다. 나는 급기야 승무원을 찾았고, 승무원은 해열제를 제공했다. 아내는 약을 숟가락에 놓고 물에 녹인 후 아이의 입에 넣어 주었지만 좀처럼 열은 가시지 않았다. 아마도 봄베이에서 위생상 주의하지 못한 것이 원인인 것 같아 후회 막심했다. 아내의 보살핌에 재웅이는 점차 열이 내리기 시작하더니 안정을 찾아갔다. 그리고 기내 방송으로 곧 쿠웨이트 공항에 도착한다는 기장의 말이 들려왔다.

쿠웨이트 공항에 내리자 뜨거운 열기가 건사우나실을 방불케 했다. 공항에는 쿠웨이트 농구협회 전무이사 유세프 오베이드 (Yusef Obeid) 씨가 마중을 나와 있었다. 쿠웨이트 농구협회는 우리 식구를 정부 영빈관에서 생활하게 했다. 째미(이집트) 운전기사가 딸린 푸조 승용차를 배정해 주었다. 한마디로 대우는 최고로 할 테니 농구 지도만 잘해 달라는 의미였다.

이틀간의 휴식을 취한 후 곧바로 강습회를 시작했다. 사실 농구강습보다 쿠웨이트 사람들과 현지 분위기를 익히느라고 정신이 없었다. 나중에야 초보적인 아랍어를 익히게 되어 통역이 따로 필요 없게 되었지만, 처음엔 나의 영어실력도 실력이지만 통역을 거쳐야 했기 때문에 의사전달에 애를 먹었다.

강습회를 일주일 정도 진행했을까. 이라크의 수도 바그다드에서 제1회 아랍농구선수권대회가 개최되었다. 협회는 대표팀 선수 선발을 위해 각 클럽을 돌며 그들의 연습하는 모습을 보여 주었다. 기량 면에서는 모두 눈에 안 차는 실력이었다. 마치 우리나라 고등학교 선수들의 기량을 떠올리게 했다. 체력 면에서는 우리나라 선수들보다 우월했다. 팔·다리가 길었고 신장도 컸다. 〈쿠웨이트 스포츠클럽〉, 〈아라비 스포츠클럽〉, 〈야르묵 스포츠클럽〉, 〈쌀미야 클럽〉, 〈파하힐 클럽〉 등이 있다는 것도 알게 됐다. 우리나라가 학원스포츠를 기본으로 하고 있는 반면 쿠웨이트는 영국의 보호령 국가라 모든 스포츠 정책·조직 등은 유럽형인 클럽 스포츠를 기본으로 조직되어 있었다.

당시 쿠웨이트 대표팀의 실력은 도저히 국제대회에 나설 수 없는 형편인데다 아직 내 방식에 따른 본격적인 지도를 채 시작하기도 전이었다. 그래서 나는 출전할 수 없다고 판단했다. 또한 지금도 이라크는 몇 해 전 걸프전쟁을 일으켜 서방 세계로부터 경계당하는 대상이었지만, 당시에도 북한과 밀접한 관계여서 한국 사람은 한 번도 바그다드에 발을 들여 놓은 적이 없을 정도였다. 나로서는 이 점도 염두에 두지 않을 수 없었다.

그러나 쿠웨이트 농구협회장 파헤드 왕자는 무조건 출전을 권했다. 성적이 좋지 않을 것이라는 점은 잘 알고 있기 때문에 경기 결과에 부담 갖지 말고 경험 삼아 출전해 보자는 것이다. 나의 이라크 입국 문제는 농구협회를 통해 다 해결해 놓겠다고 했다. 나는 만일에 대비해 한국무역대표부(당시 북한은 제3제국이라는 명분으로 쿠웨이트와 대사 관계를 유지하고 있었으나, 우리나라는 무역대표부만 존재했음)에서 영사업무를 관장하고 있는 문종렬 총영사를 방문했다. 여행 사유와 과정을 소개하고 가족이 쿠웨이트 정부 영빈관에 남겨져 있으니 안전을 위해 협조해 줄 당부했다.

1974년 10월 8일 저녁 비행기 편으로 출발이다. 여행준비를 마치고 집을 나서려는 순간 발길을 뗄 수 없었다. 서울에서 외국으로 출국하는 것과는 비교가 안 되는 것이었다. 가족을 낯선 땅에 남긴 채 헤어질 수 없다는 절박감이 엄습한 탓이다. 6.25전쟁 당시 인민군에게 납치되어 집을 떠나신 아버님 생각이 바로 이와 같았을 것이라는 생각에 사로잡혔다. '가족과 헤어지실 때의 아버님 심정이 지금 내가 겪고 있는 이 상황과 무엇이 다를까! 아니 더 했을 것이다.'하는 마음에 아내를 꼭 끌어안았다. 그리고 말했다.

"열흘 정도 있다가 돌아오리다. 잘 부탁할게!"

그 말을 남기고 공항으로 달렸다. 눈물이 흘러내렸다. 그리고 아내에게 지혜와 용기가 충만하길 기원했다.

공항에 도착하니 웅성웅성 대며 이상한 소리가 들렸다. 예상했던 대로 이라크 당국이 한국 국적인 나의 입국을 불허했다는 것이다. 농구협회 전무이사 오베이드 씨는 파헤드 왕자에게 연락을 취했고 파헤드 왕자는 일단 선수들만 먼저 출국하고 나는 귀가하라고 지시했다. 오베이드 씨가 선수단을 인솔하여 바그다드로 이륙했다. 다음 날 아침 파헤드 왕자로부터 전화가 걸려왔다. 오늘 출발할 테니 여행 준비를 하고 협회에서 만나자고 했다. 나는 다시한 번 가방을 짊어지고 집을 나서는데 어제와는 전혀 다른 기분이었다. 아내와 예행(?)연습을 해서인지 다소 마음이 편했다.

협회에 도착하니 파헤드 왕자가 나를 기다리고 있었다. 그는 쿠웨이트 공군비행장으로 나를 안내했다. 내게는 쿠웨이트 군복을 하나 내주고 자신은 파일럿 복장을 했다. 내가 어리둥절해 있으려니까 파헤드 왕자는 씨익 웃었다.

"자, 우리 바그다드 공습을 떠나 볼까요?"

나는 그가 직접 조정하는 팬텀기 옆좌석에 앉아 바그다드까지 갈 수 있었다. 바그다드 하늘엔 때마침 저녁노을이 붉게 물들어 있었는데 혹시나 불타고 있는 건 아닌지, 괜스레 한국전쟁 때 붉게 물든 서울 하늘이 떠올랐다. 팬텀기가 착륙한 곳은 바그다드 국제공항이 아니라 이라크의 공군기지였다. 내가 비록 쿠웨이트 군인 행세를 하고 있었지만, 이라크 당국이 내 정체를 모를 리가 없었다. 다만 파헤드 왕자와 동행하고 있었기 때문에 문제 삼지 않았을 따름이다. 아랍 세계에서 왕족에게만 주어지는 특권이바로 이런 것이었다.

대회기간에는 경기 때마다 북한 공관원들이 따라 붙었다. 내가 남한 사람이란 걸 어떻게 알았는지, 나의 동정도 살피고 슬쩍슬쩍 말도 붙여 오곤 했다.

"선생, 서울에서 오셨지요?"

당시만 해도 해외에서 북한사람을 만난다는 것 자체가 부담이 되는 일이고, 나중에 꼬투리가 될 수도 있었다. 놀라운 것은 외교관이라는 그들이 몇 달 전 세상을 떠들썩하게 했던 박 대통령 저격 사건이라든가 땅굴 사건을 까맣게 모르고 있었다는 점이다. 파헤드 왕자에게 신변보호를 요청했더니, 내 곁에 늘 보디가드 한 사람이 따라다니게 하였다.

이처럼 우여곡절 끝에 참가한 대회에서 쿠웨이트는 하위권에 머물렀다. 참가 8개국 중 꼴찌에서 두 번째, 7위였다. 예상하지 못했던 것은 아니지만 막상 이런 참담한 결과를 접하니 가슴이 답답해졌다. 농구를 시작한 이래 선수나 코치 시절을 막론하고, 내가 속한 팀은 늘 정상권이었다. 나는 그 정상권을 지키기 위해 항상 자신을 담금질하는 데 집중했다. 그런데 비록 수준이 떨어지는 외국팀이지만 참패를 거듭하다 보니 내 스스로가 한없이 비참하게 느껴졌다. 나도 모르게 눈물이 쏟아졌다. 도대체 왜 내가 이런 팀을 맡겠다고 이 사막에까지 날아왔나? 내가 애쓴다고 가능하기나 한 팀일까? 파헤드 왕자가 날 위로해 주었다.

"이제 시작인데 뭘 그러세요. 그래서 우리에게는 미스터 방이 필요한 게 아닙니까?"

기분전환을 시켜주겠다며 살롱으로 데려가기도 했다. 마음이 조금 가라앉았다. 흥분이 가시자 좀 전까지의 절망적인 생각이 조금씩 희석되었다.

'그래, 이번 대회의 승패는 잊자. 이제 겨우 열흘 정도 했을 뿐인데, 이 먼 곳까지 와서 제대로 해보지도 못하고 물러설 수는 없지.'

아직 우리나라 대사관도 설치되어 있지 않은 생소한 국가이지만, 나는 대한민국을 대표해서 온 것이다. 내가 제대로 시작도 해보기 전에 고개를 흔들고 물러선다면, 쿠웨이트인들은 한국인에 대해 결코 좋은 인상을 가질 수 없을 것이다. 더욱이 나는 아시아농구연맹이 추천해 아시아농구코치 대표 자격으로 쿠웨이트에 온 것이 아닌가. 중도하차하는 건 나 자신에게 패배하는 것과 같은 것이 아닌가. 지금까지 늘 어려운 일, 불가능해 보이는 일에 도전하고 성공하기 위해 최대한 노력하는 과정을 가장 가치 있는 삶의 목표로 삼지 않았던가. 좌절하고 돌아서는 데 대해 관용할 만한 용기 같은 건 필요 없다는 결론을 내렸다.

내 나이 서른셋, 어떠한 어려움도 뚫고 나갈 투지와 정력이 있다고 굳게 다짐했다. 그 자리에서 나는 세 가지를 결심하고 노트에 기록했다.

첫째, 쿠웨이트 농구팀을 아랍 정상권에 올려놓겠다.

둘째, 쿠웨이트 농구팀을 데리고 한국에서 전지훈련을 할 것이며, 또한 한국 농구팀을 쿠웨이트로 초청해서 양국의 농구 친선을 도모하겠다.

셋째, 내가 쿠웨이트 코치 자리를 이임할 때는 반드시 한국인에게 자리를 물려주고 귀국할 것이다.

쿠웨이트로 귀국하자마자 대회참가 보고서를 작성하고, 앞으로 진행해야 할 훈련의 마스터플랜을 짜서 쿠웨이트 농구협회에 제출했다. 기초부터 허약하기 짝이 없는 선수들이 기본기부터 다져나갈 수 있도록 마련한 장기간에 걸친 치밀한 훈련계획이었다. 나의 초청조건은 3개월로 예정되었지만 쿠웨이트 농구협회는 1년

1974년 10월. 이라크 바그다드에서 개최된 아랍농구선수권대회 참가 중, 뒷줄 첫 번째 후세인, 두 번째 필자, 끝에 후래해, 앞줄 가운데 알리

으로 연장할 것을 요구해 왔다. 1년을 연장하고, 다시 1년 더 연장, 이렇게 해서 당초 3개월 정도 여행 삼아 '세상 구경한다'고 나선 일정이 만 3년으로 이어지고 말았다. 하늘이 나를 도왔는지 때마침 중동건설 붐이 일어나 나의 절친 철민이까지 쿠웨이트로 날아와 조금이나마 외로움을 딛고 삶의 여유를 가질 수 있었다.

더운 지방 사람들은 성품이 낙천적이며 좀 게으른 편이라고 한다. 비교적 부유한 생활을 하고 있는 쿠웨이트 농구선수들로 하여금 강한 투지와 인내심을 가지고 훈련에 임하도록 하기 위해서 보통 애를 먹은 것이 아니다. 처음에는 훈련이 힘들다고 아예 체육관에 나오지 않는 경우도 빈번했다. 훈련시간에 30분 이상 늦게 나타나는 일은 예사로 벌어졌고, 그러고도 별로 미안해하지도 않았다. 운동을 하다가도 숨이 차면 뛰쳐나가 '알라' 신을 향해 무릎을 꿇은 자세로 머리를 조아리며 기도중이라고 핑계(?)를 대기도 했다. 휜히 그 속을 알면서도 그들의 숭고한 가치이자 권위인 종교생활을 제한할 수는 없었다. 나만 답답해서 까맣게 속이 타들어 갈 뿐이었다. 그렇다고 선수들에게 끌려갈 수는 없었다. 선수들의 잔꾀에 무릎을 꿇는다면 이 팀을 가지고 아랍 정상권에 오르는 것은 백년하청이고, 사막에서 흘렸던 눈물은 부질없고 부끄러운 것이 되고 만다.

훈련시간 전에 코트에 나가서 기다리고 있다가 선수들 중 한

명이라도 늦게 나타나는 사람이 있으면 그날 훈련은 하지 않았다. 몇 차례 이런 단호한 대응을 보였더니 선수들 사이에서 자성의 목소리가 생겨나고, 얼마 후부터 훈련시간을 어기는 선수가 한 명도 없었다. 훈련시간에는 절대 기도하러 가지 않겠다는 각서도 받아냈다. 그래도 요령을 피우면 선수들을 끌고 밖으로 나갔다. 뜨거운 태양이 작열하는 모래펄을 뛰게 했다. 이들에게 절대적으로 부족한 스포츠맨십 중, 인간 한계에 도전하는 인내심과 극기정신을 먼저 길러 주어야 했기 때문이다.

선수들은 강하고 엄하게 다루기만 한 것은 아니다. 나는 그들과 인간적인 신뢰를 쌓기 위해 부단히 애썼다. 같은 말을 쓰는 선수들이건, 피부색부터 다른 선수들이건, 코치의 팀 운영은 인간관계에서 성패가 갈라진다는 것이 내 신념이기 때문이다.

쿠웨이트는 금주국가다. 하지만 나는 외국에 나가면 적지 않은 양의 술을 사들고 들어왔다. 세관원들은 모두 내가 누구인지 잘 알기 때문에 검색하거나 제재하는 법 없이 무사통과다. 선수들을 우리집에 초대해서 술잔을 채워 주며 내가 혹독하기 만한 코치가 아님을 보여주고는 했다. 심지어는 오랜만에 고국 방문길에 구매한 인삼주를 내놓기도 했는데, 이 술 대접이 효력을 발휘했음인지 차츰 선수들이 나를 믿고 따르기 시작했다.

선수들의 정신력이 조금씩 다져지면서 본격적인 팀 훈련에 들어갔다. 특히 많이 배려를 했던 것은 선수들의 실전경험을 길러 주기 위한 전지훈련이었다. 쿠웨이트 여름방학은 4개월의 긴 시간이다. 이 기간에 독일, 스페인, 유고 등 유럽 지역과 알제리, 튀니지, 이집트 등 아랍 지역으로 전지훈련을 떠났다. 오랜 시간 이 걸리는 전지훈련을 감안해, 평소 아내가 아이들 교육을 위해 요구했던 대로 교민들이 모여 사는 시내 중심지로 이사를 했다.

나는 전지훈련 3개월간 우리나라 사람이라곤 한 사람도 만나 보지 못했다. 외국인 선수들을 이끌고 외국으로만 돌아다니다 보 니 우리말을 쓸 일이 없게 되었다. 한 번은 전지훈련 중 이탈리아 로마에 들르게 되었다. 오랜만에 우리나라 사람들도 좀 만나고 국 내 소식도 알아볼 겸 한국대사관을 찾았다. 그런데 막상 나와 마 주친 우리 외교관들을 마주했는데도 우리말이 나오지 않았다. 순 간적이었지만, 실어증에 걸린 사람마냥 우리말을 더듬고 있었다.

"아, 아, 안~ 녕하세요?"

가까스로 인삿말 한 마디를 내뱉고 나자 말문이 트였다. 어이 없다 싶을 정도로 묘한 경험이었다. 어머니 뱃속에서부터 30여 년간 듣고 써온 말을 순간적이나마 잊다니. '나는 누구이고 지금 어디에 있는가?' 불현듯 엉뚱한 의문이 생겨났다. 그래서 사람은 잘 살건 못 살건 자기가 태어난 곳에서 자기랑 문화생활이 같은 사람들과 어울려 살아가기 마련인 모양이다.

쿠웨이트로 귀국하자 망중한을 즐기려 가족과 함께 물놀이를

갔다. 물놀이라야 바닷가를 찾는 것(쿠웨이트 바닷가는 그늘막조차 없고 시설 부족으로 불편했음)이 아니라 시설이 완비된 〈쉐라톤호텔〉 수영장이다. 아내는 아이들과 함께할 맛있는 간식을 준비했지만, 나는 아들에게 부산 수산수영장에서 배운 수영실력을 보여주려고 한참 물속에서 헤엄을 쳤다. 그리고 숨이 차 물 밖으로 나와 수영장 침대에 기대앉아 김밥을 맛있게 먹고 있었다. 바로 이때 큰 목소리가 들려왔다.

"왈라, 시누 하다 알라?(아니, 이게 뭐야. 알라 신이시여?)"

순간 벌떡 일어나 수영장을 바라보니 바로 전까지만 해도 수영장 밖에서 나를 바라보며 서 있던 재원이가 보이지 않았다. 수영장 관리인은 계속해서 소릴 지르면서 수영장으로 다가오고 있었다. 나는 물속을 바라보며 물에 빠진 아이가 재원이라는 걸 깨닫고 재빠르게 뛰어 들어가 재원이를 안아 올렸다. 재원이는 수영장 물을 마셨는지 얼굴이 파랗게 질려 있었다. 우선 큰 타월로 아이를 감싸 안고 안정을 시켰다. 재원인 울지도 않았다. 그리고 곧 숨을 크게 몰아쉬더니 몸을 흔들며 괜찮다는 듯 일어나 앉았다. 그리고 또 수영장으로 가려는 걸 억지로 막았다. 그리고 나도 모르게 어린 시절 도센버에서 무작정 물로 뛰어들었던 내 모습이 떠올랐다. 나는 12살 때 강철환에게 지지 않으려고 바닷물로 뛰어들었지만, 4살짜리 재원이는 아버지한테 지지 않으려 뛰어든 것이 아닌지 하는 생각에 순간 온몸에 소름이 끼쳐 올랐다.

쿠웨이트 대표팀을 지도하는 시간은 오후 4시부터 6시까지이다. 따라서 오전 시간이 항상 무료했다. 어느 날, 친구 철민이가 자동차를 구입하기 위해 동행을 요구했다. 차량 20대를 구매하는 큰 거래였다. GM사를 찾아 전시된 차량 하나하나를 관찰하며 일일이 가격을 기록해 나갔다. 세일즈맨은 총가격에 덧붙여 개인적으로 커미션을 주겠다고 아양을 떨었다. 그러자 철민이는 이렇게 말했다.

"그렇다면 커미션으로 제안한 금액을 총금액에서 깎아주쇼."

"아니 커미션을 받지 않겠다는 겁니까?"

잠시 후 세일즈맨이 혀를 차면서 반문하니, 철민은 단호하게 이야기했다.

"커미션은 필요 없으니 당신이 제안한 커미션 금액을 뺀 영수증을 가지고 오세요!"

철민은 비록 돈을 벌기 위해 척박한 사막에서 근무하고 있지만, 그의 올곧은 자세는 나를 감동으로 몰아가기에 충분했다. 역시 나의 친구였다.

쿠웨이트 농구협회는 여자농구 대표팀 지도까지 의뢰했다. 아랍 세계의 전통적인 정서에 비추어 본다면, 여자 운동선수를 국적이 다른 외국인이 지도한다는 것은 상상하기 힘들 만큼 충격적인 사건이다. 우리가 흔히 서적이나 화면을 통해서 보는 것처럼 머리끝에서부터 발끝까지 온통 칭칭 가리고 다니는 것이 아랍 여자들 아닌가. 그만큼 여자들의 사회 활동은 제한되어 있고, 가려져 있다. 여자들에 인격적 대우가 소홀한 것이 아랍 사회의 인습이자 관습이다.

이런 사회인만큼 여자 농구선수들은 상당히 개방적인 집안 출신일 수밖에 없다. 처음 만들어진 대표팀 선수들은 대개 쿠웨이트 고관대작들의 딸이었고, 미국이나 유럽 등지에 유학한 경험을 가지고 있었다. 쿠웨이트로 치면 신여성들인 셈이다. 그만큼 의식도 깨어 있었고, 따라서 쿠웨이트 사회의 여성 대우에 불만도 적지 않았다. 이들을 인솔하고 해외원정을 다니다 보면 우스우면서도 측은한 광경을 보게 된다. 출국하는 비행기에 오르자마자 그들은 차도르를 벗어 던지고, 외국에서 쇼핑한 울긋불긋한 옷들을 꺼내 입는다. 화장을 하고 야단법석이다. 저희들끼리 서로 화장을 봐주고 옷맵시를 평하면서 깔깔대고 즐거워한다. 하나같이 기가 막힌 미인들이다.

하지만 귀국할 때는 정반대로 행동한다. 영공에 들어서면 부랴부랴 화장실로 달려가 화장을 지우고, 답답한 차도르를 다시 뒤집어 쓴다. 이름 없는 몰개성(沒個性)한 아랍 여자로 돌아가는 것이다. 최고급 승용차를 타고 체육관에 나올 때도 그들은 전통 복장이다. 체육복 차림은 운동장 내에서만 허용된다. 운동시간에는 세계 어느 나라 민족의 여성들과 다름없는 발랄하고 생기있게 뛰고, 달리고, 던지다가 집으로 돌아갈 때는 다시 자신을 최대한 감춘 모습이 된다. 차도르를 뒤집어쓴 이들의 뒷모습을 볼 때마다 우리 전통사회 여성들의 삶이 겹쳐 떠올랐다.

처음 여자선수들을 지도할 때는 건강한 체구의 쿠웨이트 남자가 눈을 부릅뜨고 나의 일거수일투족을 감시했다. 혹시 선수들을 지도하다가 손이라도 닿으면 당장 나를 때려 눕힐 기세였다. 물론 국가마다 민족마다 고유의 생활양식이 있고, 고유의 가치체계가 있다. 자기와 다른 생활양식이나 가치관을 가지고 있다 해서 남을 비난하거나 야만시할 수는 없는 일이다. 그렇지만 인간이라면, 그리고 인간 사회라면 누구나 공통적인 공감대는 있지

쿠웨이트의 여자농구 대표선수들과

않을까. 선수들의 열성과 국가의 전폭적인 지원에도 불구하고 쿠웨이트 여자 농구는 좀처럼 성장하지 못했다. 많은 노력을 했지만 그 기량은 한국의 중등학교 선수들의 수준밖에 되지 못했다. 그 원인은 여성의 자유로운 육체활동을 차별하고 억압하는 이슬람문화 때문이다. 나는 아랍 세계가 여성들에 대해 좀 더 개방적인 가치관을 갖게 되기를 기대하곤 했다.

1976년 10월. 시리아아랍 경기대회에서 쿠웨이트 농구 대표팀이 준우승을 차지한 후 기념사진. 가운데 회색옷을 입은 사람은 북한의 나복만이다.

이국에서 셋째아들을 얻다

막둥이는 쿠웨이트에서 얻은 귀한 선물이다. 아내는 셋째아이를 출산하느라 많은 어려움을 참아냈다. 쿠웨이트도 남미처럼 '시에스타'(siesta)가 있어 두 아우를 포함한 7명의 삼식이가 한 집에서 살았으니 말이다.

하디 크리닉은 영국인이 운영하는 쿠웨이트 최고 수준의 산부인과 전문병원이다. 막둥이 출산을 위해 예약해 둔 곳이었다. 출산이 다가오자 아내를 입원시켰다. 아내는 이미 두 아들의 어머니인지라 이젠 딸을 출산했으면 하는 희망을 가지고 있었다. 나 역시 그랬다. 그도 그럴 것이 쿠웨이트 한인사회에서 임신한 사람은 모두 딸을 출산했기에, 아내도 이참에 한번 욕심을 가졌던 것 같다.

아내가 불편한 몸을 이끌고 간호사의 도움을 받아 산실로 사라졌다. 순간 나도 모르게 발길이 화장실로 향했다. 아내가 출산할 때마다 염원했던 생각이 떠올랐기 때문이다.

첫째가 태어날 때다. 나는 남산에 있는 KBS 아침방송 첫 출연자로 녹화방송 중이었다. 아내의 출산 소식을 듣고 고려병원으로 달려갔다. 아내는 대기실에서 산통을 참아내고 있었다. 이때 간호사가 다가와 아내를 분만실로 인도했다. 한참을 기다리고 있었는데, 이제 내 아이가 곧 태어난다는 생각으로 흥분해서 그런지 나 역시 배가 아파 화장실로 향했다. 나는 소변을 보며 '여보, 이왕이면 남아를 출산해 주길 바라오!'라고 했다. 그리고 밖으로 나오자, 간호사가 "김춘희 씨, 아들입니다."라고 출산소식을 알려 주었다. 그때는 세상에서 가장 값진 선물을 받은 것처럼 환희에 쌓여 아내가 누워 있는 회복실로 달려가 "여보, 수고했어요! 아들이라니 감사하오!"라고 한 후 간호사가 안고 있는 첫아이를 바라보며 행복감을 맛보았다.

둘째를 출산할 때다. 첫아이가 아들이니 이번엔 딸을 만났으면 했다.

"여보, 내가 자랄 땐 아들 4형제로 자랐고, 재원이도 아들이니 이번엔 딸을 순산하면 어떻겠소?"

사실 아내는 우리집이 4형제인 것과는 반대로 4자매 중 둘째 딸로 태어났다. 그래서 이것도 운명이려니 생각하고 '아들 하나,

딸 하나로 가족을 이루겠지'하고 막연한 희망을 하고 있었다. 아내가 첫아이 출산 때 입원했던 고려병원 분만실로 들어섰다. 나는 밖에서 기다리고 있었는데 갑자기 화장실 생각이 났고, 발길이 자연스럽게 이동하기 시작했다. 그리고 소변을 보면서 '여보, 이왕이면 나와 똑같이 생긴 아들 하나 더 바라오!'라고 한 후 밖으로 나왔다. 간호사가 소리를 질렀다.

"김춘희 씨 보호자 계세요? 아들입니다!"

나는 또 한 번 하늘이 내린 귀중한 선물을 받았다.

나는 이런 생각을 기억하며, 순간 정신을 차렸다. 아내가 고려병원 산실이 아닌 하디 크리닉 분만실로 들어서고 있었다. 그런데 나도 모르게 발걸음이 화장실로 향하고 있었다. 그리고 소

1976년 12월 7일. 셋째 재승과 함께

변을 보며 혼잣말을 했다.

"여보, 그냥 아들 셋으로 끝냅시다. '쓰리 스트라익 아웃'이라는 말도 있지 않소? 출산은 오늘로 끝냅시다!"

밖으로 나오자 간호사가 큰 소리로 "미세스 킴, 보이!"라고 소리쳤다. 순간 나는 세상을 세 번이나 얻은 행운아요, 아내와 함께 네 식구의 가장이 되었던 것이다.

3년에 걸쳐 내 계획을 차근차근 실천에 옮기면서 나는 바그다드에서 결심했던 세 가지 사항을 머릿속에 떠올리곤 했다. 그리고 결과적으로 그 결심을 모두 실현할 수 있었다. 쿠웨이트 남자농구 실력은 놀랄 만큼 빠르게 향상되어 제2회 아랍선수권대회에서 2위를 차지했다. 신동파 감독이 이끌던 기업은행 남자농구팀을 비롯해 우리나라 농구팀을 쿠웨이트로 초청해 시범경기를 가질 수 있었고, 다른 한편 쿠웨이트 농구팀을 이끌고 서울을 방문해 훈련을 쌓기도 했다.

내가 쿠웨이트를 떠나올 때는 이미 적지 않은 수의 우리나라 코치들이 중동에 진출하게 되었는데, 특히 쿠웨이트에는 전 국가대표 출신 최종규 코치, 연세대학교 이재흠 코치, KBS 해설위원 유희형 코치, 역시 대표선수 출신 곽현채 씨 등이 진출해 클럽이나 대표팀을 맡았다. 처음 예정했던 것보다 훨씬 많은 시간을 중동에서 보내게 되었지만, 실패에서 좌절하지 않고 내가 결심한 것을 모두 이룰 수 있었던 것은 무엇보다도 아내의 뒷바라지가 있었기 때문에 가능했다.

쿠웨이트에서 내가 목표한 일을 얼마만큼 이뤘다는 생각이 들 무렵, 그동안 교분을 갖고 있던 현대건설 하오문 쿠웨이트 지사장을 통해 현대남자농구단 창단 소식을 들었다. 그는 나에게 현대농구단 창단감독을 맡아 달라는 제안을 전했다. 나는 다시 새로운 도전에 나서야 할 때임을 알고 있었다. 하지만 현대건설에서 제안한 감독직 수락 여부를 결정하기 전 선결해야 할 문제들이 떠올랐다. 쿠웨이트 농구협회에서 내가 떠나는 것을 반대했던 것이다. 그때까지 내가 받고 있었던 보수의 2배를 약속하며 당분간 더 그들을 지도해 주기 바랐지만, 나는 떠날 때가 되었음을 확신하고 귀국 의사를 분명히 했다. 하 지사장에게는 현재 나

1977년 9월. 쿠웨이트 농구협회와의 마지막 이사회 모습

의 소속은 조흥은행이므로 일단 귀국해서 조흥은행과 협의 후 결정하겠다고 말했다.

작별의 시간이 다가왔다. 파헤드 회장, 오베이드 전무이사, 그리고 남녀 대표선수들. 3년간 정을 쌓아왔던 그들과 헤어지는 게 섭섭했지만 따뜻한 포옹으로 달랬다. 노재원 대사는 우리 가족 모두를 초대해 교민들과 함께 송별회를 마련해 주셨다. 나는 다음과 같은 말로 이임 인사를 했다.

"내가 쿠웨이트 감독을 맡은 것은 서른세 살 때였으며, 전례 없는 일이었지만 젊기에 용기를 가지고 도전할 수 있었습니다. 지난 3년, 나의 지도자 생활에서 그리고 내 인생에서 아주 소중한 경험을 할 수 있었던 것은 바로 여러분들의 사랑이 있었기에 가능했습니다. 이 자리에 함께해 주신 노 대사님과 교민 여러분들께 진심으로 감사의 뜻을 표합니다."

평소엔 잘 모르고 살아왔던 내 삶의 흔적을 기리며 환송해 준 많은 교민들의 사랑과 고마움에 각각 어떻게 답해야 할지 몰라, 감격의 눈물이 두 볼을 타고 흘러내렸다. 노재원 대사 부부를 비롯한 대사관 직원들에게 깊은 감사의 인사말을 전했다.

공항으로 환송을 나온 내 동생들 '위', '욱' 그리고 친구 철민과 최종규, 이재흠 코치 등과 헤어지자니 가슴 먹먹했다. 저만치 노 대사 내외분을 비롯한 대사관 직원들, 그리고 쿠웨이트 선수들이 보였다. 준비한 선물을 손에 쥐어주며 아랍식 포옹으로 작별의 정을 나누었다.

1977년 9월 27일의 일이다. 귀국 행 비행기 기내에서 밖으로 펼쳐진 사막을 내려다보았다. 처음 쿠웨이트 공항에 도착했을 때의 뜨거운 열기로 당혹감과 막막하던 심정을 떠올렸다. 그리고 일주일 만에 참패를 경험하고 눈물을 떨구었던 바그다드 하늘을 떠올렸다. 그러나 사막에서 내가 흘렸던 눈물은 결코 부끄럽지 않은 것이라고 생각했다. 그 경험은 나를 뒤돌아보게 하고 미래를 향해 도전할 수 있는 소중한 계기가 되었기 때문이었다.

귀국과 현대농구단 창단

우연의 일치라고 말하기엔 좀 그렇지만, 나를 놀라게 한 것은 1977년 9월 28일 귀국 일자다. 3년 전 출국했던 1974년 9월 28일과 일치했기 때문이다. 꼭 3년 만이다. 왠지 몰라도 정해진 운명이 계획적으로 다가오고 있다는 예감이 들었다.

공항에 마중 나온 현대건설 정장현 이사와 초면 인사를 나눈 후, 그는 이후 진행될 스케줄을 설명해 나갔다. 나는 우선적으로 나의 신분 정리가 필요하다는 말을 남기고 어머님이 계신 집으로 향했다. 항상 청결함과 정리정돈이 몸에 밴 어머니는 3년 전과 다름없는 모습 그대로 귀국한 우리 가족을 반겨 주셨다. 어머니와 저녁식사를 하면서 귀국동기를 설명해 드리고 이튿날부터 바삐 움직였다.

가장 먼저 조흥은행 영업부장 겸 농구단장인 김관호 상무를 뵙고 그간의 자초지종을 나누었다. 김 단장께서는 직장을 바꾸는 것은 매우 중대한 일이라며 서둘지 말 것을 권했다. 우선 현대건설의 발령 조건과 연봉을 조흥은행과 비교한 후 결정해도 늦지 않을 터, 기다려 줄 테니 심사숙고하라 하셨다. 은행을 떠나려는 내게 김 단장님의 말씀은 평생 금과옥조로 삼아야 할 조언이었다.

조흥은행 여자농구팀을 창단하고 여자농구 조흥 시대를 연 선수들의 모습이 은행 건물 여기저기에 남아 있었다. 감사한 마음으로 은행 문을 나서려는 망설임에 첫발을 내딛기 어려웠다.

현대건설 정주영 회장님과 만남이 이루어졌다. 경복고등학교 시절 장충체육관에서 경기를 마치고 고등학교 동창이자 친구인 정몽근(현대백화점 대표이사)과 함께 장충동 자택에서 뵌 그 분이다. 또 한 번은 바레인 공항에서인데, 마침 귀국길에 오른 현대건설 직원들과 동승한 비행기 기내에서 만나 뵈었다.

"자, 여러분 그동안 사막에서 힘드셨죠? 내가 술 한 잔 권할 테니 받아주길 바랍니다!"

정 회장께서는 이 말씀과 함께 좌석 사이 좁은 통로를 따라 이동하면서 노무자들과 일일이 양주를 나눠 마시며 그들의 노고를 위로하셨다.

임진왜란 때 이순신 장군이 병사와 백성을 애민정신으로 포용하신 모습이 저랬을 것이다. 정 회장님은 군림하는 리더가 아니라 부하들과 동거 동락하는 지도자였다. 집무실에서 뵌 정 회장님은 마치 동네 가게에서 흔히 볼 수 있는 아저씨 같은 모습이었다. 회장실이라야 작은 책상과 걸상 그리고 앞에 놓인 탁자가 전부인데, 그것도 고급스런 것이 아닌 설렁탕 집에서도 흔히 볼 수 있는 의자였다. 면담은 간단한 당부의 말로 끝났다.

"우리 최고의 팀 한 번 만들어 봅시다."

이명박 사장과의 만남은 내가 입고 있는 핑크색 와이셔츠로부터 시작됐다. "어디서 샀느냐? 왜 흰색이 아니고 핑크색이냐?" 등의 질문이 이어졌다. 예상 밖의 인터뷰(?)였다. 마지막으로 "우리 한 번 잘해 봅시다."라고 악수를 청했다. 면담이 끝나고 현대 아파트로 짐을 옮기자마자 곧 국내 농구 현황이 전해졌다.

내가 귀국하기 전 이미 현대의 창단 발표가 있었고, 채 10일도 지나지 않아 삼성농구단 창단 발표가 이어졌다고 했다. 바야흐로 재벌 맞수 대기업 간의 대리전이 농구코트로 옮겨져 벌어질 참이었다. 현대와 삼성은 우수선수 확보에 사활을 걸었다. 나로서는 3년의 공백이 컸다. 대학선수들은 그런대로 알고 있었지만 대학농구를 이끌고 있는 농구인들은 서먹서먹했기 때문에 선수 확보에 어려움이 따랐다. 당초 현대와 삼성은 연세대학교 졸업생을 주축으로 창단의사를 각각 발표했지만, 우여곡절 끝에 현대는 이경재 감독, 방열 코치, 선수에는 신선우, 박수교, 김상천, 최희암, 배길남, 박광호, 박형철, 김석연, 김세환, 최관웅, 김욱호, 이태숙, 이정용, 이종구, 하용찬, 황병국, 정승근, 김종락 등으로 결정되었다. 삼성은 이인표 감독, 김인건 코치에 선수는 이보선, 김형년, 장봉학, 박찬수, 강진수, 조용봉, 강동순, 김성찬, 김광한, 김평중, 이명호, 정병훈 등으로 마무리되었다.

하지만 이후 지속적으로 진행된 양사의 선수 스카우트전은 사회문제로 부각돼 언론의 곱지 않은 시선을 받기도 했다. 왜냐하면 그동안 남자농구는 금융권을 중심으로 한국은행, 산업은행 그리고 기업은행이 주를 이루고 있었다. 고려대 졸업생은 산은, 연세대 졸업생은 한은, 그리고 기은은 자유롭게 선택하는 풍토로 조용하게 진행되는 경향이었기 때문이다. 그런데 국내 양대 재벌 기업인 현대와 삼성이 뛰어들면서 스카우트의 암묵적인 룰이 깨졌고, 이들 신생 두 팀의 스카우트 대결은 농구팬들의 초미의 관심거리가 되고 있었다.

우여곡절 끝에 현대, 삼성의 첫 대결은 정동에 있는 MBC 문화체육관에서 이루어졌다. 1978년 4월 3~8일, 1차 코리언리그다. 나는 경기장에 정장 차림으로 임했다. 모두가 나의 모습에 놀랐다. 그도 그럴 것이 경기할 때의 감독이나 코치의 복장은 항상 '우리는 한 팀이다'라는 뜻에서 주로 선수와 동일한 트레이닝복을 착용하는 게 불문율이었는데, 뜬금없이 정장 차림으로 등장하니 다들 놀랐던 것이다. 그러나 내게는 분명한 사유가 있었다. 삼성 벤치에 앉아 있는 김인건 코치는 중·고·대학 그리고 대표선수까지 줄곧 함께한 1년 후배다. 경기도 중요하지만 후배 앞에서 심판과 싸우고, 핏대 올리는 짓은 절대 보이지 말고 정정당당하게 승부를 나누고 싶었다. 또한 삼성 팀의 벤치를 존중했고, 체육관을 찾아온 관중에 대한 예를 갖추고 싶었다. 그러려면 우선 복장부터 정장을 해야만 했다. 복장은 간혹 인간의 행동을 좌우한다.

예를 들면 직장의 남성들이 예비군 군복을 입고 훈련장에 나서면 땅에 주저앉기도 하고 말씨도 거칠어지고 심지어 허술한 곳을 찾아 방뇨를 하는 경우도 있지만, 정장은 그러한 행동을 정중하게 제재한다. 정장차림으로 나의 자세부터 바르게 하고 싶었다. 정장이 심판에 대한 예의로도 그럴듯하다는 생각을 했다. 선수들에게는 새로운 모습을 보여주고 싶었다. 특히 선수들이 흥분한 상태에서는 감독의 드레스 코드가 정장차림일 때 더 도움이 될 수 있다고 확신했다. 정장이 감정을 추스르는 데 효율적이라는 생각도 들었기 때문이다.

양 팀의 대결은 수많은 농구팬들의 관심이 집중되었지만 결국 49:41로 현대의 승리로 끝났다. 정장현 이사는 조급한 마음에 경기를 볼 수 없어 밖에서 마음 졸이고 있었다며 승리의 소감을 전했다.

"방 코치, 축하해요! 나는 창단 발표 후 반년이 지나도록 편안

한 밤을 보낸 적이 없었지만, 오늘은 두 다리 쭉 뻗고 잘 수 있도록 해줘서 고맙습니다. 오늘로 다 날려버렸어요!"

다음 날 신문의 스포츠 면은 현대와 삼성의 경기 결과로 도배돼 있었지만, 개중에는 나의 정장차림에 관한 가십 기사도 눈에 띄었다. 심지어 '패션쇼를 하느냐!', '스포츠맨답지 못한 옷차림' 등의 표현도 보였다. 하지만 나는 개의치 않았다. 신문에 보도된 내용은 나의 뜻과는 전혀 거리가 멀었기 때문이다. 기사를 작성하기 전이라도 한번쯤 나와 인터뷰를 한 후 작성했으면 어땠을까 하는 아쉬움이 남았다.

이어지는 다음 경기에서 나는 정장을 할 것인지 아니면 트레이닝복으로 갈아입을 것인지를 결정해야만 했다. 삼성의 김인건 코치와의 경기를 마쳤으니, 다시 트레이닝복으로 갈아입을 수도 있었다. 그러나 나는 정장을 고수했다. 그랬더니 어제와 달리 심판이 나에게 다가와 구두를 벗고 농구화로 갈아 신으라고 했다. 안 그러면 벤치 파울을 선언하겠다고 했다. 나는 어이가 없었다. 심판에게 이유를 물었더니 구두는 실내코트인 마루에 상처를 줄 수 있으니 스포츠맨으로서 농구화를 신으라는 것이다. 화가 치밀어 올랐다. 아니 정장을 한 상황에 농구화를 신으라니, 도대체 무슨 꼴이 되겠는가 싶어 심판에게 항의했다.

"농구화도 없으니 못 갈아 신겠고, 당신들 맘대로 하쇼."

그랬더니 경기도 하기 전 일방적으로 상대팀에 자유투 2개를 줘 현대가 0대 2로 리드당한 채 경기가 진행되었다. 문제는 세 번째 경기다. 지난 경기에서 자유투로 2점을 허용한 게 뇌리에 남아 있었다. 속으로 "이제 운동복으로 갈아입을까 말까?"하고 고민하는데, 주장 선수가 코치실로 들어왔다.

"웬 일이냐?"

"선생님, 오늘 경기에서는 트레이닝복으로 갈아입으시는 게 좋겠습니다. 경기 전 0대 2로 시작하는 게 사기저하로 이어질 것 같습니다."

나는 순간 그러지 않아도 고민 중인데 선수가 내 마음을 결정 하려는 것 같아 소리를 버럭 질렀다.

"자네 때문에 패한 경기도 있는데 자네나 잘해."

그리고는 이후 경기는 모두 정장 차림을 고수했다. 관중들 속 에서도 나의 옷차림에 찬반이 엇갈리고 있었다. 결국 농구협회 이사회에서 '경기 중 감독과 코치의 정장차림이 반칙인가?'라는 문제로 논의를 벌였다. 나는 기술이사 입장에서 그동안 정장차림 을 하게 된 동기부터 결과까지 자초지종을 설명했다. 김상하 회 장께서는 좋은 뜻이라며 이사들의 동의를 받아 정장차림을 허용 하는 결정을 내렸다. 그랬더니 고려대학교 감독이 정장을 입고, 태평양화학 감독과 삼성의 코치로 이어지더니, 축구의 P 감독이, 심지어 전통스포츠라고 하는 씨름의 감독들까지 두루마기를 벗어버리고 정장을 차려입었다.

나는 우리나라 스포츠 감독의 복장을 정장으로 갈아입도록 운동을 전개한 사람은 아니다. 라이벌 삼성과의 경기에서 상대 지도자와 선수들을 존경하고 배려하겠다는 마음가짐을 복장으로 드러낸 것 이상도 이하도 아니었다. 알다시피 지금은 전 종목에 걸쳐 대부분의 지도자들이 정식경기를 할 때에는 정장차림으로 선수들을 지휘하고 있다.

현대, 삼성의 두 라이벌은 전지훈련도 경쟁적이었다. 삼성이 동쪽이면, 현대는 서쪽이다. 사실 이같은 선택은 고의적이라기보다는 자연스럽게 이루어진 것이라 하겠다. 왜냐하면 삼성이 LA

1979년 2월 현대 남자농구팀의 유럽원정 시 프랑스 파리의 베르사이유 궁전 앞

를 택하게 된 동기는, 이인표 감독이 산업은행 선수 시절 감독이셨던 주기선 씨가 LA에 거주한 것이 주된 요인이 아닌가 생각했다. 반면 현대의 유럽 전지훈련은 현대중공업의 선박 수출 전초기지인 유럽본부가 런던에 있었기 때문에 자연스럽게 선택한 것이다. 아무튼 한국 농구가 영국과 경기를 갖게 된 것은 역사상 처음 있는 사건이라서 전지훈련 시간을 금쪽같이 아껴 사용했다.

낮에는 훈련을 하고, 저녁엔 영국의 클럽 팀들과 실전경험을 쌓아갔다. 영국은 18세기부터 해지지 않는 나라, 제1차 산업혁명의 선두 국가, 제2차 세계대전 승전 국가, 세계금융의 심장부, 세계적 문호 셰익스피어가 탄생한 나라로 정치·경제·사회·교육·문화 등 모든 영역에서 선진 문명 국가다. 이곳에서 훈련만한다는 것은 어리석기 짝이 없는 일이다. 나는 선수들에게 견문을 통한 교육의 장을 마련해야겠다는 생각을 갖게 되었다. 대사관의 도움을 얻어 선수들을 데리고 유서 깊은 지역을 방문했다.

옥스포드와 케임브리지 대학을 방문해 그들의 교풍과 면학 분위기 그리고 연구하는 모습을 견학했고, 영국이 워털루전쟁에서 나폴레옹을 물리치고 승리한 것은 "이튼스쿨에서 배운 스포츠 정신" 때문이었다고 한 웰링턴 장군의 모교 이튼스쿨도 찾았다. 선수들에게 진정한 스포츠정신이 무엇인지, 그리고 농구를 통해서 우리가 얻어야 할 미덕이 무엇인지를 알려주고 싶었다. 영국 역사의 흔적을 보고 배우기 위해 대영박물관도 방문했다.

박물관 2층에서 3층으로 연결된 계단을 돌아가면 벽면 전체를 꽉 채운 초대형 탱화가 걸려 있다. 청룡도를 머리 위로 치켜든 미륵보살상이다. 그림 속 아래쪽에는 〈경상도 대구시 달성군〉이라고 분명하게 적혀 있었다. 우리나라 사람이 그린 작품으로 이렇게 크고 웅장하고 휘황찬란한 그림은 난생 처음 보았다. 자랑스럽고 가슴이 설레었다. 그런데 이러한 감정도 잠시였다. 작품 출처에는 일본이라 쓰여 있었고, 그 중앙엔 일장기가 보였기 때문이다. 순간 울화가 치밀었다. 분명 우리나라 대구에서 제작한 작품인데 출처를 일본으로 기록한 것이다. 일제강점기 때 강탈해 간 우리 문화재 중 하나라는 걸 한눈에 알아봤다. 즉시 노트에 기록했다. 영국 주재 한국대사관은 도대체 뭘 하는 곳인지, 이런 것 하나 바로잡지 못하고 있나 싶어 불만스럽기만 했다.

우리들의 마음을 달래 준 곳은 바로 3층에 있는 도자기 전시실이었다. 세계 각국에서 생산된 도자기가 저마다의 아름다움을 뽐내며 전시되어 있었다. 그때, 관람 행렬이 일렬로 원활하게 이동하던 선이 갑자기 느려졌다. 어느 한 곳에서 전시물을 보기 위해 관람객들이 오래 멈추는 바람에 일어난 적체현상이었다. 비집고 빠져나갈 수도 없었다. 하는 수 없어 무엇 때문인지 까치발로 발꿈치를 들어 올리고 보니 많이 본 낯익은 청자였다. 고려청자가 청아한 자태를 들어내 보이면서 관람객의 발길을 붙잡고 있었다. 사람들은 모두 고려청자 앞에서 넋을 잃고 떠날 줄 몰랐다. 나는 그전까지만 해도 꽤 많은 문화재를 관람한 경험이 있었다. 동양을 대표한다는 대만박물관의 중국 소장품도 보았고, 서양을 대표하는 바티칸도, 루브르박물관도, 그리고 라틴 아메리카의 잉카 문화재도 보았다. 그러나 오늘 내가 본 고려청자는 그 어떤 작품보다도 아름다웠다. 대한민국 국민이라는 게 자랑스럽게 느껴졌다. 기능올림픽에서, 골프에서, 양궁에서, 농구의 슈팅에서 보인 우수한 기량은 선조들이 도자기를 굽던 손길로부터 이어진 DNA가 아닌가 하는 생각을 떨쳐버릴 수 없었다.

현대와 삼성의 경기는 농구장에 새로운 바람을 일으켰다. 양 재벌의 치열한 라이벌전이라는 것 외에도 새로운 전술·전략으로 볼거리를 제공했고, 선수들의 기량이 우수해 스타들이 쏟아져 나왔다. 이같은 순기능에 반해 역기능도 불거졌다. 양 사의 경쟁적 스카우트로 대학 우수선수들의 몸값이 하늘 높을 줄 모르고 치솟았다.

예기치 못한 일도 있었다. 현대아파트 특별 분양 시비로 현대가 여론의 지탄을 받고 있는데다 건설 기자재를 싣고 중동으로 가던 배가 침몰해 그룹 전체가 초상집 같은 분위기였다.

이때 합숙소로 전화가 걸려왔다.

"이봐, 난데, 오늘 이길 수 있는 거지?"

농구경기에서 승리를 해서라도 사원들의 사기를 진작시켜 보겠다는 정주영 회장의 안타까운 심정이 손에 잡히는 듯했다.

승패에 대한 부담감을 철저히 잊고 모든 것을 편안히 위로받고 싶은 가정에서조차 코치는 결코 편안할 수 없다. 라이벌 팀과의 경기에서 패하고 난 후 돌아온 나는 아내로부터 기가 막힌 이야기를 들어야 했다. 아이들이 모두 학교에 다녀오겠다며 등굣길에 나섰는데, 둘째 재웅이의 담임 선생님한테 재웅이가 아직까지 학교에 오지 않았다며 어떻게 된 일이냐고 전화가 걸려왔다는 것이다. 어린 녀석이 학교에 안 갔다니 얼마나 놀랐겠는가. 혹시 잘못된 일이라도 생긴 것 아닐까? 아내는 방정맞은 생각을 애써 떨쳐버리며, 동네며 학교며 주변을 뒤지다가 놀이터에서 혼자 놀고 있는 아이를 찾았다. 아내는 안심이 되면서도 어이가 없어 아이의 손목을 잡아끌고 집으로 들어왔다.

"너 이 녀석, 종아리 걷어! 왜 학교에 안 가고 놀이터에서 놀고 있었어?"

아내의 언성이 조금 높아지자 아이가 울먹거렸다.

"아빠가… 아빠가 지니까 애들이 날 놀린단 말이야!"

아내는 갑자기 온몸에서 힘이 빠지며 추켜 세운 손이 저절로 내려오더라고 말했다. 아내가 조심스럽게 전해 주는 사태의 전말을 들으면서 직업에 대한 회의가 강하게 일어났다. 도대체 농구 경기 한 게임 이기고 진 것이 무슨 큰일이라고 어린아이가 학교엘 못 간단 말인가.

오랜 승부 세계의 경험을 통해 얻은 것 중 하나가 경기를 앞두고는 밥을 굶는 습관이다. 국내 경기는 오후 시간에, 국제 경기는 저녁 시간에 치러지는 경우가 많다. 그런데 나는 특히 큰 경기를 앞두고는 식사를 하지 않는다. 대신 초콜릿 같은 단것을 가볍게 먹는다. 세렝게티의 사자는 배가 부르면 아무리 포동포동 살찐 짐승이 지나가더라도 소 닭 보듯 한다. 반면 배가 고프면 두 눈을 번뜩이며 아무리 크고 강한 맹수라 할지라도 매섭게 달려든다. 나 역시 승부를 앞두고는 집중과 몰입을 위해 밥을 먹지 않은 것이 어느새 버릇이 되어버렸다. 대신 초콜릿을 주로 먹기 시작했다. 생리학적으로 당은 두뇌 회전을 빠르게 하고 기분을 상쾌하게 유지시켜 준다. 요즘도 입학시험을 앞두고 엿을 선물하는 풍습이 있다. 특히 어머니들이 수험생 아이들에게 엿을 먹이기도 하는데, 이 일에는 생리적인 이유가 있는 것이다.

내가 애초 직업으로 코치를 선택한 이유는 일의 특징이 독창성을 기반으로 한 창조를 기획하는 데에 끌렸기 때문이다. 나아가 성공하는 코칭을 기획하고 실행하려면 제약 없는 자유가 뒷받침 될 때이고, 효율적 업무를 위한 이같은 조건 자체에 내가 깊이 매료됐기 때문이다. 누가 나를 이래라 저래라 할 수 없다는 것 자체가 양보하고 싶지 않은 특권 아닌가. 물론 그 과정에서 코치는 그만큼의 무게로 책임과 의무를 다해야 한다. 코치 스스로 기획

하고, 연구하고, 가르친 뒤 수월성(아레떼) 경쟁을 했으나 상대방한
테 지면 모든 책임을 져야 한다. 그런 차원에서 보면 코치라는 직
업은 매력 덩어리가 아니라 육체와 영혼을 바짝바짝 마르게 하는
극한직업이다. 무엇보다도 코치는 늘 승리를 염두에 두어야 한
다. 열 번을 이겨도 한 번을 지면, 그 한 번 때문에 비난을 받을
수 있다. 승리에 대한 심리적 압박감으로부터 한 치도 벗어날 수
없어 편한 날이 없다. 다른 직업은 나이가 들어갈수록 안정되어
가면서 권위도 따르나, 코치라는 직업은 나이가 들수록 더 불안
하다. 오늘 첫발을 내디딘 코치이건 30년을 코트에서 보낸 코치
이건 경기장에서는 원 오브 뎀(one of them)이다.

나는 현역 코치 시절 연세대학교 농구팀과 경기를 가진 적이
있었다. 이 팀의 코치는 바로 내가 현대농구팀을 지도했던 선수
출신이다. 나는 감독으로서 많은 경험과 어느 정도의 명성을 갖
고 있었고, 연세대학교의 코치는 지금 막 시작한 초보 코치였다.
다른 직종에 비유하면, 내가 종합병원의 원장쯤 된다면 연세대
코치는 종합병원 레지던트쯤 되는 셈이다. 그러니 팬들은 당연히
내가 이기리라고 생각한다. 연세대학교 코치로서는 이기면 영웅
이고, 지더라도 한 수 배웠다고 생각하면 그만이다. 부담 없는 경
기다. 그러나 나에겐 절대 져서는 안 되는 경기이다. 그렇다고 내
경력을 쳐줘 10점쯤 어드밴티지를 주고 시작하는 것도 아니다.

스포츠로서는 당연한 일이지만, 직업으로 생각하면 좀 야박한 일이다. 코치는 패배하면 해고당한다. 아니다. 코치는 해고당하기 위해 고용되는 직업인지도 모른다.

농구대잔치에서 우승을 하면 많은 농구팬들로부터 팬레터를, 축하객들로부터 선물을 받는다. 심지어 개인사에 해당하는 일에 초대받는 경우도 허다했다. 선수들은 더 말할 필요가 없다. 그러다 극성 팬들의 유혹(?)에 선수생활을 마감해야 했던 선수도 적지 않았다. 현대와 삼성 선수들은 늘 오빠부대들이 따라다녔다. 농구는 계절스포츠로 자리매김하고 있었지만 사회적으로 물의를 일으키는 역기능 현상도 나타났다. 재벌순위 1, 2위 간의 치열한 스카우트 전이 과열되면서 볼썽 사나운 모습이 연출됐다. 선수들을 놓고 양보란 있을 수 없었다.

현대농구단의 창단 초기엔 정장현 이사님이 항상 중심에 있었다. 정 이사님은 농구단 창단 이전에 이미 현대건설 여자배구팀을 창단해 운영해본 베테랑이었다. 그 경험 때문인지 농구단을 창단할 때는 스포츠와 스포츠 조직, 선수와 지도자들의 생리를 잘 이해하고 있었다. 하지만 농구는 배구와 달랐다. 현대, 삼성이라는 양 재벌이 대학선수들을 대상으로 제로섬 게임을 하다 보니 그 경쟁이 배구와는 비교할 수 없을 정도로 치열했다. 때론 비윤리적인 행동에 나서고픈 욕망이 일기도 했다. 그러나 그때마다 정 이사님은 제동을 걸면서 페어 플레이를 주문했다.

첫해 창단하자마자 현대는 1년 동안 삼성과의 6차례 대결에서 모두 승리를 했다. 따라서 삼성은 일찌감치 다음 시즌 준비에 돌입했다. 이듬해 졸업 예정인 유능한 대학선수 스카우트에 온 힘을 기울였다. 그렇다고 현대라고 가만히 손 놓고 바라만 본 것은 아니다. 이미 삼성에 입단하기로 약속한 선수도 무차별 접촉했다. 그럴 때마다 선수들의 몸값은 자연히 에스컬레이트되었다. 심지어 현대와 삼성 사이에서 갈지자로 왔다갔다 한 선수들이 허다했다.

정 이사님은 말했다.

"감독님, 물론 우수한 선수가 필요하다는 건 나도 인정하니

장안의 화제였던 현대와 삼성의 농구경기

다. 저 역시 회장님께서 무조건 좋은 선수는 잡아오라고 하셨지만 어디 그게 비윤리적으로 요구하는 선수까지 끌어 올 수는 없지 않습니까? 내가 책임지겠습니다! 현대에 꼭 오고 싶다는 선수만 선발합시다."

정 이사님은 책임감이 투철하고 직업관이 분명한 분이셨다. 배구단을 창단할 때는 창단 업무로 갓 태어난 아들이 불행한 지경에 이르렀건만 제대로 돌아보지 못할 정도였다고 한다. 선공후사에 충실한 직장인이었다. 농구단을 떠난 후에도 그의 농구에 대한 사랑은 식지 않았다.

84/85 농구대잔치가 끝난 후, 나는 선수단과 지방 농구 발전을 위해 영남 지역에서는 상주초등학교를, 호남 지역에서는 여자중학교 팀을 방문해 선수들을 격려하고 기술 지도를 하기로 했다. 과거 고등학교 시절 우리들을 감동시킨 낫 홀맨 씨가 떠올랐다. 농구 기초훈련에 필요한 영상프로그램과 선수들에게 지도할 교본과 농구공, T셔츠 등 만반의 준비를 했다. 그러나 나의 선의는 환영받지 못했다. 그런 방식의 행사는 농구 훈련에 도움이 되지 않을 뿐만 아니라 되레 지방으로 놀러간다는 오해를 받게 된다는 것이었다. 결국 계획 자체가 취소될 상황에 처하게 됐다.

정 이사는 이 소식을 어떻게 알았는지 직접 사장실로 달려가 내가 준비한 프로그램의 의미와 필요성을 대신 전달해 허락을 받

1985년 6월 7일. 현대 남자농구팀은 농구대잔치 우승 후 지방 농구 활성화를 위하여 경상북도 상주초등학교와 전라남도 나주를 방문하여 정광석 코치와 함께 선물 전달 및 지도를 통해 어린 선수들에게 꿈과 희망을 주었다.

아냈다. 나는 정 이사를 만나거나 부탁하지 않았다. 더욱이 그는 농구단을 떠난 분이기도 했다. 그 뒤로 현대농구단은 영호남을 잇는 88 고속도로를 오가며 농구를 통한 지역사회 발전을 위하여 꾸준히 최선을 다하여 농구 봉사활동을 했다.

1980년 12월, 대표팀이 미국농구협회의 초청을 받았다. 미국이 NCAA(대학스포츠협회)농구대회를 시작하기 전, 각 대학과 경기할 스파링파트너로 초대한 것이다. 마땅히 대표팀의 감독·코치는 삼성과 현대에서 맡아야 한다고 믿었다. 하지만 협회는 한국은행 A감독, 삼성 B감독, 기업은행 C감독을 각각 발표했다. 솔직히 기분이 언짢았다. 내가 선발되지 않아서 불만을 가진 게 아니었다. 협회가 정도를 걷고 있지 않다는 생각이 들었다. 대표로 선발된 선수들 대부분이 현대·삼성이기도 하지만 실업리그 성적도 현대가 우승팀이었기에 당연히 지도자는 그 중에서 선발되어야 한다고 믿었기 때문이다.

이러한 여론을 의식해서인지 협회는 나에게 '조사연구원'으로 임명했다. 하지만 나는 거부했다. 마치 구걸해서 가는 듯 한 모양도 그렇고, 대표팀에 도움을 줄 수 없는 자리였기에 연연해서는 안 된다는 생각 때문이었다. 하지만 협회는 치밀하게 우리집까지 찾아와 나를 설득했다. 결국 변승목 전무님의 권고와 설득으로 대표팀에 합류할 수밖에 없었다.

미국농구협회 전무이사 빌 월(Bill Wall) 씨의 안내로 캔자스대학교, 인디아나대학교, 미시간대학교, UNLV대학교, 켄터키대학교, 워싱턴대학교 등 전국의 미국 대학을 찾아다니며 경기를 했다. 때로는 기차를 타고, 어떤 때는 버스를 타고, 또 어떤 때는 여객기를 타고 이동을 강행했다. 어딜 가도 대학이 있고 농구팀이 활동하고 있었다. 미국이라는 나라가 대국이라는 걸 실감할 수 있었다. 잠을 편히 잘 수 없는 스케줄이었다. 비록 전패를 했지만 선진 농구를 배울 수 있는 좋은 기회가 되었다.

조사연구원이라는 직책에 걸맞도록 움직이는 건 모두 다 기록으로 남겼다. 빌 월 씨와의 대화시간이 많아 미국 대학농구를 연구 조사하는 데 큰 도움을 받았다. 미국코치협회가 대학코치들을 리드해나가는 전문기구라는 것도 처음 알았고, 내가 관심을 갖고 이것저것 질문을 해 대니까 그는 즉석에서 NABC(National Association of Basketball Coaches) 사무총장 조 밴씨신(Jeo Vancisin)과 접촉하여 내가 가입할 수 있는 기회를 주선해 주기도 했다. 미국코치협회 회원 가입은 후에 농구 코치 인생의 길잡이가 되어 주었다.

미시간대학과 경기를 마친 후였다. 우리는 다음 날 새벽 6시 비행기로 워싱턴 스포캔(Spokane)으로 출발해야 했기에, 솔트레이크호텔에서 새벽 2시 덴버공항으로 이동해야 했다. 그간 친밀하게 정을 나누었던 빌 월과의 이별시간이 왔다. 그는 밴 2대를 렌

1980년 12월. 한국 대표선수단의 미국 방문 경기 중 빌 월(Bill Wall) 씨와 환담을 나누는 중

트했다. 한 차에는 선수단의 짐을, 또 한 차에는 선수 전원이 승차하기로 했다.

문제는 운전을 누가 하여 덴버공항까지 가느냐 였다. 그런데 빌 월은 우리를 미국인처럼 인식했나 보다. 모두 다 운전할 줄로 알고 믿었던 것이다. 밴 두 대를 우리에게 인계하면서 비용은 완납됐으니 공항에 도착하면 렌트카 회사에 키를 반납하라며 자동차 열쇠를 건넸다. 당황했다. 그러나 염려했던 문제는 곧 정리되었다.

쿠웨이트에서 코치 생활을 했던 나와 곽현채 코치가 유일한 운전면허 소지자였다. 나는 선수단이 탄 차를 운전하였고, 곽현채 코치는 단체 짐을 싣고 내 뒤를 따르도록 했다. 밤하늘에 떠 있는 보름달빛 아래에서 지도와 이정표를 확인하며 콜로라도 고속도로를 달렸다.

워싱턴주립대학교(Washington State University)는 미국 동남부 풀만을 비롯해 여러 곳에 분교를 갖고 있지만, 농구팀은 서북부의 스포캔(Spokane)에 있다. 한국 유학생들도 많고 농구실력도 NCAA 상위권이다. 금번 원정훈련의 마지막 두 경기를 남겨 놓고 있어 1승이라도 해야 한다는 강박감을 떨쳐버릴 수 없었다. 하지만 조사연구원 입장에서 이렇다 할 방법을 찾기엔 한계가 따랐다. 경기도 중요하지만 시애틀에 살고 있는 처형(Burke)과 가족을 만날 수 있는 절호의 기회이기도 했다. 벌키는 그간 많은 도움을 주었다. 미국에서 출판된 농구 서적을 보내주기도 했고, 특히 리바운드 훈련에 필수품인 '리바운드 링(rebounding ring)'을 선물해 주기도 했다.

리바운드 링은 농구 림 위에 또 하나의 작은 링을 붙여 놓고 훈련하는 것인데, 슛한 볼은 무조건 밖으로 튀어 나가도록 제작된 기구다. 그래서 리바운드 훈련에는 안성맞춤이다. 이 기구 외에도 리바운드 캡슐(rebound capsule)도 있는데, 이는 플라스틱으로 제작했기에 볼이 튀어나오는 감이 리바운드 링(철물로 제작되었음)만 못했다. 내가 처음 이 기구를 사용하자 너도나도 사용하기 시작했다. 심지어 카피 제품을 만들어 판매하는 사람들까지 있었으니

1980년 12월. 한국 남자농구 대표팀과 UNLV대학교 농구팀과의 마지막 경기 전 선수단 소개에 답하고 있는 필자

분명 리바운드 링은 농구 기술 발전에 큰 기여를 했을 것이다.

경기가 없는 날을 택해 나는 스포캔 워싱턴주립대학교 캠퍼
스에서 벌키를 맞이했다. 그는 전 가족을 스테이션 왜건에 싣고
시애틀에서 달려온 것이다. 건강하게 자란 지미, 크랙, 테리, 그
리고 처형을 끌어안고 그간에 못다한 정을 나누었다. 아쉽게 헤
어질 수밖에 없었던 건 폭설 때문이었다. 길이 막히면 눈을 치울
때까지 기다려야만 하기 때문에 곧 되돌아가야만 했다. 하루 밤
도 함께하지 못한 짧은 시간이었지만 잊지 못할 행복한 순간이었
다. 떠나는 차를 향해 벌키 가족의 건강과 행운을 기원했다.

'82 뉴델리아시안게임

아시아 농구에서는 1960~1970년대 초까지 한국이 간혹 정상 자리를 차지하기도 했지만, 필리핀이 가장 강팀이라고 보아야한다. 그러나 1974년부터 중국의 아시아농구연맹 가입과 필리핀의 프로농구 출범으로 지각변동이 일어나기 시작했다. 중국은 잠자던 대륙이 깨어나기라도 한 듯, 무텐추(235cm)라는 세계 최장신선수를 앞세워 손쉽게 아시아 정상권에 들어섰다. 한국 농구가필리핀 벽을 넘어서자 새로운 타깃으로 중국이 떠오른 것이다.국제농구 상황이 변한 것이다. 한국은 타도 필리핀에서 타도 중국을 외치며 매 대회 때마다 결승에서 중국과 맞섰다. 하지만 대부분 20점 이상 차이로 패했다. 한국 대표팀 감독직은 기피대상이 되었다.

1982년 뉴델리 아시안게임 때였다. 협회에서 대표 감독 지명에 어려움을 겪고 있을 때 마지막 3순위로 나에게 기회가 주어졌다. 평소 나를 아끼던 주위의 선배들은 대표 감독직 수락을 부정적으로 바라보았다.

"너, 화약 메고 용광로라도 들어가고 싶냐? 당분간 안 하는게 좋을 듯 싶구나!"

"너까지 가서 깨지려고 그러냐?"

다들 조언과 걱정 아닌 걱정을 하기도 했다. 그러나 나의 마음은 중국에 도전해 보고픈 쪽으로 기울었다. 주위 분들의 반대에도 불구하고 협회에 감독직 수락을 통보했다. 그리고 세계연맹의 팩스번호와 전화번호, 그리고 인도 한국대사관 전화번호를 준비해 달라고 당부했다. 그리고 대표팀 전임감독이었던 김인건 씨와 박한 씨를 차례로 만나 중국과의 대전에서 패인이 무엇인지, 그리고 참고할 사항은 무엇인지를 묻고 기록했다. 그들 모두는 나의 훌륭한 스승이었다.

한편 세계연맹을 통해 중국 대표팀이 세계선수권대회 참가를 위해 콜롬비아에서 경기 중이라는 걸 알아냈다. 즉시 콜롬비아 한국대사관으로 전화를 걸었다. 콜롬비아는 우리나라 정반대에 위치한 국가다. 우리나라와 14시간이라는 시차가 난다. 어렵사리 콜롬비아대사관과 전화를 연결해 나의 신분을 밝히고 중국 팀 경기를 녹화해 대한민국 농구협회로 송부해 달라고 간곡하게 부탁했다. 다행히도 전화를 받은 사람이 내 이름을 기억하고 있다며 쾌히 부탁을 받아들였다. 천만다행이었다. 중국 선수들의 명단, 신장과 체중 등도 세계연맹의 도움으로 접수했다.

태릉선수촌에서 훈련을 진행하고 있을 때 콜롬비아대사관에서 송부한 중국팀의 경기모습을 담은 비디오테이프를 협회로부터 전달받았다. 어떤 모습인지 궁금해 가슴이 뛰었지만 침착하게 테이프를 재생기에 넣었다. 하지만 화면은 온통 까만색으로 보일 뿐 재생되지 않았다. 그제야 TV가 우리나라와 시스템이 다르다는 걸 깨달았다. 한국에서는 PAL시스템을 사용하고, 콜롬비아는 SEACOM 시스템을 사용하기에 문제가 발생했던 것이다. 이를 변환하기 위해 테이프를 일본으로 보내서 재반입하기까지 무려 1개월이라는 시간이 걸렸다.

선수들과 나는 시청각 교육시간을 가졌다. 무텐추(235cm)는 건재했다. 코트의 山이라고 해도 무방할 정도로 어마어마한 장신이었다. 일본의 오까야마(230cm)보다 더 커 보였다. 그에게 볼이 전달되면 무조건 2점이다. 더욱 가관인 모습은 그는 경기 중 숨이 차면 백보드를 붙잡고 쉬는 것이었다. 그 밑으로 선수들이 왔다 갔다 했다. 도저히 막을 도리가 없어 보였다.

허탈한 마음으로 훈련을 마쳤다. 마침 토요일이라 선수들의 주말 외박으로 퇴촌을 지시한 후 이병국 코치와 저녁자리 겸 술을 마셨다. '장신의 벽'을 어떻게 넘어설 수 있을지 대책이 서질 않았다. 밤늦게 귀가했다. 아파트 초인종을 눌러도 아무 대답 없기에 열쇠로 문을 열었다. 조용한 거실이 눈에 들어왔고, 보고 싶은 아이들이 잠들고 있을 것이라 예상하고 방문을 열어보니 아이들이 보이지 않았다. 발길을 돌려 내 방문을 열었다. 아내는 세 아이들을 끌어안은 채 한몸이 되어 잠들어 있었다.

순간 술이 확 깼다. 두려웠다. 내가 이 가정의 가장이 맞는지, 혹시 잘못 찾아온 집이 아닌지, 모든 것이 낯설고 부끄러웠다. 아내와 아이들이 날마다 아빠를 기다리다 지치고, 이렇게 잠드는 건 아닌지 미안했다. 거실로 나와 소파에 몸을 던졌다. 그리고 뜬 눈으로 밤을 샜다.

이른 아침 햇빛이 창문으로 스며들 때 주섬주섬 옷을 차려입고 프로스펙스 본점을 찾아 나섰다. 어느덧 나의 꿈은 가정보다는 장신의 벽을 상대하고 있었다. 농구화 굽을 20~25cm 높게 제작해 달라는 주문을 했다. 우리 선수들 중 신장이 무톈추만한 선수가 없기 때문에 가장 신장이 큰 박종천(193cm)과 조명수(190cm)에게 신겼다. 그랬더니 무톈추가 보였다. 특수 제작한 신발을 착용시키고 그를 대상으로 공격과 수비훈련을 할 수 있었다. 비디오테이프를 닳도록 보면서 연구했다. 선수의 기술은 습관으로부터 파생된다. 중국의 선수들의 기술, 습성, 주된 전술

등을 하나하나 체크하고 꼼꼼히 분석해 나갔다.

외국에서 국제대회가 있을 때면 언제나 제일 먼저 가 보는 곳이 있다. 바로 경기가 진행되는 체육관이다. 국제경기가 치러지는 경기장의 규격은 어디나 똑같다. 그러나 규격이 같다는 것은 코트의 객관적인 수치 문제이고, 건물에 따라 실제로 뛰는 선수들이나 코치에게 크고 작은 영향을 끼치는 부분이 있다. 예를 들면 똑같은 관중석 수를 가졌다 하더라도, 체육관 자체가 접시 모양으로 넓적하게 보이도록 설계된 경우가 있고, 컵 모양으로 좁게 설계된 곳도 있다. 넓어 보이는 곳엔 맨투맨 수비가 유리하지만 좁게 보이는 경우엔 지역수비가 유리하다. 이 외에도 체육관 정보를 얻기 위해 곧장 체육관으로 달려가게 된다.

그러나 금번 '뉴델리아시안게임'에서는 내가 한국선수단의 기수 역을 맡은 관계로 공항에서 선수촌으로 직행할 수밖에 없었다. 왠지 불안했지만 선수촌에서 입촌식을 마치자마자 경기장을 찾았다. 경기장은 선수촌으로부터 약 1시간 가량 걸리는 먼 곳에 위치했다. 예상과 달리 컵 모양의 작은 체육관이라는 것을 파악하고 대 중국전을 구상해 나갔다.

나는 우리와 대적할 국가의 민족성에 대해 많은 관심을 가졌다. 주로 그 민족의 역사와 문화를 소재로 한 책을 읽다 보면 은연 중 그 민족의 고유한 민족성과 특성이랄까, 개성 같은 것을 파

악할 수 있다. 한 국가의 민족성과 그 국가의 스포츠 활동은 깊은
연관성이 있다고 나는 믿는다.

이를테면 필리핀 팀은 오랫동안 스페인의 지배를 받으면서
라틴 민족의 성격을 닮아 그런지 조급하고 다혈질적인 편이다.
농구도 성냥불같이 확 타오르다가 어느 순간 확 꺼지는 플레이를
한다. 그래서 필리핀은 화끈하고 빠른 공격을 즐기는 편이다. 이
경우 경기 초반에는 우리 선수들로 하여금 철저히 지역수비를 펼
치게 한다. 우리 팀이 공격을 할 때 공격 제한시간인 30초가 거
의 임박할 때까지 공격을 지연하면 수비하는 그들 스스로가 다급
해져서 반칙을 유발시키기 위해서였다. 또한 개인기량과 순발력
이 뛰어나 1대 1 공격에 능해 우리가 수비할 때는 중앙을 강화하
는 지역수비를 펼침으로써 그들의 독특한 장기를 둔화시킬 수 있
다. 그러다 보면 그들 스스로 흥분해서 자기 리듬을 잃고 자멸한
다. 일단 이와 같은 상황이 벌어지면, 이젠 반대로 우리가 빠른
템포의 공격을 펼치고 밀착수비를 펼치면 그들은 일찌감치 자포
자기 상태에 이르게 된다. 그렇게 해서 한국은 필리핀과의 대전
에서 역사상 가장 큰 스코어인 132 : 99, 무려 33점 차로 전무후
무한 대승을 거두었던 것이다.

일본 민족은 아주 깔끔하고 청결한 성격에 움직임도 절도 있
고 기계적이다. 따라서 농구도 체계적으로 한다. 항상 상대방과
몸을 부딪치고 땀을 흘리며 변화가 심한 농구경기와는 별로 궁합

이 안 맞아 보인다. 일본 팀과 경기할 때는 좀 야비한 것 같긴 하지만, 이같은 청결성을 역이용한다. 예를 들면 땀에 젖은 몸으로 상대 선수와 심한 몸싸움을 벌여, 그들이 신체접촉을 기피하도록 만든다. 또 일부러 상대 선수가 보는 앞에서 손바닥에 침을 '퉤퉤' 뱉은 다음 수비할 때, 일본 선수의 얼굴부위 가까이 들이댄다. 상당수의 일본 선수들은 기겁을 하고 얼굴을 찡그리거나 피하게 된다. 또한 일본 선수들은 철두철미 정석 플레이를 선호하기 때문에 상대적으로 변칙 플레이에는 약한 편이다. 흔히 일본 농구를 가리켜 교과서적인 농구를 한다고 평한다. 일본 팀을 상대로 경기할 때에는 변칙적인 공격과 수비로 혼란에 빠뜨리는 게 효과적이다.

그러나 이와 같이 정석농구를 추구하는 팀 컬러를 가진 일본 팀은 중국전에서는 위력적이다. 전통적으로 국제경기에서 중국 팀에 강한 것이 일본이다. 그것은 일본 특유의 끈질김과 꾸준함으로 화려한 성격의 중국 팀을 압도하기 때문이다. 스포츠 세계에서는 간혹 '이변'이 일어난다. 객관적인 전력 평가에서 분명히 한 수 아래로 여겨졌던 팀이 예상을 뒤엎고 승리를 거둠으로써 놀라움을 가져다주는 것이다. 그러나 세상에 '이변'이란 없다. 경기에 임하는 팀이 처음부터 지겠다고 나오는 경우는 없다. 상대 팀별로 국민성까지 면밀하게 연구하여 비책을 마련해서 승리에 도전하면, 그 결과 예상 밖의 승리를 거두기도 한다. 경적필패(輕

敵必敗, 적을 얕보면 패한다는 뜻)라 했다. 전력이 우세하다는 평가를 받으면서 지는 팀에게서 찾아 볼 수 있다. 상대가 아무리 약해 보이는 팀이라 하더라도, 반대로 상대가 아무리 강한 팀이라 하더라도, 철저히 상대에 대한 정보를 수집하고 장단점에 대비하지 않으면 실전에서 효율적으로 대응할 수 없다.

북한은 가장 까다로운 상대다. 같은 민족 간의 경기라는 특성도 있지만 국내에서 바라보는 북한전은 다른 제3국을 상대로 경기하는 것과 차원이 다르다. 실제로 국내로부터 "다른 나라는 몰라도 북한은 꼭 이겨야 한다."는 압박용 전화도 받았기에 부담이 더욱 컸다. 북한은 만만한 팀이 아니다. 특히 14번 안광균(192cm)은 덩크슛을 날리는 위력을 갖고 있었다. 경기에 앞서 결정해야 할 사항 중 가장 먼저 정해야 할 것은 '누구를 스타트로 기용하느냐'이다. 긴장하는 건 우리만이 아니다. 북한도 우리를 두려워할 것이다. 그렇다면 북한전은 국내에서 경험한 현대 삼성 라이벌전, 연고전 또는 한일전과 같은 경기일 것이다.

따라서 북한전은 기량 위주로 출발할 것이 아니라 누가 더 상대를 두려워하지 않을 것인지, 심리적 사항을 고려해 선수를 기용해야겠다는 생각이 들었다. 팀 내에는 다양한 유형의 선수들이 있다. 지시하는 대로만 따라하는 충실한 선수(이와 같은 선수는 경기 마무리에 반드시 필요한 선수라고 말 할 수 있다)가 있는가 하면, 코치의 지시와 본인 스스로의 상황판단으로 임하는 선수(주전급 선수라고 할 수 있다)가 있고, 아예 처음부터 자기 뜻대로 하는(기고만장형 선수)가 있다. 이런 유형의 선수들은 자기가 왜 후보 선수인지조차도 모르고 무조건 감독을 잘못 만나서 고생하고 있다고 생각한다. 그런데 오늘 대항할 북한전은 바로 이 유형 즉, 기고만장형 선수들이 필요했다. 나는 경기하기 전, 기고만장형 선수를 스타트로 발표하고 기용했다. 호명을 받은 선수들의 눈이 커졌다. 나는 당부했다.

"오늘 경기는 누가 더 기량이 우수하느냐가 아니라 경기 초반 누가 주도권을 장악하느냐로 결정될 것이다. 즉 경기주도권 장악이란 경기 초에 누가 15점을 먼저 넣느냐로 결정되는데, 이는 곧 승부로 연결될 것이다. 약 7분 내지 8분 경과 시 달성될 터인데 스타트 멤버는 무조건 15점만 선취해 주면 나머지는 내가 책임지고 해결할 것이다."

선수들은 일제히 "네!"라고 했다. 경기가 시작되자 기고만장형 선수들은 이리 뛰고 저리 뛰고 난리가 났다. 물론 북한 선수단은 우리 선수들이 어떤 선수인지도 모르고 악착같이 쫓아다니다가 엇박자에 의한 파울이 발생했다. 예상 밖이었다. 우리 선수들은 자유투를 하나, 둘 넣어갔으며 어쩌다 슛한 볼이 백보드를 맞고 들어가는 희한한 득점상황도 벌어졌다. 드디어 15대 7이 되었다. 이때 이병국 코치가 옆에서 소리쳤다.

"지금 15대 7입니다."

이 뜻은 빨리 교체하라는 뜻이다. 그러나 나는 "알았어!" 대답했지만 교체하기가 어려웠다. 왜냐하면 이때 교체하면, 기고만장형 선수들은 "왜, 잘나가는데 빼느냐?"고 불만을 가질 게 뻔했기 때문이다. 나는 경기에 참여한 선수만 관리하는 것이 아니라 벤치도 관리해야 한다. 그래서 조금 시간적 여유를 가져보려는 찰나 아니나 다를까, 북한 선수들이 우리 선수들의 특징을 파악하고 물밀듯이 밀어붙이고 있었다. 나는 즉시 타임을 요구했다. 그리고 주전급 선수들로 교체했다. 교체해 들어간 주전급 선수들은 이미 주도권을 장악한 경기 리듬을 더 크게 벌려 나가더니 결국 92대 84로 승리를 이끌어냈다.

특명을 받은 신선우는 북한의 고득점 선수 안광균을 3점으로 묶었다. 어깨의 무거운 짐을 내려놓은 듯했다. 라이벌과의 경기에서 주도권 장악이 얼마나 중요한 것인가를 다시 한 번 깨닫게 해 준 경기였다.

제9회 뉴델리아시안게임에서 농구는 주최국 인도를 비롯해 13개국이 참가했다. 라이벌로 예상됐던 필리핀, 북한, 일본을 누르고, 대망의 중국전이 결승전이 되었다. 선수촌은 에어컨이 없어 무더웠고, 급식도 한계에 이르렀다. 인도 특유의 카레 냄새만 맡아도 신물이 올라 올 지경이었다. 물론 이같은 상황은 한국 팀만 겪는 것은 아니고 상대 팀들도 마찬가지다. 별식으로 아껴두었던 곰탕을 끓여 먹여야 할 텐데, 탕 국물은 캔에 들어 있지만 소고기를 구할 방법이 없었다. 탕 국물에 밥만 말아 먹도록 할 수 는 없었다. 인도에서 소고기를 거래하는 것은 감옥을 찾는 행위 와 다를 바 없다. 나의 고민을 눈치 챈 현지인 안내원으로부터 비 밀스런 방법이 있다는 소식을 접했다. 귀가 솔깃했다. 그를 따라 나섰다. 마음 한편으로는 불법행위여서 가슴이 무거웠지만 하루 하루 입에 맞지 않는 식사로 체력이 고갈되어 가고 있는 선수들 을 생각하면 불가피한 일이라는 생각도 들었다.

나는 소고기를 구하기 위해 모험을 하기로 했다. 교통수단으 로는 공식적으로 지정된 차를 이용할 수도 있었지만 위험부담을 감내해야 했다. 그래서 안내원의 개인 소유 오토바이를 이용하기 로 했다. 그의 허리를 감싸고 오토바이 뒷좌석에 앉은 채 선수촌 을 빠져나와 소고기를 구매할 수 있다는 곳으로 무작정 달렸다. 선수촌을 나서자 평소 가본 적 없는 낯선 도로로 접어들었다. 뉴 델리 거리는 사람과 소들로 넘쳐흘렀다. 습한 공기가 얼굴을 훑 았고 퀴퀴한 냄새가 코를 찔렀다.

한참을 달리다 좁은 길로 들어서자 오토바이 소리가 더 요란 하게 들렸다. 현지인의 허리를 잡는 대신 양손으로 귀를 틀어막 았다. 그렇게 달리고 달려가던 오토바이가 숨을 죽이더니 얕은 건물이 줄지어 선 골목길에 닿았다. 마침 저녁 때라서 양쪽 도로 변 창가로 집집마다 희미한 불빛이 새어 나왔다. 언뜻 1974년 9

월에 아내와 봄베이 거리를 관광했던 모습이 떠올랐다.

우리가 도착한 집 앞에는 건장한 체구에 터번을 쓴 사나이가 지키고 있었다. 나를 안내한 안내원과 그가 몇 마디 이야기를 나눈 뒤, 그는 좌우를 한참 살피고 나서 우리를 집 안으로 안내했다. 들어서는 순간 쇠비린내가 진동을 해 숨을 쉴 수가 없었다. 소고기를 사야겠다는 생각으로 꾹 참았다. 층계를 따라 조심스럽게 지하로 내려갔는데, 연결된 계단이 또 있었다. 한 층 더 내려가자 어두컴컴한 빈방이 눈앞에 보이고, 방 안 천장에 매달려 있는 소고기 덩어리가 보였다.

사나이는 16세기 인도 무굴제국 병사들이나 사용했음직한 긴 칼로 고기를 쓱쓱 자르더니 영자 신문지로 둘둘 말아 내게 내밀었다. 나는 떨리는 손으로 받아 쥔 뒤 준비한 달러를 건넸고, 이제 이곳을 빨리 떠나야지 하는 마음으로 나오려는데 순간 사나이는 우람한 팔로 우릴 저지했다. 그리고 그는 성큼성큼 계단을 올라가 사라졌다. 아마도 밖을 정찰하는 것 같았다.

잠시 후 사나이는 올라오라며 조용한 목소리로 불렀고, 나는 떨리는 손으로 소고기를 가방에 넣고 밖으로 나와 안내원의 오토바이를 타고 줄행랑을 쳤다. 전속력으로 선수촌을 향해 달리고 또 달렸다. 갈 때는 몰랐는데 올 때는 왜 그리 멀든지, 오랜 시간을 달려 선수촌에 도착했다. '소고기 미션'을 성공시킨 것이다.

안내원에게 감사의 뜻을 표한 뒤, 숨을 가라앉히고 숙소 문을 열었다. 이 코치는 열심히 굴비를 굽고 있었다. 곧 소고기를 내놓고 잘라 밤새도록 끓였다. 이 코치는 뭔가를 알아차렸는지 나의 행동을 주시했다. 결승전을 앞두고 선수들의 아침과 점심으로 그동안 아끼고 남겨두었던 반찬을 곁들여 곰탕을 맛있게 먹였다.

드디어 결승에서 중국을 맞이했다. 그동안 준비하고 숨겨놓았던 모든 전술과 전략을 쏟아부어야 했다. 선수들에게 단신인 우리가 장신인 중국을 어떻게 상대할지 수학적인 전략을 먼저 소개했다.

첫째, 농구경기는 전반 20분, 후반 20분 도합 40분간 경쟁한다. 이 뜻은 일반적으로 20분 공격하고, 20분 수비한다고 봐야 한다. 그러나 오늘 경기에서는 우리가 30분 공격하고 상대가 10분만 공격하도록 유도해야 리바운드의 열세를 극복하고 승리 기회를 노릴 수 있다고 설명했다. 이 목적을 달성하기 위해 우리 공격이 끝나면 '투 아웃 쓰리 백(Two Out Three Back)', 즉 앞선을 지키는 이충희와 박수교는 공격 코트 전체를 압박하고, 반면에 뒷선에서 이를 뒷받침할 목적으로 배치된 신선우, 임정명, 신동찬은 골밑과 양 사이드를 지키도록 배치했다. 공격은 제한시간 30초 중 20초는 지공으로, 그리고 마지막 10초에 득점을 위해 미국 노스캐롤라이나대학의 딘 스미스(Dean Smith)가 사용했던 '포 코너'(Four Corner) 패턴을 수행토록 지시했다.

둘째, 우리의 실책을 평균 10~12개에서 5개 미만으로 줄여야 한다는 점을 강조했다. 이를 위해 처음부터 끝까지 100% 노마크 레이업슛 기회가 아니라면 속공을 하지 말 것을 지시했다. 속공은 단신 팀이 추구해야 할 필연적 공격방법이라는 건 잘 알고 있지만, 그만큼 실책도 유발한다는 걸 유념한 것이다. 좋은 작전이라고 다 대입할 수는 없었다.

경기가 시작되자 중국은 우리 선수들을 몰아붙였지만, 우리 선수들은 차근차근 약속한 전술 전략을 수행해 나갔다. 전반을 46대 42, 4점을 리드한 채 마쳤다. 전체적 리듬은 우리쪽으로 기울었다고 판단했다. 후반으로 접어들자 중국의 다급해진 팀 분위기는 수비에서 두드러지게 나타났다. 우리가 지공을 한다는 걸 알아차릴 즈음 중국은 투우장에서 투우사와 싸우는 소처럼 우리를 따라 다니다가 지쳐가고 있었다. 피 말리는 일진일퇴가 진행되었지만 결국 85대 84, 한 점차로 따돌리고 중국의 만리장성을 넘어 금메달을 목에 걸었다.

1982년 12월 3일. 중국과의 결승전에서 승리가 확정되는 순간. 선수들이 필자를 헹가래치고 있다.

경기가 종료되었다는 '땅'하는 소리가 들리는 순간 태릉에서 고달픈 훈련을 참고 견뎌온 나날들이 눈앞에 오버랩되었다. 고맙다고 생각한 순간 선수들은 나를 향해 달려와 헹가래쳤다.

춘추전국시대 오자가 지적한 연저지인(吮疽之仁, 병사의 곪은 다리의 고름을 오자 장군이 직접 입으로 빨았다는 데서 나온 고사)이라는 말이 있다. 전장(戰場)에서뿐만 아니라 승부를 가리는 스포츠 세계에서도 소중하게 받아들여야 할 금쪽같은 가르침이라는 걸 다시 한 번 떠 올렸다.

1982년 12월, 대한농구협회는 새로운 대회를 발표했다. 이름하여 〈점보시리즈〉다. 1년 중 계절마다 산만하게 운영되던 각종 대회를 시즌 스포츠로 흡수한 신종 대회다. 나는 그해 3월부터 상임 기술이사로서 농구 발전을 위한 종합적인 문제의식을 갖고 김인건 기술위원을 비롯해 많은 사람들과 논의해 왔다. 우선 중·고등학교 대회부터 개혁을 시도했다. 문교부는 학생들의 학업 증진을 위해 연간 3개 대회 이상 출전하지 못하도록 제도화했다.

가장 큰 타격은 매년 5월에 개최되는 종별농구선수권대회가 학원 팀의 외면으로 큰 어려움을 겪고 있었다. 이를 감안해 혁신안으로 종별대회를 학기 중인 4월~5월이 아닌, 여름방학 때 열 것을 제안했다. 나아가 종별대회 참가는 물론, 연중 3개 대회에 다 1개 대회를 더 참가할 수 있도록 보완하는 제도를 내놨다. 학원 팀에게는 유인책으로 작용했고, 이후 종별대회는 대성황을 이루었다.

다음 문제는 대학과 실업팀 대회의 혁신이었다. 종전에 운영해 왔던 실업리그와 대학연맹전을 한데 묶어 겨울철 시즌대회로 운영하는 방안을 마련했다. 실업팀의 기량과 맞먹는 수준의 대학 팀과 실업 팀의 대결은 물론 라이벌 대학끼리의 경기로 수준이 높아진 농구팬들의 주목을 받을 수 있는 혁신안이었다. 농구협회는 이처럼 새로운 혁신안을 모두 받아들여 새로운 시대를 준비했다.

농구 발전의 제2 중흥기를 위해 헌신한 농구인들은 황재구, 정주현, 김인건, 이인표, 신동파, 박한, 정봉섭, 김홍배 씨 등이

1983년 점보시리즈 입장식 장면. 왼쪽에서 7번째가 필자

었다. 또 중계시간 확보 등 KBS스포츠국의 적극적인 협조가 큰 힘이 됐다. 마침 뉴델리아시안게임에서 우승하고 돌아온 대표팀 선수들의 인기몰이로 신종대회 〈점보시리즈〉는 단숨에 겨울철 스포츠의 꽃으로 떠올랐다. 새로운 스타들이 탄생했고 관중들이 몰려왔으며 언론이 뒷받침했다.

〈점보시리즈〉 첫해에는 현대가 챔피언에 등극했고, 이듬해에는 삼성이 우승했다. 이후 해를 거듭할수록 대회는 대성황을 이루고 발전해 나갔다. 특히 삼성과 현대의 경기가 있는 날엔 장충체육관 매표소 대기 줄이 서울운동장까지 이어졌다. 여자경기에서도 삼성생명과 태평양화학 그리고 국민은행의 대결이 초미의 관심사로 많은 팬들을 몰고 다녔다. 경기장엔 스타들을 따라다니는 열성 팬들이 생겼고, 한국스포츠 사상 처음으로 '오빠부대'가 탄생했다.

현대농구단 숙소로 한 여학생이 큼직한 소포를 보내왔다. 뜯어보니 현대팀 선수들의 얼굴을 모두 그려 넣은 병풍같이 큰 그림이 들어 있었는데, 어찌나 큰지 65평 아파트 한 벽을 차지할 정도였다. 참 대단한 정성이다 싶어 봉투 안을 들여다보니 카세트테이프가 동봉되어 있었다. 거기에 녹음되어 있는 사연은 내 가슴을 찡하게 울렸다. 불치병으로 시한부 삶을 살고 있는 언니가 세브란스병원에 입원해 있는데, 열렬한 농구팬이란다. 무엇보다도 현대

팀을 좋아하는 팬이어서 현대가 경기를 이길 때마다 언니의 얼굴에 화색이 돌면서 삶에 의욕을 보이고 있다는 것이다. 그 갸륵한 동생이 녹음하여 보낸 사연은 "우리 언니를 위해서 꼭 이겨주세요."라는 부탁으로 마무리되고 있었다.

스포츠 경기가 단순히 힘겨루기나 기술겨루기라면, 그처럼 많은 사람을 매료시키거나 감동을 주기 힘들 것이다. 어느덧 〈점보시리즈(이후 농구대잔치로 변경됨)〉는 농구인의 잔치를 넘어 전 국민 속으로 파 들어가고 있었다. 나는 지금이야말로 한국 농구가 다시 한번 변화의 시기를 맞이했다고 확신했다.

'85/'86 〈농구대잔치〉가 진행 중이었다. 심인섭 기아자동차 총무이사가 직접 우리집을 찾아왔다. 그가 명함을 건네며 말했다.

"기아자동차 총무이사 심인섭입니다. 기아가 농구팀을 창단하려는데 반드시 방 감독님을 모셔야 될 것 같아 이렇게 무례를 무릅쓰고 찾아왔습니다."

그리고는 엎드려 큰절을 했다. 나는 왜 이러시냐며 얼른 심이사를 잡아 끌어올렸다. 어안이 벙벙했다. 아무 말도 할 수 없었다. 도대체 어떻게 우리집을 알고 찾아왔으며, 무슨 배짱으로 앞뒤 가리지 않고 감독 제안을 받아달라는지 도무지 이해할 수 없었다. 침묵을 깨고 그는 말을 이어갔다.

"그러니까 지금 당장 답을 요구하는 건 아니고 일주일 후 다시 찾아뵙겠습니다."

"알겠으니, 안녕히 가세요!"

무례하다고 해야 할지, 아님 용감하다 해야 할지, 갈피를 잡을 수 없었다. 한 가지 분명한 것은 명료한 메시지였다. 기아자동차가 농구팀을 창단하고, 나를 초대 감독으로 초빙하겠다는 뜻이었다. 쿠웨이트 체류 시절, 현대건설 하오문 지사장이 떠올랐다. 기아의 제안은 내게 또 한 번 선택의 기로에 서게 했다. 뉴질랜드 대사관에서 근무 중이던 절친 철민이를 찾아갔다.

조철민! 그는 중·고등학교 시절부터 오늘에 이르기까지 늘내 곁에서 내 편이 되어준 죽마고우다. 그는 기아가 새롭게 창단

1986년 3월 3일. '85/'86 농구대잔치에서 현대팀이 챔피언에 등극한 후 필자를 헹가래치고 있다.

하는 팀인 만큼 이적해서 또 한 번의 금자탑을 세워보라며 이적을 적극 찬성했다. 또 그게 농구 발전에 도움이 될 같다고 덧붙였다. 나는 항상 창단 팀에서만 지도자 생활을 해왔다. 조흥은행이 그렇고, 쿠웨이트, 현대, 그리고 기아까지 모두 새로 창단한 팀이었다. 기존 팀의 지도자를 밀어내면서 이적한 적은 없었던 것이다.

그러지 않아도 현대, 삼성 두 라이벌과의 대결로만 한국농구가 발전할 수는 없다고 믿고, 제2, 제3의 실업팀이 탄생하여야 프로농구의 길이 열릴 것으로 예상했다. 한편 지금까지 현대를 지도했던 전략전술을 그대로 신생팀에 대입한다면 신생팀으로서 차별적인 색깔을 낼 수 없을 것으로 판단됐다. 새 술은 새 부대에 담아야 한다. 새로운 팀 지도를 위해서는 배워야 할 신지식이 필요했고, 나만의 필살기도 새롭게 직조해야 했다. 그 방편의 하나로 대학원 진학을 결심했다.

일주일 후, 심 이사가 다시 찾아왔다. 이번엔 내가 대답할 차례였다.

"지난 한 주일 고민 많이 해 보았습니다만, 감독 제안은 오늘 답을 드릴 수 없고요. 이번 시즌에 현대가 우승하면, 하늘이 '너는 더 이상 현대에 머물 필요가 없으니 떠나도 좋다'는 뜻으로 받아들이겠지만, 지면 어렵겠습니다."

심 이사는 나의 말을 듣고 우리집 천정을 한참 바라본 후 말했다.

"사실 우리 김선홍 사장님께서 오늘 답을 받을 것으로 예상하시고 저녁을 함께하도록 예약이 되어 있으니 식사는 함께하실 수 있는지요"

나는 당황했다.

"아니, 심 이사님! 만일 내가 기아 사장님과 식사하는 자리를 누가 보기라도 한다면 신문에 대서특필되어 일파만파를 일으킬 겁니다. 심 이사께서도 이렇게 직접 우리집을 찾아오신 것도 외부의 소문을 의식해서가 아닌가요? 그리고 나 또한 현대에 대한 예의가 아니죠!"

일언지하에 거절했다. 그리고 만약 이적을 결정하게 되면 효율적 선수 지도를 위해 대학원에 진학하겠다는 의견도 피력했다.

1986년 농구대잔치는 현대의 우승으로 막을 내렸고 그것으로 나의 운명은 결정되었다. 먼저 항상 어려운 일이 일어날 때마다 가장 가까이서 바람막이 역할을 해 주신 이경재 선생님과 날 도왔던 정광석 코치에게 자초지종을 이야기하고, 계동 현대빌딩 본사로 출근했다. 아무것도 모르는 직원들은 너나 할 것 없이 우승을 축하한다는 말로 인사를 해 왔다. 입사할 때와 마찬가지로 제일 먼저 정주영 회장님께 찾아가 이적 사유를 말씀드렸다.

회장님께서는 깜짝 놀라시며 한참을 생각하시더니 "이봐, 가

서 펀치 못하면 언제든지 다시 와, 알겠어?"하시며 그간 수고 많
았다며 악수를 청하셨다. 역시나 정 회장님은 아버지 같은 어른
이셨다. 이어서 현대건설 사장, 현대중공업 사장, 단장님께 차례
로 인사를 드렸다. 지하실에는 꼭 만나야 할 사람이 있었다. 현대
에 재직 중에 나와 선수단을 훈련장과 경기장으로 안내하고 함께
한 버스기사와 작별인사를 나누기 위해서였다. 기사대기실은 사
람 냄새가 물씬 풍겼다. 문을 열자 기사들이 모두 일어나 박수를
치며 우승을 축하한다며 나를 반겼다.

버스기사는 농구단이 또 어디 가는 줄 알고 내게 다가왔다.
나는 기사대기실 밖으로 나와 그에게 간단히 나의 뜻을 전했다.

기아농구팀 창단

김포공항에서 부산 행 비행기에 올랐다. 많은 사람들이 나를 알아보고 인사를 해왔다. 비행기가 이륙하자 여승무원이 《스포츠 서울》을 건네주며 웃었다.

"어머? 기아로 가시네요! 축하합니다!"

스포츠 신문들이 '방열 감독 기아로'와 같은 제목 아래 내 사진과 함께 1면 머리기사로 게재했다. 기내에 앉아 있던 사람들이 내게 "방열 감독님! 축하합니다"라고 인사를 건넸다. 당황스럽기도 하고, 부끄럽기도 했다.

1시간 만에 김해공항에 도착한 나는 기아에서 내준 차에 몸을 실었다. 그리고 내가 피난 시절 꿈꾸고 자랐던 영도로 향했다. 난생 처음 물에 빠져 허우적거렸던 도쎈버에, 한밤에 수영을 배웠

던 수산시험장에, 김철수 선생님의 장발장을 들었던 영도 피난초
등학교에, 강철환과 다투었던 거리를, 그리고 초량목장을 찾았
다. 하늘에 계신 할머님과 아버님께 염원했다.

"이곳 부산에서 어린 시절 꿈을 키웠듯이, 제가 또다시 꿈을
달성할 수 있도록 힘을 주옵소서!"

기아팀은 유재학, 정덕화 등 연세대학교 졸업생과 한기범, 김
태경을 중심으로 한 중앙대학교 졸업생을 주축으로 구성했다. 체
육관이 완성되기 전까지는 안양의 메이플 기아연수원을 합숙소
로 정하고, 훈련은 수원의 법무연수원 체육관에서 했다. 훈련이
끝나면 연세대학교 교육대학원으로 향했다. 야간으로 편성된 강
의는 과목마다 큰 도움을 주었다.

평소 선수들을 지도하기 위해 나름대로 전사를 읽었다. 《명
량해전》, 《을지문덕》, 《태평양전쟁》, 《패튼장군》, 《세계2차대전
사》, 《오자병서》, 《손자병법》, 《귀곡자》와 농구 원서 등을 읽어
댔지만 정작 운동선수에 관한 전공 이론서적은 좀처럼 찾아보기
어려웠다. 그러나 대학원에서 수강한 〈운동생리학〉, 〈스포츠교
육학〉, 〈운동역학〉, 〈운동심리학〉 등의 과목은 나에게 피와 살이
되었다. 우리나라 스포츠 지도자 모두에게 이같은 기회가 주어져
야 진정한 과학적 지도를 이룰 수 있을 것이라는 확신이 생겼다.

1980년 대표팀 미국 원정에서 만난 미국농구협회 사무총장 빌 월이 소개한 미국코치협회가 떠올랐다. 나는 내가 해야 할 일이 무엇이라는 걸 알았다. 우리나라 농구도 농구코치협회 설립이 절실하다고 늘 생각해 왔다. '뜻이 있으면 길이 있다'고 했던가. 주말이면 남녀 실업팀 감독들과 강남구 남서울호텔에 모여 가칭 '한국농구코치협회' 창립을 위한 논의를 이어갔다. 의외로 열기는 뜨거웠고 호응하는 코치들이 많았다.

한국농구코치협회 창립 취지문

이 땅에 농구가 보급된 지 어언 80여 년의 장구한 세월이 흘렀다.

건전한 스포츠정신의 함양과 국민체력 향상에 크게 기여하며 어려운 여건 속에서도 굳건히 농구의 맥을 이어온 선배들의 헌신적 노력과 희생을 바탕으로 이어진 농구는 국내에서는 겨울스포츠의 대명사로, 국제적으로는 아시아의 강자로 부상하며 세계를 내다보는 한국 농구로 성장하기에 이르렀다.

그러나 '86 아시안게임과 '88 서울올림픽을 목전에 두고 체육입국의 기치가 그 어느 때보다 시급한 과제로 등장하고 있는 시기에 우리 농구 인들은 종전 선배들의 화려한 전통 속에 안주할 수만은 없는 입장에 놓여 있음을 통감하고 있다.

수많은 농구 동우인들 앞에 우리는 떳떳이 우리의 할 일을 다 하였노라고 말할 수 있는지 반성해 볼 필요가 있다고 생각한다.

우리는 보다 높은 기술 향상과 저변 확대로 농구 중흥의 책무를 얼마나 다했으며 우물 안 개구리식의 단견과 목전의 이해에 얽매여 세계 농구의 조류를 간과한 오직 승부에만 집착한 일이 얼마였는가?

우리 농구인들은 이 땅에 다시 농구 100년, 200년의 새 역사를 창출해내야 하며, 영원히 발전시켜 나가야 할 책임을 지고 있으므로 선배들의 전통을 이어 받아 제2의 농구 중흥기를 꾀하기 위하여 먼저 우리들의 놓인 상황과 그에 따른 반성에서부터 엄숙히 재출발하지 않을 수 없다. 따라서 우리 농구코치들은 대동단결, 이같은 과업의 밑거름 역할을 자임코자 가칭 '한국농구코치협회'를 창립코자 한다.

이 한국농구코치협회는 ① 대한농구협회의 인준을 받아 세계코치협회에 가입함으로써 한국 농구의 국제적 지위 향상을 꾀하고, ② 세계 농구의 흐름을 알기 위해 최신 해외 정보 및 자료의 공동 입수, ③ 국내 코치들의 자질 향상을 위한 강습회, 토론회 등을 통한 활발한 연구 활동 및 전문 기술지 간행, ④ 코치 간의 대화의 장을 마련 원활한 정보 교환과 친선 도모는 물론 나아가서 ⑤ 코치들의 권익보호를 위해 농구 인들의 총화 단결에 기여하고자 한다.

모든 농구지도자들의 적극적인 호응과 참여를 촉구하는 바이다.

1986년 5월 2일

상기 발기인 일동

　드디어 1986년 5월 2일, 국내에서 최고 수준의 농구를 지도하고 있는 전국의 남녀실업팀 및 중·고·대학의 코치들이 구름처럼 몰려왔다. 대한체육회 대회의실과 복도는 차고 넘쳤다. 한국 농구의 기술 발전을 목적으로 한 창립 취지문을 발표하고 발기인 대회를 가졌다. 이성구 농구원로를 초대회장으로 모시고, 간사는 내가 맡을 수밖에 없었다. 1년에 2회(반년 간)에 걸쳐 전문 농구서적으로 《농구의 길》을 출간하기로 했다. 《농구의 길》이란 명칭은 동아일보의 최화경 이사로부터 받았다. 이후 창립 취지문 작성부터 《농구의 길》 발간은 모두 나의 몫이었다.

　당시 나의 1년은 12개월이 아니고 10개월이었다. 해마다 5월과 11월은 출판을 위해 바쳤다. 6월 1일과 12월 1일에 맞춘 정기간행물 출판을 위해 올인(all in)할 수밖에 없었던 탓이다. 반도 유스호스텔에 체류하면서 NABC(National Association Basketball Coaches)에서 계간으로 발간하는 《회보(Basketball Bulletin)》와 스페인농구코치협회에서 발행하는 《클리니카(CLINICA)》를 구해 참고했다. 일하다 지치면 쓰러져 자고, 깨어나면 다시 써나갔다. 《농구의 길》은 16절

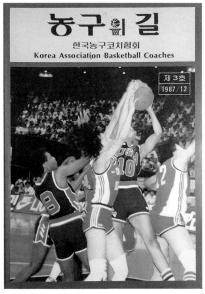

《농구의 길》 3호, 1987년 12월.

지 300여 장 정도 분량의 원고로 만들었다. 출판사와 갈등도 많았다. 편집하느라 30여 일을 정신 없이 보내고 나면 책이 나와 일선 코치와 감독의 손에 전달되었다. 그동안 흘린 땀과 고통은 사라지고 마음속은 보람으로 충만했다.

단군 이래 가장 큰 이벤트로 여겨진 '86 서울아시안게임과 '88 서울올림픽 유치가 확정되자, 모든 국민의 관심이 스포츠에 집중되었다. '86 아시안게임의 남자 농구는 김인건 감독이 지휘했다. 예선전을 전승으로 마치고 결승전에서 중국과 맞섰다. 마지막 2분여를 남기고 한국은 10점 차로 리드하고 있었다. 승리가 눈앞에 다가오자 청와대에서 미디어 센터로 전화가 걸려왔다. 나는 미디어센터 장을 맡고 있었기에 수화기를 들었다. 경기가 끝나면 각하께서 선수들과 인터뷰를 한다는 비서실의 전갈로 사전 준비를 해달라는 부탁이다.

내가 밖으로 나가 기술자들과 통화선을 깔고 인터뷰 장소를 물색하고 있는 동안, 잠실체육관 농구장 스코어판은 74대 74 동점에 잔여 시간 28초를 가리키고 있었다. 나는 하던 일을 중지한 채 경기를 주시했다. K선수가 골밑슛을 시도할 때 중국 선수가 파울을 해서 자유투 2개를 얻어냈다. 순간 승리를 확신했다. 하지만 일어나지 말았어야 할 일이 벌어지고 말았다. K의 첫 자유투가 림도 맞추지 못하고 빗나갔다. 누가 이런 일이 벌어질 것이라고 예상했겠는가. 농구규칙은 자유투를 할 때 제1구가 림이나 백보드에 닿지 않으면 제2구를 던질 자격이 사라진다. 물론 공격권은 중국 팀에게 넘어간다. 스코어는 74대 74, 시간은 28초로 고정된 채 중국의 공격이 시작됐다. 우리 선수들은 갑자기 수세에 몰렸고, 중국은 우리의 적극 수비를 피해 볼을 돌리다 시간에 쫓겨 던진 슛이 백보드를 맞고 3점슛으로 연결됐다. 결국 74대 77로 패하고 말았다. 중국으로서는 기적 같은 슛에, 기적 같은 일이 일어난 것이다.

농구 결승전은 서울아시안게임의 최종경기였다. 수많은 관중으로 잠실경기장은 발디딜 틈도 없었다. 더구나 잠실실내체육관 복도 계단까지 중국의 타 종목 선수들로 구성된 응원단으로 가득 차 위험하기까지 했다. 경기가 중국 승리로 끝나자 중국 선수들은 오성홍기를 들고 일제히 코트로 뛰어들었다. 스탠드에 서 있었던 나는 그들이 코트에 들어가는 건 불법이니 밖으로 나가라고 소리를 질렀다. 청와대 인터뷰는 취소되고 말았다.

마지막 자유투를 실패한 K선수가 기아에 입단했다. 평소 그는 깐깐하고 소심한 성격이라 책상 서랍을 열 때도 서랍 속에 들어 있는 물건이 흐트러질까 염려되어 서랍을 조심스럽게 들어 올려 여는 선수다. 음식을 먹을 때도 우선 냄새부터 맡은 후에야 입에 넣을 정도로 입맛도 까다로웠다. 신입선수가 입단하면 항상 제일 끝자리에서 식사를 한다. 그가 뒤에서 서성대기에 나는 그를 불러 세웠다.

"K 선수! 너 오늘 나하고 같이 식사하자. 이리로 와!"

내 앞자리를 앉도록 했다. 그는 긴장해서 가지고 온 식사를 마음대로 먹지 못하고 주춤거렸다. 나는 물었다.

"자네, 지난 아시안게임 때, 중국전에서 자유투 2개를 못 넣었지?"

"네."

K는 들릴락 말락 대답했다. 나는 이야기를 이어갔다.

"네가 그때 못 넣은 자유투가 어떤 결과를 가져왔는지 모르지? 농구 결승전하기 전 우리와 중국의 금메달 수가 93:93으로 똑같았어. 근데, 우리 남자농구가 중국에 지는 바람에 우리가 금메달 93개, 중국이 94개로 종합우승을 중국에 넘겨주고 만 거야!"

K는 머리를 떨어뜨리며 미동도 안 했다.

"뭐, 그렇다는 말이지. 지금 너에게 책임지라고 말한 건 아니니까 어서 식사해."

나는 먼저 일어섰다. 이후 K는 자유투 성공률을 85%까지 끌어 올렸다. 기아는 창단한 지 1년이 되기도 전, '87 농구대잔치 제1차 대회에서 그의 마지막 자유투로 우승을 차지했다.

1987년 농구대잔치를 마친 뒤 '88 서울올림픽 남녀대표팀 감독 임명을 위해 농구협회 이사회가 무교동 체육회 회의실에서 개최됐다. 김상하 회장이 회의를 주관했지만, 이사들은 이런저런 감독들을 거명하면서 좀처럼 결론을 내지 못하고 회의는 심야까지 지속되었다. 결국 의사진행을 맡은 김 회장께서 투표로 가름하자 제의했고 투표 결과 여자팀은 신동파 감독, 남자팀은 내가 맡게 되었다.

대표팀 감독으로 우연히 다시 만난 신 감독과 나는 연세대학교, 대표선수, 기업은행, 육군 농구단까지 줄곧 함께한 선후배 간이다. 회의가 종결되고 농구협회 회장단과 이사들의 축하를 받았다. 서울올림픽 감독이라는 영예스러운 직책이 무겁게 느껴졌지만, 농구 인생의 마지막 도전이 될 것이라고 생각하니 힘이 솟아올랐다.

자정이 넘어서야 귀가했다. 아내는 소식을 듣자 축하한다는 말과 함께 "약 한 제 지어야겠다"며 나의 건강부터 챙겼다. 아내

1987년 11월. 기아 농구단

가 사랑스럽고 고마웠다.

올림픽에 출전할 12개 국은 아직 결정되지 않았지만 훈련계획
서를 협회에 제출했다. 국제경기 경험을 쌓기 위해 전지훈련은 필
수과정이다. 북미 농구의 캐나다, 남미 농구의 도미니카와 멕시
코, 그리고 하와이 BYU(Bringham Young University)대학이다. 말하기
좋아하는 누리꾼들은 대표팀의 하와이 전지훈련 일정이 알려지자
휴가차 방문하는 것으로 알고 신랄한 비난과 야유를 보냈다. 실상
을 잘못 안 왜곡보도였다. BYU대학 농구감독 와그너(Wagner)는 미
국 NABC(미국농구코치협회) 회원으로 평소 농구 지도기술 정보를 교
환해 온 유명 코치였다. 국가대표팀의 하와이 방문경기는 미국농
구코치협회의 추천으로 결정된 사업이었다. 특히 여름철에는 미
국 대학농구는 휴식기간으로, 훈련은 물론 경기를 할 수도 없다.
여름철에 훈련과 경기를 지속하면서 전략운용 등도 도움을 받을
수 있는 곳으로 BYU가 적격이었다. 이런 속내를 모르고 비난만
하는 농구인들과 언론이 야속하기만 했다.

훈련계획은 차질 없이 진행되었다. 캐나다 방문 후, 도미니카
와의 경기를 하기 위해 출국을 앞두고 있었는데, 흥분한 관객이
경기장에 폭탄을 던지는 바람에 부득이 경기를 취소할 수밖에 없
게 됐다. 황당무계한 긴급상황을 그것도 국외에서 맞게 된 것이
다. 나는 캐나다 체재비용이 부담돼 일단 캘거리에서 플로리다로

'88 서울올림픽 남자 대표팀 감독으로 내정된 후 여자 대표팀의 신동파 감독과 함께

이동해 현지에서 멕시코농구협회와 협의하기로 결정했다. 갑자기 해결해야 할 난제들이 쌓이는 바람에 머리가 무거워졌다.

여행을 하다 보면 공항마다 특별히 느껴지는 냄새가 따로 있다. 플로리다공항은 뜨거운 열기와 후덥지근하고 습한 공기로 우유 썩는 냄새로 고약했다. 공항안내소에서 호텔 명부를 건네받고 전화로 숙박 예약을 시도했지만 인원이 17명이나 돼 호텔 예약이 불가능했다. 여기저기 전화를 걸어 알아보는데 마침 한 곳에서 가능하다고 했다. 일단 선수들을 호텔에서 보낸 버스로 이동시키고 나는 델타여행사를 찾아 나섰다. 여행사 직원에게 선수들의 여권과 티켓을 모두 제출하며 도미니카 행이 취소되었으니 목표지를 맥시코로 변경해 달라는 요청을 했다. 그러나 뜻밖의 답이 돌아왔다. 이미 할인된 티켓이어서 정해진 스케줄로만 여행이 가능하다는 것이다. 그러면서 만일 변경을 원한다면 새롭게 티켓을 구입하라고 불을 질렀다. 하늘이 무너져 내리는 것 같았다. 이 무슨 날벼락 같은 일인가.

여행사를 나서는 발걸음이 무거워졌다. 당장 두 가지 문제를 해결해야 했다. 하나는 멕시코농구협회에 전화를 걸어 도미니카 사정을 설명한 뒤 멕시코에서의 일정을 예정보다 1주일 당겨서 진행해 달라고 해야 한다. 또 하나는 추가비용 없이 원래 발권된 티켓가격 그대로 멕시코 행 항공권을 구매하는 문제였다.

선수들은 이같은 사정을 알 리 없었고, 또 알려 줄 필요도 없었다. 선수들은 호텔에서 쉬며 마냥 즐거운 시간을 보냈다. 나는 다음 날 아침 일찍 델타여행사로 출근했다. 사무실 문이 잠겨 있었다. 정문 앞에 몸을 기댄 채 기다렸다. 한참 후 어제 만났던 여직원이 나를 발견하고 놀라워했다. 그녀는 문을 열고 안으로 나를 인도했다. 잠시 후 잇달아 직원들이 모여들었고 책임자인 듯한 남성이 제일 좋은 자리에 앉더니 자기들끼리 말을 주고받았다. 그리고 나를 불렀다.

나는 침착한 어조로 우리의 입장을 정직하게 설명해 나갔다. 그리고 '88 서울올림픽 기념우표와 선물을 건네며, 도미니카의 천재지변과 같은 불가항력적 사건 발생과정을 설명했다. 그리고 개인 여행이 아니고 한국 대표농구단이라 걸 강조하고 도움을 요청했다. 책임자는 여기저기 분주히 전화를 걸더니 내게 다가와 티켓과 여권을 달라고 했다. 나는 가방에 들어 있는 모든 자료를 넘겼고, 그는 여직원에게 발권을 허락했다. 한 가지 문제가 해결 됐다. 감사의 인사를 하고 여행사 전화로 멕시코 농구협회와 연결했다.

초청장에서 회장 이름을 확인하고 미스터 까노(Mr. Cano)를 찾았다. 다행이 곧 연결되었다. 까노는 이미 도미니카 농구장 사고를 알고 있었고, 나의 제안에 미리 경기를 진행하려면 4개 팀에게 양해를 구해야 한다며 내일 다시 통화하자고 했다. 나는 새로운 티켓의 날짜를 확인하고 멕시코 행 항공편과 도착시간을 알려주었다. 그리고는 델타여행사에 감사 인사를 정중하게 했다. 다음날 아침 까노 회장은 경기일정을 4일 당기기로 결정했다고 통

1987년 2월. 기자들과 인터뷰하는 모습

보해 왔다. 모든 고민이 한꺼번에 해결되었다. 그제야 배가 고파 허겁지겁 먹어댔다.

멕시코에서의 경기는 지방 순회로 잡혔다. 선수들의 기량은 점진적으로 발전해 나갔지만 한 선수가 발목 부상을 당했다. 그를 들쳐 업고 병원을 찾았다. 나는 농구 감독이자, 의료진이자, 여행 안내자이자, 통역관이었다. 단장으로 모시고 온 윤항섭 선배님께서 그때마다 격려해 주셨고, 김홍배 코치의 협조가 나에게 큰 힘이 되었다.

1987년 11월 아시아농구선수권대회가 방콕에서 개최되었다. 대회의 성격은 아시아 농구의 챔피언십 자리를 놓고 경쟁하는 것이지만, 한국으로서는 더 큰 의미가 담겨 있었다. 다가오는 올림픽을 위해 시간과 노력을 투자하고 연마한 기량을 점검해 보는 기회였기 때문이다. 아시아농구의 전통 강국인 일본, 필리핀, 대만 등을 일사천리로 밀어붙였고, 그렇게 전승을 한 한국과 중국이 결승에서 마주쳤다.

아침 일찍 일어나 전날 준비한 향과 초를 싸들고 안내자와 함께 불교의 나라 방콕의 사원을 찾았다. 새벽녘의 방콕 거리는 그 많은 오토바이는 온데간데없이 한산하기 그지없었다. 불단에 향과 촛불을 켜놓고 발원했다.

"나와 선수들이 마음 비우고 경기에 임할 수 있도록 지혜를 주옵소서!"

경기장은 방콕이었지만, 관중은 중국 화교들로 만원사례를
이루었다. 중국이 골을 넣으면 "와~아", 함성을 질렀고, 우리가
골을 넣으면 마치 교회에 들어선 것처럼 조용했다. 엎치락뒤치락
경기는 막상막하의 시소경기였다. 54초를 남기고 74대 71로 3점
을 앞섰지만, 그러나 수비의 실책으로 12초를 남기고 3점을 허
용, 74대 74 동점이 되었다. 작전타임을 요구했고 새로운 작전을
지시했다. 그러나 득점에 실패하고 연장전에 돌입했다. 장신 팀
과의 연장전은 단신 팀이 절대적으로 불리하다. 우선은 골밑경쟁
에서부터 밀리기 때문이다. 결국 79대 86으로 중국에 패하고 말
았다. 우리는 생지에서 죽음을 경험했고, 중국은 사지에서 생명
을 구한 격이었다.

이 경기는 한국 팀에게 많은 교훈을 남겼다. 수비할 때는 'One
for All', 즉 팀 전체를 위해서 나 개인은 얼마든지 희생할 수 있
어야 하고, 나는 전체를 위해 존재한다. 반면 공격할 때는 'All
for One'이다. 볼은 하나다. 따라서 슛할 수 있는 선수는 5명 중
언제나 한 선수가 할 수밖에 없다. 그 한 선수를 위해 나머지 4명
의 선수가 적극적으로 협력해야 한다는 것이다. 한국대표팀은 수
비와 공격에서 이같은 지혜가 부족했다. 방콕 사원의 부처가 이
를 지적해 준 것이라 믿었다.

'88 서울올림픽

'87/'88농구대잔치가 막을 내리자, 4월부터 '88 서울올림픽을 위한 마지막 담금질이 태릉선수촌에서 시작되었다. 새벽 6시면 사이렌이 선수들을 깨운다. 입촌한 전 종목 선수들이 운동장에 모여 에어로빅과 트랙을 달리는 훈련을 한다. 이어서 체력단련실에서 웨이트 트레이닝으로 2시간의 새벽 운동을 마치고 8시에 조식을 한다. 오전에는 10시~12시까지 종목별 전문 훈련을, 중식 후 15시~17시까지 오후 훈련이다.

훈련을 마치면, 샌드위치를 준비하고 주 2회 연세대학교 교육대학원으로 향했다. 강의는 10시가 되어야 끝이 났고, 태릉선수촌에 닿으면 문이 잠겨 있어 담치기로 들어가야 했다. 나에겐 훈련 못지 않게 배움도 중요했기 때문이다.

대한체육회는 역사적인 '88 서울올림픽 입장식에 한국 선수 대표로 농구선수 'H'를 지명했다. 언론에 H가 발표되자 호사가들의 입을 통해 이러쿵저러쿵 여론이 들 끓었다.

"왜 H냐? 방열 감독이 H를 기아로 스카우트하려고 지명한 게 아니냐?"

"아니? 선수대표라면 L선수도 있는데 뭐가 잘못되어도 한참 잘못된 것 아냐?"

온갖 말들이 다 나왔다. 심지어 이 말이 협회의 한 이사로부터 나왔다는 걸 알게 된 후 내 마음은 더없이 괴로웠다. 올림픽 선수 대표 지명은 나의 권한으로 이루어지는 게 아니다. 올림픽 대회는 농구만 참가하는 게 아니고 한국스포츠 전 종목이 참가하기 때문에 당연히 전 종목 선수들을 대상으로 고려해야 하고, 오직 대한체육회만이 그것을 결정할 권한을 가지고 있다. 다시 말해 올림픽조직위라도 불가능한 일이다.

이런 앞뒤 상황을 알아보지도 않고, 말부터 앞세워 올림픽이라는 중대한 경기를 앞둔 선수단에 도움을 주지 못할망정 오히려 팀을 분열시키려는 처사는 백해무익한 행위였다. 그 중심에 서 있었던 사람이 원망스럽기 한이 없었다. 아니나 다를까 드디어 경기도 하기 전에 사고가 터지고 말았다. 온 세상의 관심이 올림픽 뉴스에 초점이 맞추어 있는 때에 선수들이 선수촌을 이탈하여 술집을 다녀갔다는 뉴스가 보도되었다. 이 뉴스는 한국 대표 농구단은 물론, 올림픽선수촌을 발칵 뒤집어 놓았다. 보도는 일회성으로 멈추지 않았다. 대한체육회에서, 농구협회에서 진상조사를 나섰고 감독 책임을 물어 자술서를 요청했다. 올림픽을 위해 그동안 전지훈련에서, 또 태릉선수촌에서 쌓아올린 탑이 송두리째 무너져 내려앉았다.

이제 와서 선수를 원망하거나 남을 탓하면 무엇 하랴! 책임은 감독인 내가 짊어져야 한다는 생각에, 지금까지 한 번도 경험해보지 못한 중압감과 고독감에 빠져들었다.

'88 서울올림픽에서 농구 종목에는 우리나라를 비롯해 12개국이 참가했다. 첫 경기는 아프리카를 대표한 중앙아프리카다. 한 번 음주 사건으로 인해 흔들린 팀워크는 좀처럼 원위치로 돌아오지 않았다. 초반부터 선수들의 컨디션은 좋지 못했다. 중앙아프리카는 미국 NCAA출신 선수들이 주를 이루고 있었다. 특히 포스트 공격이 뛰어났다. 반드시 이겨야 할 경기를 아깝게도 70대 73으로 놓쳤다. 첫 패배는 타격이 컸다. 푸에르토리코는 74대 79로 또다시 아깝게 패했다. 물론 푸에르토리코는 우리보다 한수 위의 팀이었고 호주와 유고 역시 강한 팀이다. 우리는 준비한 전술로 잘 대응했으나 석패를 감수할 수밖에 없었다.

하위 결정전에서는 아시아의 라이벌, 특히 지난해 방콕에서 연장전에서 패한 중국을 따돌렸고, 이어서 이집트에도 승리했다. 최종 경기는 중앙아프리카와 재대결이었는데, 승리하면 9위, 패하면 11위가 된다. 치열한 접전 끝에 89대 81로 제압하고 첫 경기에서의 패배를 설욕했다. 이로서 본 대회 8위를 목표했지만 유감스럽게도 9위를 했다. 그래도 올림픽경기에서 9위는 2021 도쿄올림픽에서 일본이 11위를 한 것이 비하면 아시아를 대표한 팀으로서는 최고의 성적이라는 것으로 위안 삼을 수밖에 없었다.

물의를 일으켰던 선수촌 이탈사건이 못내 아쉬웠지만 '손에 손 잡고, 벽을 넘어서~'라는 올림픽 노래가 나를 일깨워주었다. 대표팀과의 모든 일정을 마쳤다. 하지만 나의 걸음은 거기서 멈추지 않고 농구대잔치로 향하고 있었다.

코트에서의 마지막 승부

　　기아팀의 첫 승리는 1986년 12월 7일 전주 실내체육관에서 열린 〈농구대잔치〉 1차 대회에서 한국은행을 99대 90으로 제압하면서 얻어냈다. 창단 8개월 동안 8연패의 수모를 겪은 후에 얻은 귀중한 1승이었다. 이기는 일이라면 무덤덤할 만큼 많은 경험을 가진 나였지만, 이때의 승리는 무척 감격스러웠다. '승리를 한다는 것이 이처럼 어렵고 소중할 수 있을까' 하는 생각이 들 정도였다. 일단 첫 승리를 거두고 나자 선수들 사이에 자신감이 생기고 팀의 전력도 안정되었다. 그해 농구대잔치 3차 리그에서는 최강팀인 삼성을 이기고, 현대와도 1점차 승부를 벌일 정도였다.

　　창단 이듬해부터 기아팀은 기존 팀들과 어깨를 나란히 하며 정상권을 넘보기 시작했다. 그리고 3년째 되는 해부터는 중앙대학교의 A, B 등의 선수들이 기아에 입단함으로써 기아는 승승장 구하며 난공불락의 팀으로 무한질주를 시작했다.

그런데 호사다마라고나 할까. 일어나서는 안 될 사건들이 연 달아 일어나기 시작했다.

어느 한 날 선수가 찾아와 매우 심각한 얼굴로 이야기했다.

"선생님, 저를 국가대표로 뽑아 주십쇼."

"이 사람아, 내 마음대로 국가대표를 뽑을 수 있나? 자네가 열심히 노력해서 실력을 갖추면 가만히 있어도 대표로 선발될 것 이고, 실력이 부족하면 내가 아무리 나서 봐야 안 되는 거지!"

따끔하게 꾸짖고 나서 돌려보냈다. 그런데 그를 대표선수로 선발해 달라고 부탁한 선수가 또 있었다. 그러나 그는 결국 대표 선수로 선발되지 못했다.

그런데 이 일을 계기로 이들을 중심으로 해서 나를 불신하는 분위기가 생겨난 모양이다. 내가 특정 대학 선수를 편애한다는 것 이었다. 물론 나로서는 전혀 생각지도 못한 일이었고, 표면에 드 러날 때까지 선수들 사이의 그런 움직임도 까맣게 모르고 있었다.

그 와중에 '88/'89농구대잔치에서 종합우승하여 챔피언십을 차지했다. MVP 선수로 C선수가 발표되자 팀 분위기는 우승팀 답지 않게, 오히려 패배한 팀처럼 냉랭하게 가라앉았다. 나중에 알았지만, 일부 선수들을 중심으로 "왜 우수선수가 D가 아니고

C냐?"라는 비난이 일어났던 것이다. 그 원인이 방열 감독 때문이며, 감독이 C를 지명한 것이라고 주장했다.

도저히 이해할 수 없었지만, 그래도 나는 선수들에게 하나하나 설명해 나갔다. 최우수선수 지명은 감독의 추천으로 결정되는 것이 아니고, 언론을 대표하는 기자단에서 투표로 결정되는 것이라고 자초지종을 이야기했다. 물론 선수들의 주장에도 일리는 있었다. 그들은 대학 시절 항상 우승했고, 그때마다 대학의 MVP 선수를 선정할 때 반드시 우승팀 감독에게 추천의뢰를 했었기 때문이다. 그때마다 감독은 기량에 관계없이 최고참 졸업생 우선으로 추천해 왔던 것이다. 그렇게 진행되는 게 정상으로 알고 있는 선수들이 이의를 제기하고 나를 의심하는 건 이해할 수도 있었지만, 그래도 자기를 지도하는 감독에게 말 한마디 없이 간접적으로 몰아세우는 처사는 도저히 납득하기 어려웠다.

이같은 분위기는 시간이 흐를수록 더해갔고, 결국 C선수는 은퇴하고 연세대학교 코치로 이적했다. 그리고 기아농구팀에 불상사가 일어났다. 실업리그에 참가했는데, 농구대잔치 우승팀인 기아가 전패를 한 것이다. 솔직히 이때까지만 해도 나는 선수들이 농구대잔치에서 우승하느라 지친 것이라 믿었다. 그러나 그것은 나의 착각이었다. 그것은 분명히 스포츠를 수단으로 선택하고 온전치 못한 목적(?)을 달성하기 위해 합세한 결과물이었다.

경기에서 전패를 해야 감독이 책임을 지고 물러날 것이라는 생각하에, 선수들이 합작하여 일어난 사보타주였다. 그것은 무지에서 비롯된 무모한 행위였으며, 얼핏 외부로부터 불순한 동기가작용한 것이 아닌지 하는 의심이 되기도 했다. 즉 스포츠인이라면 당연하게 갖추어야 할 정정당당함, 책임감, 공정성, 신뢰성,배려성 등을 찾아볼 수 없는 행위에 불과했다. 평생 스포츠맨으로 살아오면서도 그런 일이 가능하리라고는 상상도 해보지 않았다. 하지만 그것이 현실로 나타났다. 일부 선수들이 담합하여 승부를 조작하고 있었던 것이다. 선수들의 눈빛만 보아도 속마음까지 읽어낼 수 있어야 지도자로서의 자격이 있다는 것이 평소 나의 지론이었지만, 일부러 경기를 져 준다는, 즉 승부를 조작한다는 일은 감히 상상해보지도 못한 일이었다.

너무도 힘들었다. 전후 사실을 알게 되자 선수들을 한자리에모아놓고, 참담한 심정으로 말을 이어갔다.

"너희들은 지금 엄청난 잘못을 저지르고 있다. 지금 너희들이하고 있는 행위는 스포츠가 갖고 있는 '정정당당함', 즉 너희들자신의 인격을 모독하는 일이고, 스스로 스포츠맨이 아니라는 걸표현한 비겁하기 짝이 없는 일이다. 내가 사표를 제출하고 팀을떠나겠다. 난 더 이상 너희들을 가르치고 싶지도 않다."

그 길로 회사에 사표를 제출했다. 농구 코치로 살아온 삶이이처럼 후회스러운 적이 없었다. 내 나름대로 온갖 정성을 기울여 만들고 가꾸어온 팀이었는데, 그 선수들에 의해서 배신당하다니 내가 선수들을 잘못 가르쳤구나 하는 생각에 견딜 수 없을 만큼 고통스러웠다. 매스컴에서도 연일 이 문제를 다루며 내 거취에 관심을 보였다. 그런데 회사에서는 내 사표를 반려하고 이른바 총감독이라는 직책을 주었다. 우리나라에서나 찾아볼 수 있는 총감독이라는 직책은 우스꽝스럽기 짝이 없는 것이었다. 그 이름은 제법 거창했지만, 사실상 이 제도는 현역 감독을 일선에서 물러나게 하는 데 이용되는 수단일 뿐이다.

감독은 오직 감독일 뿐이다. 평소에는 선수들을 지도하고, 경기에 나서는 순간 기민하게 상황에 대응하여 작전을 지시하고 선수를 기용하는 것이 감독의 일이다. 그런데 총감독이라는 직책은 벤치에 앉을 수 없는 자리다. 경기에 나가 벤치에 앉을 수 없는 감독이란 무기가 없는 군인이요, 지휘할 병사들이 없는 장군이었다. 감독으로서의 생명이 끊어진 것이다. 회사 측의 이같은 어정쩡한 대응 또한 내게 배신감을 안겨 주었다. 마음 같아서는 두 번 다시 그쪽에 발을 들여놓고 싶지 않았다. 하지만 나는 한 번 더 생각했다.

'지금 내가 이 상태에서 그만둔다면 불명예제대를 하는 셈이니, 어찌됐건 사람들은 두고두고 나를 선수들에게 쫓겨난 감독으로 기억할 것이다. 당장은 감정을 가라앉히고 명예롭게 물러날 수 있는 길을 찾자. 최후에는 그들 스스로 잘못되었다는 걸 깨달

도록 하기 위해 내가 승리자임을 보여 주자.'

"이 세상에는 큰 승부가 얼마든지 있을 수 있다. 보다 큰 용
기, 더 큰 지혜도 있을 것이다. 이번에는 이런 각오로 진짜 승부
를 한번 해보고 싶다. 지면서 이기고, 용기 없는 게 큰 용기이며,
어리석은 것이 큰 지혜가 되는 그런 부정한 것들과 한번 맞부닥
뜨려 생명을 불사를 만큼 열정적으로 싸움에 몰두해 보고 싶다."

총감독 직책을 받아들이고 다시 회사로 출근했다. 벤치에 나
가 앉을 수는 없지만, 나는 후선에서 할 수 있는 한 최선을 다했
다. 나 자신이 어떤 일에든 최선을 다하지 않으면 안 되는 성격이
고, 어쨌거나 내가 소속된 팀이 지는 것은 참지 못하는 성격 탓이
기도 하다. 외국과 연락을 취해서 해외 전지훈련을 준비하는 등
팀 운영과 관련된 일을 주로 하면서, 팀에 위기가 왔을 때는 선수
들을 직접 지도하기도 했다.

한편으로는 그동안 꾸준히 준비하고 공부해 온 체육교육학
종합시험을 통과하여 석사학위 논문을 발표하고 석사학위를 취
득했다. 학위논문이 "불교의 교육사상과 체육과의 관련성 연구"
라서 그런지 불교방송에서 어떻게 알았는지 인터뷰 요청이 있었
고, 이로 인한 홍보효과(?)로 각 대학에서 강의 요청이 들어왔다.
최초의 부름을 받은 건 고등학교 시절 체육교사였던 현우영 선생
님께서 교수로 계신 인천대로부터다. 이후 건국대, 서울여대, 경

원대 등에서 강의를 이어나갔다.

그러던 중 1992년 11월, 경원대학교에서 교수 초빙 공고가 났다. 나는 야심차게 지원했다. 서류심사를 거쳐 학장 및 총장님과의 인터뷰가 이어졌다. 곧이어 예비합격자 발표와 연수를 마친 후 최종합격자 발표가 났다. 그렇게 나는 경원대학교 전임강사로 정식 발령을 받았다. 교동초등학교 1학년 입학식 날 이규백 교장 선생님을 떠올리며, 그때 마음에 간직했던 꿈이 돌고 돌아 현실에서 이뤄진 것이다. 학생들을 가르치는 일이 벌써부터 기대되었다.

기아에는 사표를 제출했다. 선수들의 사보타주로 불명예제대를 한 것이 아니라, 명예롭게 대학교수로 회사를 떠난다는 사례를 선수들에게 보여줄 수 있어서 조금이나마 보상받는 기분이 들었다. 당시 한 신문과의 인터뷰에서 나는 이렇게 밝혔다. "최후의 승부에서는 내가 승자였다고 믿는다."고. 다시 기억하고 싶지 않을 만큼 부끄럽고 참담한 사건이지만, 그들은 내 삶에는 더 큰 발전을 가져다 준 징검다리이기도 했다.

지금에 와서 잘잘못을 따진다거나 누구를 비난하는 것은 부질없는 짓이다. 그 뒤 사보타주에 관여했던 선수들 대부분 개별적으로 나를 찾아와 잘못을 시인하고 용서를 구했다. 그렇지만 다시는 이같은 일이 발생하지 않도록 하기 위해서라도 몇 가지 꼭 짚고 넘어가야 할 것이 있다. 우선은 나의 잘못이 컸다. 나는 팀 창단 후 기아를 가장 빠른 시간 내 정상권에 올려놓기 위해 많은 공을 들였다. 그렇지만, 한편으로는 '88 서울올림픽을 대비한 국가대표팀 감독을 맡는 바람에 정작 팀 선수들에 대한 지도와 소통은 게을리했다. 선수들 사이에 감도는 잘못된 기류를 조기에 포착하지 못하고 일이 커지게 만들었다. 아무리 사소한 문제일지라도 이를 적절히 해결하지 못한 것은 감독인 내 책임이 크다고 할 수밖에 없다.

내가 가장 강조하고 싶은 것은 회사 측의 오판이다. 사태가 발생했을 때, 회사는 이 사태가 공정의 가치가 지배하는 '스포츠 팀' 안에서 발생한 사건이라는 점을 망각했다. 당장 눈앞의 승리에 연연했던 회사가 스포츠맨십을 버리고 비신사적 행위를 저지른 선수들을 감쌌다. 감독은 파리 목숨 취급해도 되지만 스타 선수는 그렇게 할 수 없다는 그릇된 판단을 한 것이다. 당시 기아농구단 단장은 일반기업 노사분규와 스포츠기업 선수들의 사보타주를 구별할 안목을 가지고 있지 않았다. 스포츠팀의 감독과 선수 관계는 일반기업의 노사 관계와 다르다. 언뜻 같은 노동으로 보이지만 당시 스포츠 선수들의 그것은 교육에 가까운 것이었다. 자연히 감독과의 관계도 노·사를 대표하는 것이 아니라 사제 관계로 엮여 있었다. 백 번을 양보해, 선수들이 감독을 상대로 집단행동을 한다 해도 어느 일방을 편들어서는 안 된다. 중립적 입장에서 시시비비를 가리는 게 정도경영의 자세이다. 그럼에도 회사는 당장 좋은 성적을 올리며 회사 브랜드 가치를 높여주는 데에만 정신이 팔려 부도덕한 선수들을 감싸고 옹호했다.

기아의 대응은 분명 잘못이었다. 특정 선수들끼리 뭉치면 감독도 마음대로 갈아치우고, 승패도 마음대로 조작할 수 있다는 잘못된 선례를 보여 준 것이다. 선수들이 고의 패배를 했을 때, 그들이 착용한 유니폼에는 어떤 로고가 새겨져 있었던가? '기아자동차'를 상징하는 로고였다는 것을 기억해야 할 것이다.

문득 김선홍 기아 회장님의 당부가 떠올랐다.

"우리 팀은 이제 겨우 새로 출범하는 팀이니 승패에 크게 신경 쓰지 않아도 좋습니다. 무엇보다도 팀의 인화를 위해 애를 써 주십시오."

대체로 스포츠팀을 육성하는 기업들은 그들이 투자하는 만큼 팀이 성과를 내주기 바란다. 이제 막 창단한 신생팀에게 무리한 요구 같지만, 대부분의 팀들이 초기 집중투자로 우수선수들을 입도선매한데 이어 압도적인 재정지원을 통해 쉽게 정상에 오를 수 있다. 하지만 김선홍 회장은 달랐다. 외모에서부터 사업가라기보다 학자 같은 면모를 가진 그는 되레 스포츠맨십이나 페어플레이 정신이라 할 인화의 중요성을 강조했다. 어쩌면 그분이 나중에 벌어질 사태를 미리 염려하고 있었던 것은 아닐까 하는 섬뜩한 생각마저 들었다.

아시아농구코치협회

1990년 8월 8~19일, 세계농구선수권대회가 아르헨티나의 수도 부에노스아이레스에서 개최되었다. 나는 세계농구코치협회(World Association Basketball Coaches) 총회 참석과 한국 대표팀의 경기를 참관하기 위해 여행길에 올랐다. 산티아고에서 라 칠레(La Chile) 항공기에 탑승하자 승무원이 신문을 건넸다. 신문 제1면에는 "이라크, 쿠웨이트 침공'(Iraqi Invasion of Kuwait)"이라는 제하의 기사가 전면을 차지하고 있었다.

'아니 쿠웨이트가?'

흥분한 마음을 가라앉히고 기사를 읽어 나갔다. 그리고 깜짝 놀라지 않을 수 없었다. 쉐이크 파헤드 왕자가 왕가를 지키기 위해 모든 가족을 사우디아라비아로 출발시키고 혈혈단신으로 궁을 지키며 저항하다 이라크 군의 총에 맞아 전사했다는 기사였다.

나는 신문을 내려놓고 눈을 감았다. 쿠웨이트 궁전이 머리에 떠올랐다. 1975년, 쿠웨이트 대표선수단을 궁으로 초대해 식사를 함께 나누었던 그의 소박한 모습, 팬텀을 몰고 함께 바그다드 하늘을 비행했던 그의 담대함이 동시에 떠올랐다. 그가 명을 달리했다. 그것도 바로 이웃나라 이라크 군의 총에 맞아 사망했다는 게 도저히 믿어지지 않았다.

때마침 기내방송을 통해 이태리 칸초네 〈아모레 미오(죽도록 사랑해)〉가 흘러나왔다. 라 칠레 항공기는 쉐이크 파헤드가 죽도록 사랑하고 지켜낸 쿠웨이트의 행운을 기원이라도 하듯 부에노스아이레스를 향해 서서히 날아올랐다.

김상하 회장께서 저녁식사에 나를 초대했다. 윤덕주 부회장님, 조동재 부회장님 그리고 아시아농구연맹 회장 칼 칭(Carl Ching Mooky) 씨도 부에노스아이레스호텔 지하 중식당에 함께 자리했다. 이런저런 덕담이 오고 가는 중, 칼 칭 회장이 갑자기 아시아농구코치협회에 관해 설명했다. 모두들 그의 말을 주시했다.

"현재 아시아농구코치협회 대표는 12년째 중국의 쟁하이샤(全壼海, 중국대표 코치) 씨가 맡고 있다. 세계연맹에서 백 번 문의하면 백번 다 응답이 없어 고민 중이다. 아메리카, 오세아니아는 물론 아프리카보다도 활동이 미미하다. 아예 활동을 하지 않는 것 같다. 이번 총회 때 아시아 대표를 영어지식(good knowledge of English)을 갖고 있는 사람으로 교체해 달라고 당부했는데, 혹시 한국에서 맡을 의향이 없는가?"

칼 칭 씨가 단문 형으로 의견을 물었다. 그의 기습 제안에 김 상하 회장을 비롯해 모두 서로 얼굴만 쳐다봤다. 이때 윤덕주 부회장이 우리말로 발언을 이어갔다.

"좋은 제안이십니다. 영어도 할 수 있고, 능력도 있는 젊은 사람을 추천하는 게 어떻습니까? 회장님!"

그러면서 맨 끝자리에 앉아 있는 나를 추천했다. 잠시 후, 김 상하 회장과 윤덕주 부회장, 그리고 조동재 부회장이 머리를 맞대고 논의를 한 뒤 공식 답변을 했다.

"아, 그러면 여기 맨 끝에 앉아 있는 방열 씨가 어떤지요?"

칼 칭 회장은 대환영이라며 반색했다.

"방 코치는 나하고 오랜 형제지간이나 마찬가지입니다. 현재 사무총장이 몸이 불편해 이곳에 참석하지 않았지만 내가 직접 말레이시아에 전화를 해서 그의 견해를 팩스로 받아보고 다시 논의합시다."

나는 말 한마디 해 보지도 못하고 자리를 지키고만 있었다.

세계농구코치협회(WABC) 총회는 반드시 세계연맹총회가 시작되기 전에 개회된다. 총회는 마치 UN총회라도 하듯 각국의 자

리가 배치되어 있고 언어별 통역기를 나눠줬다. 사용하는 언어
는 영어, 불어, 라틴어다. WABC 회장을 맡고 있는 쩨사레 루비
니(Cessare Rubini) 씨의 인사말과 페기(Pegi) 사무총장의 보고가 있었
다. 이어서 6대 주를 대표하는 사람들이 지난 1년간 활동한 내용
을 발표했다. 쟁하이샤는 아시아 대표로 회의에 참석했지만 무슨
이유인지 발표는 하지 않았다. 브레이크 타임으로 회의를 잠시
중단했다.

나는 커피를 마시려고 이동하고 있었는데, 갑자기 무대 위에
앉아 있었던 WABC 부회장이 내게 다가왔다.

"혹시 나를 기억하십니까?"

아무리 생각해도 모르는 사람이었다.

"미안합니다. 기억이 나질 않네요?"

그가 환하게 웃으면서 한 마디를 더 했다.

"1969년에 조흥은행 여자농구팀과 로마에서 경기를 한 알레
산드로 감바(Alesandro Gamba)입니다."

나는 깜짝 놀랐다. 그의 손을 덥석 잡으면서 기억하지 못해
미안하다고 했다. 그는 당시 조흥은행과 경기를 끝으로 코치 생
활은 은퇴했지만, 루비니 회장을 도와 기술 강의 등으로 농구 발
전을 위해 일하고 있다고 말했다. 나 역시 간단하게 그간 나의 농
구코치 생활을 소개하고는 후일을 기약했다. "세상은 넓고 할 일

은 많다"고 한 김우중 회장의 말이 떠올랐다.

이튿날 김상하 회장 비서로부터 조찬을 함께하자는 연락을
받았다. 몇몇 신문기자들도 나와 있었다. 김 회장은 "방열 이사,
축하합니다. 앞으로 우리나라 코치 발전을 위해서 애써 주길 바
랍니다."라며 아시아코치협회 대표 피선을 축하해 주었다. 윤덕
주·조동재 부회장도 같은 내용으로 축하해 주었다. 박 비서가
서류 한 장을 내게 건넸다. 아시아농구연맹회장 칼 칭과 전무이
사 룸문 착(Lumon Chack)이 1990년 8월 6일자로 보낸 공문이었다.
"방열을 WABC 농구코치 아시아지역 대표로 결정한다"는 내용

1988년 9월 30일. 코치협회 농구기술 세미나. 미국의 케이시 존스(K. C. Jones) 코치의 강의
를 듣고 있는 코치협회 회원들

에다 두 사람이 자필 서명이 들어 있었다.

아침식사 자리는 곧 남자농구 대표팀 이야기로 바뀌었다. 식사 뒤 밖으로 나오자 《일간스포츠》 권기팔 기자가 인터뷰를 요청해 왔으나 일상적인 수준의 대화를 나눈 후 경기장으로 향했다.

세계코치협회 총회 참석이 여행 목적이었기 때문에 총회가 끝나자마자 서둘러 귀국했다. 그런데 국내 농구계에서는 나의 아시아코치 대표 피선 소식으로 난리가 나 있었다.

"어떻게 방열이 아시아코치들의 대표가 될 수 있냐? 최소한 우리나라 코치협회 이성구 회장께서 임명되든가 아니면 한국코치협회의 인준이라도 받아야 되는 것 아니냐? 방열이 회의에 참석해 로비 활동을 펼친 것 아니냐?"

주로 나에 대한 불평과 비판의 목소리였다. 나는 피선되기까지의 자초지종을 설명해 보았지만 비판의 목소리는 높아만 갔다.

나는 농구협회 회장단이 귀국하면 모든 것이 밝혀질 것으로 믿었다. 하지만 놀랍게도 회장단 어느 누구도 시원스럽게 해명을 내놓지 못했다. 대원로이신 이성구 회장님을 불편하게 해드릴까 봐 소극적인 것 같았다.

시간이 흐를수록 뒷이야기는 확대되었다. 결국 농구협회 부회장직을 내려놓아야 했고, 연세대학교 농구OB 자격도 박탈되었다. 경원대학교 백승기 부총장을 찾아와 방열 교수를 해고하라고

압력을 넣었다는 말까지 들려왔다. 내가 창립을 주도한 코치협회
로부터도 제명당한 것이다.

나중에 이 회장님 최측근인 J씨와 몇몇 후배들이 소란사태를
만들어낸 것이라는 걸 알았다. 하지만 대학에서 학생들을 가르치
고 있는 처지임을 감안해 더욱 자세를 낮추고 학문 연구에만 몰
두해 나갔다.

제4부

강단에 서다

전임강사와 학위과정

전임강사 부임과 동시에 연구실과 조교가 배정되었다. 강의 시간은 주당 9시간이었다. 처음에는 학생들과 대면해서 강의하는 일이 불안하고 두렵기까지 했다. 수만 명의 관중이 들어찬 대형 체육관에서도 감정의 동요 없이 선수들을 지휘하던 것과 완전히 달랐다. 기본적으로 대학원에서 배운 이론과 지식이 고작이었던 데에서 비롯된 불안이었다. 나는 한 강좌를 위해 2, 3일씩 준비해야 마음이 조금 놓였다.

대신 토요일과 일요일은 재충전하기에 부족함이 없는 시간이었다. 그동안에는 경기 때문에 주말을 더 바쁘게 지냈으나 학교에서는 완전 반대였다. 강의가 없는데다 당연히 찾아오는 사람도, 심지어 전화연락도 뜸해졌다. 틈틈이 집필 작업과 강의 준비

를 하면서 미국의 전설적 농구지도자 존 우든 감독이 쓴 선수지
도서 번역에 집중했다.

나는 현역감독 시절 존 우든 감독의 선수지도 방법과 전략전
술로 큰 도움을 받았다. 또 개성적인(튀는) 선수 지도와 성공적으
로 팀을 이끌어가는 그의 리더십에서 많은 영감을 받기도 했다.
번역에 착수한 지 1년 여 만인 1994년에 우리말 제목《실전현대
농구》(원제 Practical Modern Basketball, 창공사)를 출간했다.

'농구코트 위의 철학자' 존 우든 감독은 농구의 본고장 미국에
서 수많은 신화를 창조해낸 탁월한 지도자였다.

그는 UCLA 감독 시절 12년 동안 88연승의 전무후무한 기록
을 수립했으며, 미국 농구 역사상 최초로 선수와 감독 부문 모두
농구명예의 전당에 헌액된 유일한 인물이다. 그의 경기업적은 감
독생활 41년 동안 905승 205패에 81.5%라는 높은 승률이 증명
하고 있다. 스포츠 전문채널〈ESPN〉이 '세기의 감독'으로 선정
한 바 있다.

미국 사회는 자연인으로 돌아간 그를 주목했다. 이번엔 농구
장에서 펼친 그의 리더십과 코치철학에 주목했다. 그의 리더십에
서 개념화하고 논리화한 수많은 연구논문과 실용서가 서점에 쏟
아졌다. 대학들은 강좌를 개설하고, 자본주의 국가의 취업준비
생들에게는 필독서가 되기에 이르렀다. 그의 저서는 한국에서도
《리더라면 우든처럼》을 비롯해 10여 권 가까이 출판됐다.

JOHN R. WOODEN
Head Basketball Coach
Emeritus,
UCLA

Dear Sir —

        This note grants permission for you to translate parts of my book, *Practical Modern Basketball*, into the Korean language.

        It truly pleases me that you have found my desirable for that purpose.

        Sincerely,

        John Wooden

Pang Yul
642-23, Shinsa -Dong
Kangnam-Ku, Seoul, Korea

존 우든 감독이 보내 온 친필 편지

존 우든 감독의 책을 번역한 뒤 유명 출판사 〈김영사〉에서 나의 인생을 돌아보는 책을 간행하자는 제의가 왔다. 나는 그 제안을 받아들였다. 그러나 글을 써나가면서 많은 어려움을 겪었다. 출판사에서는 조금만 원고를 늦게 줘도 독촉 전화를 걸어왔다.

연구실에 있던 팩스는 늘벗 석찬이가 나의 교수 부임을 축하하면서 보내준 선물이었다. 온종일 원고를 보내고 받고 하다 보니 열 받은 팩스가 심심하면 고장을 일으켰다.

어느 날이었다. 평소와 같이 단골로 다니던 압구정동 한양아파트 프렌드김밥 가게에서 김밥 한 줄을 사들고 연구실에 도착한 시간이 아침 8시였다. 책상에 붙박이가 되다시피하면서 강의 자료를 완성하고 〈김영사〉에 보낼 원고까지 마감했다. 김밥으로 점심을 때우면서 시간가는 줄 모르고 책장을 넘기면서 책상머리를 떠나지 않았다. 그러다 더 이상 소변을 참을 수 없어 자리에서 일어서려는데, 오른쪽 다리가 전혀 움직이지 않는 돌덩어리가 되어 있다. 통증이 대퇴근을 타고 대둔근까지 이어졌다. 놀란 나머지 벽시계를 바라보니 밤 11시 10분을 가리키고 있었다. 무려 15시간 10분간을 앉아 있었던 것이다.

'아니, 내게 이런 일이 일어나다니?'

다시 시도를 해보았지만 마찬가지였다. 결국 한쪽 다리를 이용해 깽깽이발로 화장실을 향해 이동할 수밖에 없었다. 귀가한 뒤 통증은 더 심해졌다. 모로 잠을 잘 수밖에 없었다. 다음 날 모든 일정을 포기하고 정형외과를 찾았다.

의사는 X레이를 찍고 사진을 유심히 보더니 골반에 붙어 있는 이상근이 파손되었다고 결론내렸다. 결국 내가 앉아 일했던 의자가 문제였다. 푹신한 회전의자가 아니라 불편하고 딱딱한 나무의자를 사용한 것이 실수였다. 그래도 용기를 내 다리를 절뚝거리며 박사학위 과정을 신청했다. 대학생을 가르치려면 석사학위만으로는 한계가 있다는 생각에, 반드시 전공분야 공부를 더해야 했다.

과감하게 도전했지만 K대학 박사학위과정 시험에 낙방했다. 생애 첫 낙방이었다. 아내와 아이들에게 부끄러웠다. 하지만 모자랄 때일수록 더 배우고 연구해야 하는 게 공부하는 사람의 기본 아닌가. 재도전에 나섰다. 1년을 준비해 한국체육대학교 대학원 박사학위 과정에 합격, 나의 마지막이 될 교육과정을 밟아 나갔다. 유학을 꿈꾸던 청년이 수십 년 뒤 '올드 보이'가 되어 국내에서 그 꿈을 이루어가게 된 셈이다.

1995년 1월 24일 롯데호텔, 경복고등학교 36회 동창 김종근 회장이 나의 출판기념회를 주도했다. 나 자신은 쑥스러워 지인들과 조촐한 자리를 원했지만 책을 출판한 김영사와 동문들의 요청으로 《농구 만들기 인생 만들기》 출판 기념행사를 갖게 됐다. 대

출판기념회. 오른쪽 끝은 김종근 경복고등학교 36회 동창회장

한체육회 김종열 회장님과 김집 부회장님을 비롯한 체육계 인사,
연세대학교의 은사이신 김명회 박사님, 박영대 코치 선생님, 김
항락 선생님, 경원대학교의 심수정 교수님과 교양학부 교수님,

철민이를 비롯하여 경복고 36회 동창 120여
명 등이 참석했다. 농구인으로는 KBL프로
농구 시즌이었는데도 불구하고 백남정 연세
대학교 농구 OB회장을 비롯해 정주현, 정호
천, 김인건, 최종규, 최희암, 김갑선, 유재학
등 많은 분들이 참석해 주어 성대하게 치렀
다. 김종열 전 대한체육회장님과 김집 부회장
께서 축사를 해 주셨고, 나는 감사 인사를 한

뒤 그동안 묵묵히 나의 뒷바라지를 해 온 아내와 가족을 소개했다. 큰아들 재원과 둘째아들 재웅에 이어 막둥이 재승이가 막 연세대 경영학과 합격통지서를 받았다고 소개했다. 그동안 앞만 보고 달리느라 동창을 바라보지 못한 후회가 몰려왔다. 그날의 주연은 경복고등학교 36회 동창들이었다. 그들에 대한 감사의 마음은 평생 잊지 못할 것이다.

방학 때면 학부에는 겨울학기 강의가 배당되지 않았다. 재충전을 위한 절호의 시간이기도 했다. 지난 학기 강의 자료를 정리·저장하고 신학기 강의 준비도 해둬야 한다. 그래야 박사과정 공부에 지장을 주지 않을 것이다. 학회 활동에도 적극 참여했다. 신문사에 기고할 정기칼럼 등도 마감시간을 지켜 송고했다. 《동아일보》를 비롯해 《조선일보》, 《중앙일보》, 《경향신문》, 《문화일보》, 《서울신문》 등이 단골 지면이었다.

문필가도, 기자 출신도 아니어서 투박한 글 솜씨였으나 늘 스포츠 현장에서 들려오는 생생한 얘기를 정성스럽게 쓰는 것으로 대신했다.

한창 대내외 활동에 몰두할 즈음 학교로부터 학생처장 발령을 받았다. 학교 근무년수도 일천한 사람에게 터무니 없는 발령이라 놀랐다. 아니나 다를까! 교수들 간에 불만스러운 말들이 오갔다.

"대학에 근무한 지 얼마나 됐다고 처장을?, 처장은 최소 교수여야지, 방열 씨는 조교수 아닌가?"

대학 조직은 세 축으로 분류할 수 있다. 교수, 학생, 그리고 교직원이다. 당시엔 군사정권에 반대하는 운동이 대학가를 지배하고 있던 때였다. 운동권 학생들의 파업, 수업 방해, 대생협 (대학생활 협동조합) 등의 이슈가 떠올랐다. 바로 내 앞에 학생처장을 역임한 L교수는 학생들과의 갈등 끝에 유명을 달리하기까지 했다. 학교 측은 내가 스포츠팀 감독 출신이라서 학생들을 효율적으로 지도할 수 있을 것으로 믿었던 것 같다. 학교당국이 잘못 이해한 것이었다. 운동선수를 지도하는 것은 경쟁을 통한 승리 추구가 목적이지만, 학생들의 학내활동은 전인교육 차원의 문제인 것이다.

나는 운동권 학생들과 마주 앉아 당면한 국가적 현실을 놓고 토론했다. 1964년 도쿄올림픽 이후 도쿄대학교를 점거하고 폭력투쟁에 나선 사례를 들며 대학생 현실참여 등에 대해 비판적 관점으로 학생들과 소통하기도 했다. 또 월남전 당시 반전평화운동을 펼친 미국 대학생 운동을 소개하며, 학생들의 투쟁으로 문민정부가 들어섰으니 이제 강의실로 돌아가자고 설득하기도 했으나 번번이 실패했다.

오히려 내가 전하는 외국학생운동사보다 농구 이야기를 더 좋아했다. 당시 농구 이야기만 나오면 눈을 동그랗게 뜨고 경청했다. 신입생들과 MT 갈 때는 학생처장인 나를 졸졸 따라다녔다. 이유는 학교버스, MT 비용 등을 지원받기 위해서였다. 나는 단호하게 "No!"라고 외쳤다. 학생들은 교실에 있는 책·걸상을 들고 와 내 사무실을 입구부터 막아버렸다. 일종의 시위였다. 학생과장이 당혹한 음성으로 내게 말했다

"처장님, 버스와 비용은 학교 설립 이후부터 지금까지 지속적으로 지원해 온 건입니다. 이것만은 해결하심이 옳을 것 같습니다."

"No"라고 큰소리 쳐놓고 다시 "Yes"라고 번복할 수도 없어 난감하기만 했다. 나는 학생과장에게 조건을 달고 지원하기로 했는데, 그 조건이란 사무실에 쌓아놓은 책·걸상을 모두 원위치시키는 것이었다.

한편 교무위원회에서는 내가 경원대학교로 발령 받기 전 제적당한 운동권 학생 18명을 복학시키는 절차를 밟기로 하고 논의에 돌입했다. 당시 교육부는 각 대학에 공문을 보내 군사정권에 맞서 항거하다가 연행·투옥되었거나 제적된 학생들은 무조건 복학시키라고 지시했다. 총장이 주재한 교무회의는 교육부의 요구에 결론을 내리지 못했다. 대학의 최고의결기구인 교무회의에서 결정된 사항을 어떻게 번복할 수 있느냐는 것이 교무위원들의 주된 공론이었다.

결국 총장은 학생처장인 내게 의견을 물었다.

"교무위원님들의 견해에 동의하지만, 지금 곧 결정을 내릴 것이 아니라 학생처에 1주일 시간을 주시면 다음 교무위원회의 때 확고한 답을 드리겠습니다."

나의 제안이 받아들여져 1주일의 시간을 벌었다. 내가 1주일을 요구한 것은 복학 여부는 반드시 본인과 학부모의 동의가 있어야 한다는 학칙을 지키기 위해서였다. 1주일 정도면 18명 학생들의 학부모를 면담할 수 있는 시간이 된다. 이튿날부터 학생과장과 직원 1명을 대동하고 출장길에 나섰다. 밀양, 마산, 광주, 인천, 원주, 김해, 부산 등이었다. 예상과는 달리 복학을 포기한 학생들의 수가 많았다. 미리 준비해 간 서류에 부모의 날인을 받아 완벽하게 서류를 작성했다.

18명 중 16명의 학생이 복학하지 않겠다는 뜻을 밝혔다. 나머지 2명 중 1명은 행방불명 상태였고 최종적으로 복교를 희망한 학생은 1명에 그쳤다. 육체적으로 힘들고 정신적으로 고통스러운 1주일이었다. 이런 격무에 비하면 운동선수들을 지도하는 게 한결 쉬울 것 같은 생각이 들었다. 경원대학교는 이렇게 해서 교육부가 요구한 운동권 학생들의 복학 문제를 다른 대학들과 달리 갈등 없이 무난히 해결할 수 있었다.

사회체육학과
그리고 사회체육대학원

경원대학교에서 체육전공학과의 부재는 체육교수들이 해결해야 할 당면과제였다. 이 문제를 해결하기 위해 체육전공 교수들은 부단한 노력을 기울여 왔었지만, 결정적 시기마다 다른 학과에 밀려 뜻을 이루지 못했다고 했다. 나는 교무위원이라는 직책을 활용해 체육관련 학과 신설에 적극 나섰다. 그동안 열심히 뛰었던 교수들은 해 봐야 안 될 것이라면서 부정적이었다. 나는 농구팀으로 조흥은행을 비롯해 쿠웨이트 남녀 대표팀, 현대 팀, 기아팀 등을 창단해 본 경험이 있었다.

학생처 직원들과 '학과 신설 과정' 및 '정부의 관계부처 인허부서'를 조사했다. 먼저 경원대 이사회와 교무위원회 승인을 받기 위해 성남시청의 협조가 필요했다. 나는 마침 성남시 발전위원 소속이기도 해 임석봉 당시 시장을 만날 기회가 많았다.

1990년대를 들어 성남시는 분당구를 합쳐 인구 90만을 넘어 광역시 규모를 성장해 나가고 있었다. 그렇지만 시민들이 마음 놓고 신체활동을 할 수 있는 생활체육 시설은 절대 부족했다. 그나마 가용되고 있는 생활체육 시설에는 전문 체육지도자가 없었다. PPT 자료를 만들어 시장실로 달려갔다.

"시장님, 지역 내 유일한 종합대학에 체육전공학과 신설이 시급합니다. 그래야 성남시민들의 늘어나는 여가활동에 대한 욕구를 해결하고 스포츠 활동을 통한 건강과 삶의 질 향상을 위해 전문 생활체육지도자의 도움을 받을 수 있을 것입니다. 경원대학교에 시장님 명의의 협조공문 한 번 발송해주시면 감사하겠습니다. 성남시와 시민들에게 많은 도움이 될 수 있을 것입니다."

시장은 흔쾌히 받아들였다. 공문은 곧 작성되었다. 나는 공문을 손에 쥔 채 이사장실과 총장실로 향했다. 문제는 마지막 관문인 교무위원회의 인준이었다. 회의가 개회되기 전 안건 상정을 확인하고, 체육전공 교수들과 분업해 교무위원 설득 작업을 나섰지만 만만치 않았다. 염려했던 대로 교무위원회에서 사회체육학과 설립에 반대하는 목소리가 나왔다. 반대를 표명한 위원의 견해는 하나같았다.

"아니, 그동안 운동권 학생들 때문에 대학이 겪은 피해가 이만저만이 아니었는데 체육학과라니, 이젠 깡패까지 길러야 되겠습니까?"

"우리 대학은 이제 수도권 명문대학으로 조용히 갑시다."

교수 신분으로 깜냥이 안 되는 수준 낮은 한 교무위원이 매우 모욕적인 발언을 했다. 나머지 위원들도 괜히 일 만들어 복잡하게 만들지 말고 현상유지나 하자는 쪽이었다.

울화가 치미는 걸 누르고 내 계획을 설명했다.

"교무위원 여러분들의 뜻은 이해합니다. 그러나 깡패 발언을 하신 위원께서는 사과하기 바랍니다. 여기 성남시에서 보낸 공문을 소개합니다. 총장님이 직접 공문의 내용을 소개해주시기 바랍니다."

총장은 '지역사회의 유일한 종합대학으로서 늘어나는 성남시민의 스포츠 활동을 지도할 체육전공학과 신설을 바란다'는 성남시청에서 보내온 공문을 소개했다. 이어 박신석 기획처장이 발언했다.

"우리가 성남시에 속해 있는 대학으로서 지금까지 지역사회에 이렇다 하게 이바지한 것이 없으니 시장님의 뜻과 학생처장님의 뜻을 존중해 주는 게 어떻습니까?"

아무도 이의를 제기하지 않았다. 마침내 경원대학교 체육학과 신설 문제는 교무회의 결정으로 종결되었다.

교육부의 허가를 받아내는 과제만 남았다. 교육부장관은 박영식 전 연세대 총장이었다. 나는 박 장관님이 연세대 교수로 재직하실 때 교양과목으로 논리학 강의를 수강하면서 알게 됐다.

"운동선수가 왜 내(논리학) 강의를 다 신청했지?"

의아해 하시던 교수님과 교정 잔디밭에서 앉아 환담을 나누던 추억이 떠오른다. 그 인연으로 나의 셋째아들 결혼식 주례까지 맡아주신 분이었다. 그러나 박 장관님은 자신이 장관이라 할지라도 그 일을 어디 마음대로 할 수 있냐고 말씀하셨다. 그러면서 대학정책실장에게 건의해 보라고 했다. 대학정책실장에게 준비해 온 서류를 제출하고 자세한 설명을 추가했다. 실장은 검토한 후 통보해 주겠다고 해 교육부를 빠져나왔다.

이제 주사위는 던져졌다. 학과 신설이 되고 안 되고는 하늘의 뜻에 달려 있다는 생각이었다. 늦가을 찬바람이 학교운동장에 흙모래를 일으키기 시작한 1995년 11월. 드디어 경원대학교에 사회체육과를 신설해도 좋다는 교육부의 공문이 팩스로 접수됐다. 나는 학생처 직원들과 함께 만세삼창을 외쳤다. 수도권 인구밀집을 줄이기 위해 국가적 차원에서 학생증원을 강력히 억제하던 때여서 반신반의했던 사업이 마침내 성사된 것이다. 1996년 신학기부터 체육전공 학생들과 함께 수업을 할 수 있다니 꿈만 같았다.

이 소식이 전해지자 체육전공 교수들은 의아해 했다. 나는 팩스로 된 공문을 보여주고 학과회의를 소집했다. 입시요강, 실기시험, 전공강의 배분, 강의시간표 작성 등 할 일이 밀려왔다. 일은 즐거웠고 생체리듬은 왕성해지기 시작했다.

25대 1이라는 경쟁을 뚫고 입학한 신입생들이 자식처럼 느껴졌다. 운동선수 지도보다 학부생 지도가 훨씬 수월했다. 운동선수는 매일 만나야 했지만 대학생들은 일주일에 한두 번 강의하는 방식이다. 운동선수는 잘못 지도하면 승부처에서 패배할 수밖에 없기에 엄청난 중압감과 스트레스를 몰고 왔다. 학부생의 경우는 앎에 대해 언제든 수정·보완할 수 있고, 또 그런 과정 자체가 대학 공부이기도 했다. 무엇보다도 파파라치 계열의 언론이 관심을 두지 않아서 좋았다.

한 가지 다른 점은 운동선수는 질문이 없는 편이었지만, 학생들의 질문은 끊임없이 이어진다는 점이었다. 학생의 질문에 제대

이길여 총장으로부터 사회체육대학원장 임명장을 받다

로 설명하지 못하면 학생들의 강의 평가 점수가 나쁠 수밖에 없었다. 나의 경우는 스스로 공부하는 자세로 학생들과 소통하는 편이어서 큰 부담은 없었다. 학부에 전공학과를 두고 교수생활을 하는 것과 교양학부에서 교수생활을 하는 것은 천지 차이였다.

성남 YMCA 이사로 봉사하면 시 사회체육프로그램 제작에 함께하기도 했다. 한편으로는 농구지도자 생활의 연장으로 국제코치강습회 초청강사로 적극 참여하였다.대만을 비롯해 중국, 일본, 필리핀, 인도, 싱가포르, 쿠웨이트 등 주로 아시아지역 국가의 초청을 받아 농구기술 세미나를 진행했다. 또 농구기술과 관련된 서적인《지역수비의 모든 것》,《전략농구》,《농구 바이블》등을 발간했다. 전공서적으로는 학부생들의 교과서로《사회체육 프로그램론》과《스포츠보도론》을 펴냈다.

안식년을 맞아 1년간 휴식시간을 갖고 재충전할 기회가 왔으나 나는 박사학위논문인 "농구지도자의 지도관과 코칭행동에 관한 체계적 관찰분석" 작성과 부족한 전문지식을 공부하기 위해 더 바삐 보냈다.

첫 체육전공 졸업생들이 나올 무렵엔 경원대학교 교육대학원에 체육교육 전공학과를 신설했다. 곧이어 2002년에는 별도로 사회체육대학원을 설립했다. 이제 학부생들은 졸업과 같은 대학에 개설된 대학원 진학의 꿈을 이룰 수 있게 되었다.

졸업생들의 취업을 위해 발 벗고 나서 지원했던 기억도 새롭다. 나는 취업을 원하는 학생들을 위해 각 기업체에 소개장과 추천서를 작성해 발송했다. 삼성을 비롯해 현대, LG, SK 등의 대기업과 중소기업에서 특강을 할 때면 그때마다 취업을 원하는 학부생들을 연결시켜 취업을 성사시키기도 했다. 남학생들은 군 입대로 거의 취업이 안 되고, 여학생들은 취업률 100%를 달성했다. 사회체육대학원 원장으로 발령받은 후에는 이미 대학을 졸업한 농구선수들에게 특별히 재교육의 기회를 제공해 석사학위 취득기회를 만들어 주기도 했다.

2001년 1월 19일. 어머님(강복형 여사)이 88세를 일기로 소천하

2006년 1월 23일. 고려대학교 교무위원회와 경원대학교 교무위원회에서 대학 발전을 위한 쌍무협의를 진행하였다. 뒷줄 2번째가 어윤대 고려대학교 총장, 바로 옆이 이길여 경원대학교 총장, 그리고 오른쪽 끝이 필자

셨다. 어머님은 조선 전기에 형조판서를 지낸 문양 강희맹의 28
대 손이다. 일제강점기 초에 태어나 해방과 전쟁, 그리고 혁명의
시대를 겪으면서 오직 우리 4형제를 위해 일생을 바치셨다. 전쟁
때는 북으로 납치돼 실종상태였던 아버지를 대신해 우리 형제들
을 큰 탈 없이 돌보셨고, 휴전 뒤에는 학업을 뒷받침하기 위해 편
히 쉴 날이 없었다. 피난 시절 우리들의 손을 붙들고 헤매시던 모
습부터 부산어시장에서 긴 장화를 신고 도매시장을 호령하시던
모습이 스쳐지나 갔다. 내가 대학 졸업하던 날 연세대 교문 앞에
서 소식 없는 아버지에게 "내 할일 다 마쳤소!"라고 말씀하는 듯
한 표정이 떠올랐다.

어머님은 전쟁으로 희생된 아버지로 인해 일생을 외롭게 살
아오셨다. 우리 형제들은 아버지가 행방불명됐을 때 가장 절망
적이었다. 외롭게 우리형제들을 지켜준 어머님마저 세상을 떠났
을 땐 땅이 꺼져 내리는 듯했다. 파주 선산에 어머님을 홀로 남긴
채 산을 내려왔다. 그동안 앞만 보고 달려온 인생 탓에 어머님과
함께하지 못한 한이 몰려왔다. '하늘에서나마 그토록 그리워하던
아버님과 재회해 평안을 누리시길 기원합니다'라고 발원했다.

종친회

온양 방씨 중앙종친회장직을 맡아 달라는 방기봉^(종친회 부회장) 씨의 권유를 받고 깜짝 놀랐다. 종친회에서 뵌 여러 어르신들이 떠올랐다. 나보다 연장자인 건 말할 필요도 없고 훌륭하신 분들이 많이 계셨기 때문이다. 특히 어르신 중에는 사회적으로 잘 알려진 언론인과 기업인, 높은 공직에 계셨던 분들도 꽤나 계셨다. 나는 기봉 씨에게 말했다.

"기봉 씨, 미천한 저에게까지 회장직을 부탁하신 점은 감사하지만 여러 종친에 대한 도리가 아닌 것 같아 사양합니다. 없던 일로 하고 화제를 돌립시다."

기봉 씨는 틈을 주지 않고 말했다.

"내가 혼자서 결정하고 내 마음대로 말하는 것이 아니고 종친회 어르신들과 논의를 거쳐 뜻을 전하는 거니까 다시 한 번 잘 생각해 주길 바랍니다."

기봉 씨는 의미있는 표정으로 강조하며 물러서지 않았다. 기봉 씨의 삼고초려(?)로 끝내 나는 응할 수밖에 없었다.

우리나라 인구가 5천만이라고 한다. 그중 방씨가 약 10만여 명이라고 하니 한국인 5백 명 중 한 사람이 방씨다. 중국에서 시작된 방씨 성이 그래도 꽤 되는 줄 알았는데, 의외로 수가 적었다. 종친회 자료를 조사해 보았다. 희성이 될 수밖에 없는 사연이 있었다. 방씨는 서기 669년 이전에는 우리나라에 없었던 성이었다.

신라 문무왕(9년)의 요청으로, 당나라 황제가 방지라는 이름을 가진 한림학사를 문화사절단으로 보냈는데, 그때부터 방씨가 한반도에 살게 됐다고 기록돼 있었다. 그러고도 신라와 고려가 차례로 멸망하면서 방씨 성 가진 사람들이 2차례에 걸쳐 씨족말살의 수난을 겪었다. 방씨들이 신라 통일에 공헌했다는 이유로 견훤에게, 이후 고려왕조 때는 왕조의 공신에다 이성계의 위화도 회군과 역성혁명에 반대해 한 차례 더 씨족 말살의 비운을 겪었다는 것이다. 방씨가 희성 중의 희성이 된 데에는 역사적 상처가 있었다. 나는 초·중·고 심지어 대학을 다니면서도 항상 같은 반에 종씨가 있는지 찾아 보곤 했다. 혹여 한 사람이라도 찾을라치면 반드시 인사를 나누고 가족처럼 지내며 살아가길 바랐다.

그러다 중앙종친회 회장직을 맡게 되었으니, 방씨 종친들을 원 없이 만날 수 있다는 생각에 회장 취임식 전날엔 제대로 밤잠을 이루지 못할 정도였다.

대부분의 종친회가 그러하듯 방씨종친회도 크고 작은 잡음이 끊이지 않았다. 물론 종친회 발전이라는 같은 목표를 갖고 있었기 때문에 견해를 달리할 뿐 종국에는 타협이 이루어지기도 했다. 내가 취임했을 무렵에는 종친 간에 족보상 형이 누구고 아우가 누구인지를 놓고 서로 형 쪽이라며 파벌 대립을 하고 있었다. 한 번은 종친회를 주재하고 있는데 양 파 간에 언쟁이 벌어졌다. 자제를 요구했지만 긴장은 점차 고조되고 있었다. 삿대질과 고성이 오갔다. 별안간 내 옆자리에 앉아 있던 전임회장이 한 종원을 향해 재떨이를 집어던졌다. 이번엔 물병이 날아왔다. 나도 모르게 몸으로 막아섰다. 물은 온통 내 옷에 쏟아지고 말았다. 나는 큰 소리로 말했다.

"아니, 여러분들께서는 나에게 물바가지를 씌우려고 회장으로 추대하신 겁니까? 도대체 이해하려고 해도 이해되지 않으니 모두들 흥분된 마음을 고정하세요. 고정!"

곧바로 회의장은 숙연해졌다. 이런 와중에 회장이 되었으니 해결책을 내놓아야 했다. 생각을 해보니 어느 한쪽을 지지해서는 갈등을 끝낼 수 없는 과제였다. 두 파를 화합시키는 일 외엔 방법이 없었다. 두 파벌이 공동으로 할 수 있는 일을 찾았다. 뿌리 찾기와 조상 찾기였다. 중국이 방씨의 뿌리 즉 발원지인데 그곳을 같이 찾아보는 기획이었다. 매주 월요일 오전 9시에 중앙종친회로 출근했다. 중국 방문을 위해 필요한 절차를 밟아 나가기 시작했다. 종원들의 반응이 달라지기 시작했다. 긍정적 신호를 보내왔다. 전국 종친회를 통해 발원지 방문 희망자 모집에 나서는 한편, 중국대사관을 방문하여 단체여행에 관한 입국절차를 알아봤다. 마지막으로 중국에 있는 방씨종친회에 서신으로 우리의 의향을 전달했다.

중국 방씨 종친회에서는 의외의 반응을 보였다. 중국은 3년에 한 번씩 세계 방씨종친회를 하남성 우주 방산 발원지에서 거행한다고 했다. 마침 그 날짜에 맞추어 방중해 달라고 요청해 왔다. 나는 즉시 중앙종친회에 본 안건을 상정하고 방문희망자, 방문일정, 방문선물 등을 종친회원 모두의 동의를 얻어 추진해 나갔다. 기왕 발원지를 찾아나서는 김에 전임 회장께서 추진하던 사업에 하나를 더 추가했다. 한국과 중국을 오가며 상호방문하자는 아이디어였다. 중국 방씨종친들을 시조 '방지' 할아버지 시제에 참석시켜 669년에 할아버지가 하셨듯이 중국의 방씨 후손들을 방한하도록 하자는 것이었다. 그러니까 1천3백여 년 전 신라가 추진했던 행사를 재현해 보겠다는 야심찬 기획이었다.

2009년 3월 김포공항에서 중국 정주로 가는 비행기를 탄 뒤 버스로 비포장도로를 달려 하남성 우주시 방강현에 도착했다. 우리는 칙사 대접을 받았다. 저녁 만찬에 참석했는데 먹어도 먹어도 끝이 없었다. 우주시의 크고 작은 호텔은 세계 각지에서 온 방씨들로 꽉 들어찼다. 우리가 머물고 있는 호텔이 주관 호텔이었다. 미국과 유럽 각지에서, 동남아에서 방씨 성을 가진 사람들이 모여들었다. 마치 UN총회 같은 대형 국제회의를 연상케 했다.

우주시는 온통 방씨 천지였다. 종친회가 시작되자 사회를 맡은 사람이 우주시 시장을 소개했다. 그는 환영사에서 이렇게 말했다.

"세계 각지에서 우주 시를 방문하신 여러분 환영합니다! 방씨가 5,000여 년이라는 역사를 가진 세계 5대 성이라는 걸 나는 자랑스럽게 생각합니다."

이어 중일전쟁 당시 공군대장이었다는 중국종친회 방위민 회장의 인사말로 이어졌고, 선물교환과 예정된 행사일정을 진행했다.

이튿날 우리는 발원지 방산을 향해 출발했다. 참 재미있는 광경이 벌어지고 있었다. 중국 인민군 복장을 한 군인들이 북을 두드리고 나팔을 불면서 우리들의 우주 시 방문을 환영했다. 산을 오르는 도중 빈소들이 있었는데, 그 곳에서는 목례를 올려야 했다. 그런데 차려 놓은 제물(음식)이 모두 플라스틱 이미테이션이었다. 향초만 진짜였다. 나는 즉각 모택동 집권 시절 문화혁명 탓일지도 모른다는 생각을 했다. 5.16 군사정권이 한때 강조한 〈가정의례준칙〉이 떠올랐다.

방산 발원지는 약 1시간 남짓 올라간 산 정상 부근의 큰 평지에 있었다. 중앙에 방씨 박물관이 우뚝 서 있었다. 벽 전체가 선조들의 활동을 담은 벽화로 둘러쳐 있었다. BC 300년 중국에서 최초로 농사를 지었다는 신농 황제와 소금을 발굴했다는 염농 황제를 형상화한 모습이 보였다. 두 황제들에 의해 방씨가 최초로 발원되었다는 게 중국 종친들의 설명이었다.

사람들은 이곳저곳을 다니며 즐기고 있었다. 모두 무료였다. 우리나라의 장마당과 유형이 비슷했다. 돈으로 거래하지 않는 것만 빼면 미국이나 유럽 사회의 페스티벌(festival)과는 문화적 차이가 느껴졌다. 아무튼 모두가 방씨였고 난생 처음으로 경험하는 광경이었다.

저녁 무렵 하산할 때 나는 발원지 방문을 기념하기 위해 작고 아름답게 생긴 돌을 주워 간직했다. 방산시장은 다시 한 번 우리 일행을 만찬에 초대했다. 우리는 중국 전통요리를 즐겼다. 그는 공산당원이라 했지만, 방산시의 왕이라고도 했다.

중국을 떠나기 전 나는 통역을 대동하고 중국 방씨종친회장

과 앞으로 진행될 방한 문제를 논의했다. 중요 쟁점인 방문일자
를 우리들이 세계방씨종친회 기간에 우주시를 방문한 것처럼 중
국방씨종친회도 '방지' 할아버지의 시제에 맞춰 방한해 줄 것을
요청했다.

　마침내 두 파벌 종원들의 갈등이 봉합되기 시작했다. 중앙종
친회는 귀국 뒤 곧바로 11월에 맞이하게 될 중국 방씨종친들의
방한 준비를 위해 바쁘게 움직였다. 방승복 사무국장, 방병긴 차
장이 앞장서 눈코뜰새 없이 움직였다. 종친회 명의로 방한 입국
비자 발급을 원활하게 해달라는 공문을 법무부 출입국관리실과
외무부에 발송했다. 뿐만 아니라 울산시 인근에 호텔을 예약하고
공항 도착 이후의 손님들이 이동할 관광버스 계약, 가장 중요한
선물 등 만반의 준비를 했다. 관광일정과 코스도 정했다.

　이 과정에서 가장 큰 난제는 만에 하나라도 중국 방씨종친들
이 우리나라 체류 중에 집단으로 탈출하거나 망명을 요청하는 등
의 사태가 발생할 경우 누가 책임지는가 하는 것이었다. 나는 중
국 종친 50명의 명단 제출과 함께 이들의 방한 중 발생할 모든
법적 책임을 지겠다는 공문을 법무부에 제출했다.

　중국방씨종친회 대표는 2009년 11월 18일 방한했다. 이튿날
인 11월 19일, 시조 방지 할아버지 내조 1,340주년 기념행사가
경남 울주군 선영에서 열렸다. 무척 추운 날씨였다. 전국 각지에
서 참석한 종원 800여 명과 중국종친 50명 등 8백여 명이 참석

했다. 시종 20여 명으로 구성된 해병군악대의 연주가 이어졌다.

시조 방지 묘원엔 4곳의 능이 일렬로 배치되어 있고, 각 능 앞에는 정성들여 준비한 제물은 제법에 맞게 진설(陳設)하였다. 옛 전통예복을 화려하게 차려입은 초헌관, 중헌관, 종헌관이 각 능 앞에 대기했다. 참석한 종원들은 중국인들을 포함해 모두 머리에 검정색 건을 쓰고 능 앞에 앉았다. 찬바람이 살을 에는 것처럼 저려왔지만 모두 숨을 죽인 채 예를 갖추었다.

드디어 식이 진행되자 해병대 군악대가 먼저 중국 국가를 연주했다. 중국 종친들은 엄숙한 얼굴로 군악에 맞춰 국가를 불렀다. 이어서 애국가가 울려 퍼졌다. 800여 종원들은 일제히 애국가를 불렀다. 나는 첫 번째로 인사말을 했다.

"험한 날씨에도 불구하고 참석하신 종원들과 멀리 중국에서 참석하신 여러분들에게 감사합니다."

축사는 중국종친회 방위민 회장이 했다. 그는 1340년 전 시조 방지께서 신라로 오신 배경과 오늘에 이른 과정을 설명했다. 이어서 백선엽 대장과 김동길 박사님께서 축사를 했다. 백선엽 대장과 김동길 박사는 모친이

모두 방씨였다. 그분들은 어머님을 대신해 이 행사에 꼭 참석하겠다는 뜻을 오래 전부터 전해왔다. 식을 마치고 집례자의 안내에 따라 참석한 모든 종원은 제사에 참석했다. 중국 종친들은 우리가 차려놓은 제물을 보고 놀라워했다. 제물이 모두 실제 음식이었던 탓이다. 중국과는 판이하게 달랐던 것이다.

제가 끝나자 술과 함께 제물을 나누어 먹었다. 1,340년 전 이 땅에 오신 시조 할아버지도 '본토 후손'을 50명이나 만나셨으니 얼마나 기쁘셨을까?

다행히 중국 종친들은 탈없이 관광까지 마치고 귀향했다. 얼마 뒤 방위민 회장으로부터 감사의 편지를 받았다. 언제였나는 듯 종친회의 갈등은 완전히 사라져버렸다.

막 쉰 살이 될 무렵 경원대 전임강사로 부임한 이래 15년이라는 세월이 흘렀다. 학교와의 인연을 마무리할 때가 다가오고 있었다. 그동안 음과 양으로 많은 도움과 격려를 아끼지 않은 교직원, 교수, 농구계 선후배, 기타 체육계 지인들의 도움이 새삼 또렷하게 떠올랐다. 이길녀 총장께서 2007년 3월 정년퇴임식을 주관했다. 오후에는 사회체육과 학부생들이 마련한 〈방열 교수 정년기념 화문집 헌정식〉에 초대되어 아내와 가족 그리고 지인들이 지켜보는 가운데 축하를 받았다. 한편으로는 퇴임 후 해야 할 일을 준비하기 시작했다. 먼저 추진한 일이 교내 창업보육센터에

2007년 3월 26일. 정년퇴임식 후 재학생과 기념 사진

〈농구아카데미〉를 개설한 일이었다.

O2 Zone 농구는 대학생을 가르치다 발명한 특수한 농구경기
다. 기존의 농구경기는 5대 5와 3대 3 게임으로 나눠져 있다. 전
문선수가 아닌 일반학생 입장에서는 5대5 경기는 체력적 부담
을 주고, 3대3 경기는 코트가 좁아 경기가 단순해지는 문제가 있
었다. 내가 경기방법으로 생각해 낸 게 4대 4 'O2 Zone' 농구다.
O2 Zone 농구코트의 특징은 정규코트의 두 개의 3점 라인을 서
로 끌어다 붙인 것이다. 중앙의 센터서클이 자연히 없어지면서
정규코트보다는 작지만 3대 3 경기장보다는 크다. O2란 서클이
2개라는 의미다. 일반학생들에게는 맞춤형 경기장이었다. 적절
한 체력 안배만 하면 숨이 많이 차지 않고 이동성도 뛰어나 매우

즐겁게 농구 수업을 할 수 있었다. 여학생들의 선호도가 높았다.

나는 죽마고우 조철민 · 장유상과 협의하여 특허청에 O2 Zone 특허를 제출해 2002년 6월 〈실용신안 등록증〉을 발부받았다. 이 등록증을 이용해 〈농구 아카데미〉 회사를 설립한 것이다. 언론의 관심도 컸다. 보도가 나가자 관심을 갖고 접근해 오는 사람들이 많았다.

O2 Zone 농구 보급에는 중앙대학교의 이우진 교수가 가장 적극적이었다. 그는 라이언스 클럽에서 예산(시설 및 특허사용료)을 지원하고 토지는 지자체가 제공하는 방식으로 코트 부지를 확보해 활성화에 나섰다. O2 Zone 1호 시설은 관악구 낙성대공원 안에 만들었다. 제2호는 전주 축구장 안, 제3호는 군포시 아파트 단지에 설립했다.

건동대학교 총장

O2 Zone 농구 보급 활동을 하던 2010년 안동 소재 건동대학교에서 총장 공모 소식이 들려왔다. 곧바로 응모했다. 안동은 그간 발길 한 번 디뎌 보지 못한 곳이었다. 지인 한명 없는 말 그대로 타지였지만, 건동대 송낙훈 교수로부터 많은 도움을 받아 관련 서류를 준비하고 면접에 대비했다. 나에게 대학총장직은 언감생심이라 생각했지만, 대학에 재직할 때 학생처장과 대학원장으로 행정경험을 했기 때문에 못할 것도 없다고 봤다. 응모서류와 대학운영 계획서 작성에 많은 노력을 기울였다. 남부지역의 체육 전문 혁신대학을 골자로 한 비전과 발전목표를 세웠다.

몇 개월이 지난 후 건동대학교 이사장실에서 연락이 왔다. 그동안 서류심사가 있었으며, 재단에 어려운 일이 발생해 연락이 늦었다는 말과 함께 이사장 면담 일정이 잡혔으니 방문해 달라는 요지였다. 가슴이 뛰었다. 이제 어떻게 준비해야 할지 조금 초조해졌다. 도움을 청할 사람은 나의 절친 조철민이다. 나는 그간에 진전된 내용을 설명하고, 이사장 면담 시 주의할 사항과 제안내용 등을 협의해 나갔다.

안동역에는 건동대 김종한 총무처장이 마중을 나왔다. 그의 안내로 안동시에 자리한 〈백암교육재단〉 3층에서 김청한 이사장과 면담이 이루어졌다. 나는 약 15분간 대학 발전을 위한 비전과 이를 실천할 수 있는 과정 관리계획과 추진 방향을 설명하였다.

송 교수의 안내로 건동대학교 교정을 돌아보았다. 정문을 들어서는 순간 교문 왼쪽에 놓여 있는 시커먼 바위가 왠지 마음 한 구석을 불편하게 했다. 무엇인가 가슴을 누르는 듯한 느낌이었지만 이유는 알 수 없었다. 본관 아래쪽의 축구장은 파란 잔디로 잘 정돈되어 있었다. 축구장 주위엔 벽돌색 타이탄 트랙이 깔려 있었다. 본관 주변으로 3개의 강의동이 있고, 운동장 옆으로 평생교육원 건물과 기숙사동 3개가 있었다. 교정은 작고 아담했다.

안동을 떠날 때 이사장실에서 전화가 왔다.

"학교 함 보셨습니까? 곧 연락할 낍니다. 안녕히 가이소!"

경상도 분들이 무뚝뚝하다는 말을 익히 알고 있었지만 밥 한 끼, 차 한 잔 마시자는 말도 없었으니 아무리 엄정한 심사과정이라지만 지나친 게 아닌가 하는 생각이 들었다. 다산 정약용의 〈안동답답〉이라는 글이 떠올랐다. 다산은 세상이 변해가는 데도 예나 지금이나 안동사람들은 일편단심으로 전통문화에 빠져 있으니 그만 변화도 받아들여가며 살아가자는 촉구성 글을 남긴 바 있다. 나 역시 그날의 귀경길만은 좀 답답했다.

무소식이 희소식이라 했던가. 한참 만에 김 이사장으로부터 백암교육재단 이사회에 참석해 달라는 요청이 왔다. 믿겨지지 않았다. 그동안 안동을 오르내리면서 실날같은 희망을 가져보기도 했지만, 마침내 마지막 관문인 백암교육재단 이사회 인준만 남겨 놓은 상황에 이른 것이다. 설레는 마음을 가라앉히고 이사회 모습을 그려 보았다. 재단사무실에서 열린 이사회는 엄숙하고 진지했다. 김 이사장이 회의를 진행하기 전에 나를 소개한 데 이어 간단한 나의 인사말로 이어졌다.

"오늘은 안건이 하나입니다. 여러분들께서 잘 알고 있으시겠지만 신임 총장 인준입니다. 우선 의결에 앞서 예비 총장님으로부터 건동대학교 혁신방안을 들어보기로 하겠습니다. 방열 씨 앞으로 나오세요!"

나는 준비한 PPT 자료에 의거, 건동대학교는 체육전문대학으로 혁신이 필요하다는 점을 강조하면서 일본 고베시의 한 대학을 예로 들었다. 모두 12명으로 구성된 이사들은 내 설명을 경청한 후 질의를 쏟아냈다.

"보소, 서울서 여까지 올 수 있습니까?"

"와~ 체육전문학교 할라캅니까? 지금 있는 학생들은 우짤라 꼬? 농구처럼 될 게 아일 낀데?"

나는 하나하나 그들의 질문에 응답했다. 개중엔 알아듣지 못 하는 경상도 특유의 사투리가 섞여 애를 먹기도 했다. 더 이상 질 의가 없자 이사장은 나를 회의장 밖으로 나가서 기다리도록 했 다. 지난 번 그 대기실이다. 차 한 잔을 막 마시며 벽에 걸린 그 림을 감상하는데 여비서가 와서 나를 안내했다.

"회의실로 들어오시라예."

문을 열자 갑자기 박수소리가 요란하게 들렸다. 김 이사장이 제일 먼저 "축하합니다!"라 했고, 나 역시 이사들과 악수를 나누 며 "감사합니다. 잘 부탁합니다."를 연발했다. 난적 중국을 꺾고 뉴델리아시안게임을 제패해 금메달을 목에 걸던 때와 같은 희열 이 나를 감쌌다.

아내와 나는 안동시 태화동에 있는 건동대학교 관사로 거처를 옮겼다. 얼마 뒤 2010년 11월 1일, 건동대학교 제3대 총장에 취임 했다. 김 이사장은 취임식에 많은 사람들이 참석할 수 있도록 권 했지만, 서울에서 워낙 거리가 멀어 나는 지인들만 초대했다. 가 족을 비롯해 고등학교 동창 '늘벗', 경원대 체육교수진, 그리고 축 사를 해 주실 분으로 김운용 IOC 부위원장과 김종욱 한국체육대

학교 총장님을 모셨다. 농구인은 시즌 중이라 올 수 없었다. 재단
에서는 안동공업고등학교 밴드부를 비롯해 안동시 부시장, MBC
이윤철 안동지사장, 재계·학계 인사들을 초청했다. 대학 동기로
는 대구일보 편집국장 출신 윤재인 등이 참석했다.

식후에는 총장실로 첫 축하 전화가 걸려왔다. 고등학교 은사
남도영 선생님의 목소리가 수화기를 통해 들려왔다.

"방 총장. 직접 가지는 못했지만 축하하네!"

"네, 선생님 전화까지 주셔서 감사합니다! 일간 뵙겠습니다."

총장실 창밖의 가을 하늘에서 1960년 경복고 3학년 4반 교실
을 지킨 남 선생님과 학우들이 나를 바라보는 듯했다.

2010년 11월 1일. 건동대학교 제3대 총장 취임식

를 진압하기 위해 내가 교육부에 출장 중일 때 손수 등교를 시도 했지만, 학생과 교수, 학부모들의 거센 항의로 뜻을 이루지 못했 다. 나는 분노했다. 문제 해결을 위해 재단이사장이 학교를 방문 했다는데 무슨 이유로 거부하는지 도저히 납득할 수 없었다. 교 무회의를 통해 교직원들의 책임을 묻기도 했다. 그러나 '소 잃고 외양간 고치기' 식이었다.

어느 날 학생회장과 한 여학생이 면회를 요청했다고 여비서 가 알려왔다. 나는 수락하고 그들과 마주 앉았다.

"총장님! 저희들은 총장님의 졸업장을 반드시 받고 싶습니다. 끝까지 남아주시기 바랍니다."

학생들은 울먹이며 말했다. 나는 그 학생들의 등을 두드리며, "어렵고 힘들다고 물러서는 사람이 아니니 염려 말라."고 타일렀 다. 하루하루 학교 모습이 변해갔다. 고가의 기자재를 도난당했 다는 보고를 받았다. 얼어붙은 강바닥을 건널 때 여기저기서 들 리는 파열음처럼 대학이 무너져가는 소리가 들려왔다. 건동대를 첫 방문했을 때 정문에서 본 검은 돌을 보며 가슴이 답답하던 장 면이 떠올랐다.

정신을 가다듬고 책상을 바라보니 교육부에서 2차, 3차 발송 한 공문이 눈에 들어 왔다. 행정제재를 감행하기 위한 조치가 자 세히 적혀 있었다. 그동안 정부 지원으로 구입한 기자재 및 연구 비 상환을 요구했고, 학생감원 숫자를 차곡차곡 더해 나갔다. 당장 떠나고 싶었지만 재학생과 교수들의 이적 문제 해결이 수면 위로 올라왔다. 4학년을 제외한 1, 2, 3학년은 교육부의 지원을 받아 안동대를 비롯해 대구대 등으로 학부모들의 동의를 받아 편입을 완료했다.

문제는 교수들이었다. 어느 대학도 교수를 받겠다는 곳은 없었다. 나는 우선 교수들의 의견을 수렴하고 그들이 희망하는 대학의 총장을 면담했다. 김 이사장님도 적극 협조했다. 교육부에 협조공문도 요청했다. 축구와 배구, 태권도, 골프 담당교수는 중원대학교로 이적을 완료했다. 마침 중원대학교 홍기영 총장은 평소 잘 알고 있는 분이라서 흔쾌히 해결할 수 있었다.

중부대학교 이보연 이사장은 경복고 후배였다. 교수 이적 문제는 어렵지 않게 진행되었다. 그는 나에게 농구팀 창단을 요청했지만, 중부대학교에는 농구보다 더 대학 홍보에 효과적일 수 있는 배구팀이 있다고 설명했다. 중부대학교 설립자는 이 이사장의 부친인 이영수 목사님이다. 그 분은 연세대학교 세브란스의대를 졸업한 의사이자 농구선수 출신이었다. 그 인연으로 이 이사장도 농구단을 원했지만 나는 달리 조언했다.

"이사장님, 농구는 연·고대 등살에 좋은 선수를 뽑기 어렵고, 더욱이 지방대는 우승하기가 하늘에 별따기입니다. 그러나 배구는 우수선수를 입도선매하다시피 하는 연고대가 없고, 대표선수 선발도 학연 등의 영향이 없는 배구종목이 중부대로서는 최선의 선택지입니다."

　그리고 송낙훈 교수를 추천했다. 신재생·가스공학을 담당하던 교수들은 울산대로, 일부 교수는 대덕연구단지로 이적을 완료했다. 모두들 만족해했다.

　이제 남은 문제는 기자재 환급과 교육연구비 반납이다. 기자재실은 도난 이후 대못으로 막아 두었기 때문에 문을 열고 목록에 따라 안동시청으로 옮겼다. 산학연구로 연구비를 수혜한 교수들을 설득해 자진 신고와 더불어 국고로 연구비 송금 처리를 취해 줄 것을 종용하고 실천에 옮겼다.

　남은 문제는 4학년 최종 학기 강의와 졸업식이었다. 김 이사장은 나에게 졸업식으로 대학이 문을 닫는 게 완료되는 것은 아니라며 임기 끝까지 함께하자고 제안했다.

제32대 대한농구협회장

이처럼 어려운 와중에 농구인들이 대거 안동을 찾아왔다. 어려움에 빠져 있는 농구협회를 위해 구원투수가 돼 달라는 요청이다.

이에 앞선 2009년의 일이다. 당시 변승목 부회장으로부터 협회를 맡아보라는 권유의 말을 들었다.

"자네, 이제 정년퇴임을 했으니 농구협회에 관심을 가져야 하지 않겠나."

그러나 나는 제31대 회장 선거에 출마해서 고배를 마시고 말았다. 이런 과거를 알고 있는 농구인들이 의견을 모아 나에게 재도전하라는 뜻이었다. 당시는 건동대학교의 난제가 모두 해결된 데다 4학년 학생들의 졸업식만 남아 있는 상태였다.

나는 갑자기 받은 제안이라 여유를 갖고 생각해 보겠다고 했다. 회장 선거일정은 급물살을 탔다. 이봉학(초등연맹 회장)이 주도한 서울시농구협회가 중심이 되어 차기회장 추대회의, 선거대책위원회 발족 등의 일을 연쇄적으로 밀어붙였다. 나는 농구무대에서 마지막 봉사를 할 때가 왔다고 작정하고, 그들의 뜻대로 제32대 농구협회장 출마를 공식화했다.

회장 선거의 선거권자는 전국 16개 시도지부회장과 중앙의 KBL(한국프로농구연맹), WKBL(한국여자프로연맹), 초등연맹, 중고연맹, 대학연맹, 실업연맹, 어머니연맹, 농구인동우회 등의 대표 1인과 중앙대의원 등 총 25명이었다. 농구협회의 개혁을 바라는 선거 대책위원회는 전국 시도지부 회장들을 대상으로 열심히 뛰었다. 상대 후보는 선거의 달인이라고 할 만한 4선 국회의원 이종걸 씨, 3선 국회의원이자 KBL 총재 한선교 씨였다. 당시 이 의원은 농구협회장으로 안정적 고정표를, 한 의원 역시 프로농구 총재라는 프리미엄을 갖고 프로농구팀 프랜차이즈를 최대한 활용할 것으로 예상됐다. 선거 열기는 뜨겁게 달아올랐다. 2013년 2월 5일, 올림픽파크텔에서 대한농구협회 총회 개회와 함께 제32대 회장 선거가 시작됐다.

선거는 차분하게 진행됐다. 농구협회 사무국장이 선거규정을 발표했고, 이어 출마자들의 정견 발표가 뒤따랐다. 이 후보는 "9년간 이끌어 온 경험을 바탕으로 농구를 더욱 발전시키겠다."

고 호소했다. 한 후보는 준비한 자료를 피켓으로 제작해 들어 올리면서 "회장에 당선되면 문화관광부 체육예산을 많이 끌어 오겠다."고 약속했다. 마지막으로 나는 "이제 두 국회의원께서는 여의도로 출근하시고, 이 자리는 농구인들에게 맡겨주기 바란다."고 말했다.

투표 결과 방열 14표, 한 총재 5표, 이 회장 4표, 무효 2표로 나는 1차 투표에서 과반수를 획득해 제32대 농구협회 회장으로 당선됐다. 장내에 있던 농구인들이 큰 박수갈채를 보냈다. 기자들과의 인터뷰에서 나는 "오늘의 선거 결과는 농구인의 승리"라며 "농구인들의 의견을 모아 협회를 개혁해 나가겠다"고 당선소감을 밝혔다.

왼쪽부터 김태환 의원(대한태권도협회장), 이종걸 의원, 김운용 IOC 위원장, 필자, 김정행 대한체육회장 , 장갑진 농구원로, 정현철 농구동우회장, 안민석 의원

경복중 2학년 때 시작한 내 농구인생이 길고긴 여정 끝에 마지막 종착지라 할 농구협회장으로 이끈 것이다. 그동안 나를 지켜준 돌아가신 할머니와 아버지, 어머니 그리고 사랑하는 아내와 가족들이 새삼 눈물겹고 고마웠다. 나는 건동대학교와 농구협회를 오가며 이중 업무를 치러야 했다. 그리고 내 인생에 가장 행복하고 벅찬 시간이 다가오고 있었다.

가족이라는 울타리

학창 시절, 친구들은 내가 제일 먼저 장가갈 것이라고 말하곤 했다. 내가 비교적 성격이 활달하고 적극적인 편인데다 남자 형제들 사이에서 자라 일찍 연애도 하고 결혼도 빨리 할 것으로 짐작했던 모양이다. 친구들의 예상은 빗나갔다. 나는 친구들이 "총각귀신 될 거냐!"고 놀릴 때까지도 결혼을 염두에 두지 않았다. 내 애인은 농구였고, 내 어깨에는 가족이라는 짐이 얹혀 있었다. 코치 생활을 시작하고 나서도 이왕 선택한 길이니 명문구단의 감독이 되겠다는 생각으로 오로지 농구에 관한 책을 읽고 연구하는 일에 몰두했다. 그러다 보니 이성을 만나 사귈 시간도 의지도 없었다.

앞에서 잠시 언급했듯이 내가 아내를 처음 본 것은 그녀의 고등학교 시절, 열차 안에서였다. 그 이후 내게 아내는 눈이 큰 소녀로 기억되었다. 조흥은행 농구팀을 창단할 때 먼저 입사한 아내가 실무 작업을 도와주면서 가까워졌다. 아내는 그 뒤 농구부를 떠나 은행 조사과에 소속돼 행보 업무를 담당했다. 삽화도 그리고, 원고청탁 및 정리 책임을 맡아 행보 발간까지 늘 바쁘게 일했다.

처음에는 서로 호감을 갖고 동료로 지내는 정도였다. 그런데 급속하게 우리의 관계가 사랑으로 바뀌게 된 결정적 계기는 아내의 수술이었다. 아내는 중이염을 앓아 나를 만나기 전에도 한 차례 수술을 받은 적이 있었다. 그런데 나와 조금씩 가까워지던 어느 날부터 중이염 후유증이 발생해 줄곧 두통에 시달려 왔다. 그 모습을 보다 못해 아내의 손을 잡아끌고 육군수도병원을 찾았다. 나는 당시 군인 신분이었기 때문에 군 의무실을 이용할 수 있었다. 아내를 진찰한 군의관 K 중령은 섬뜩한 판정을 내렸다.

"하루 빨리 수술을 해야 합니다. 잘못하면 목숨이 위험합니다."

아내는 수술받기를 주저했지만, 나는 억지로 끌다시피 해 수술대에 올렸다. 아내는 부모님들에게 걱정을 끼쳐드리기 싫다며 고향 집에도 알리지 않고, 자기가 저축해서 모은 돈으로 수술 비용을 마련했다. 김 중령의 소개를 받고 찾아간 곳은 마포에 있는 한 이비인후과였다. 그 병원의 노관택 원장은 이후 서울대학교 병원장까지 지낸 이비인후과의 최고 전문의였다. 우연히 인연을 맺었지만 줄곧 아내의 귓병을 돌봐 주었을 뿐만 아니라 막내의 코뼈가 부러졌을 때도 흔쾌히 수술을 맡아 준 바 있다.

아내는 전신 마취를 할 수 없는 상태여서 부분 마취만 한 채 수술을 받았다. K중령과 노관택 씨 두 분이 시술을 하고 나는 곁에서 지켜보았다. 아내는 수술과정에서 엄청나게 많은 피를 쏟았다. 차마 끔찍해서 계속 바라보고 있기엔 힘들 정도였다. 괜히 내가 수술을 하라고 고집해서 엉뚱한 일을 당하는 게 아닌가 하는 방정맞은 생각이 들기도 했다. 아내가 겪는 고통이 내 가슴속에서 저릿저릿 전해왔다. '제발, 무사히 수술을 마치도록 돌봐 주소서.' 수술이 진행되는 동안 나는 줄곧 간절한 마음으로 기도를 올렸다. 세상에 태어나서 한 여자를 위해 간절히 기도해 본 것은 처음 있는 일이었다.

아내는 고통을 참느라 얼마나 힘을 주었던지, 그녀가 잡았던 수술대의 쇠로된 난간이 휘어 있을 정도였다. 수술은 성공적으로 끝났다. 머리를 온통 붕대로 칭칭 감싸고 누워 있는 모습은 밀랍 인형을 연상시켰다. 나는 비로소 내 앞에 누워 있는 이 작은 여성이 생각이 깊고 강한 의지를 가진 여자라는 사실에 예사롭지 않은 호감을 갖게 되었다.

수술이 끝나고도 거의 두 달을 매일같이 병원에 다녀야 했다. 지금 돌이켜 보면 그때 조흥은행 본점에서 안국동 길을 걸어 육군수도병원으로 오가는 길이 우리의 데이트 코스였다. 당시만 해

도 청춘남녀가 드러내 놓고 데이트를 즐길 만한 분위기는 못되었
다. 게다가 내 천성이 무심한 편이지만, 대표선수를 지낸 까닭에
길거리에서 날 알아보는 사람들이 많아 우리는 데이트다운 데이
트 한 번 해본 기억이 없다. 아내의 수술이 우리들을 묶는 운명적
인 계기가 된 것은 분명했다.

쿠웨이트 농구팀을 지도할 때의 일이다. 중동국가들이 그렇
듯 쿠웨이트 역시 아랍문화의 전통 때문에 여성들에 대한 차별과
혐오가 일상적인 데다 어느 곳에서나 남성들의 무지와 완력 앞에
노출되기 쉬운 곳이었다. 그러다보니 큰 걱정거리는 아내와 아이
들의 안전이었다. 그런 중에도 역설적으로 그 시절은 우리 가족
에게 가장 행복한 시절이기도 했다. 그곳에서 코치 생활을 하는
동안 가족과 가장 많은 시간을 보냈기 때문이다. 아내는 교민도
거의 없고 언어와 문화가 전혀 다른 사회에 적응하느라 남다른
고통이 있었지만, 인내심과 지혜로 어려움을 이겨냈다.

아내의 지혜가 발휘된 것 중 하나가 '상추김치' 발명(?)이다.
사막 한가운데서 배추나 야채음식에 필요한 양념은 아예 찾을 수
없었다. 그런데 마침 그곳에는 중국산 상추가 있었다. 아내는 이
재료를 구입해 김치와 비슷한 반찬을 만들었는데 그 맛이 기가
막혔다. 이 상추김치는 나중에 쿠웨이트 교민사회에 널리 퍼져나
갔고, 아내는 요리비법을 전수하느라 한동안 꽤 바쁘게 지내기도

했다.

사실 전문 운동선수나 코치들은 가장으로서는 0점짜리일 수밖에 없다. 연중 계속되는 합숙훈련과 대회로 집에 들어가는 날보다 들어가지 못하는 날이 훨씬 많다. 대표팀에 선발되어 태릉선수촌에라도 입촌하면, 일요일과 공휴일만 빼고는 모든 시간을 선수촌에서 보내야 한다. 1년 365일 중 집에 들어가는 날이 60여 일 정도고, 그나마 일주일간의 피로 때문에 부족한 수면을 보충하는 데 허비하기 일쑤다. 그러니 제대로 가장 노릇하기가 정말 힘들었다. 업무량이 많은 기업체 직원들 가운데서는 야근을 끝내고 퇴근할 때 '하숙집에 갔다 오겠다'는 자조적인 농담이 떠돌았다고 하는데, 스포츠팀 코치들에게는 그마저 부러울 지경이었다. 그들은 어쨌든 매일 집에는 들어가니 말이다.

아내는 결혼식을 올리자마자 가장 노릇까지 겸해야 하는 고달픈 코치 아내의 생활을 시작했다. 코치 아내들은 아이들 교육, 가계운영, 집안의 대소사에 이르기까지 모든 가정사를 혼자서 결정하고 이끌어 나가야만 했다. 나만 해도 세 아들을 키우면서 숙제 한 번 제대로 돌봐 준 적이 없다. 집이 몇 차례나 이사를 했지만 내 손으로 계약서를 쓰거나 이삿짐을 옮겨 본 기억도 없다.

언젠가 해외원정에서 돌아와 김포공항에 내렸는데, 늘 마중을 나오던 아내가 보이지 않았다. 할 수 없이 택시를 타고 혼자서

집으로 갔다. 그런데 집 앞에 도달해 초인종을 누르자 문을 열고 나온 사람은 낯선 아주머니였다. 내가 아파트 호수를 착각했나보다 생각하고 있는데, 아주머니가 말했다.

"우리는 며칠 전에 새로 이사왔어요. 전에 살던 사람은 옆 동으로 옮겼는데…."

아내가 그날따라 급한 일이 생겨 마중을 나오지 못하면서 벌어진 해프닝이었지만, 집이 이사간 줄도 몰랐던 나는 졸지에 엉터리 가장이 되어버린 셈이다. 그처럼 모든 집안일을 떠맡으면서도 아내는 불평 한번 하는 일이 없었다. 오히려 내가 걱정 없이 농구에만 전념할 수 있도록 돕기 위해 무척 애를 썼다. 외국 원정을 갔다 귀국할 때도 농구 관련 책자나 사가지고 갈 뿐, 변변한 선물 하나 안겨 주지 못해도 그저 덤덤하게 받아들였다. 일주일

1981년 1월. 현대아파트 옥상에서 개구장이 3형제

에 한 번 겨우 귀가하는 데도 흔한 말로 바가지 한 번 긁는 일이 없었다.

우리집에는 벽마다 그림이 걸려 있다. 아내가 직접 그린 그림들이다. 원래 그림에 소질을 타고나 내가 집을 비우는 시간이면 으레 그림에 몰두했다. 이젠 제법 수준급에 이른 솜씨다.

아내는 내가 큰 경기를 치를 때면 염주를 손에 쥐고 체육관에 나와 나의 승리를 기원한다. 해외 원정 때는 절에 가서 불공을 드리기도 한다. 물론 나는 한 번도 아내의 이런 모습을 직접 볼 수가 없었다. 나중에 주위 사람들이 전해 주는 말을 통해 아내의 정성어린 마음을 짐작할 뿐이었다.

아내의 이같은 정성은 이를테면 내가 경기를 치르는 날 아침은 달걀을 깨지 않는다든지, 미장원에 가지 않는다든지 하는 금기로 이어진다. 나는 징크스라는 걸 믿지 않는다. 그것이 심리적인 불안감의 소산이라고 생각하기 때문에 40년 가까운 선수 · 코치생활을 하는 동안 징크스를 가져보지 않았다. 아내의 그런 금기는 징크스라기보다는 큰일을 앞두고 행동과 생각을 조심하는 우리 민족의 전통적 근신에 해당하는 것이리라.

우리집 서재 한쪽에는 꽤 많은 분량의 신문스크랩 자료와 잡지들이 정리되어 있다. 사실 나는 경기를 치르는 데 전력할 뿐 언론의 보도에는 관심을 많이 기울이지 않는 편이다. 아내가 신문하나하나, 잡지 하나하나에 실린 나에 관한 기사를 가위로 오려 모으고 정리하지 않았다면 지금 그많은 자료들은 하나도 남아 있지 않을 것이다. 아내는 또한 직접 관중석에 앉아서 경기를 지켜보며 관중들의 반응을 수집해 내게 전해주기도 했다.

나는 이따금 선수들이나 친분 있는 외국 코치들을 집으로 초대해 식사를 대접하곤 했다. 내가 지도했던 선수들 중에 한 번이라도 우리집에 와서 식사 대접을 받아보지 않은 사람은 아마 없을 것이다. 물론 그 실질적인 준비와 뒤처리는 모두 아내의 몫이었다. 그렇지만 아내는 한 번도 귀찮아 한 적이 없다. 아니 오히려 그같은 초대를 즐거워하며 정성껏 준비했다. 이처럼 아내는 내게 있어서는 반려자이자, 친구이자, 비서이자, 조언자이고, 열렬한 팬이자, 비판자이기도 했다. 또한 아내는 자식 교육에도 부족함이 없었다.

자식은 존재만으로도 큰 기쁨이다. 더욱이 무탈하게 성장하는 모습을 지켜보는 것만으로도 얼마나 감사할 일인가. 나는 자식들에게 부끄러운 아비였다. 재원, 재웅, 재승 삼형제가 태어나 성장해가는 과정에서 그들에게 기쁨과 행복만 받았지 아버지로서 내가 해준 것은 거의 없기 때문이다. 눈 뜨면 훈련장·경기장으로 달려갔고, 국내경기가 끝나면 대표팀을 맡아 태릉에서 살아야 했다. 1년 12개월을 밖에서만 돌았다. 그러니 아이들을 보살피는 일은 모두 아내의 몫이었다. 다행히 큰아들 재원이는 건축학을 전공하고 대우건설 팀장으로 일하고 있다. 둘째재웅이는 행정학을 전공하고 한국수자원공사에서 역시 팀장이다. 경영학을 전공한 막내 재승이는 CJ 팀장으로 열심히 살아가고 있다. 모두 아내의 덕이다. 훌륭하게 자라 한 사람의 시민 몫을 하고 있는 아들들에게 감사할 따름이다.

낯선 곳으로의 여행은 언제나 가슴 뛰는 여정이라는 걸 일찍부터 깨달았다. 그나마 내가 아내와 아들을 위해 할 수 있는 일은 함께 여행을 떠나는 일이었다. 외국 여행을 통하여 견문을 넓히고, 나아가 호기심과 도전의식을 자극하는 기회를 주기 위해서이다. 심지어 농구기술 강습회에 초청을 받았을 때에도 전 가족을 대동하기도 했다. 며느리와 손자·손녀들에게도 가능한 한 많은 여행시간을 마련해 주기 위해 노력했다.

행복은 거창한 게 아니다. 작은 것에 만족하고 기쁨을 찾으면 그게 최고의 행복이라는 게 나의 지론이다. 손자·손녀들은 나에게 최고의 기쁨이자 행복의 원천이다. 삼형제가 6명의 손자·손녀들을 낳아 잘 키우고 있다. 그들과 함께한 순간순간이야말로 가장 특별한 시간이다. 그간 국제농구대회로 수많은 나라를 방문했지만 역시 최고의 여행은 가족과 함께한 시간들이다.

1990년, 나는 대만 문교부의 초청으로 농구코치강습회에 참

353

가족이라는 울타리

석했다. 이 여행을 아내와 함께했다. 숱하게 많은 외국여행을 다
녔지만 아내와 동행하기는 처음이었다. 공항에 도착하자 최고급
리무진이 기다리고 있었다. 영접나온 대만 관계자들의 태도는 지
극히 정중했다. 대만 곳곳을 순회하며 진행된 강습회 기간 동안
우리 부부는 최고급 호텔에서 최고의 대접을 받았다. 말 그래도
칙사 대접이었다. 아내는 지금도 그때가 가장 가슴 뿌듯했던 때
라고 회고했다. 자기 남편이 그처럼 외국에서까지 인정받고 대접
받는 사람이라는 사실이 보람으로 다가왔던 모양이다. 나 자신
도, 아내의 오랜 희생과 고생이 결코 헛된 것이 아니었음을 보여

2007년 6월. 가천대학교 교수 정년퇴임 기념사진

준 것 같아 행복했다.

2002년 아내는 연세대학교 생활환경대학원 여성지도자 고위 과정을 수료했다. 끊임없는 향학열을 지닌 채 기회를 엿보다 아이들이 성장해 독립하기 시작하자 용기를 냈던 것 같다. 그동안은 농구감독 수발하랴, 세 아들 돌보랴 아내의 우선 순위는 늘 뒷전이었다. 축하에 앞서 뒤늦게 공부를 마치고 기뻐하는 아내의 모습에 존경심과 함께 한없이 미안한 마음이 들었다.

혹시 이 글을 읽는 미혼여성들이 운동선수나 코치에겐 절대로 시집가지 않겠다고 결심하지 않을까 걱정되기도 한다. 요즘 신세대들은 자기 자신과 가정을 무엇보다도 소중하게 여긴다고 하니 코치 아내의 고달픈 삶을 선뜻 받아들이기 힘들지 모른다.

우리 부부가 살아 온 방식은 이제 박물관으로 갈 때가 됐다. MZ세대 운동선수와 코치들에게는 그들의 가치관과 생활방식에 걸맞는 부부상이 필요할 것으로 보인다. 하지만 MZ세대일지라도 스포츠맨 부부라면 명심해야 할 일이 있다. 먼저 아내는 남편이 직업때문에 가정을 많이 비울 수밖에 없는 현실을 너그럽게 이해해야 한다. 남편 역시 가화만사성이라는 만고의 진리를 가슴 깊이 아로 새기고 아내와 가정에 대한 관심을 삶의 맨 앞장에 두어야 한다.

제5부

농구를 위하여

EABA(동아시아)대회 우승 기념 사진. 장(동아시아 회장), 필자, 칼 창(아시아 명예회장),
이경호 단장(영림목재 사장)

사무직원

2000년대 이전까지 농구협회 사무국의 역할은 이사회에서 결의된 사항을 추진하는 수동적 조직이었다. 새로운 시대가 열리면서 협회를 능동적으로 이끌어갈 수 있는 조직력 강화가 당면과제로 떠올랐다. 모든 국제기구들도 같은 시각이었다. 세계축구연맹(FIFA)은 조직의 활성화를 통해 스포츠 마케팅에서부터 축구 후진국 지원에 이르기까지 능동적으로 대처할 수 있는 체제로 변모했다. 나는 취임하자마자 전략적 목표를 설정해 기존의 협회운영 관행을 개선할 수 있도록 새로운 과제를 제시했다.

2013년 3월 당시 사무국 직원은 국장을 포함해 모두 6명이었다. 이들의 업무능력은 우수했지만 글로벌시대에 한국농구의 국제화를 달성하기 위해서는 조직에서나 역량에서 한계가 뚜렷했다. 직원 한 사람 한 사람의 맨파워가 절대적으로 부족했던 셈이다. 유능한 직원 채용이 급선무였다. 사무실은 올림픽공원 벨로드롬 사이클 경기장의 반지하 소규모인데다 햇빛도 보기 어려웠다. 직원들은 좁고 열악한 환경에서 근무하고 있었다. 신입사원 보충과 사무실 이전이 시급했다. 사무실 이전은 축구 · 야구 · 배구와 같이 독립된 건물을 매입하면 해결할 수 있다. 회장단은 본 건을 신중하게 검토했으며, 구입자금으로는 농구대잔치로 벌어들인 기금을 투자하기로 하고 건물 매입에 나섰다.

나는 이 모든 과정을 자문위원회를 비롯해 자금 적립을 해준 김상하 전 대한농구협회장을 만나 자문을 구했다. 김 회장님의 견해는 분명했다. 건물 유지비와 부동산의 불확실한 투자의 위험성을 들어 매입보다는 국민체육진흥공단의 건물을 이용하는 것이 좋겠다는 의견을 주었다. 나는 건물매입 건을 없던 일로 하고 새 사무실을 얻기 위해 국민체육진흥공단과 협의하였다. 마침 공단 이사장이 경복중학교 시절 나와 함께 농구선수로 활약하던 신윤희(육군예비역 장군)와 막역한 사이였다. 예기치 않게 신윤희 장군의 도움으로 사무 공간을 확보해 현재의 테니스경기장을 낀 사무실로 이전하는 데 성공했다.

사무실은 쾌적했고 주차장도 넓었다. 초 · 중 · 고 · 대학 · 실업연맹을 비롯해 농구인동우회 사무실까지 배정하고, 돼지머리에 막걸리를 올리며 '만사형통'을 기원하는 고사를 지냈다.

EABA 그리고
아시아태평양대학농구초청대회

회장 임기가 시작 후 첫 대회는 2013년 5월 개최된 EABA(동아시아농구협회)선수권대회였다. 이전의 협회 사무국은 대회 개최 준비에 손을 놓고 있었다. 장소 선정과 예산 확보 문제가 급선무로 떠올랐다. 장소를 인천으로 정하고 박한 부회장, 김동욱 전무, KBS 정재용 기자 등과 함께 송영길 인천시장을 방문했다.

송 시장과의 면담은 어려울 것으로 예상했지만 비서실을 통해 면담 신청을 하자 의외로 쉽게 이루어졌다. 송 시장은 검소한 분이었다. 첫 대면은 인천 시내의 조촐한 식당에서 조찬으로 이루어졌다. 나는 인천이 농구의 메카라는 점을 강조하면서, 1900년 초기 제물포고등학교, 인성여자고등학교, 그리고 송도고등학교의 농구 역사를 설명하며 인천의 대회 개최 당위성을 설득했다.

송 시장은 시 관계 직원들 앞에서 대회장소는 삼산체육관, 선수들의 숙박은 송도 신도시의 호텔을 제공하겠다고 통큰 선물을 주었다. 앓던 이가 빠지는 기분이었다. 송 시장에게 감사의 뜻을 전하는 동시에 사상 최고의 흥행대회로 성공시킬 수 있도록 최선을 다하겠다고 다짐했다. 귀경길의 경인고속도로는 마치 농구대회를 위해 깔아 놓은 듯 시원스럽게 뻗어 있었다.

선수단 구성은 급물살을 탔다. 그러나 항상 그래왔듯이 이번에도 대표선수 선발을 놓고 의견이 분분했다. 프로선수들로 구성할 것인지 아니면 대학선수 중심으로 할 것인지를 놓고 난상토론 끝에 차세대에게 기회를 주기 위해 대학선수를 선발하는 것으로 합의를 이끌어냈다. 감독엔 최부영(경희대 감독), 선수는 그 해 대학 대회를 휩쓴 경희대 김종규, 김민구, 두경민에다 고려대 이종현을 주축으로 구성했다. 대성공이었다. 결승에서 우리와 같이 차세대 선수들로 구성한 중국을 물리치고 우승 행가래를 쳤다. 한국 남자농구의 미래가 열리는 순간이기도 했다. 결승전엔 송영길 시장도 참석했다. 우승 뒤 선수단 모두가 송영길 시장의 지원에 감사의 인사를 했다.

전쟁에서 승리하려면 유능한 장군과 용감한 군인이 필요하듯, 농구협회를 혁신하기 위해서는 유능한 직원과 전문가가 필요했다. 지금까지 한국 농구는 국내용이었다. 바깥세계로 눈을 돌리지 않았다. 세계농구협회에 따르면, 2014년 현재 각국의 농구선수들의 국가 간 이동은 5천여 명에 달했다. 이에 반해 우리나라 선수들은 그때까지 단 1명도 국외로 눈을 돌리지 않고 있었다. 오직 국내 프로리그에만 매달려 있는 상황이었다. 한국농구의 국제화가 시급하게 떠올랐고, 이를 뒷받침해 줄 새로운 피가 필요했다.

신입직원 공채는 대한체육회장의 협조로 해결했다. 공채과정에서 많은 농구인들의 압력이 있었지만 외압에 흔들리지 않고 공정하게 선발했다. 그 결과 곽정미, 조아라, 김정혁, 박창훈 등이 신입직원으로 입사했다. 협회 분위기는 삽시간에 활기를 띠기 시작했다.

첫 사업의 목표는 대학농구의 중흥이었다. 프로농구는 토끼처럼 달려가는데, 아마추어 농구는 거북이 걸음을 하고 있다는 깃이 나의 솔직한 평가였다. 어느 나라나 대학 농구는 그 나라의 중추에 해당한다. 새로운 대회를 설립하기로 했다. 나는 '아시아태평양대학농구초청대회(Asian Pacific University Basketball Tournament)'를 조직해 FIBA(세계연맹)로부터 승인을 받았다. 대회의 설립목적은 아시아태평양 연안국가들의 젊은이들이 농구경기를 통해 경기력 향상은 물론, 긴장이 고조되고 있는 동아시아지역의 안정과 평화에 두었다. 국회 문화체육관광부 소속 의원을 찾아 어렵사리 정부예산을 확보하고 출범했다. 하지만 대학들의 참여가 적극적이지 못해 많이 아쉬웠다.

대학들의 불참 이유는 따로 있었다. 대학연맹이 추진하고 있는 대회일정과 각 대학의 전지훈련 등이 맞물려 있는데다 대학연맹 회장 선출이 지연되면서 어려운 상황에서 벗어나지 못했기 때문이다. 협회의 책임도 컸다. 이유 불문하고 대학과의 소통 부재가 실패의 주원인 가운데 하나였다. 하지만 소득도 있었다. 'APUBP'가 FIBA ASIA^(아시아농구연맹) 회원국으로부터 관심을 받기 시작해서 해를 거듭할수록 발전해 나갔기 때문이다.

심판은 갱단?

협회 운영의 난제들이 잘 풀리는가 싶더니 전 집행부에서 발생한 부정심판 사건으로 검찰 조사까지 받게 됐다. 심판이사를 비롯하여 심판·코치·감독 및 학부형까지 포함된 150여 명이 검찰에 의해 법원에 송치됐다. 연일 보도된 부정심판 기사는 해외 스포츠지에까지 톱기사로 보도될 정도였다.

FIBA ASIA(아시아농구연맹) 회의에 참석한 나는 회의 안건에서 한국 농구심판들이 갱단처럼 활동한다는 세계농구연맹(FIBA) 전무이사 바우만 씨(Mr. Baumman)의 기조 설명을 비참한 마음으로 경청할 수밖에 없었다. 이어서 회원들의 토론이 진행되었다. 앞이 캄캄했고 부끄러웠다. 아시아농구연맹의 전무이사 하곱(Hagob) 씨는 당사국인 한국의 견해를 요구했다. 나는 입을 열 수밖에 없었다.

첫째, 나는 이제 막 회장이 되었다. 둘째, 부정심판 문제는 검찰의 철저한 조사 끝에 연루된 심판을 모두 기소했다. 셋째, 나는 여러분들이 잘 알고 있듯이 선수 출신이므로 심판의 중요성을 잘 알고 있다. 넷째, 귀국하면 새로운 심판을 선정해 새롭게 출발하겠다. 다섯째, 나에게 기회를 주면 1년 내로 이 문제를 완전하게 해결하겠다. 여섯째, 1년 뒤 나의 개혁에 실패했다는 평가가 나오면 아시아농구연맹으로부터 징계를 받겠다는 취지로 확고한 개혁의지를 천명했다. 다행히 대만, 마카오, 일본대표 등이 내 뜻에 동의함으로써 당장의 제재는 면할 수 있었다. 나는 귀국과 동시에 혁신에 나섰다.

기존의 모든 심판을 해임하고, 심판 전원을 신인으로 선발해 대회를 소화해 나갔다. 이러한 결정에 따라 숙련되지 못한 신인 심판들의 오심으로 불평도 나왔으나, 부정으로 인한 승부조작은 점차 사라졌다. 희망이 보이기 시작했다. 정도심판(正道審判)을 주장하며 대한체육회 상임심판으로 9명을 등록해 부정한 심판이 나올 수 없도록 단속했다. 아시아농구연맹과 세계연맹도 이를 인정하고, 징계 안건으로 올라온 한국 심판제재 건을 없던 일로 처리했다.

상임심판 제도

2015년 3월 26일 대통령이 참석한 국무회의에서 체육계의 부정심판 문제가 입길에 올랐다. 회의를 주재한 박근혜 대통령이 직접 목소리를 높였다. 아무리 문제가 있어도 국정 우선 순위로 볼 때 대통령이 언급하기에는 너무 한가한 의제였지만, 체육계로서는 고질적인 심판 문제를 뿌리뽑을 수 있는 계기가 돼 긍정적으로 작용했다.

문제의 발단은 태권도 심판의 편파판정이 사회문제로 떠오르는 와중에 한 선수의 부모가 명을 달리하면서 증폭됐다. 유진룡 문체부장관은 체육회에 강력한 대책 마련을 주문하는 한편, 정부 차원에서도 고강도 혁신 작업에 나섰다. 대한체육회는 부정심판 근절대책을 만들어 유진룡 문체부장관을 비롯한 체육부 관계자들과 60여 곳에 이르는 가맹단체장들 앞에서 발표하기에 이르렀다.

그러나 발표내용은 이미 실행하고 있는 심판 연수과정 수준에다 "앞으로 심판 부정에 대해선 강력한 처벌로 대응하겠다"는 것이 주요 골자였다. 내가 보기엔 근본적인 대책이라기보다 일시적 외과수술로밖에 보이지 않았다.

나는 손을 들고 질문에 나섰다. 발언권을 얻은 나는 미국, 영국, 호주 등의 사례를 들어가며 부정심판 문제의 책임은 대한체육회에 있다는 취지의 주장을 했다. 먼저 체육회가 올림픽 메달리스트와 지도자에게 주는 연금과 군 면제, 포상금, 해외연수 등 독점적 특혜정책에 문제가 있다고 지적했다. 엘리트 선수 반열에 오르지 못한 일반 아마추어 선수들이나, 평생 일선 경기현장을 지켜온 이름 없는 심판들에 대한 예우 등은 너무나 열악해 그 실태를 공개하기도 부끄러운 현실임을 직시해야 한다고 주장했다. 나는 더 나아가 이와 같은 적폐가 쌓이면서 도덕적 자포자기 상태에 빠진 심판들은 유혹으로부터 자유로울 수 없었을 것이라며, 지금부터라도 심판에 대한 처우 개선과 재교육을 위해 국가가 나서야 한다고 강조했다. 좌석에 앉아 있던 가맹 단체장들의 박수가 일제히 터져 나왔다.

문제부 장관은 의견을 나눠보자는 메시지를 전달해 왔다. 나는 장관과의 면담 자리에서 반드시 전달해야 할 내용을 정리했다. 난생 처음 서울역 뒤 빨간 벽돌로 색칠한 문화체육관광부 서울사무소에서 유진룡 장관과 자리를 함께했다. 나는 미국의 NASO^(미국심판협회 : National Association of Sports Officials)를 소개했다. 체육회에 상임심판제도를 도입하되 정부예산으로 뒷받침하자고 건의했다. 장관은 시의적절한 제안에 감사하다는 뜻을 표했다. 면담 뒤 문체부는 상임심판제도 활성화를 위해 약 65억 원의 정부예산을 확보했다. 나 역시 적극적으로 심판교육에 참여해 강의를 했다.

교육의 성과는 곧바로 나타나기 시작해 부정심판 사례가 현저하게 줄어들기 시작했다. 해마다 부정심판에 대한 항의로 얼룩져온 전국체전에서 부정심판 사례 '0'을 기록하는 대사건이 일어났다.

농구천지

협회에 대한 평가는 대표팀의 성적과 비례한다. 대표팀이 금메달이면 협회도 금메달이고, 대표팀이 예선 탈락하면 협회가 아무리 잘했다 해도 예선 탈락이다. 따라서 농구협회의 2014년 인천아시안게임의 목표는 남녀 금메달 획득으로 아시아 정상 탈환이었다. 여자대표팀은 우리은행의 위성우 감독, 남자대표팀은 모비스의 유재학 감독에게 지휘봉을 맡겼다.

남녀대표팀의 훈련과정에는 FIBA(세계농구연맹)가 주최하는 세계선수권대회가 난관으로 버티고 있었다. 대회는 여자가 9월 27일~10월 5일 터키 이스탄불에서, 남자는 8월 30일~9월 14일 스페인 라스팔마스에서 각각 예정되어 있었으며, 대회 참가는 의무사항이다. 아시안게임은 9월 19일~10월 4일. 여자는 대회기간이 완전히 겹치고, 남자는 약 5일의 여유가 있었다.

이 난제를 해결하기 위해 나는 세계연맹 사무총장 바우만 씨 (Mr. Baumman)와 협의했다. 남자는 무조건 스페인세계선수권대회에 참석하겠지만, 여자는 터키세계선수권대회와 기간이 겹치니 제2진 파견이 불가피하다는 이유를 밝혔다. 바우만 씨는 빙그레 웃으면서 나의 제안을 일언지하에 거절했다. 그는 심각한 표정으로 세계대회의 권위는 매우 중요하므로 제1진을 참가시켜야 한다는 입장을 굽히지 않았다.

하지만 그냥 물러설 수는 없어 타협안을 제시했다. 인천아시안게임은 8년 전 결정된 대회지만 세계선수권대회는 4년 전 결정됐으니 아시안게임이 우선시되어야 한다고 강조했다. 특히 홈팀의 대회에 제1대표팀이 참가하는 것이 우선이라고 강조했다. 여자대표팀 제2진 파견은 대한농구협회가 세계연맹의 권위를 떨어뜨리기 위한 것이 아니므로 그 정당성을 인정해 달라고 요구했다.

바우만 씨는 나의 제안에 동의하면서, 대신 다가오는 '스페인 임시대의원총회'에는 회장인 당신이 꼭 참석해 달라는 당부를 끝으로 마무리했다. 우리는 차질 없이 여자대표팀 훈련과정을 소화할 수 있었다. 사무국 직원들도 열정적으로 대응했다.

스페인의 라스팔마스 해변을 따라 새벽 조깅을 했다. 새벽이면 조깅하는 습관이 있었다. 물론 해외라도 예외는 없었다. 바우만과 약속한 세계연맹 임시총회 참석차 이곳에 왔지만, 대서양의 신선한 바람을 맞으면서 바닷가를 신나게 달리고 있었다. 갑자기 핸드폰 소리가 요란하게 울렸다. 나는 가쁜 숨을 고르며 통화 전원을 눌렀다.

"아, 여보세요? 방열 씨입니까?"

"네, 방열입니다."

"나 이길여 총창인데, 오늘이나 내일 중 학교에서 좀 만났으면 하는데 시간되나요?"

나는 깜짝 놀라서 황급하게 답했다.

"국제회의 참석차 라스팔마스에 머물고 있는데, 여기는 지금 새벽 6시를 넘어가고 있네요."

"아이고, 멀리도 가 있네요. 귀국하시면 학교로 연락 한 번 주세요."

총장께서는 그렇게 말씀하신 후 전화를 끊었다. 왠지 모르게 가슴이 뛰었다.

회의를 모두 마치고 귀국 후 가천대학교를 방문했다. 2007년 정년퇴임으로 떠난 교정은 그동안 많이 발전해 있었다. 여기저기 새로운 건물이 보였다. 한의대 건물, 약학대 건물, 대학정문을 상징하는 '썬콘(교문 상징 건물)' 등이 나를 반겨 주었다. 정중앙에 위치한 총장실 건물에서 이길여 총장님을 만날 수 있었다. 이 총장께서 명예교수 임명장을 내밀며 말씀하셨다.

"아, 다른 게 아니고 그동안 방열 교수께서 학교 발전을 위해 많은 일을 하셨지만 규정상 명예교수직(20년 이상 근무자에게 수여)을 수여하지 못해서 늘 마음에 걸렸어요. 그래서 이번 이사회에서 심사 규정을 변경했습니다. 비록 햇수가 부족하더라도 학교 발전을 위해 많은 기여를 한 분에게는 명예교수직을 수여할 수 있도록 했습니다. 좀 늦었지만 명예교수직을 수여합니다. 앞으로도 우리 대학에 보다 많은 관심을 부탁합니다."

온몸이 전율에 휩싸였다. 그러지 않아도 퇴직할 때 못 받은 명예교수직을 안타깝게 생각하고 있었는데, 이길여 총장님께서 나의 한을 풀어주신 것이다. 늘 교수 생활이 부족하다고 믿어 온 나였다. 더구나 대학을 떠난 지 7년이라는 세월이 지났는데도 나를 기억하고 계셨던 것이다. 그 뒤로 나를 소개할 때는 가천대(경원대에서 가천대로 이름 바뀜) 명예교수 명함을 내밀었다.

2014년 9월, 농구협회는 인천삼산체육관에 진을 치고 아시아경기대회가 성공리에 마칠 수 있도록 철야작업을 이어갔다. 모두 능통한 영어실력을 과시했다. 선수단, 협회 그리고 농구팬들의 염원은 삼산체육관으로 모였다. 그 결과 여자농구가 20년 만에 금메달을 목에 걸었다. 이어 개천절인 10월 3일에는 남자농구가 12년 만에 아시아정상을 차지했다. 한국농구 역사상 처음으로 남녀동반 우승을 달성한 것이다. 인천 삼산체육관에 모인 수많은 관중들도 흥분에 휩싸였다. 남녀 대표선수단은 대한민국을 농구 천지(籠球天地)로 만들었다.

2014년 10월 3일, 인천 삼산체육관에서 남녀대표팀이 금메달을 획득한 모습

U17 세계 8위

2016년 6월 23일~7월 3일, 세계지도 왼쪽 끝에 위치한 나라 스페인의 사라고사에서 U17 세계농구선수권대회가 개최되었다. 한국청소년대표팀의 첫 상대는 프랑스 팀이었다. 프랑스는 2000년대 들어 독일과 함께 농구 강국으로 떠올랐다.

나는 난적 프랑스와의 경기를 인터넷 중계를 통해 보면서 밤새 응원을 했다. 세계 무대에 첫 출전한 한국대표 U17팀은 예상을 뒤엎고 높이와 체력이 앞선 프랑스를 90대 84로 물리쳤다. 손에 땀을 쥐게 하는 막상막하의 경기였지만, 우리 선수들이 펼친 2-3지역방어가 큰 위력을 발휘했다. 오세일 감독의 치밀한 벤치 운영도 빛을 발했다.

첫 승리를 축하한다는 메시지를 타전하면서도 좀체 흥분을 감출 수 없었다. 선수단 모두를 끌어안고 싶었다.

이어 도미니카와 보스니아에 패한 후 중국과 중위권 다툼을 해야 했다. 중국은 아시아를 대표한다는 자존감 때문인지 워밍업 때부터 덩크슛과 그들 특유의 몸짓으로 기량을 뽐냈다. 경기가 시작되자 중국은 장신선수를 앞세워 신장 우위의 농구를 펼쳤다. 우리 선수들도 만만치 않았다. 중국의 맨투맨 수비를 교란시켜 밖으로 뽑아내는 기술을 발휘하며 외각 슛으로 맞섰다. 한국의 신속한 볼 처리와 정확한 슛은 중국을 당혹하게 만들었다. 신장 우위의 중국에 맞서 한국은 기술농구로 경기를 풀어나갔다.

중국은 당연히 경기를 리드해나갈 것이라고 믿었는지 한국이 앞서자 당혹스러운 표정이 역력했다. 한국의 전술에 중국이 말려든 셈이다.

한국이 제4쿼터 한 때 10점 이상 앞서나가자 중국은 전면 압박수비로 대항했다. 한국이 75:70으로 승리, 세계 8위에 등극하는 데 성공했다. 한국 남자농구가 세계 무대에서 존재감을 드러내는 일은 그 자체로 험난한 도전의 연속이었다. 대한민국의 U17 선수들이 세계 8위에 오른 것은 한국농구 100년사에 길이 남을 경사였다.

대한농구협회는 2016년 12월 농구인의 밤에서 U17 대표팀을 환영하는 자리를 마련했다. 그들의 노고를 치하하고 선수단 전원

아시아 U16대회에서 15년 만에 우승한 순간 환호하는 선수들의 모습

에게 포상을 했다. 그러나 대부분의 언론 매체들이 우리나라 유
소년들의 쾌거를 외면한 것은 유감스러웠다. 뜻깊은 한 해가 그
렇게 저물어갔다.

남자대표팀 이경호 단장

"자 오늘은 내가 쏩니다. 그러니 내가 하자는 대로 여러분들께서는 따라해 주시면 감사하겠습니다!"

이경호(영림목재 대표이사) 단장은 맥주잔을 모두 자기 앞으로 모은 뒤 각 잔마다 소주를 붓고 맥주를 섞었다. 소위 '소맥'이라는 거다. 그리고 각자에게 나누어 주며 "원 샷!"을 외쳤다. 모두 잔을 비우자 이번엔 옆 사람들에게 잔을 돌려가며 똑같은 주법으로 진행했다. 서서히 술기운이 오르자 너나 할 것 없이 중국을 상대로 승리한 통쾌함을 화제로 이어갔다.

한국남자농구팀이 스페인세계선수권대회 참가자격을 획득한 것을 축하하기 위해 마련한 자리였다. 마닐라에서 한국인이 경영하는 식당으로 남방 도시 건물 특유의 실내와 외부를 구분하기 어려운 시설이었다. 삽시간에 음식점 술을 모두 마셔버렸다. 2차로 갈 곳이 없어 외부에서 술을 사가지고 오도록 주문했다. 그리고 자정이 넘도록 마셨다. 이 단장은 술과 술자리를 함께한 사람들을 사랑하는 분이었다. 인천에 3대 빨대가 있는데, 그중 한 분이 이 단장이라고 했다. 그렇게 많이 마셨는데도 전혀 취한 기색 없이 언행에 흐트러짐이 없었다.

우리 모두는 호텔로 돌아왔다. 그리고 각자 방으로 올라가려고 키를 받아든 순간, 마지막으로 한 잔 더하자며 이 단장이 호텔 로비 의자로 우릴 인도했다. 늦은 시간이어서인지 손님들을 찾아 볼 수 없을 정도로 조용했다. 웨이터도 모두 퇴근한 모양이다. 할 수 없이 프런트 직원에게 당부해 룸서비스로 맥주를 주문했다. 한 사람당 딱 한 병씩만 마시고 올라가자고 했다. 안주도 없이 병을 들고 마셨다.

이 단장의 방은 바로 내 옆이었다. 다른 일행을 먼저 올려 보

이경호 단장(우측), 중국 농구협회장 야오밍(가운데)과 함께

낸 뒤 나란히 엘리베이터를 타고 12층에서 내렸는데 나를 놔 주
지 않았다. 자기 방에서 딱 한 잔 더 하자는 거다.

"이젠 술이 없지 않습니까?"

그는 걱정 말라는 표정으로 나를 자기 방으로 끌고 들어갔다.
냉장고에는 여분의 맥주가 있었다. 참 대단한 분이었다. 오늘의
승리는 이 단장의 리더십 덕분에 이루어진 것이라며 병을 비웠
다. 온몸을 비틀거리며 어떻게 내 방으로 왔는지 시계는 새벽 2
시 15분을 가리키고 있었다.

다음 날이다. 이 단장은 아침 식사를 같이하자는 약속을 지
키기 위해 내 방문을 두드렸다. 술을 즐기고 많이 마시지만 절대
로 실수하지 않는 철저한 시간 관리자였다. 반듯한 인품이다. 언
론에 글을 기고하고, 인천 남성합창단 단장으로 음악을 사랑하는
분이다. 뿐만 아니라 인천 로터리클럽 회장, 자신의 사무실에 갤
러리를 운영하는 예술애호가이자 체육인이시다. 나는 철민이의
소개로 이 단장을 알게 됐는데, 그날 밤 술을 함께 마시면서 철
민이가 이 단장을 내게 소개한 이유를 깨닫게 되었다. 이 단장은
2014 인천아시안게임에서 우리 농구가 금메달을 목에 거는 데
길잡이 역할을 했다.

여자대표팀 박소흠 단장

통 크고, 의리 하면 박소흠(중고연맹 회장, 우신기업 대표이사) 사장이다.

박 사장은 농구협회 30, 31대 이종걸 회장을 비롯해 나의 임기 32~33대, 그리고 현재 34대 권혁운 회장까지 무려 20여 년간 부회장직을 이어오고 있으니, 농구에 남다른 의리와 애정이 아니라면 불가한 일이다. 특히 여자농구를 위해 헌신했다.

2013년 FIBA ASIA 방콕 여자농구선수권대회는 매우 중요한 대회였다. 2014년 터키 세계여자농구선수권대회 참가자격이 아시아지역에는 2팀으로 국한된 탓이다. 한국을 비롯해 일본, 중국, 대만의 각축전이 예상되었다. 농구협회는 선수단 구성에 신중을 기했으나 처음부터 난항이었다. 단장을 맡아줄 것으로 예상한 박 사장이 허리통증으로 입원했다는 것이다. 울산으로 문병을 가야했지만, 박 사장 외에 어느 분을 단장으로 모셔야 할지 남감한 상황이었다. 여자농구 단장은 남자와 달리 민감한 부분이 많아 아무나 맡길 수 없는 자리였다. 지난 날 우리나라 여자농구가 세계정상권을 지키고 있을 때도 여자대표 단장은 늘 윤덕주 부회장께서 맡아 주셨다. 그 자리를 이어온 분이 박 사장이다. 울산으로 박 사장 문병을 갔다. 나는 병상에 누워 있는 박 사장에게 조심스럽게 물었다.

"박 사장, 당신이 이렇게 누워 있으니 어느 분을 단장으로 모셔야 할지, 혹시 추천해 줄 사람이라도 있나요?"

그랬더니 누워 있던 박 사장은 벌떡 몸을 일으키더니 경상도 특유의 말씨로 이야기했다.

"그게 뭔 말입니까? 내는 괜찮습니다. 그 말 하려고 여 왔습니까? 걱정 마이소. 내사 퇴원해서라도 갈깁니다. 이번 대회가 얼매나 중요합니까?"

그는 계속해서 독백처럼 말을 이어갔다.

"이 대회가 얼매나 중요한 대회라꼬."

나는 아무 말도 할 수 없었다.

"암튼 잘 알았으니, 우선 몸조리부터 잘 하세요."

위로의 말 한 마디만 남기고 병실을 나섰다. 박 사장의 여자농구 사랑과 집념에 강한 감동을 받았다.

박 사장은 오래 앉아 있으면 안 된다는 의사의 경고에도 불구하고 허리띠를 겹겹이 찬 채 방콕대회 단장직을 수행했다.

중국과 맞선 경기였다. 상대는 장신을 앞세워 우리 팀을 압박하며 경기의 주도권을 잡아나갔다. 우리 선수들도 치열하게 맞섰다. 시종 엎치락뒤치락 시소게임을 하다 마지막 1초를 남겨놓고 곽주영 선수가 슛을 성공시켜 중국을 1점차로 격파했다. 대 중국전 승리로 일본과 함께 세계대회 출전권을 획득했다.

박 사장의 여자농구 사랑은 여기서 끝나지 않았다. 2014년 인천아시안게임에서는 선수들의 간식을 비롯해 혹시라도 있을지 모를 심판의 편파 판정을 저지하기 위해 혼신의 노력을 기울였다. 결국 여자농구 대표팀은 라이벌 일본과 중국, 대만 등을 누르고 금메달을 목에 걸었다. 박 사장의 여자농구 사랑은 이렇게 계속 진행 중이다.

여자 대표팀과 박소흠 단장(필자의 오른쪽)

제6부

대한민국 농구협회

하나가 되다

농구협회 회장 임기는 4년이다. 그래서 나의 임기는 2013년 2월~2017년 2월까지였다. 그동안 단임으로 마무리하겠다는 의지를 꾸준히 표명해왔다. 이유는 명료했다. 벽에 게시된 역대 회장님들의 사진과 재임기간을 보니 개인적 사정으로 임기 4년을 채우지 못한 분들을 제외하고는 단임으로 마친 분이 한 분도 없었다. 나는 임기 4년 동안 열심히 일한 후 박수 받고 퇴임하겠다는 결심을 굳혔다. 그러나 세상만사가 내 뜻대로 이뤄지지 않는다는 것을 또 한 번 깨닫게 되었다.

주위의 농구 원로들은 "생활체육회 쪽에서 회장직을 맡겠다는 소문이 파다 하니 이 시기에 퇴임은 말도 안 된다."며 만류했다. 2016년 정부가 생활체육과 전문체육의 통합을 국회에서 법으로 제정함에 따라 체육단체의 통합은 급물살을 타고 있었다. 늘 그렇지만 통합의 결실을 얻기 위해 정부는 당근책으로 재정지원을 들고 나섰다. 종목에 따라 통합 노력이 불발되는 불상사도 있었지만, 농구협회가 그 주인공이 될 수는 없었다. 다시 한 번 가슴이 뛰었다.

국민생활체육 전국농구협회장은 백용현 씨였다. 전무이사는 김용진 씨. 나는 김동욱 전무이사와 함께 그들과 머리를 맞대고 협상을 이어갔다. 직원의 임용 승계, 재산 이적, 사무실 사용, 급료 및 직책 조정, 명칭 개칭, 대회운영, 예산 확보 등 많은 난제들을 하나하나씩 해결해 나갔다. 무리한 요구로 통합이 난항할 때는 들고 나온 서류를 집어던지며 협상은 더 이상 없다고 잘라 말한 때도 있었다.

험난한 파고를 넘어 2016년 1월 23일 올림픽파크텔에서 국민생활체육 전국농구협회 이사진과 대한농구협회 이사진이 남북회담하듯 마주보며 자리했다. 그리고 새로운 〈대한민국농구협회〉의 출범을 확정지었다. 어둡고 긴 터널을 빠져나오는 듯했다. 하지만 난제를 해결했다는 성취감을 누리기도 전에 재정상의 어려움이 밀려오기 시작했다.

당진 전용체육관

2017년 6월 20일, 설레는 마음으로 당진시청사에 들어섰다. 당진시장과 농구전용체육관 건립 MOU(양해각서) 체결을 하는 기념비적인 날이다. 그동안 화성시, 하남시, 오산시 그리고 경기도청 등을 대상으로 전용체육관 건립을 위해 많은 시간과 노력을 기울여왔지만 모두 불발로 끝났다. 이유는 다양했다. 시가 추진하면 의회가 반대하고, 토지를 확정하면 구매조건이 틀어지고, 심지어 합의를 이루었으나 기재부의 '지목' 변경 반대로 무산되기도 했다.

가장 안타까웠던 것은 경기도청이다. 도지사는 흔쾌히 경기도 토지개발계획을 소개하면서 현재는 불가하지만 곤지암 지역의 유락시설 터와 함께 농구전용체육관 건립지로 소개했다. 그러나 협상과정에서 실무자를 만나 보니 천만의 말씀이었다. 토지개

발 과장은 견해를 달리했다. 그곳은 그린벨트 지역으로 묶여 있어 불가하다는 것이다.

그러나 오늘 당진은 다르다. 농구협회에 희망을 주는 날이다. 각서 조건은 명확했다. 목적은 U16~U19 등 각급 국가대표 선수들의 안정적 훈련장소 확보와 국내외 대회 유치로 당진시의 지역경제 활성화 및 농구의 저변 확대다. 주요 내용으로는 양 기관은 농구전용 경기장 건립에 필요한 행정적·재정적 지원이 원활하게 이루어질 수 있도록 정부 등 관계부처와 협력한다는 것이다. 그리고 협회는 경기장 건립 후 주요 국내·국제대회와 각종 농구 행사(강습회 등)를 당진시에 유치하고 개최될 수 있도록 노력한다는 것 등이다. 조인식을 마치고 기자회견이 이뤄졌다. 농구협회에서는 나를 비롯해 박한 수석부회장, 이경호 부회장, 김동욱 전무이사, 문성은 사무처장이, 당진시청에서는 시장을 비롯해 체육과장과 관계직원들이 참석했다.

쟁점은 건설비용이었다. 큰 틀로 보면 농구협회는 당진시가 제공하는 토지를 구매하고, 체육관 건립과 건물 유지는 당진시가 부담하는 방식이었다. 농구협회는 자금 마련을 위해 법인화로 예치된 자금 지출 승인을 정부로부터 받아야 한다. 이사회 및 대의원 총회의 승인도 필수조건이다.

이 과정에서 두 가지 난관이 따랐다. 첫째는 농구협회 대의원

총회다. 협회는 임시 대의원총회에서 전용체육관 건립에 대한 필요성과 배경 그리고 당진시와의 MOU 체결까지 과정을 상세히 보고했다. 대의원들의 반응은 먼 산을 바라보는 듯 차갑기만 했다. 심지어 반대하는 이들도 있었다. '왜 하필이면 당진 시인가? 서울에도 토지가 있지 않은가?' 또 다른 의견은 '왜 우리 시는 대상이 아닌가?', '법인화 자금은 절대로 사용 불가하다'는 등 반대의견이 꼬리를 물고 터져 나왔다. 농구를 누구보다 사랑한다면서도 당진전용체육관 건립에 관해서는 불가방침을 고수했다.

회의는 결론을 얻지 못하고 결렬되고 말았다. 전체 대의원들의 동의를 한 번에 얻어낸다는 것은 물론 어려운 일이겠지만 그래도 과반수 이상, 아니 반 정도라도 동의할 것으로 믿었지만, 그것은 착각이었다. 이 모든 책임은 나의 불찰과 부덕함에 있다고 믿고 반성하는 자세로 머리 숙여 돌아설 수밖에 없었다.

2018년 당진시는 때마침 지방선거 철을 맞이했다. 시장은 재선 출마를 선언했다. 자연히 시의 행정은 소극적이었다. 시 직원들은 복지부동이었다. 특히 신규사업은 모두 중단된 상태가 돼 지금까지 추진해 온 전용체육관 건립은 동력을 잃어가고 있었다. 그러나 다행히 시장이 재선에 성공해 그간 중단되었던 MOU 체결을 재추진했다. 전용농구장 건설계획에 박차를 가할 때가 왔다고 믿었기 때문이다. 하지만 시장이 재선과 함께 단행된 인사에서 그동안 사업 진행과정을 담당한 체육과장이 다른 부서로 이동하고, 새로운 담당자가 부임했다.

신임 과장의 방침은 전임자와 반대였다. 사업을 원점에서 다시 시작해야 했다. 시장의 지시가 있어도 새로 부임한 체육과장은 꿈적도 안 했다. 그는 한 발 더 나아가 농구장 건설계획 자체를 폐기해야 한다고 주장했다. 시장은 기회가 닿을 때마다 신임 과장에게 계속 업무를 추진하라고 강조했지만 그는 응하지 않았다.

지방의 일개 중간급 간부 공무원이 주민 직선으로 당선된 시장의 지시를 통째로 거부하는 것을 목도하면서 무척 당혹스러웠다. 그는 농구협회를 직접 방문해 재정투입의 애로사항을 말하면서 실무담당자로서 더 이상의 사업 추진은 어렵다고 최후통첩성 발언을 하기도 했다. 나는 그순간, "인허가권을 쥐고 군림하는 공무원들 때문에 기업하기 어렵다."고 말하는 기업인들의 하소연을 비로소, 그것도 아주 절실한 심정으로 이해할 수 있었다.

그 누구도 예상하지 못한 복병이었다. 그 뒤 나는 서울에서 당진 시장과 면담 자리를 마련했다. 시장은 그 자리에서도 양해 각서대로 농구장 건설을 추진하겠다고 말했다. 그러나 취임 이후 한사코 농구장 건립을 반대해 온 '절대 권력자'의 몽니 때문에 사업 추진 자체를 포기해야 했다. 그동안 투자한 시간과 노력이 한꺼번에 물거품처럼 꺼지고 말았다.

통일농구대회와 여자단일팀 구성

농구협회는 2018년 8월 18일부터 인도네시아 자카르타·팔 렘방아시안게임을 준비하느라 여념이 없을 즈음 통일부로부터 평양 방문 농구대회 공문을 접수했다. 여타 남북문제가 그러하듯 갑작스러운 제안에 협회는 회장단 회의를 통해 모든 일을 진행할 수밖에 없었다. 남녀 파견 선수단 및 협회임원 구성, 제반 준비과 정은 임박해서 이루어졌다. 제한된 인원수만 참석할 수 있어 어 려움을 겪었지만 우선 협회 회장단인 박한, 이경호, 박소흠, 백 용현, 김동욱 그리고 남녀 기술이사로 유재학, 위성우, 의료담당 김진수를 비롯, 새로 선임된 이정대 KBL^(프로연맹) 총재와 이병완 WKBL^(여자프로연맹) 총재를 포함했다.

미국의 대북 제재로 서울공항에서 군수송기를 이용해야만 했다. 안내원의 지시에 따라 사진기와 핸드폰을 공항에 맡긴 채, 7월 3일 서울을 출발한 지 약 1시간 반 만에 김대중·노무현 대통령이 공식 방문했을 때 이용한 평양 순안공항에 도착했다. 국제공항 치고는 한적한 모습이었다. 6.25전쟁 당시 인민군의 납치로 아버지를 잃은 나로서는 평양 방문 그 자체에 만감이 교차했다. 여권을 심사하는 공항의 인민군은 키가 작아서인지 높은 단에 올라서 있었다. 얼굴과 눈빛은 일부러 겁주려고 그러는 건지, 당장이라도 사람을 잡아먹을 듯한 살기로 가득 차 있었다. 누구나 섬뜩함을 느꼈을 것이다.

북한체육위원회 부위원장 원길우 씨의 영접으로 공항 VIP룸에서 첫 공식행사가 이루어졌다. 그는 환영사에서 내 이름을 거론하면서 세계농구연맹과 아시아농구연맹으로부터 많은 소식을 들어 잘 알고 있다고 했다. 내심 통제된 사회지만 행사를 위해 세계연맹과 소통하고 있어서 다행이라 생각했다. 버스로 이동 중 뉴스에서 본 낯익은 주체사상탑, 김일성광장, 여명거리 등 평양의 가장 화려하다고 하는 곳이 눈앞에 펼쳐졌다. 그런데 이상하게도 거리에는 이동하는 사람이나 차량을 찾아볼 수 없었다. 그리고 골목마다 수수한 차림의 사람들이 골목을 보고 서 있는 것 외에는 지나가는 사람이란 찾아보기 어려웠다. 목적지인 고려호텔에 도착했다. 호텔 정문 양 옆으로 길게 늘어선 한복차림의 여성들로부터 환영과 화환을 받았고, 신분을 알 수 없는 사람이 앞으로 나와 환영 인사말을 했다. 긴 시간을 기다려 정해진 방을 배정받고 고려호텔에 여장을 풀었다.

호텔 방 내부는 잘 정돈돼 있었고 화장대, 옷장, 침대 등은 고전적 느낌을 주었다. 세면장의 1회용 면도기, 비누, 빗 등은 모두 중국산이었다. 혹시 TV에서 어떤 방송을 하나 싶어 켜 보았더니, 시커먼 화면만 보일 뿐 영상은 나오지 않았다. 아마도 TV 방송 시간대가 아닌가 싶었다.

남과 북이 농구 교류를 한 것은 이번이 네 번째가 된다. 기록에 의하면 첫 번째는 1929년 일제강점기하에서 북한에 관서체육회가 설립된 이듬해 10월 서울에서 이루어졌다. 두 번째는 분단 50년 만에 1999년 9월 평양과 서울에서 각각 통일 농구교류경기가 이루어졌다. 세 번째는 2003년 현대건설 정주영 회장이 건립 기증한 〈류경 정주영체육관〉 개관기념 경기다. 여기까지는 모두 민간 주도하에 교류했다(북한은 민간 주도라 하면서도 실제로는 당에서 운영했음). 하지만 네 번째가 되는 이번 평양 방문은 양쪽의 관이 주도한 초청으로 거행된 것이 특징이다. 그 배경은 지난 4월 27일 한반도의 평화와 번영을 위한 문재인 대통령과 김정은 국무위원장 간에 맺은 '판문점선언'과 남북고위급회담에 이은 남북체육회담이 뒷받침돼 가능해진 것이다.

경기 진행은 1999년 모델 그대로 이뤄졌다. 7월 4일 첫 경기는 남과 북의 선수들을 통합하여 판문점선언에서 결정한 대로 '평화' 팀과 '번영' 팀으로 나뉘어 거행했다. 〈류경 정주영체육관〉에 평양시민 1만여 명이 질서정연하게 입장하는 모습이 매우 인상적이었다. 혼잡이란 찾아볼 수 없었다. 체육관 앞 광장은 VIP들의 차량만 보였고, 관중은 안내자의 지시에 따라 옆문을 이용했다. 참 특이한 광경이었다. 더구나 체육관에 입장한 사람들의 동작은 흐트러짐 없이 기계적으로 움직이는 것처럼 보였다. 경기 중 특이한 기술이 발휘되면 똑같이 박수치고 똑같이 환호하고 똑같이 열광했다.

본부석(로열석)에 자리한 북측의 대표로는 이선권 외교장관, 최

류경 정주영체육관에서 열린 남북한 농구경기 중 관람석에서. 왼쪽이 김일국 조선인민공화국 체육상, 바로 옆이 필자

희 중앙당 체육위원장, 김일국 체육상 등이었고, 남측에서는 조명균 통일부 장관, 노태강 문체부 차관, 이기흥 대한체육회장 그리고 한국농구협회장인 내가 참관했다. 로얄석의 임원들도 선수단에 많은 격려와 응원 그리고 환호의 박수를 보냈다. 다음 날 이어진 청팀과 홍팀은 각각 남북의 대표선수로 구성된 대결로 진행되었지만, 경기라고 할 수 없었다. 마치 쇼를 보는 듯, 서로 이기려고 하는 경기가 아니라 보여주기 식으로 경기가 진행되었기 때문이다. 하프타임 휴식시간에는 북한 태권도 시범이 있었다. 경기장을 꽉 채운 시범단이 절도 있게 움직이는 동작 하나하나가 우리의 태권도와 다를 바 없었다. 관중과 로얄석에 앉아 있던 양측 임원진들도 열광하며 볼거리에 만족을 표했다. 한민족이 서로 만나 농구경기를 통해 우의를 다졌다는 것이 매우 의미 있었다. 경기를 마치고 남북 관계자 및 선수단이 한데 어우러져 인사를 나누고 기념촬영을 했다.

북측은 우리 선수단을 위해 평양 시내 곳곳을 안내했다. 옥류관에서는 그 유명하다는 냉면을 맛보기도 했다. 북측 선수단과 자리를 함께했지만, 환담할 기회를 갖지 못해 매우 아쉬웠다. 어린이 궁전을 이튿날 오전에 방문했다. '김일성 지도자 동지께서 조선의 새싹을 길러내기 위해 마련한 궁전'이라고 안내인은 설명했다. 가야금, 기타, 농구, 피아노, 서예, 아코디언, 체조, 피리 등 각종 예체능을 지도하는 모습을 직접 보여 주었다.

방마다 지도하는 교사와 어린이들이 있었다. 우리가 들어가는 데도 눈길 한 번 주지 않았다. 오직 지도하는 선생만 바라보며 무표정한 모습으로 일관했다. 마치 내가 ENG 카메라를 든 촬영기사이고 어린이들은 배우들처럼 보였다. 우리 선수단이 직접 안내자의 지시에 따라 그들 옆에 서서 바라보고 있는데도 그 어린아이들이 어떻게 눈길 한 번 주지 않는 냉정함을 유지할 수 있는지 의아한 마음을 지울 수 없었다. 거대한 모습의 어린이 궁전은 어린이 예체능 전용궁전이라기보다 어린이 예체능 공장이라는 느낌이 들었다.

만수대는 이선권 외교부장과 만찬을 하기 위해 방문했다. 북측의 모든 행사 진행은 남한과는 매우 달랐다. 한 마디로 간소했다. 우리나라는 어떤 행사를 하든지 우선 사회자가 있고, 그를 통해 행사 하나하나가 진행되기 마련이다. 이를테면 행사에 준하는 축사가 2~3명이 있고, 내빈도 일일이 한 사람씩 소개하고, 소개된 사람의 현재 직책과 이름을 밝힌다. 이때 호명을 받은 사람은 반드시 일어나 '내가 왔소이다'라는 식으로 인사를 한다. 지루할 때가 많았다.

북측은 사회자 없이 파티를 주관하는 사람이 인사말을 하면서 모임 분위기를 이어갔다. 깔끔해 보였다. 식사가 시작되면 서로 술병을 들고 이 테이블, 저 테이블로 찾아가 술을 나누며 식사를 했다. 나도 술잔을 들고 북측 선수단이 앉아 있는 테이블을 돌며 술을 권하기도 했다. 끝날 때도 사회자가 없으니 각자 일어서서 헤어진다. 만수대의 만찬은 그렇게 끝났다. 하지만 버스에 오르기 전, 지난 해 중국 우환(2017년 아시아여자농구선수권대회)에서 만났던 몇몇 선수들이 달려와 내게 인사를 했다.

"선생님, 평양에서 좋은 시간 보내시길 바랍네다."

그렇게 나눈 상호인사는 내게 오래도록 마음에 남았다.

경기를 마친 후 대동강변이라도 한 번 걸어볼 양으로 호텔 문을 나서려는데 건장한 체구의 사람들로부터 저지를 당했다. 허락 없이 외출은 금한다는 것이다. "아~ 여기가 평양이지!" 하는 생각에 단념할 수밖에 없었지만, 그러면 "북한의 농구사 연구를 위해 김일성종합대학 도서관이라도 안내해 주길 바란다"고 했다. 그는 잠깐 망설이더니 나중에 알려드리겠다고 머뭇거렸다. 사실 이 요구를 첫날부터 요청했지만 떠나는 날까지 답은 일관되게 깜깜무소식이었다.

이왕 평양에 왔으니 그동안 해외에서 만났던 북한의 나복만(76년 시리아 다마스커스), 안광균(82년 인도 뉴델리) 등도 만나서 회포라도 풀고 싶었지만, 모두 허사로 끝났다. 아예 그들의 근황을 알 길이 없다고 했다. 우리 선수단은 평양 고려호텔에 수감 중이었다고 봐도 무리가 없을 정도로 제약이 심했다. 나는 하는 수 없어 고려호텔 2층에 자리한 서점을 찾았다. 서점에는 김일성, 김정일, 김정은 홍보물로 꽉 차 있었다. 좀 더 자세히 들여다 보니 한쪽 칸에 비치된 《광명백과사전》이라는 책이 눈에 들어왔다. 나는 즉시 구매했다. 혹시라도 신고 없이 들고 나가다 검열관에 걸리면 영원히 구속되는 건 아닌지 싶어 조명균 통일부 장관에게 책 구매를 신고했다.

평양을 떠나는 날이다. 아침 식사 자리에서 북측 요구로 다음과 같은 글을 비망록에 남겼다.

"세상에는 두 가지 어려운 것이 있다.
하늘에 오르는 것이 어렵고,
분단된 조국을 하나로 이룩하는 것이 어렵다.
그러나 남북농구단이 통일농구대회를 계기로
통일의 디딤돌이 될 것이다."

2018. 7. 6.

고려호텔에서
대한민국농구협회 회장 방열

한민족만의 DNA

피아노의 '도레미파'를 손가락으로 칠 때 그 소리는 누가 치더라도 똑같이 '도레미파'로 들릴 것이다. 하지만 전문가의 귀로 들을 때는 그 소리가 달리 들린다고 했다. 심지어 '도' 하나만 쳐도 사람에 따라 '음'이 다르고 '박자'도 다르다고 했다. 어떤 사람은 이 말을 듣고 무슨 소리를 하는 거냐며 '도'는 '도'지 무엇이 다른 소리냐며 핏대를 올리기도 한다. 그러나 나는 '도' 소리가 사람에 따라 다르다는 말에 동의를 한다.

농구에서 한 선수가 볼을 패스하면, 그 볼이 공간을 넘어 받는 사람의 손에 닿는 순간 구질을 느낄 수 있다. 말하자면 사람마다 똑같은 패스를 했지만, 받는 사람이 느끼는 감은 천차만별이라는 것이다.

내가 이렇게 장황한 설명을 하는 이유는 바로 북측 선수들의 플레이와 기술 동작 하나하나를 보면 한민족의 DNA가 같다는 걸 설명하기 위해서이다. 북한 남자농구선수들이 경기하는 모습을 1982년 뉴델리아시안게임 이후, 그러니까 근 40여 년간 단 한 번도 본 적이 없다. 그런데 우리 선수들과 북측 선수단이 홍·청팀으로 나뉘어 경기를 하는데, 패스와 슛은 물론 드리블동작까지 하나하나가 남측 선수들의 스타일과 유사했기 때문이다. 다만 기술이행 방법이 다소 옛날식이었다. 나는 수십 년 전부터 그와 비슷한 과정을 밟아 왔기에 금방 알아차릴 수 있었다. 로열석에 앉아 남북선수들의 동작에서 한핏줄 DNA를 확인하는 순간이었다.

북측 선수들의 신장은 우리보다 작았다. 그러나 그들이 경기에 임하는 자세는 물불 안 가리는 투쟁적 정신으로 일관했다. 북한 선수들에 비해 남한 선수들은 남북한 친선경기인 점을 감안해 부상과 같은 불상사를 피하는 화합농구를 펼치는 것처럼 보였다. 보는 시각에 따라 소극적인 경기였다는 지적이 있을 수도 있다. 스포츠 경기는 어떠한 경우라도 최고의 경기력을 펼쳐야 하고, 최선을 다하는 자세가 가장 중요한 미덕이기 때문이다.

농구협회는 2018년 남북교환경기에 참가할 때 농구 관련 통계 자료 등을 수집해 방북길에 올랐다. 남한의 등록 농구선수 현황이나 등록 팀 통계, 농구경기 현황, 협회의 운영조직 및 체계와 각종 국내 대회 현황이나 심지어 경영에 관한 자료까지 가지고 갔다. 또한 《한국농구 100년사》와 농구훈련과 관련된 서적 등을 가지고 갔다. 그러나 우리의 기대는 모두 수포로 돌아갔다. 먼저 북측 농구인들과 만날 수 있는 기회가 주어지지 않았다. 딱 한 번 만수대 만찬에서 만났는데 식사만 하고 헤어지고 말았다.

우리 협회는 방북에 앞서 국제농구연맹(FIBA)과 아시아농구연맹(FIBA ASIA)에 2018 아시아경기대회에 남북단일팀 출전 가능성을 알리고 선수단 구성을 평창올림픽 남북 여자아이스하키팀 구성과 동일 조건으로 추진해 달라는 협조공문을 발송했다. 그리고 이런 사실을 조선농구협회에 통보해 줄 것을 요청했다. 협회의 이같은 조처는 혹시 벌어질 수도 있는 제3국으로부터의 비판을 막기 위한 것이었다. 남북 간 체육교류 현황도 잘 알고 있던 바우만 FIBA 사무총장 겸 IOC위원은 즉각 움직였다. 그는 OCA(아시아올림픽위원회)와 FIBA ASIA(아시아농구연맹)으로부터 한국의 의견대로 적극 협조하겠다는 답변을 얻어 낸 뒤 그 내용의 전자문서로 한국에 통보해 줬다. 이로써 제3국으로부터의 이의 제기로 발생할 수도 있는 분쟁을 사전에 차단했다.

귀국 후 체육회로부터 자카르타 · 팔렘방아시안게임에는 남과 북이 단일팀으로 참석한다는 종목별 발표가 있었다. 여자농구가 이에 해당되었다. 평양 방문 기간에도 북으로부터 선수단 구성의 제의가 있었다. 원길우 체육부상과 북측 농구협회를 대표하는 박

종찬은 남과 북이 각각 6명씩 12명으로 구성하자는 제안을 해 왔으나 나는 일거에 거절했다. 이유는 분명했다. 남한은 아시아여자농구 정상급인 A그룹이고, 북한은 B그룹에 속해 있다. 그동안 국제대회에서 북의 여자농구를 예의 주시해 왔지만, 기량상 2명만을 선발하겠다는 의지를 밝혔다. 만일 북측의 요구대로 구성한다면 남북단일팀이라는 모양새는 좋겠지만, 경쟁력이 떨어져 상위 입상은커녕 출전에 만족할 수밖에 없어 절대 합의할 수 없다고 밝혔다. 나아가 만일 북측이 안을 끝까지 주장한다면 이번 아시안게임엔 남측 선수들로 구성한 팀을 출전시킬 수밖에 없다고 못박았다. 결국 북측은 정성심 코치에 로숙영, 장미경, 김혜연 선수를 파견했다.

북측 선수단의 합류는 예상보다 늦게 이뤄졌다. 북측 선수단이 진천선수촌으로 온다는 전갈을 받고 급히 달려갔다. 선수촌에 도착하자 어딘지 어색한 분위기가 풍겨 나왔다. 북측 선수들이 충주에 마련한 별도 숙소에 체류하며 훈련만 진천에서 하기로 했다는 방침 때문이었다. 말하자면 남북한 선수들이 함께 자고 함께 연습하는 합숙방식을 채택하지 않은 것이다. 북한 선수들과의 접촉도 일일이 인솔자의 허락을 받아야 해 오랜만에 성사돼 남북한 '원 팀' 정신을 기대했던 나는 맥이 풀리고 말았다.

이곳이 어디인가? 자유대한민국이 아닌가! 나는 북측 인솔자에게 다가가 일갈했다.

"여기는 단일팀 대표선수들의 훈련장이지 정치인들이 드나드는 곳이 아닙니다. 나는 당신의 허락을 받아 선수들을 만나는 게 아니라 이 팀을 지휘하는 감독의 지시에 따를테니 그렇게 알기 바랍니다."

그의 얼굴색이 금세 달라졌다. 나는 즉시 여자선수단 전원을 선수촌 회의장으로 모이도록 했다. 평양에서 본 낯익은 얼굴들이 보였다. 나는 장차 자카르타·팔렘방아시안게임에 참석할 선수들을 향해 선수들이 가져야 할 자세에 대해 설명해 나갔다.

"여러분 훈련하느라 고생이 많습니다. 그리고 특히 북측에서 온 코치 선생님과 선수 여러분을 진심으로 환영합니다. 바로 며칠 전 파리에서 세계축구선수권대회가 끝났는데 혹시 어느 나라가 우승했는지 아십니까?"

모든 선수들이 서로 얼굴을 쳐다보며 아무 말도 하지 않았다. 침묵을 깨고 북측의 로숙영 선수가 손을 들었다.

"프랑스입네다!"

나는 깜짝 놀랐다. 대답은 우리 선수들 입에서 나올 줄 알았는데 아니었다. 정답을 맞힌 로숙영 선수가 어떤 경로를 통해서 알았는지 궁금했다. 나는 "정답!"이라고 했다.

"그런데 여러분, 프랑스 축구대표선수들 중 몇 사람이 프랑스인이고, 몇 사람이 귀화한 외국선수인지는 모를 겁니다. 베스트 멤버 11명 가운데 7명이 알제리 등에서 귀화한 선수이고, 4명만 프랑스에서 태어난 원주민 선수들이랍니다. 팀 전체 24명 중 반이상이 귀화선수입니다. 일부 프랑스인들과 언론이 '이게 무슨 프랑스 대표냐'고 문제제기를 했지만 프랑스축구협회는 일축했습니다. 그리고 우승을 일궈냈습니다. 여러분! 우리의 입장을 생각해 봅시다. 우리는 12명 선수 중 9명이 남측에서, 3명이 북측에서 선발된 팀입니다. 선수들 중 25%가 새로 합류한 팀입니다. 그러나 프랑스는 50% 이상이 민족이 다른 선수들로 합쳐진 팀입니다. 누가 더 단합하기 쉬울까요? 물론 우리들입니다. 따라서 이 시간 이후 여러분들은 한 자매, 한 민족을 대표하는 한 팀입니다. 그같은 마음으로 훈련에 임해주길 바랍니다. 여러분들의 뒤에는 남측의 5천만, 북측의 2천5백만, 도합 7천5백만 민족이 여러분의 승리를 기다리고 있습니다. 잘 부탁합니다!"

모처럼 단일팀 구성을 통한 출전이어서 기대를 했으나 연습시간 부족과 WNBA(미국여자프로농구연맹)에서 대표선수의 기둥 박지수를 늦게 풀어주는 바람에 발목이 잡혔다. 결승전에서 남북한 선수단의 열렬한 응원 속에서 선전을 펼쳤지만 강적 중국에 져 은메달에 만족해야 했다. 지금도 여자선수 탈의실 앞에서 다음 기회에 만나자며 헤어진 북한 선수들이 눈에 선하다.

부도 위기

"회장님 어떻게 하죠? KBL에서 돈이 안 들어 왔습니다. 연말까지 기채금액을 막지 않으면 협회는 부도 처리되고 문 닫아야 할 판입니다."

전무이사와 처장은 심각한 표정을 지었다. 앞이 캄캄했다. 해결책이 떠오르지 않았다. 남녀 프로연맹 김영기 총재와 신선우 총재의 얼굴이 떠올랐다. 야속하기만 했다. 양 총재는 모두 국가 대표선수 및 지도자 출신이다. 하물며 김영기 KBL 총재는 오랜 기간 농구협회 이사와 부회장직을 역임했던 사람이다. '과부 집 사정은 과부가 잘 안다'는 속담은 과연 옛말일까.

나는 그동안 늘어난 국제대회(H&A)와 올림픽 정식종목으로 채택된 3×3의 중요성을 국제회의가 끝날 때마다 양 프로연맹에 전달했다. 그리고 협조해 줄 것을 강조해 왔다. 그러나 대한농구협회의 입장을 잘 이해할 것으로 믿어왔지만 모두 허사였다. 협회는 기회가 닿을 때마다 대표팀 훈련비 부족과 재정적 어려움을 설명해 왔다. 특히 H&A(Home & Away)를 하면 홈에서 1경기를 할 때마다 억대의 적자가 발생했다. 홈경기 3회, 방문경기 3회를 했을 때도 마찬가지였다. 2018년에는 인도네시아 자카르타 · 팔렘방아시안게임까지 겹쳐 KBL(한국프로연맹) 이정대 총재에게 사전협조공문까지 발송한 터였다. 3×3 경기 남녀 2팀, 정규대표 남녀 2팀 모두 네 팀을 파견해야 했다. 더욱이 여자는 남북 단일팀 구성이라는 부담을 안고 있었다.

그때마다 프로연맹은 약속이나 한 듯 연맹 사정을 내세우며 지원에 소극적이었다. 연맹의 어려움은 충분히 이해할 만했다. KBL은 점차 줄어들고 있는 입장수입에다 해체 위기에 있던 전자랜드를 직영하면서 재정이 나빠진 것은 사실이다. WKBL(한국여자프로연맹)도 총재를 적극 지원해 주던 전 총재가 갑작스런 정치 파동에 휘말려 순탄했던 연맹 운영에 어려움이 따랐을 것으로 보인다.

프로연맹의 대표팀 지원 문제는 어제 오늘의 문제가 아니었다. 프로연맹이 농구협회로부터 분리되던 1996~1997년부터 제기된 문제로 오랜 역사를 갖고 있다. 당시에 분리 독립을 주장한 이사진과 기존 제도 유지를 바라던 나(기술이사)의 의견이 충돌했다. 찬성하는 쪽은 '올림픽도 프로 출전을 허용하고 세계적인 흐름도 프로화 추세'라는 입장이었다. 반대의견은 '프로화는 찬성하지만, 조직을 협회 산하에 유지한 채 추진해야 아마추어 농구와 동반성장을 할 수 있다는 주장을 펴며 분리 독립은 시기상조'라고 맞섰다. 이와 함께 제 3의견으로 서두르지 말고 1~2년 준비기를 갖고 출범하자는 신중론도 있었다.

그러나 실질적인 이해 관계는 따로 있었다. 당시 〈농구대잔치〉는 실업팀과 대학의 대결로 활짝 꽃을 피우는 중이었다. 겨울철 농구경기의 인기가 치솟아 대회마다 큰 수익이 나면서 이익금을 쌓아두기에 이르렀다. 그런데 프로팀들이 창단되고 기존 실업팀에서 선수들이 빠져나가면 인기절정이던 농구대잔치는 유명무실해질 수밖에 없었다. 협회의 재정 타격도 불을 보듯 했다.

프로화를 주장하는 쪽에서는 본격적인 프로화로 심판의 자질을 높이고, 원활한 선수 수급으로 사회적 역기능을 해소에 기여할 수 있다고 주장했다. 또 선진 마케팅으로 높은 입장 수입을 올려 재정적 안정을 가져올 수 있다고 밝혔다. 다들 그럴 듯한 명분을 내세우고 있으나 실은 그 뒤에서 밥그릇 싸움을 하는 건 아닌가 하는 생각도 들었다.

협회 대의원 총회에서도 프로 독립을 모두 반대했다. 결국 서면 타협안이 제시되었다. 제시된 주요 내용은 '대표팀 운영지원', '유소년육성 지원', '지방협회 지원'이었다. 프로연맹은 이처럼 우여곡절 끝에 탄생했다. 이처럼 애초 약속대로면 프로연맹의 대표팀 지원은 선택사안이 아니라 필수 의무였던 셈이다. 더욱이 중·고·대학의 아마추어선수들이 프로선수 배출의 파이프라인 역할을 하고 있다는 점에서도 프로연맹의 지원은 재고 이유마저 안 되는 의제였다.

당시 총재는 프로 탄생 당사자이자 대한농구협회 부회장이었다. 저간의 사정을 처음부터 잘 알고 있던 사람이었다. 같은 겨울철 스포츠인 프로배구의 사례를 봐도 참고할 게 많았다. 프로배구는 아마배구협회에 매년 일정 금액을 지원하고 있다. 야구도 마찬가지다. 축구는 FIFA^(세계축구연맹)으로부터 A매치가 성사될 때마다 일정액을 지원하고 있다. 그러나 농구는 달랐다. 농구협회는 WKBL^(여자프로연맹)이 출범한 1998년부터 당시⁽²⁰¹⁹⁾까지 약속한 지원금을 한 번도 받은 적이 없었다. KBL도 연말까지 답을 주겠다고 하지만 실행은 되지 않았다. '한 지붕 세 가족'으로 분리된 한국 농구의 적나라한 자화상이었다.

빨간불이 켜진 협회는 긴급 상황에 빠졌다. 박한, 이경호, 박소흠, 백용현, 김동욱 등이 참가한 긴급 회장단회의가 열렸다. 2018년 12월 26일은 그해 들어 가장 추운 날이었는데, 빈사 직전의 농구협회의 사정도 춥고 배고프기는 마찬가지였다. 세차게 부는 찬바람과 쏟아지는 눈발이 거리에 쌓이기 시작했다. 눈을 보면 마음이 순수해진다고 했지만 그날의 눈은 마음을 얼어붙게 했다.

이사회 의제는 재정위기 극복에 대한 것이었다. 나는 조심스럽게 해결책을 물었지만 모두 침묵으로 일관했다. 누구 하나 입을 여는 사람이 없었다. 나 역시 비굴했다. "내가 일정액을 낼 테니 여러분은 성의껏 도움 주시면 좋겠습니다."라고 말해야 했지만 입이 떨어지지 않았다.

침묵을 깨고 박소흠 부회장이 나섰다.

"여기서 기업하는 사람은 나와 이경호 씨인데, 두 사람 빼고 돈 있는 사람 누가 있습니까? 내가 일부를 내겠습니다."

이번엔 이경호 부회장이 나섰다.

"아닙니다! 모두가 공동의 책임을 갖고 똑같이 나누어서 해결합시다."

두 분 부회장의 제안에 회의실을 지배하던 찬기운이 서서히 가시기 시작했다. 때마침 뜨거운 커피가 테이블에 놓였다. 만장일치로 기채상환을 위한 자금을 n분의 1씩 갹출해 갚기로 했다. 세차게 내리던 눈발이 서서히 줄어들기 시작하고 있었다. 12월 30일이 되자 협회의 은행계정에는 이사들이 각자 부담하기로 한 분담금이 입금되었다.

많은 사람들은 내가 협회에서 월급을 받고 일하는 것으로 잘못 알고 있다. 프로연맹 총재들이 급여를 받고, 웬만한 단체의 CEO 또는 회장들은 정기급여에 전용차량, 특별 활동비 등을 제공받는 현실이어서 그렇게 볼 수 있는 상황이기는 했다. 농구협회장은 다르다. 협회장은 그저 명예직이다. 또한 문화단체의 장이라는 특성도 갖고 있다. 일종의 사회봉사고 공헌하는 자리이다. 협회가 어려울 땐 재정 지원 등을 통해 아낌없이 봉사 정신을 발휘해야 한다.

스포츠단체에 대한 정부의 일방적 행정지침을 두고 대응책을 찾기 위해 축구협회 회장을 비롯해 야구 · 배구 · 농구 협회장이 함께 모였다.

"농구협회는 KBL, WKBL의 총재가 모두 농구인 출신이라 어느 단체보다 가장 협조가 잘 되겠네요."

내가 협회장을 하면서 수없이 들을 말이다. 이런 말이 나올 때마다 나는 협조가 잘 이루어진다며 자랑스럽다는 듯 너스레를 떨곤 하지만 현실을 생각하면 늘 가슴이 아팠다. 그날 협회장들의 모임 장소는 축구협회장이 경영하는 아이파크호텔이었다.

회의를 마치고 테헤란로를 달리는데 쓸쓸하기 그지 없었다. 지금도 그당시 기채 문제로 허둥대던 일들이 잠재의식 속에 남아 있는 지 종종 꿈속까지 찾아온다. 벼랑 끝에 서 있던 협회를 한마음 한뜻으로 살려 낸 회장단과 이사들의 헌신을 어찌 잊을 수 있겠는가. 우리는 고난의 기억을 잊지 않기 위해 '인천상륙(이경호 사장)', '울산대첩(박소흠 사장)', '명량대첩(백용현 부회장)', '서울탈환(방열)'이라는 이름으로 가끔 자리를 함께하면서 그때 잡은 손을 놓지 않고 살아가고 있다.

2023년 세계농구선수권대회 유치계획

여자농구는 1979년 서울세계선수권대회를 개최했었지만 남자농구는 세계선수권대회는 단 한 번도 한국에서 개최한 적이 없다. 축구, 야구, 육상, 수영 등 많은 스포츠종목 단체들이 세계대회를 주최한 것에 반해 유독 농구만 못한 이유는 무엇인가?

지금이 바로 그 답을 찾아야 할 때라고 믿었다. 농구가 점차 대중들로부터 멀어지고 있는 것이 가장 큰 이유였다. 이제 우물 안 개구리식 농구는 그만해야 한다. 세계대회에서 경쟁력이 점차 떨어지고 있는 상황에서 농구의 인기를 되살릴 수 있는 지름길은 눈을 밖으로 돌리는 것이었다. 그 가운데 하나가 세계의 정상급 기량을 가진 선수들이 모두 참가하는 세계선수권대회 유치였다.

나는 정부를 대표하는 조윤선 문화체육부 장관을 찾아 남자

농구월드컵 유치제안서를 제출했다. 문체부 장관과 국장은 "대회를 유치할 경우 우리나라는 몇 위나 할까요?"라는 질문에 나는 '4위'라고 대답했다. 장관은 깜짝 놀란 눈으로 나를 바라봤다. 나는 분명하게 답했다.

"축구가 4위를 했는데 농구라고 못할 이유가 어디 있습니까?"

특히 남북이 공동으로 대회를 개최할 경우 시너지효과가 발생할 것이라는 점을 강조했다. 장관은 흔쾌히 대통령의 재가를 받도록 노력해 보겠다는 답변을 주었다. 자세한 사항은 국장을 통해 소식을 주겠노라고 했다. 문체부 청사를 나섰다. 구름 사이로 밝은 햇살이 얼굴을 감쌌다.

2016년 12월 10일, 정국은 촛불시위로 일촉즉발의 상황에 놓였다. 문체부 국장의 호출을 받았다. 장관과 문체부가 검찰 조사를 받아야 할 위기에 처해 있다는 소식을 전해 주었다. 정국은 촛불혁명이라는 이름하에 대통령 탄핵으로 이어졌고, 세계대회 꿈은 사라져갔다. 하지만 나는 포기할 수 없었다.

2017년 12월, 2018년 개최되는 'FIBA ASIA CUP' 대회 준비를 위한 중앙이사회가 인도 뱅갈루루에서 개최되었다. 나의 관심사는 아시아컵대회보다 2023년 세계선수권대회의 서울 유치에 있었다. 그동안 세계연맹 사무총장 바우만 씨와 긴밀한 연락을 취했지만 유치 경쟁국인 일본, 필리핀, 인도네시아와의 타협이 이루어져야만 했다. 대회 개최를 위해서는 한국 정부의 보증이 필연적이다.

나는 문체부 노태강 차관과 국제전화 연결을 수도 없이 시도했다. 그는 국제회의로 유럽 여행 중이라 귀국 후 만나자고 했다. 나는 국내의 현 상황을 바우만 씨와 공유했다. 그는 12월 31일 전까지 답을 주면 대회의 서울 개최를 밀어보겠다고 이야기했다.

귀국하자마자 노 차관과 접촉을 시도했고, 드디어 문체부 서울청사에서 면담이 이루어졌다. 그는 제안서 내용을 훑어보고 무표정한 태도로 답했다. "문 정부는 위에서 아래로 식의 행정은 절대 하지 않는다."며 지금부터라도 2027년 대회를 준비하는 게 바람직하다고 했다. 몇 마디 더 대회 유치의 중요성과 과정을 설명했지만 그는 인왕산 바위처럼 꿈적하지 않고 침묵으로 일관했다. 협회로 돌아오자 바우만 씨에게 그간의 기다림에 고마움을 표하고 한국 정치사정으로 유치가 어렵게 되었다는 메시지를 발송했다. 사무실 벽에 게시된 역대 농구협회 회장님들의 모습을 바라보며 송구한 마음을 감추기 어려웠다.

대한민국 농구기술 및 규칙의 변천사

농구협회장은 매일 출근할 필요는 없다. 협회에 운영상 어려운 일이 발생하거나 결의가 필요할 경우 소집되는 이사회에 참석하면 된다. 지금까지 협회장을 맡아오신 전 회장들께서도 관례대로 상근하지는 않았다.

나는 그 분들과 달랐다. 재벌도 아니고 정치인도 아니며 명사·지사도 아닌 사람이다. 순수 농구인 출신이다. 현장을 발로 뛰어다녀야만 했다. 상근을 택했다. 시간적으로 여유가 있을 때는 대학에서 생활했던 패턴을 되살려, 평소 집필해 보기로 마음먹었던 일을 차근차근 진행해 나갔다. 그중 하나가 지난날 각 언론에 보도되었던 칼럼을 총정리하여 책으로 발간하는 것이었다. 2018년 10월 10일, 《페어플레이를 위하여》라는 제하의 책을 출간했다.

다음은 우리나라 《농구의 기술과 규칙의 변천사》를 연구하고 집필하는 것이다. 물론 국내대회 및 국제대회에서 우리나라 선수들이 이룩한 업적은 기록으로 남아 있다. 하지만 그것은 스코어 또는 전적 순위, 대회장소 및 대회명칭에 국한된다. 한계가 있는 기록들이다. 내가 찾고자 하는 것은 당시의 규칙과 기술 · 전략 전술에 대한 자료 발굴이었다. 물론 일부가 구술로 전해지고 있었지만, 기록으로 남아 있는 자료가 없어 늘 마음에 걸렸다. 그 내용들은 그 시절 직접 플레이했거나 가르치셨던 분들의 머릿속에만 남아 있을 뿐이다. 그나마 고인이 되신 분들의 기억은 이미 사라진 지 오래 됐다.

우리나라의 최초의 농구코치는 미국인 바이런 반하트(Byron Bahnhart, 한국명 반하두 : 潘河斗) 씨이며, 한국인으로는 김영구 씨이다. 만약 이분들이 오늘날 이 땅에서 벌어지고 있는 농구경기를 본다면 어떤 느낌일까? 경기내용을 거의 이해하지 못할 것이다. 당시만 해도 마당 농구로, 두 발을 땅에 붙이고 슛했으니 점프슛과 덩크슛 그리고 현란한 드리블 기술을 이해할 턱이 없다.

늦기 전에 하루라도 빨리 기술 발달 과정을 정리해야 했다. 나는 1956년부터 농구선수 생활을 했다. 그 뒤 오늘에 이르기까지의 역사는 잘 알고 있고 부지런히 자료도 모아 놓았다. 다만 1950년대 이전의 한국농구 기술 변화에 대한 자료를 찾고 연구하기 위해, 1932년 생으로 1950년대에 대표선수로 활약한 조병현 선배님을 협회 사무실로 모셨다.

기술 발달 과정 연구를 위해서는 세계연맹에서 발행한 《규칙 변경과정》(FIBA 1991, 60 Years of FIBA Rule)을 참고했다.

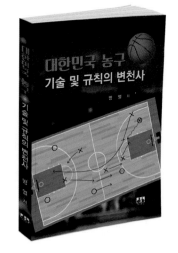

'늦었다고 생각할 때가 가장 빠르다'는 말처럼 지금이라도 이를 기록으로 남기는 것이 농구발전에 도움이 될 것이라 믿고 《농구의 기술과 규칙의 변천사》를 써 나갔다. 2019년 12월에 탈고하고 이듬해 1월 출간했다.

제7부

반복금지효

반복금지효(反復禁止效)

반복금지효(反復禁止效)란 동일한 사실 관계 아래서 동일한 내용의 일을 반복해서는 안 된다는 뜻이다. 농구 발전에는 여러 가지 다양한 요소들이 수반되어야 하지만, 그중 지원 업무를 맡는 사무국의 역할은 빼놓을 수 없다. 대학이 교수, 학생, 직원이 삼위일체가 되어야 발전과 성장을 이뤄 명문 대학이 될 수 있는 이치와 같다. 농구협회 회장을 비롯한 회장단과 최고 의결기구인 이사회, 대표선수단, 사무직원 등이 한 방향을 보고 업무를 추진해야 한다.

회장단과 이사진이 아무리 능력이 있고, 선수들이 아무리 뛰어나더라도, 직원의 업무 실책으로 일이 잘 안 풀리는 경우를 맞이할 때가 있다. 나는 회장으로 취임한 이래 사무국과 호흡을 같이 하면서 언제나 능동적인 자세로 임했다.

그러나 옥에도 티가 있다는 말처럼 무슨 일이든지 흠결이 있기 마련이다. 그 가운데서도 반드시 기억하되, 되풀이해서는 안 될 몇 가지 사례를 기록해 두고자 한다.

'15년 광주U대회

2015년 7월 3일~14일, 광주유니버시아드대회. 당시 이종현, 김종규 두 장신 선수를 대표팀에 선발하지 못했다. 큰 실책이었다. 김종규는 KBL리그 중 부상을 당해 선발하지 못했고, 이종현은 NBA 출전기회를 위해 출국해야 한다는 이유를 대는 바람에 선발하지 못했다.

사무국의 견해는 이랬다.

만일 이종현 같은 선수를 규정을 들어 선발하면 농구협회는 NBA에 진출할 수도 있는 촉망받는 선수의 장래를 막아 버렸다는 언론과 팬들의 거센 비판을 받게 될 것이다. 그와 같은 비난과 지적을 감당할 수 없다고 했다.

그러나 이런 견해가 있을 수 있다 해도 본격적인 논의를 통해 결정할 필요가 있었다. 두 선수는 이미 2014년 인천아시안게임에서 금메달을 획득해 군면제라는 특혜를 받은 상황이었다. 향후 5년간 국내에서 농구에 종사해야 한다는 의무를 다해야 하는 위치에 있었다. 만일 국가대표선수로 선발돼 해외로 파견할 경우라 할지라도 반드시 해당 종목 단체장의 허락과 병무청의 인가를 받아야 출국할 수 있다. 더 나아가 군입대 면제 혜택을 받은 자는 개인의 사정으로 출국 또는 국제대회에 출전하지 않으면 군입대 면제가 취소되는 조항도 있다. 따라서 한국에서 주최하는 광주U대회에 이들의 출전은 의무 중의 의무였다.

협회의 미온적 대처로 이들의 개인 활동을 허용한 것은 국가에 대한 일종의 직무유기였다. 사무국은 선수 명단 발표에 앞서 군입대 면제자에 대한 여러 규정을 점검하고, 이들의 대표선수 합류를 기정사실화해야 했다. 협회 사무국의 미온적인 업무처리로 발생한 사건이었다. 결국 한국은 광주U대회에서의 성적부진으로 2021년 U대회에 초대받지 못했다. 반복금지효로 삼아야 할 이슈였다.

국제대회의 관행

　두 번째 반복금지효로 삼을 사례는 2016년 대학농구 발전을 위해 창설한 '아시아태평양대학농구대회'(Asian Pacific University Basketball Tournament)에 참석한 미국 대표(Hawaii)팀 항공비 송금 사례를 들 수 있다. 국제대회나 국제회의에 참가해 보면 관례에 따라 주최 측에서 직접 할인된 항공표를 구매해 제공하는 경우가 많다. 단체구입을 하면 항공료를 많이 절감할 수 있기 때문이다. 협회는 어처구니없게도 아시아태평양대학농구대회에 참가한 미국선수단 왕복항공료를 현금으로 송금하고 말았다. 결론적으로 미국 팀은 우리가 보낸 돈으로 할인된 항공표를 구입하고, 나머지는 현찰로 따로 챙기는 꿩 먹고 알 먹기 식 행운을 누렸다.

　미국 팀은 애초 대회 결승전까지 진출하지 못할 것으로 예상해 폐막 전에 귀국하는 항공권을 사났다. 그러나 예측은 빗나가고 미국은 결승에 오르고 말았다. 그대로 결승전을 치른다면 출국 날짜를 미뤄야 하고, 예약 항공권도 휴지가 될 판이었다. 미국은 결승경기를 취소하고 귀국할 수밖에 없다는 입장이었다. 협회로서는 아주 난처한 상황에 몰린 것이다. 잔치의 화룡점정이라 할 결승전을 취소할 수는 없는 일이었다.

결국 협회는 '울며 겨자 먹기'로 막대한 금전적 손실을 감내하면서 그들의 귀국 항공권을 다시 구입해 제공할 수밖에 없었다. 적지 않은 재정 손실을 봤다. 이 또한 업무 실수로 봐야 할 것이다. 반드시 기억해 두어야 할 사건이다.

항공편 환승

2019년 한국 여자대표팀은 인도 방갈로에서 개최된 아시아 여자농구선수권대회에 참가했다. 선수단은 대회를 마치고 귀국할 때 직항로가 없어 태국에서 환승할 수밖에 없게 되었다. 그런데 환승시간이 너무 짧아 25명으로 구성된 선수단 전원이 비행기를 놓치고 말았다.

전 선수단이 공항에 묶여 허둥지둥하게 되었다. 무료하기 짝이 없는 불안한 상황에서 귀국 일정이 불확실해졌다. L단장만 무척 바빠졌다. 다행이 대한항공의 도움으로 다음 비행기표를 고가로 재구매해 귀국하는 어처구니없는 상황이 벌어지고 말았다.

선수들은 선수들대로 고생을 했고, 협회는 협회대로 경제적 손실은 감수할 수밖에 없었다. 왜 사무국은 출국 전, 철저하게 여행스케줄을 점검하지 못했을까? 방콕에서의 환승시간을 눈여겨 점검했더라면 이같은 어려움은 아예 없었을 것이다. 조금만 신경 썼어도 협회의 재정적 피해를 막을 수 있었던 어처구니 없는 사 건이라 하겠다.

U16 대표선수 선발

여준석 선수의 사건이다. 여준석은 미래가 촉망되는 선수였다. 그는 초등학교 시절부터 여러 중학교에서 스카우트 제의를 해왔지만 결국 삼일중학교로 진학했다. 이후 Y중학교의 끈질긴 이적 권유로 2018년에 이적해 연맹으로부터 1년간 출전정지 처분을 받았다.

문제는 2018년 U16대표선수 선발과정에서 발생했다. 기량면에서나 국제대회 경쟁력 제고를 위해서나 그의 선발은 필수였다. 그러나 연맹규정상 Y중학교 소속으로 출전한 선수의 경력증명이 없는 데다 출전정지 제재를 받고 있는 중이어서 U16 대표 선발이 불가하다는 게 중고연맹의 입장이었다. 말하자면 선수의 기량이나 팀 전력 제고보다 연맹의 법과 제도가 우선적으로 적용돼야 한다는 것이다. 연맹은 지금껏 단 한 차례도 이적한 선수가 제재를 받는 상황에서 대표선수로 선발한 사례가 없다는 주장을 협회에 전달했다. 연맹은 협회의 산하단체다. 사무국 역시 중고연맹의 주장과 동일한 견해를 이사회에 제시해 선발할 수 없었다.

결국 이사회는 중고연맹 안에 동의할 수밖에 없었다. 여준석은 U16대표팀에서 제외됐다. 그러나 문제가 발생했다. Y중학교 농구부 후원회 측에서 중고연맹이 과거 여자대표선수 선발 시 출전자격이 정지된 선수를 대표선수로 선발해 국제대회에 출전시킨 사례가 있다며, 증거서류를 제시했다. 후원회의 이의제기는 강력했고 이번엔 협회가 곤경에 빠졌다. 더구나 후원회는 협회를 물심양면으로 도움을 주고 있었다. 협회 사무국은 후원회가 요구한 지원금 지출현황을 제출하느라 밤을 새워가며 고생을 감수할 수밖에 없었다. 나 역시 아무런 도움을 줄 수 없어 안타까운 마음뿐이었다. 사무국이 좀 더 치밀하게 서류 점검에 임했다면 그 같은 혼란은 미리 막을 수 있었던 사안이었다. '호미로 막을 것을 가래로 막은 꼴'이 되었다.

농구협회의 명예가 추락하고 신뢰를 떨어뜨리는 일은 경기에 참여하는 선수들의 스캔들이나 국제대회 성적이 추락했을 때보다 사무국의 행정착오와 부진한 업무능력에 더 기인한다는 사실을 잊지 말아야 할 것이다. 물론 협회의 잘못은 회장인 나의 책임이 더 크다는 것은 말할 필요도 없다.

토사구팽

토사구팽(兎死狗烹). '토끼 사냥에 성공하면 쫓던 개가 필요 없으므로 삶아 먹는다'는 뜻이다. 원래 이 사자성어는 한나라 고조 유방이 그를 도와 나라를 세운 한신을 초나라 왕에 책봉했으나, 이 또한 자신에 대한 위협이 될까 두려워 모략으로 쫓아낸 데서 유래한 말이다. 어쨌거나 필요할 때 쓰고 쓸모없으면 버린다는 식의 뜻으로 오늘날에도 자주 쓰이는 말이다. 이 고사성어가 한 때 나의 뇌리에서 떠나지 않던 적이 있었다. 이유는 무엇일까? 8년간 협회 일을 하면서 경험한 사제지간의 묘한 인연 때문이다.

2013년 3월, 대의원 총회로부터 위임받은 이사회 구성 문제는 회장으로서 첫 시험대였다. 과거처럼 회장의 뜻대로 이사를 선임할 수도 없던 상황이었다. 문체부와 체육회의 규정에 따라야 했다. 가급적 현직에 있는 사람을 선임하라는 체육회 규정을 적용했다. 예를 들어 여성, 학계, 법조계, 생활체육, 동일계 학연, 지방대의원 등 각 계층을 고르게 배분해 대한체육회가 지정한 구분에 따라 구성해야 체육회 인준을 받을 수 있다는 것이다. 체육계의 뿌리 깊은 학연·지연·파벌 등의 폐단을 바로 잡겠다는 의지로 보였다.

W는 1978년 대학을 졸업한 후 농구의 길을 접고 나름대로 인생의 새 출발을 결심한 상태였다. 나는 그와의 첫 만남에서 신생팀에 참여해 다시 한 번 농구의 꿈을 실현해 보라고 제의했다. 그는 흔쾌히 나의 뜻을 따랐다. 현대농구단 창단 멤버가 된 것이다. 왼손잡이 특유의 날카로운 패스능력을 보유한 선수로 매우 강직했다. 선수로서도 훌륭한 플레이로 승리에 견인차 역할을 하기도 했다.

두 번째 만남은 W가 상무팀에서 감독생활을 하고 있을 때다. 경원대학교 연구실을 찾아 온 프로구단 동양오리온의 박용규 단장이 지도력이 훌륭한 감독을 추천해달라고 했다. 두 말없이 현직에 있는 W감독을 추천했다. 다른 이들도 그를 추천했다는 소문을 들었지만, 그렇기 때문에 더욱 성공한 감독이 되기를 기원했다.

세 번째 만남은 협회장을 맡으면서였다. 심판이사를 결정하

는 과정이었다. 당시는 부정심판 문제가 불거져 국내는 물론 타
국에서마저도 공공연히 한국 심판을 갱단이라고 불렀다. 농구계
안에 강력한 개혁이 필요한 시기였다. 마침 KBL에서 심판을 담
당했던 W가 떠올랐다. 그의 강직한 청렴성을 활용한다면 난국을
충분히 타개해 나갈 수 있다고 믿었다. 함께 일할 것을 설득했다.
그는 내 뜻을 받아들였다. 새롭게 출발하는 신인심판 육성교육
프로그램을 서둘러 진행해 나갔다.

그러나 과유불급(過猶不及)이라고 했던가. 지나치게 원칙에 집
착한 정책을 밀어붙인 탓에 각 팀에서 불만이 터져 나오기 시작
했다. 신인 심판들의 오심이 많다는 것과 스파르타식 군림형 심
판이사에 대한 각종 불만이 민원으로 이어진 것이다. 급기야 경
기 수가 가장 많은 중고연맹에서는 심판이사를 경질하지 않으면
경기에 참가하지 않겠다는 강수를 들고 나왔다. 나는 당황했고,
그들을 대상으로 적극적인 설득에 나섰다. 오심은 신인 심판의
발전과정이며, 최소한 그들에겐 부정은 없다는 점을 강조하고,
특히 국제농구기구에서 한국의 심판을 갱단으로 바라보고 있다
는 정황을 알리고 밀어 붙였다. 불만이 좀 잠잠해지는 듯했다.

그런데 이번엔 심판들로부터 불만이 터져 나왔다. 더 나아가
심판 교육과정에서 발생한 구타 사건이 언론에 보도된 것이다. 연
일 미디어마다 구타장면 사진과 해당 인터뷰가 쏟아져 나왔다. 협
회를 뒤엎어야 한다는 과격한 지방대의원들의 목소리까지 들려왔

다. 협회는 긴급이사회를 소집했다. W심판이사에 대한 오해를 설득시키려고 했지만 허사였다. 이사들의 다수가 W심판이사의 경질로 의견을 모았다. 이사회는 농구인 출신보다 비농구인이 더 많다. 각양각색으로 구성된 조직이다. 비농구인 이사들의 강성 견해는 후퇴가 없었다. 어렵사리 영입한 심판이사였지만 최고 의결기구인 이사회가 결정한 사안을 회장 마음대로 뒤집을 수 없는 상황이었다.

W는 회장인 내가 앞장서서 자신의 부당한 해임에 방패 역할을 해 줄 것으로 믿었던 것 같다. 어쩌면 지금도 자신이 토사구팽 당했다고 날 원망하고 있을지도 모르겠다. 그러나 회장이라는 공적 위치에서 현실을 덮기보다는 있는 그대로 보고 읍참마속의 심정으로 결단을 내렸다는 점을 밝히고 싶다.

甲은 농구협회 전임(專任) 감독이었다. 국가대표 감독직은 전임으로 해야 한다는 협회의 정책과 함께 2017년 규정에 따라 공개모집으로 선발한 감독이다. 그런데 대표선수 선발과정에서 그의 두 아들을 2018년 자카르타 · 팔렘방아시안게임 최종 12명에 선발한 것에서 비롯됐다.

"삼부자 농구하냐?"

"대표팀이 甲씨 집안이냐?"

"병역면제 받으려 선발했냐?"

SNS 댓글이 뜨겁게 달아올랐다. 언론에서도 형평성 논란에 문제가 있다고 언급했다. 협회로서는 기술위원회의 결정과 감독의 의지가 반영된 것이라 믿고 여론에 일희일비할 일은 아니라고 봐 무대응으로 일관했다.

귀국 뒤엔 2018년 자카르타·팔렘방아시안게임에서 부진한 대회성적(3위 동메달)을 빌미로 두 아들에 대한 뒷얘기들이 또다시 나오기 시작했다. 협회로서는 감독을 경질하든가 감독으로부터 두 아들 중 한 명만 선발하도록 권유하든가 양단 간에 결정을 해야 했다. 감독 경질은 계약 위반 소지가 있어 쉽지 않았다. 한편 세계선수권대회 예선전으로 열리는 홈앤어웨이 경기가 눈앞에 다가와 시간적 여유도 없었다. 두 아들의 선발 문제를 슬기롭게 처리해야 했다. 그래야 기술위원회의 입장도 존중하고 행정 처리도 깔끔한 결과로 이어진다. 선수 선발은 기술위원회와 전임감독의 동석하에 이루어져야 한다. 기술위원회는 신장의 열세를 극복하기 위해서라도 아들 중 한 명을 빼고 대신 키가 큰 선수를 뽑자고 의견을 냈다.

난상토론 끝에 甲감독이 중국 우한에서 예선전을 마친 뒤 현지에서 한 명을 선택해 전화로 통보하기로 약속했다며 위원회로부터 보고를 받았다. 그러나 甲감독은 약속한 날짜에 전화 통보를 하지 않았다. 위원장을 비롯한 위원들은 甲의 통보와 동시에 심의절차를 밟기 위해 농구협회 회의장에서 기다리고 있었다. 甲

감독이 끝까지 회답을 하지 않는 바람에 최종결론을 내지 못했다. 이를 계기로 위원장과 위원회 위원 전원이 일괄사표를 제출하기에 이르렀다. 이후 대표팀은 귀국했으나 甲감독마저 사표를 제출해 협회는 더욱 곤경에 빠지게 되었다.

乙감독도 공개로 채용된 여자대표팀 감독이었다.

2020 도쿄올림픽 참가 자격대회를 마치고 귀국하는 날이다. 인천공항에 농구기자들이 몰려들었다. 마치 여자대표팀이 우승컵을 안고 금의환향이라도 한 듯, 취재진의 열띤 경쟁이 벌어지고 있었다. 대회성적은 세르비아에서 개최된 2020 도쿄올림픽 참가자격대회에서 자력으로 출전자격을 획득한 것이다. 중국과 프랑스에 대패했지만 영국에 승리했다. 그런데 왜 기자들이 저렇게 열을 올리는지가 궁금했다. 내용인즉 乙감독의 문제점을 취재하기 위한 것이라 했다.

그는 지난 해 여자대표팀 감독으로 자카르타·팔렘방아시안게임에서 남북단일팀을 이끌었다. 우승을 목표로 했지만 안타깝게도 2위(은메달)에 그쳤다. 이 과정에서 감독과 한 기자가 기사내용을 놓고 충돌했다. 기사는 일방적으로 비난 일색이었다. 내가 읽어봐도 좀 심했다는 생각이 들 정도였다. 乙감독은 언론사를 찾아 기자에게 정정보도를 요구했으나 거부를 당하자 고성을 주고받으며 말싸움까지 이어졌다고 했다. 언론중재위원회 고발 제소 직전까지 사태가 확산되었다. 결국 해당 언론사가 인터넷 기사를 내리는 것으로 타협해 고발은 이루어지지 않았다. 그러나 이때부터 기자와 乙감독 사이의 갈등이 내연되기 시작했던 것 같다.

2021년 도쿄올림픽 여자농구대회 참가자격을 획득하고 귀국한 인천공항에는 많은 기자들이 몰려왔다. 선수단은 도착과 동시 해단식을 할 예정이었고 감독에게는 곤혹스런 질문을 할 것이라고 예상했다.

특히 기자들의 질문이 영국 전에 맞춰 질 것이다. 그래서 선수단이 공항세관을 통과하고 입국장에 나오기 전, 乙감독과 통화하기 위해 노력했으나 전화를 받지 않았다. 그래서 H코치에게 전화를 연결하여 마지막 영국 전에서의 졸전은 무조건 감독 책임이라는 식으로 응해 줄 것을 乙감독에게 전하라는 말을 남기고 전화를 끊었다. 선수단은 곧장 밖으로 나왔고 해단식과 함께 기자들의 플래시 속에서 회견이 진행되었다. 내가 전달한 메시지를 잘 소화해 적절하게 응대했을 것으로 믿었다.

그러나 다음 날 기사는 예상과는 달리 '무능한 감독'이라고 낙인을 찍었다. '어떤 질문에 어떻게 대응했는지?', '회장이 전한 말은 들었는지?' 등이 의문으로 남았다. 마침 乙감독의 계약 만기일이 다가오고 있었다. 그에 대한 재계약 여부는 여자기술위원회에서 논의해 전체이사회의 결의에 따라 결정하게 돼 있었다. SNS에서는 乙감독의 지도력 부재 등을 집중 보도하기 시작했다.

공항에서 벌어진 선수 및 감독의 인터뷰도 계약연장에 부정적으로 작용하는 것 같았다. 어떤 신문은 감독의 문제를 시리즈로 보도하기 시작했다. 특히 나이 어린 선수들과의 개별적 인터뷰를 내세워 은근히 감독을 음해하는 편집 태도를 보이기도 했다. 감독에 대한 기자들의 불평이 집중적으로 쏟아진 것이다. 하지만 '꿩 잡는 게 매'라는 속담대로 올림픽 출전권을 따냈으니 재계약과 함께 유임하자는 주장이 나왔다. 반면 '작전 부재', '선수교체 기회상실', '훈련의 문제점', '리더십 부재' 등 이런저런 이유를 들먹이며 교체를 주장하는 여론도 만만치 않았다. 이번에는 농구협회 기술위원회가 여론의 눈앞에 놓이게 됐다. 나는 위원장을 불렀다. 그리고 간곡히 설명해 나갔다.

"위원장! 여론에 흔들리지 마세요! 그리고 당신도 감독직을 경험했지만 승패를 눈앞에 두고 자유로울 감독이 어디 있습니까? 마지막 승리를 위해서는 안간힘을 써서라도 최후의 일각까지 버티는 게 아니겠어요? 그러니 과정을 가지고 운운하는 것은 아니라고 봅니다. 협회는 위원회의 결정을 존중할 테니 신중하게 결정해 주길 바랍니다."

"네, 회장님! 잘 알겠습니다!"

기술위원장은 결기를 보였다. 기술위원회는 오랜 시간 논의를 했다. 회의장 밖 복도는 대한민국 농구 기자들이 모두 모인 것처럼 취재 열기가 뜨거웠다. 지도자 한 사람에 대한 언론의 조리 돌림이었다. 어처구니없는 현장 분위기였다. 회의 중 감독의 의견도 듣는 시간이 주어져 지체된 감이 있는 듯했다. 장시간의 회의로 지친 위원들이 밖으로 나왔다. 위원장의 보고가 이어졌다. 결론은 재계약 불가였다. 이어 소집된 이사회에서도 논의가 진행되었으나 기술위원회 결정을 추인하는데 그쳤다. 다시 한 번 가슴이 먹먹해졌다.

乙감독은 1978년 내가 현대 감독 시절 스카우트한 선수다. 190cm이 넘는 장신 가드로 삼성과 밀고당기는 경쟁을 벌였다. 그는 삼성 고위층의 끈질긴 권유가 있었지만 초지일관 현대행을 선택한 의리의 사나이기도 했다. 그래서 그의 성장 과정에 남다른 애정을 갖고 지도하고 기회를 제공했던 시절도 있었다. 그런 그가 2008년에는 명지대학교 대학원에서 심판 및 코치자격 획득을 위해 마련한 교육과정의 책임자로서 나에게 강의를 부탁해 왔다. 당시 가천대학교에서 막 정년퇴임하고, 계획했던 체육과학연구소의 프로젝트 진행으로 다소 어려운 점은 있었다. 하지만 제자가 운영하는 대학원이라 추진해야 할 일을 유보하고 책임있게 강의에 응했다. 이후 그는 중국의 농구팀 감독 초청을 수용해 상해에서 선수들을 지도했다. 나는 국내 프로팀으로부터 감독 추천을 의뢰 받을 때마다 乙감독을 떠올렸지만, 그때마다 해외에 체류하는 그와 연락이 닿지 않아 수포로 돌아간 일이 한두 번이 아니다.

乙감독은 2013년 귀국했고 나와의 인연은 공개 선발한 여자 대표팀 감독으로 다시 이어졌다. 그는 2019년 임기만료로 감독직에서 물러났다. 그는 나를 원망하고 있을지도 모른다. '도쿄올림픽 출전자격만 획득하면 바랄게 없다'고 까지 한 내 말을 믿었으나, 임기 연장 약속마저 지키지 못했기 때문이다. 결과적으로 내가 필요할 땐 당기고 어려울 땐 버린 셈 아닌가.

대의원 총회

8년간 의장 자격으로 대의원 총회를 이끌었다. 총회 때마다 불거지는 일이지만 대의원들의 발언은 어떨 땐 패전을 앞둔 장군에게 우군이 달려온 것처럼 회의장 분위기를 시원스럽게 평정해 주는 분들이 있는가 하면, 어떨 때는 인신공격성 발언이 지나쳐 상처를 남기는 일이 발생하기도 했다. 세계연맹의 방침에 따라 국제대회 수가 증가하고, 올림픽 정식종목으로 채택된 3×3대회까지 더해져 예산 확보에 어려움을 겪을 때였다. 연말까지 지원하겠다던 프로연맹의 지원도 감감무소식이었다. 할 수 없이 은행에서 돈을 빌리기로 결정했다.

하지만 이게 발단이 돼 총회에서 한 대의원으로부터 '먹튀'라는 소릴 들어야 하는 처지까지 몰렸다. 먹튀란 떼먹고 도망간다는 말이다. 저잣거리에서나 들을 수 있는 막말이다. 나 역시 감정이 치솟았으나 공적 회의 자리에서 감정을 드러내서는 안 되겠기에 참아 넘겼다. 공식 이사회 자리에서의 발언으로는 매우 부적절하다는 생각을 지울 수 없었다. 하지만 기채자금을 회계상 합리적으로 집행한 사실이 증명돼 다수 대의원들의 동의로 마무리할 수 있었다.

한번은 경기대회 장소를 물색하느라 어려움을 겪고 있을 때였다. 회의 개시를 알리고 지방 대의원들을 상대로 종별대회를 주최할 의향이 있는지를 물었다. 모두 묵묵부답이었다. 회의 분위기가 꽉 막혀 버렸다. 이때 침묵을 깨고 "내가 하겠습니다"라고 손을 들어 발언한 대의원이 바로 김천시 김동열 회장이었다. 모두 김 회장을 주시했다.

"우리 김천은 돈이 남아돌아서 하겠다는 게 아닙니다. 우리도 어렵지만 협회가 어려울 땐 십시일반으로 도와야 한다는 생각으로 지원하겠습니다."

김 대의원은 이어 사무국을 향해 협조공문을 발송해 달라는 요청을 했다. 순간 얼어붙었던 강물이 녹아 흐르듯 회의장은 활기를 띠기 시작했다. 김 회장은 그때 말고도 나의 임기 동안 많은 대회를 소화했다. 여자실업농구대회를 비롯해 중고연맹대회, 대학대회를 연거푸 유치해 김천실내체육관을 농구협회 전용체육관처럼 활용했다. 김 대의원의 호의를 잊을 수 없다.

대한민국 농구가 오늘에 이르기까지는 누가 뭐라 해도 지방 대의원들의 열성이 뒷받침되었다. 지난날에는 지방마다 농구에 깊이 매료된 지도자들이 많았다. 부산에는 장지하, 이광휘 등이 있었다. 대구는 임판석, 광주는 김상걸, 이주영, 전주에는 김용근, 김영설, 군산은 정규호, 이일수, 마산은 진부언, 김춘남, 춘천에는 김호성, 인천에는 전규삼, 임준규 등이 지역농구 발전을 위해 헌신적으로 노력하였다.

이외에도 많은 분들이 헌신했다. 이들이 지역에서 묵묵히 선수들을 발굴하고 지도해준 덕분에 그나마 농구 발전을 이룰 수 있었다고 확언한다. 몇몇을 빼고는 내노라 하는 스타선수들 대부분이 이분들이 가르친 선수들이다. 무엇보다 협회 일에 헌신적이었다. 대의원 총회 날짜가 확정되면 이들 지방대의원들은 천리를 마다하고 반드시 상경하여 서울 회의에 참석했다. 때로는 협회의 열악한 사정을 알기라도 하듯 지방에서 도와 줄 일이 있다면 나서겠다며 사무국 관계자들에게 힘을 실어주기도 했다.

농구에 대한 애정이 지금도 한결같던 그분들처럼 지속되고 있냐고 묻는다면 나는 고개를 가로 젓는다. 무엇보다 지방농구협회는 재정 현실이 무척 어려운 상태인데도 마땅한 지원이 뒷받침되지 않고 있다. 프로팀과 연고를 맺고 있는 도시를 제외한 지방농구협회는 그보다 더욱 어려움에 빠져 있는 상태이다. 이 어려운 처지에서 벗어날 수 있도록 농구계 전체가 움직여야 한다.

신임회장 영입

내 임기가 끝나가면서 후임 회장 영입에 나섰다. 권혁운 동서 그룹 대표이사가 흔쾌히 수락해 2021년 2월 17일 제34대 농구협회 회장 취임식에 이어 첫 대의원 총회를 열고 업무를 시작했다. 총회에서는 2021년도 사업계획을 통과시키고 재무감사와 행정감사를 직선으로 선출한다. 신임 집행부의 회장단 구성과 이사 선정업무를 위임받는 것 또한 주요 의제다.

대의원들은 2021년도 사업계획과 집행부 구성에 어떻게 반응할지가 걱정스럽기도 했다. 그동안 협회를 원만히 이끌어 오지 못한 나의 부덕함도 있지만, 대의원 중에는 의무보다는 권한 행사를 자신의 일인 양 치부하는 이들도 더러 있었기 때문이다. '나여기 있소이다.' 식의 소위 총회꾼들이다. 목소리 큰 모습만 8년

간 보아왔다. 나는 신임회장이 주재하는 첫 회의니만큼 화기애애한 분위기 속에서 이루어지길 기도했다.

사무처장을 비롯한 사무국 직원들은 새 회장을 맞이해 적극 협조하는 자세로 협회를 운영해 나가야 한다. 제32~33대 회장이 농구인에 의한 농구협회였다면, 제34대는 비농구인에 의한 협회였다. 이제 새로운 전환기를 맞아 그에 걸맞는 역할을 사무국이 해내야 할 차례이다.

하지만 신임 집행부에 대한 새로운 기대와 희망에 앞서 무거운 마음이 드는 것도 사실이었다.

무엇보다 농구협회를 리드해 갈 임원들을 적재적소에 배치해 조직의 활성화에 공헌할 수 있도록 뒷받침해 주기를 바랐다. 물론 농구협회의 역사를 돌이켜보면 비농구인이 회장직을 맡아 운영한 기간이 대부분이었다. 초대 민세 안재홍, 몽양 여운형, 이묘묵, 임봉순, 이병희, 이동찬, 서성환, 이종걸 회장 등이 모두 비농구인이다. 하지만 이들을 영입해 온 분들은 모두 농구인들이었다. 회장은 농구인이 아니었지만 전무이사 등 농구인 출신들이 영입 회장 등 임원들을 보필하며 실질적으로 협회를 이끌어 왔다.

1925년 일제강점기하에서 설립된 조선농구협회가 굴곡진 역사와 함께 100년이라는 전통을 이어올 수 있었던 것도 바로 이와 같은 농구·비농구인들의 참여와 적극적 협력이 뒷받침되었기 때문에 가능했다.

신임 권혁운 회장은 부산에서 IS동서그룹을 창업하여 오늘을 이룩한 입지전적인 인물이다. 그는 부산농구협회 박종윤 부회장으로부터 추천을 받았다. 그동안 회장 영입에 어려움을 겪었던 나로서는 희소식이었다. 스포츠 발전을 위해서는 재정 지원이 따라야 한다. 현대 스포츠에서는 지원이 허술하면 실로 아무 일도 할 수 없다. 바로 이런 이유로 차기 회장은 가급적이면 대기업 임원에게 맡기는 게 좋겠다는 생각을 해봤다. L그룹을 비롯해 K그룹, C그룹, H그룹 등을 대상으로 교섭에 나섰다. 그러나 코로나19 팬데믹 상황인데다 각 사들이 경제·사회적으로 위축되어서인지 회장 영입에 부정적이었다.

바로 그즈음 권 회장의 소식이 들려왔다. 반가운 소식이 아닐 수 없었다. 하루라도 빨리 직접 그의 견해를 듣는 자리를 갖고 싶었다. 첫 만남은 올림픽공원 앞 조용한 일식집에서 이루어졌다. 그는 기업인이라기보다는 선비의 풍모였다. 조용하고 말수가 적었다. 겸손하면서도 치밀한 모습도 보여줬다.

"내가 뭐 농구를 압니까?"

만날 때마다 전형적 경상도 사투리로 겸양의 예를 표하며 대화를 시작했다. 그는 조만간 최종 결정을 하겠다는 뜻을 전해 왔다. 급하게 영동 리베라호텔 옆 건물에 있는 IS건설 권 회장 사무실을 방문했다. 그의 최대 관심사는 회장의 연간 지원금액이었다. 수락하기 전 분명하게 짚고 넘어가겠다는 의지가 엿보였다.

지원금액은 한 시간여의 설득 끝에 합의에 이르렀다. 선거 등록 마감(2021년 1월 14일 오후 6시) 30분을 남겨놓고 회장직 수락에 동의했다. 차기 집행부 결성에 관한 의견교환은 전혀 없었다. 오직 권 회장과 동문지간인 김정길 전 대한체육회장을 비롯해 이정대 한국프로농구연맹 총재, 이병완 여자프로농구연맹 총재, 박종윤 부산농구협회 부회장, 문성은 농구협회 사무국장 등과의 협의를 통해 이루어질 것으로 예상했다.

박 부회장은 농구인이기는 하지만 그의 조언을 경청할지는 미지수였다. 나는 역대 회장단이 그러했듯 신임 권 회장도 박 부회장을 전무이사로 등용할 것으로 믿고 조언했다. 하지만 그의 생각은 다를 것처럼 보였다. 권 회장 스스로 남녀프로연맹 총재와는 평소 밀접한 인간관계를 맺고 있다는 말을 들은 바 있어, 그들의 의견을 들어 인선이 이루어지지 않을까 하고 예상되기도 했다.

프로연맹 총재를 편협한 사고나 하는 분들로 과소평가하는 것은 아니다. 그분들은 프로연맹 총재이긴 하나 농구계 사정을 3년 안팎의 짧은 시간 동안, 그것도 프로구단 운영을 통해 들여다본 경험이 전부이다. 프로와 아마를 통틀어 농구계 전반을 포괄적으로 이해하는 데에는 한계가 있을 것이라는 예상이 그런 기우에 빠지게 됐다는 것을 밝힌다.

한편으로는 임기를 다 마친 입장에서 이런저런 고민은 할 필요가 없다는 생각도 들었다. 8년이라는 세월은 길다면 길지만 짧다고 생각하면 눈 깜박할 사이다. 8년 내내 앉아 있어도 돈, 서 있어도 돈, 금전적인 문제로 시달렸다. 대회를 진행하거나 대표팀을 운영할 소요되는 막대한 자금을 대느라 늘 고민을 안고 살아야 했다. 폭넓게 쓸 인맥이 있는 것도 아니고, 돈 많은 기업인도 아니어서 그저 몸으로 뛰는 수밖에 없었다. 머리로 생각하고, 발로 뛰어다니고, 가슴으로 끌어안으며 일을 성사시키는 수밖에 없었다. 밤낮으로 대기업과 은행 문을 두드리기가 일쑤였다. 참으로 벅찼다. 특히 코로나 19 팬데믹 상황에서는 스폰서 구하기가 하늘에서 별 따기보다 어려웠다. 밤잠을 설친 숱한 세월이 주마등처럼 지나간다.

제8부

지란지교

평생지기 〈늘벗〉 모임

늘 벗

지금까지 셀 수 없이 많은 사람들과 인연을 맺으며 살아왔다. 중학교에 입학한 날부터 나와 함께한 벗들을 비롯해서 농구를 통해 교분을 맺어온 이들이 많다. 딴에는 그들과 더불어 사랑과 신뢰 속에서 살아 왔다고 자부하지만 어디까지나 내 생각일 뿐이다. 오늘날까지 나를 인도하고 이끌어 함께 살아온 벗들이야말로 내겐 가장 큰 재산이다. 나의 분신과도 같은 벗들과 가슴으로 만나 영혼을 살찌우고 삶의 지혜를 가꿔온 시간이야 말로 나의 위대한 재산이라고 생각한다.

나는 좀 이기적인 삶을 살아왔다. 선수로, 감독으로, 교수로 바쁘게 산다는 이유로 늘 소중한 모임에 빠지고 결례를 해 왔기 때문이다. 그런 나를 이끌어준 벗들이 있었기에 오늘 이 자리까지 올 수 있었다는 엄연한 사실을 새삼 깨닫는다.

평생을 함께한 〈늘벗〉

1955년 경복중학교를 입학해서 오늘에 이르기까지 일평생 함께한 벗들의 이름을 불러본다. 박석찬, 차봉관, 김지환, 조철민, 이정현, 민영달, 전정윤, 박효남, 황윤덕, 조용무, 이희준, 구자영, 민승구, 노대영, 김욱, 이정욱, 이복원, 김응태 등이다. 우리는 만나면 이름을 부를 때가 거의 없었다. '야, 찬밥', '말대가리', '전웨인', '호박', '깜둥이', '참새' 등으로 부른다. 우린 아직 학창 시절 이후 나이를 잊은 채 있는 그맘 그대로 삶을 이어가고 있다.

술은 나 빼고는 모두 말술이다. 낮에 만나면 늦은 밤까지 퍼마셨다. 해외에서 살고 있는 벗이라도 귀국할라치면 그야말로 술과의 전쟁이 시작된다. 술로 대박을 터뜨리는 날이다. 도착부터 출국하는 날까지 술에 절어 살았다. 뭐니뭐니 해도 제일 맛있는 술안주는 학창 시절의 뒷이야기이다. 졸업 후 선생님을 모신 자리에서 일어난 해프닝이 가끔 서브 안주로 술상에 올랐다.

정치에 관한 얘기는 금물이다. 똑같은 녀석들이 또다시 만나지만 이야기는 밑도 끝도 없이 이어졌다. 시간과 장소에 따라 느낌이 다르고 맛은 천차만별이었다. 그때 그 시간이 행복했다.

누구도 2년 임기의 〈늘벗〉 회장 감투를 맞지 않으려 했다. 어느 해던가, 임기가 만료된 깜둥이 응태가 〈늘벗〉회를 소집했다.

"여러분들도 아시겠지만 내가 두 번에 걸쳐 연임을 했고, 요즘 내가 건강도 안 좋으니 다음 회장을 선임해 줄 것을 부탁합니다."

모두들 들은 척도 안 한다. 심지어 한 녀석이 일갈한다.

"야, 네가 〈늘벗〉회니까 회장을 하지, 인마 딴 데 가봐? 누가 아프리카 사람을 회장으로 모시냐? 안 그러냐?"

옆에 있던 녀석들 모두가 박장대소하며 당연하다는 듯 고개를 끄덕였다.

"자, 우리 아프리카 출신 회장의 연임을 축하하는 의미로 건배 함 합시다."

평생을 함께한 〈늘벗〉 모임

우리는 잔을 들어 큰 소리로 "회장님을 위하여!"라고 외친 뒤 박수를 쳐댔다. 모임은 '아프리카에서 온' 깜둥이 웅태의 회장 3 연임 축하연이 돼 버렸다. 늘 이런 식이다.

미국에서 살고 있는 봉관, 정현, 욱, 대영, 승구는 단톡방에서 만남이 이루어진다. 〈늘벗〉이다. 타계한 벗을 제외한 나머지 7~8명은 오늘도 서울 하늘 아래 〈늘벗〉으로 살아가고 있다.

대학에서 만난 벗들도 있다. 1961년 연세대학교 정치외교학과는 전국의 각 고등학교에서 성적이 우수한 수험생만 안배하여 합격시킨 것 같았다. 전국 각지의 명문 고등학교 학생들의 총집합체였으니 말이다. 그중 나와 가까운 친구들은 송장호, 이인평, 한영희, 홍서구, 정총 등이다. 대학에서 전공과목이나 교양 필수과목을 제외하고 함께 듣는다는 건 쉽지 않은 일이다. 수강할 선택과목이 각자 다른 탓이다. 그러나 우리들은 같은 과목을 선택했다. 강의를 같이 듣고, 점식식사도 함께했다. 당구장은 물론 도서관에서 공부도 함께했다. 시험기간에는 후암동 서구네 집으로, 남산 아래 살고 있는 인평이네 집으로, 중구에 살고 있는 장호네 집으로, 인사동 우리집에서 뭉쳤다.

대표선수 생활로 태릉에서 합숙할 때면 선수촌에서 싸준 고단백 영양식 도시락을 펼쳐 놓고 함께 즐겼다. 우린 캠퍼스 잔디에 누워 호연지기를 키워갔다. 그러다 벗들과의 만남이 뜸해지기 시작한 것은 졸업 후 군 입대를 하면서부터였다. 더구나 인평이는 졸업식만 남겨놓고 미국 유학을 떠났다. 서구는 미국에서 생활하면서 무기 관련 사업을 활발하게 이어갔지만, 안타깝게도 교통사고로 일찍 세상을 하직했다. 자연 만남의 자리가 뜸해질 수밖에 없었다.

그나마 총이는 서울에서 기자 생활을, 장호는 사업가로 변신하는 바람에 꾸준히 만남을 이어갔다. 총이는 〈스포츠서울〉 기자와 〈국제신문사〉 서울지국장으로, 장호는 정법대학 총학생회장을 역임할 정도로 리더십이 강했다. 사업을 하면서도 때가 되면 뭉쳤다. 그리고 나의 길잡이 역할을 해주었다. 여론의 방향을 알려 주었고, 내가 가고자 하는, 이루고자 하는 일엔 적극적 지원을 아끼지 않았다. 2009년 농구협회장 선거장까지 나타난 장호는 응원과 함께 격려의 말을 아끼지 않았다. 총이는 내가 건동대학교 총장에 부임할 무렵 안타깝게도 세상을 하직했다.

"열아, 니하고 함께한 시간이 정말 행복했다."

총이가 병상에 누워 힘없이 한 마지막 말이 귓전을 울린다.

농구와 함께한 벗은 1956년 중학교 2학년 시절부터 시작하여 오늘에 이르기까지 이어져 오고 있다. 신윤희(육군예비역 준장), 이홍식, 은석표, 한태규, 손지영(전 광운대 총무처장), 박명규 등이다. 철부지 시절 스포츠로 엮어진 순수한 마음으로 우리는 농구를 사랑했

조흥은행 여자농구 선수들과 함께

다. 후배지만 친구 이상으로 함께 살아 온 김인건(전 태릉선수촌장),

송영택(전 성모병원 전문의), 최근창(하와이 거주), 신동파(전 농구협회 부회장),

이병국(전 부산농구협회 부회장), 최종규, 이재흠, 이병구 등도 있다.

조흥은행 여자농구 선수들과의 모임은 지금도 지속되고 있
다. 은퇴한 지가 50여 년이 지났건만 박용분, 강부임, 홍성화, 박
은옥, 도순남, 이순희, 김희진, 김경숙, 최옥순, 김현자, 이현애
등은 해마다 스승의 날에는 어김없이 농구협회에서 만남을 갖는
다. 그때마다 감격이 차오른다.

2011년 10월 10일, 고희를 맞이한 날이다.

현대농구단은 은퇴한 뒤 꾸준히 모임을 주도해 온 김세환, 최

희암, 김석연, 박수교, 신선우, 김만진, 이문규, 이충희, 박종천 등과 기아농구단에서 은퇴한 유재학, 정덕화, 한기범, 김유택 등 30여 명의 제자들이 고희 잔치를 마련하고 나를 초대했다. 가슴이 뜨거웠다. 그들과 땀 흘리며 근면, 우정, 충직, 협조, 열정 그리고 인내로 챔프에 도전했던 모습과 그들이 경기장에서 보여준 장면 장면이 영화필름처럼 떠올랐다. 나는 깨달았다. 그들은 나의 지도력보다 뛰어난 선수들이었다는 것을, 그들이 있었기에 농구 명가를 유지할 수 있었으니 나는 참 운 좋은 지도자였다는 것이다.

인생에 씨앗처럼 함께한 벗

나의 농구 인생에 사랑 · 연민 · 봉사와 같은 폭넓은 일을 할 수 있도록 도움을 준 벗들이 있다. 김진수, 김홍배, 김학영, 김인건, 이인표, 신동파, 박한, 조승연, 정봉섭, 이봉학, 김동욱, 하의건, 김무현, 함광수, 이종희, 장창환, 김재웅 등이다. 선수 시절과 감독 생활을 할 땐 한 치의 양보도 없이 선의의 경쟁을 펼친 도반(道伴)들이다.

나는 농구 도반들과 함께하면서 용기와 도전, 인내 · 배려와 같은 스포츠 경험이 주는 미덕을 몸에 새겼다. 그들과 함께한 시간들이 나를 무성한 가지와 이파리가 달린 나무로 키워 준 것이다. 내 필생의 농구 도반들에게 이 자리를 빌어 큰절을 올린다.

"나는 어디를 맡아야 하지?"

이인표 씨가 묻는다.

"아, 이 형은 오늘 마산행이야!"

이봉학 씨가 답했다.

제32대 농구협회장 선거를 위해 서울시농구협회 사무실에서 오고가는 대화의 목소리는 자못 컸다. 선거대책본부장을 맡은 이봉학 선생에게 당일 선거운동을 위해 방문해야 할 곳을 배정받는다. 심지어 새벽부터 경부고속도로 휴게소에서 만남이 이루어지기도 한다. 나는 김밥을, 박한 씨는 햄버거를 사들고 동승한다. 김동욱, 김진수, 김인건 등과 합류해 휴게소에서 라면으로 아침을 때우기도 했다. 청주, 대전, 김천, 부산 등을 향해 달렸다. 전국을 누볐다. 나에게 이들은 힘을 북돋우는 소중한 에너지원이다.

2020년 11월 3일 통영에서 故 윤덕주 여사 추모식을 마치고

지금은 모두 농구 현장에서 한 발 비켜 서 있지만 끊임없이 한국 농구 발전에 도움이 될 만한 아이디어와 기획을 찾고 있는 멤버들이다. 나는 〈종수회〉 회원들과 매월 마지막 수요일에 만나, 우리가 만들어온 농구와 함께 해온 삶을 돌아보며 우정을 이어가고 있다.

중·고·대학 생활까지 무려 10년 지기로 이어온 〈연복회〉 벗들이 있다. 원극언, 임평규, 이백운, 심승휘, 이영웅, 전정윤, 허용, 김창한, 김상원, 김태환, 심호식, 이용문, 손성호, 이풍길, 전종학, 등이다. 10년이면 강산도 변한다고 하는데, 우린 변한 게 없다. 으레 만나면 "야, 자" 하며, 서로 흉허물 터놓고 대화가 이루어진다. 함께하며 행복했던 그리운 친구들이다.

〈현복회〉도 있다. 현대그룹에서 직장생활을 하며 서로 어깨를 비벼댄 벗들이다. 김동길, 이정우, 홍성철, 김현영, 장낙종, 박해원, 이원복, 김기현 등이다.

대학 졸업 후 첫 직장인 기업은행과 조흥은행에서 근무했던 원정현, 이주성, 제만수, 조풍,학창시절엔 육상선수, 졸업 후엔 성악가로 활동했던 우태호와 김성길, 태권도 선수였던 언론인 우홍재, 아이스하키 선수 강준용, 역도 선수였던 서영산 교수. 경원대학교에서 재회한 박신석 처장과 신우재 교수, 이외에도 중학교 때부터 한 반에서 공부했던 함종대, 그는 나를 비롯한 우리 가족의 치아 건강을 책임졌다. 자식들과 손자들까지 건강을 챙겨준 체조 선수 출신 김근우 원장, 호주에 강명남도 있다.

대우개발 전무이사를 역임하고 현역 현대미술 작가로 활동하고 있는 오권근 화백, 그리고 명인 이기춘, 이재오, 이대복, 김수길, 최홍건, 김문섭, 강동신, 권수길, 박사학위를 위해 뉴질랜드 여행하던 중 기내에서 만났던 홍성훈, 함양의 젠틀맨 권일웅, 아직도 현역으로 뛰고 있는 사업가 손양이 회장, 동창회장 문광언, 권수길, 명대진, 김일성, 전광현, 김근한, 정하석, IT 선구자 백승도, 중소기업연구원장 최홍건, 김영일, 조명구, 정흥식, 임중규, 진홍일, 박세웅, 이종화, 백운칠, 신동화 의리의 사나이 황규태, 유동희, 최창환 등. 최근에는 한 동네 영감들 모임으로 이인호, 윤창 등과 얼굴을 맞대고 있다.

대학 생활에서 만난 그리운 벗들은 〈연정회〉 16기로 자리가 마련된다. 송장호, 백진호, 최유권, 김철회, 강선중, 이용숙, 변우형, 양창녕, 염돈재, 윤재인, 강석영, 최승보 등이다. 대학시절 연고전을 준비하면서 우정을 쌓아온 야구의 이재환, 김정호, 축구의 김삼락 등도 있다.

눈 감으면 떠오르는 나의 영원한 벗들이다.

한국올림픽성화회

1996년, 올림픽에 참가했던 대표선수들이 교수가 되어 조직한 것이 바로 한국올림픽성화회다. 후학들을 위해 현직 교수들이 해야 할 일이 무엇인지를 연구하고 이를 실천하는 것을 목표로 결성했다. 4년마다 개최되는 올림픽과 아시안게임 그리고 유니버시아드대회를 예상하고 대처 방안을 제시한다. 대회가 끝났을 때는 경기과정을 평가한 의견을 제시하기도 했다.

초대회장 이학렬(전 한양대 교수)을 비롯해 정동구(전 한체대 학장), 이근배(전 한체대 교수), 방열(전 경원대 교수), 임태성(전 한양대 교수), 김승철(전 성균관대 교수), 임번장(전 서울대 교수), 정청희(전 서울대 교수), 나정선(전 숙명여대 교수), 홍양자(전 이화여대 교수), 이웅기(전 건국대 교수), 이영숙(전 상명대 교수), 권윤방(전 서울대 교수), 신승호(전 국민대 교수), 육현철(전 한체

대 교수), 원영신(전 연세대) 교수와 학회에서 도움을 준 김종욱(전 한체

대 총장), 이병기(전 명지대 교수), 위성식(전 고려대 교수), 이광섭(전 한체대 교

수), 강상조(전 한체대 교수), 강신복(전 서울대 교수), 손천택(전 인천대 교수),

이종용(전 한체대 교수), 강신욱(전 서울대 교수), 최의창(서울대 교수), 최관

웅(한체대 교수), 김숙자(전 이화여대) 교수가 있다. 가천대 김하영 교수

를 비롯해 건동대 송낙훈, 최천, 김화복, 박금숙 교수 등도 참여

했다.

　모든 분들이 늦깎이 교수 생활을 하는 나에겐 스승이었다. 논

문 작성으로 길이 막혔을 때는 방향을 제시해 준 교수분들을 잊

2004년 6월 3일. 학술세미나를 마치고 성화회 회원들과 함께

을 수 없다. '한국스포츠교육학회' 회장 강신복 교수님과 '한국사회체육학회' 회장 위성식 교수님 그리고 한국체육대학교 총장 김종욱 교수다. 내가 경원대학교 교무위원과 안동대학교 총장으로 일할 때 도움을 주신 교수들도 있다. 그때마다 나의 부족함을 일깨우고 채워주신 분들이다.

제9부

농구로 연을 맺은 그리운 분들

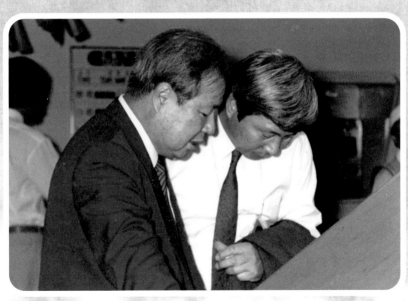

남고 김상하 회장님과 함께

농구를 사랑한 사람들

언젠가 중국 고전을 읽다가 이런 구절에 접한 일이 있다. '구인경난(求人更難)'이라는 구절이다. 가슴에 와 닿았다. 사람을 구하는 것, 달리 말하면 사람을 만나는 것이 세상 그 어느 일보다 더 어렵다는 뜻일 게다. 장군이 유능한 부하를 만나는 것, 훌륭한 부인이나 남편을 만나는 것, 스승을 만나는 것, 친구를 만나는 것 등은 결코 쉬운 일이 아니다.

스포츠팀 감독이라면 누구나 뛰어난 자질과 성품을 갖춘 최고의 선수를 원한다. 맹자는 천하의 영재를 얻어 가르치는 것을 군자의 세 가지 즐거움 중의 하나(得天下之英材而教育之)로 꼽지 않았던가. 하지만 감독으로서는 좋은 선수를 만나는 일과 함께 인격과 도량, 지식이 뛰어난 스승이나 도반이 옆에 있는 게 좋다.

지혜를 강조하신 박영대 선생님

가장 감수성이 예민하고 신체적으로도 변화가 심한 고등학교 시절 나를 지도해 주신 분이 박영대 선생님이시다. 매우 지적인 분이셨다. 선수를 지도할 때도 생각 없이 체력만 앞세우는 방식을 피하셨다. 무엇보다 농구 종목의 특성을 잘 이해하고 계셨다. 변화가 빠른 농구경기의 특성상 힘과 체력을 잘 안배하되 완급을 조절하는 섬세한 기술농구를 강조했다. 학업성적이 떨어지는 선수들에게는 농구를 그만두라고 했다. 생각하는 농구, 지적인 플레이를 선호했다. 본인 스스로도 창의력이 뛰어난 분이셨다.

1950년대 당시 선수들이 신던 농구화는 3개 브랜드였다. 미군에서 흘러나오는 '올스타(All Star)'나 '컨버스(Converse)' 농구화는 질기고 투박했지만 구하기 어려웠다. 다음은 '회력(回力)' 농구화다. 대만에서 제작한 것으로 유연성이 높고 가벼워 매우 인기가 있었다. 가격은 다소 비싸지만 백화점 또는 플라자호텔 뒷길 화교상회에서 구할 수 있었다. 마지막으로 한국군에 납품되는 군용화를 농구화 대용으로 썼다. 하지만 선수들이 사용하기엔 내구력이 너무 약했다. 강훈련을 시작하면 바닥부터 떨어져 나갔다. 그중 많이 사용한 농구화가 대만의 회력 농구화다.

어느 날 박 선생님은 내가 새 농구화를 신고 나오자 나를 불렀다.

"열아, 너 신던 농구화 어디다 뒀니?"

"아. 네 집에 두었는데요?"

"야, 그러면 내일 연습할 때 그 농구화를 가지고 와. 내가 필요해서 그래."

다음 날 낡은 회력 농구화를 선생님께 드렸다. 선생님은 대단히 만족해 하셨다. 이때까지만 해도 영문을 몰라 어리둥절했다. 하지만 선생님은 놀라운 일을 추진하기 시작했다. 국산 농구화 만들기에 들어간 것이다.

선생님은 헌 농구화를 찢더니 분해하셨다. 그리고 재질과 강도 등을 노트에 기록했다. 바닥 고무를 불에 태워보기도 하고, 천은 가위로 오려 노트에 붙여 놓았다. 며칠 지나 선생님은 내게 농구화 1켤레를 내놓으셨다. '대영(大榮)' 농구화 1호 작품이었다. 그 신을 신고 훈련에 참가했다. 그런데 연습 도중 고무재질과 천을 이어붙인 부분이 갈라지기 시작했다. 새 농구화로 교체해 신었으나 연습이 끝날 무렵 이번엔 바닥이 떨어져 나갔다.

"열아, 내가 내일 다시 만들어 올테니 그 신발 벗어서 내게 주라."

선생님은 다음 날 틀림없이 새 농구화를 신을 수 있도록 했다. 한편으로는 접착불량으로 떨어져 나가거나 천이 찢어지면 반복해서 기술개량을 시도했다. 그런 방식으로 몇 달을 계속한 끝에 마침내 1달 이상을 사용할 수 있는 제품을 만들게 되었다. 나중에는 1년 넘도록 사용해도 거뜬한 제품으로 거듭났다. 〈회력〉보다 튼튼한 농구화로 거듭난 것이다. 브랜드 이름을 선생님 이름자를 바꿔 쓴 〈대영〉 농구화는 이후 우리 선수들이 최고로 선호하는 농구화가 됐고, 여유가 있는 일반학생들에게도 잘 알려져 박 선생님은 사업으로도 큰 성공을 거뒀다.

박 선생님의 창의적 정신과 끈질긴 노력이 만들어 낸 쾌거였다. 이후 〈대영〉 농구화는 가내공업 수준에서 중소기업으로 발돋움해 나갔다. 농구화 품질이 좋다는 소문은 바다를 건너 일본까지 알려졌다. 일본 굴지의 스포츠용품회사인 〈다찌가라〉가 투자를 하겠다는 의견을 밝혀 공동투자 형식으로 사업을 키워갔다. 다찌가라는 특히 농구공 제작에서는 일본의 선두를 달리는 기업이었다. 한일합작 스포츠용품 회사 이름은 〈K다찌가라〉로 기억한다. 그후 〈대영〉 농구화는 일본 등에 주로 수출하기 시작했다. 박 선생님은 스페셜리스트였다. 교사이자 유능한 농구코치였으며, 발명가이자, 수출 사업가였다.

박 선생님은 농구를 지도할 때마다 학교 생활에 충실치 못한 선수는 농구선수가 될 자격이 없다고 강조했다. 중간고사든 기말고사든 시험일 10일 전부터는 훈련을 중지했다. 체육관 사용을 못하게 했다. '선 공부, 후 농구' 철학을 고수하는 지도이념이 분명한 분이셨다.

농구 지도에도 소홀함이 없었다. 방학에는 합숙훈련으로 하드 트레이닝을 실시했다. 방학이 끝나면 모두 기량이 껑충 뛰었다. 일반학생들은 산으로, 들로, 고향으로 여행을 떠났지만 우린 방학이 시작되면 15일간 엄청난 훈련량을 소화해야 했다. 박 선생님은 합숙이 끝나는 날엔 선수단 전원을 한강변으로 데리고 갔다. 우리들이 모처럼 해방된 기분에 물놀이를 즐기면 선생님은 낚시로 잡아 올린 물고기로 어죽을 끓여주셨다. 우리 선수들을 자식처럼 사랑하신 분이었다. 그리고 여름방학 휴식은 3일을 주었다. 꿀맛 같은 자유시간이다.

3일의 휴식을 마치고 농구장에 들어섰는데 왜 그런지 체육관이 현저하게 작게 보이고 높기만 하던 림이 바로 눈앞에 있는 듯 착시 비슷한 현상이 일어났다. '내가 왜 이러지?' 놀란 가슴을 가라앉히고 가까이 가보았다. 크기와 높이는 그대로였다.

"야, 볼이 왜 이렇게 작게 느껴지지? 림도 낮게 보여! 누가 낮게 매달아 놓은 것 아냐?"

조용히 농구공을 집어 슛을 시도해 보았다. 백발백중이었다. 점프를 해 보았다. 가볍게 림이 손에 걸렸다. 나는 깨달았다. 내가 변해 있었던 것이다. 림의 높이와 볼, 코트가 달라질 수 없는 것 아닌가. 나의 농구기량이 월등하게 발전하고 거기에다 매월 1cm 이상씩 키가 자라고 근육이 붙으면서 가공할 만한 신체적 변화가 일어났던 것이다. 훌쩍 크고 단단해진 내 몸의 감각이 잠시 혼란을 일으킨 것 같았다. 모두들 나를 이상한 눈으로 바라봤다. 이 모든 기적을 체험할 수 있도록 지도한 분이 박영대 선생님이었다.

옛 고사 한 토막.

精神一到 何事不成 (정신을 한곳으로 집중하면 못 이룰 게 없다)

어느 날 선비가 밤길을 헤매다 호랑이를 만났다. 순간 선비는 위기감을 느끼고 등에 짊어진 화살통으로 손을 넣었다. 그러나 안타깝게도 화살은 하나밖에 없었다. 선비는 화살을 시위에 꽂고 호랑이의 눈을 겨냥했다. 만약 못 맞추면 내가 죽을 것이오, 맞추면 살아날 것이라 믿고 온힘을 다해 시위를 당겼다. 그리고 정신을 잃고 쓰러지고 말았다. 날이 밝아오자 선비는 간신히 정신을 차렸다. 스스로 살아 있다는 생각이 들었다. 얼른 주위에 죽은 호랑이가 있지 않을까 싶어 찾아보았다. 그러나 호랑이는 온데간데 없고 어제 자신이 쐈던 화살이 돌에 박혀 있었다. 선비는 그제야 깨달았다. 내가 어제 본 호랑이는 큰 바윗돌이었고, 정신을 집중해 쏜 화살이 그만 바위에까지 박힌 것이다. 선생님은 그 이야기 끝에 '정신일도 하사불성'은 곧 몰입과 집중을 말하는 것이라고 덧붙였다. 박 선생님이야 말로 걸출한 스포츠지도자이셨다.

1995년 롯데호텔에서 열린 나의 출판기념회에 참석해 주신 박영대 선생님의 모습을 잊을 수가 없다.

굵고 짧은 이경재 선생님

이경재 선생님은 연세대학교에서 4년, 군 생활 3년 도합 7년 간 나를 직접 지도한 지도자이시다. 내가 선수 생활을 끝냈을 때 는 지도자 생활로 들어서는 문을 열어주었다. 조흥은행 여자농구 팀에서 7년, 현대 남자농구단에서 9년을 함께 감독과 코치로 머 리를 맞댔다. 그러니까 모두 23년간을 농구장에서 동거동락한 관계이기도 하다. 아마 이와 같은 사제지간은 좀처럼 찾아보기 어려울 것이다.

1961년 12월 대학생활 첫 겨울이다. 학교 앞 차 씨네 집에서 합숙을 했다. 그 시절엔 합숙소가 따로 없었다. 원래 차 씨네 방은 하숙생이 기거했지만, 방학을 맞아 모두 고향으로 떠난 틈을 이용 해 선수들 차지가 된 것이다. 아침식사를 마치고 잠깐 쉬는 사이

윤영이와 내가 장기를 두었다. "장군!" 하면 "멍군!" 하고 일진일퇴를 거듭하며 열기가 가해지자 옆에 있던 의건, 광수, 달인 등이 편을 갈라 훈수까지 더해졌다. 이때다. 방문이 '드르륵' 소릴 내며 열리면서 찬바람이 '휘이익' 들이닥쳤다. 나는 "아이 추워!"하면서 장기판에서 눈을 떼고 문쪽을 쳐다보았다. '아니 이럴 수가?' 이경재 선생님께서 서 계셨다. 순간 팔다리가 얼어붙었다.

그런데 나를 바라보고 장기를 두고 있던 윤영이는 뒤에 누가 있는지도 모르고 "야, 열아? 네래 장군 안 받아?" 하면서 손가락에 낀 담배를 입으로 가져가 힘껏 빨더니 '푸우' 하고 연기를 뿜어댔다. 순간 이 선생님께서 소리를 지르셨다.

"선수 전원 나와!"

윤영인 그제야 알아차리고 담배를 손으로 끄느라 "앗 뜨거!" 하며 비명까지 질러댔다. 우리들은 웃음을 참느라 손으로 입을 가렸다. 그리고 하숙집 마당에 모여섰다.

이 선생님이 단호하게 말했다.

"첫째, 너희들은 오늘 아침 운동시간에 전원 불참했고, 둘째, 내가 담배 피우지 말라고 그렇게 말했는데도 여전히 담배를 피우고 있다. 지금 바로 모두 웃통 벗고 운동장으로 집합이다."

그리고는 앞서 나가셨다.

'이젠 죽었구나!'

다들 죽을상으로 옷을 벗기 시작했다. 영일 형은 나와 윤영이가 장기를 두었다는 걸 알고 다그쳤다.

"야 인마, 너희들 미친놈 아냐? 아침부터 무슨 장기냐?"

옆에 있던 달인 형이 거들었다.

"장기야 두든 말든 좋아, 좋은데. 어쩌자고 아침부터 담배질
이냐? 담배만 안 피웠으면 이런 기합은 없었을 것 아냐."

이때 주장 세영 형이 따끔하게 일침을 났다.

"야, 웃기지 마! 아침 운동에 모두 안 갔으니까 이 선생님이
기다리다 지쳐서 여기로 찾아 온 거 아니냐? 다 잘못 했지. 무슨
놈의 장기, 담배 타령이냐?"

눈은 밤새 내려 이미 발목 위로 차올랐는데도, 너희들 고생
좀 해보라는 듯 펑펑 쏟아지고 있었다. 12명 전원이 상체를 들어
낸 채 축구장에 모였다. 얼굴이 얼고, 가슴과 팔이 저려왔다. 발
도 시렸다. 무조건 50바퀴를 돌아야 했다. 다행히 축구장은 사방
이 높은 토담으로 쌓여 있어 밖에선 우릴 볼 수 없었다. 이 선생
님은 흙더미 위에 서 계셨다. 두 줄로 길게 늘어서서 뛰었다. 나
는 얼른 뒤쪽으로 가 뛰었다. 앞줄에서 눈보라와 찬바람을 막아
주길 바랐던 것이다.

15바퀴, 16바퀴를 돌았더니 추위는 사라졌다. 20바퀴쯤 돌았
을 때는 몸에 열기가 오르기 시작했고, 눈은 얼굴과 가슴에 닿는
순간 물로 변해버렸다. 얼어붙고 마비되었던 발은 발가락부터 풀
리더니 한 발 한 발 착지할 때마다 감각이 되살아났다. 30바퀴를

돌자 몇 사람이 달리기를 포기하고 걷기 시작했다. 40바퀴를 돌 때는 가다서기를 반복하는 사람들이 나왔지만 운동장 위에 서 계신 선생님은 꼼짝도 않고 우릴 내려다보고 계셨다.

드디어 운동장 50바퀴 레이스가 끝나자 우리는 축구장 중앙 눈 위에 뻗어버렸다. 전혀 춥지 않았다. 세찬 바람과 등에 닿은 차가운 눈은 오히려 시원했다. 땀과 눈이 벗은 가슴과 등을 타고 흘러내렸다. 거짓말처럼 잠이 오고 있었다.

이 선생님은 평소 말이 없으시기로 유명했다. 꼭 필요할 때 그것도 아주 간단명료하게 끝냈다. 선생님은 그날 우리를 체육관으로 데리고 가더니 모처럼 긴 말씀을 이어가셨다. 처음 듣는 이야기였다.

"나는 1945년 일로전쟁 때 스물다섯 살이었다. 일본에 강제 징집되어 학도병으로 만주전투에 참석했지. 그때 만주벌판 앞에 수많은 소련 군대가 기관총을 발사하면서 달려오는데 지옥이 따로 없었다. 바로 그곳이 지옥이었지! 내 옆에 동료가 피를 흘리며 픽픽 쓰러지는데, 설상가상으로 하늘에서는 비행기가 융단폭격을 가해 이리 피할 수도 저리 피할 수도 없는 상황이 전개되었지. 그순간 이순신 장군이 말씀하신 "생즉사 사즉생(生卽死, 死卽生)"이 떠올랐지. 그러니까 살 각오로 싸우면 죽고, 죽을 각오로 싸우면 산다는 건데, 나는 남자답게 살기로 하고 온힘을 다해 소련 군대에 맞서 싸웠지. 땅에 뒹굴고, 넘어지고, 총을 쏘며 앞으로 나간 건 생각나는데 그 이후엔 아무것도 기억이 없어. 정신을 차리고 보니 이미 소련군은 어디로 다 가고 우리 학도병 몇 명만 살아 있더란 말이야! 도망갔거나 도망가려는 자는 모두 죽음을 면치 못했지."

말씀을 마치신 후 마치 만주 전쟁터에서 지금 막 되돌아오신 듯 우릴 바라보았다. 그리고 아침에 일어난 '장기판', '담배' 이야기는 단 한 마디도 언급이 없었다.

"너희들이 눈내리는 운동장을 달린 걸 '벌'이라 생각지 말고 어떤 어려움이 닥쳐도 죽을 각오로 나서면 이루지 못할 일이 없다는 걸 깨닫는 계기로 삼으면 좋겠다."

이 선생님의 가르침은 이런 식이었다. 그분의 언행 하나하나가 군살 없이 간단명료했다. 박영대 선생님으로부터 삶의 지혜를 배웠다면, 이경재 선생님에게서는 어려울 때 내는 용기가 만드는 마법의 세계에 대해 배웠다.

이론보다 실제에 강한 이성구 선생님

교육자이자 스포츠행정가이고, 전형적인 농구 전문 지도자다. 말씀도 논리적으로 잘 하셨다. 일제강점하 현역선수 시절에는 일본선수들과 경쟁에서 남다른 적개심을 발휘했다는 말을 전해 들었다. 1936년 베를린올림픽이 열렸다. 일본체육회는 농구대표 선수를 10명 파견하기로 결정했다. 식민지 조선 청년 선수가 대표로 선발되는 일은 바늘 구멍을 통과하기보다 어려웠다고 한다. 이성구 선생님은 일본 선수들을 제치고 당당하게 바늘구멍을 통과한 식민지 청년이었다. 은퇴 후에는 지도자로 생활하셨다. 특히 연세대학교 농구팀에 남다른 애정을 갖고 계셨다. 연세인들로부터는 추앙의 대상이다.

　나 역시 연세대학교 입학과 동시에 이 선생님과 인연을 맺게 되었다. 대표선수로 활동할 때나 은퇴 후 한국농구코치협회를 설립할 때까지 직접 모셨다.

이 선생님을 농구 전문 지도자라고 말한 것은 그 분의 기술농구에 대한 남다른 학구열에서 비롯된다. 그분은 내한하는 모든 외국 농구코치들은 반드시 만나 기술에 대한 토론과 국제농구계의 흐름에 대해 의견을 나눴다. 1955년의 미국의 존 번(John W. Bunn) 코치와 1959년 낫 홀맨(Nat Holman), 1966년 한국 남자대표팀을 지도한 찰리 마콘(Charlie Marcon)과 제프 고스플(Jeff Gausepohl), 심지어 1978년 평화봉사단으로 내한한 도널드 휴스턴(Donald Huston)까지도 가만히 놔두지 않았다. 밤새 토론하고, 신기술 도입에 열성이었다.

1966년 연세대학교 OB팀이 필리핀농구협회의 초대로 마닐라에서 경기를 했다. 당시 연세대학교 코치는 박영대 선생님이었다. 하지만 이 선생님께서는 대표팀을 지도하고 있는 미국인 코치 마콘을 대동하도록 농구협회에 요구했다. 연대 OB팀은 왜 동문도 아닌 마콘 코치를 모셔야 하는지 불만이 쏟아졌다. 그러나 이 선생님은 초지일관이었다. 한국 농구의 미래를 염두에 둔 조처였다. 한국이 난적 필리핀 경기에서 제대로 대응 할 수 있도록 마콘의 지도력을 활용할 수 있게 기회를 만든 것이다.

결국 마콘은 그의 소속인 미8군의 승인을 거쳐 연세대학교 OB

의 동의로 함께 원정길에 올랐다. 이후 1969년 11월 태국에서 열린 아시아농구대회 남자 결승에서 필리핀에 승리를 거두고 금메달을 목에 걸었다. 이 선생님의 예상대로 필리핀 전에 대비한 한국 팀의 철저한 준비가 승리를 가져온 배경이 되었던 것이다.

'88 서울올림픽이 열렸다. 이 선생님은 농구 강국들이 참가하는 대회이니 각국의 뛰어난 코치들을 초대해 기술 세미나를 열자고 제안했다. 물론 각국마다 경기 시간이 다르고 사정이 생겨 이루어지지는 않았다. 하지만 이 선생님은 금메달을 획득한 소련의 고메르 스키 알렉산더(Gomel Ski Alexandre)와 미국 NBA출신 케이씨 존스(K. C. Johns), 캐나다 지도자들과 기어코 모임을 갖고 현대 농구기술과 전략 전술에 대한 의견을 나눴다. 이뿐만 아니다. 피트 뉴웰(Pete Newell)을 비롯하여 한국을 방문하는 외국코치들을 만나 선진 기술을 수용하는 데에도 많은 노력을 기울였다. 서울올림픽 당시 연세가 78세셨는데도 젊은 사람 못지 않은 활동력을 과시했다. 이 선생님은 농구 작전 이론에만 밝은 게 아니고, 실전에서의 임기응변도 매우 강하셨다.

친선대회나 공식경기보다 더 중요한 연고전을 할 때 많이 거드셨다. 특히 연대가 지고 있을 때는 반드시 연대 벤치 뒤로 접근하셔서 슬그머니 몇 마디 귀띔을 한다. 코치는 작전타임을 요구하고 선수들에게 새로운 작전을 지시한다. 갑자기 경기내용이 달라지고 전세가 뒤집혀 연대의 승리로 이어진다.

"왜 코치도 아닌데 벤치에 들어가 작전 지시를 하나?"

"코치는 아니지만 동문이고 농구 선배니까 조언 정도는 할 수 있는 것 아니냐?"

가끔 경기를 보던 농구인들 간에 나오는 논평이다. 하여튼 이 선생님께서는 상대의 약점을 꿰뚫어보는 마술 같은 위력을 갖고 계셨다.

1966년에는 《승리를 위한 농구》라는 제하의 책을 출간하셨다. 농구원로가 책을 펴내는 일은 그때가 처음이었다. 당시 젊은 나에게는 한국 농구의 역사가 기록되었으면 하는 아쉬움이 남는 책이었지만, 다른 사람들은 엄두도 내지 못하던 일을 해내 귀감이 되었다.

마당발 이병희 회장님

1967년 겨울이다. 조흥은행 여자농구팀 선수등록 문제로 무교동 대한체육회 건물 내에 있는 농구협회 사무실을 찾았다. 사무실로 들어서자 전화통화 소리로 떠들썩했다.

"선수 선발은 마쳤나요? 그러면 출국 일자가 얼마 안 남았는데 여권발급은 진행이 어떻습니까?"

이병희 회장님이 사무국 직원들을 다그치는 소리였다. 당시에는 여권 하나 만드는 데 신발 세 켤레는 닳아야 한다는 말까지 있었으니 다그칠 만도 했다.

"네, 진행 중입니다."

국장이 얼버무렸다. 옆에서 이를 바라보던 나는 곧 7월에 다가 올 체코 세계여자농구선수권대회 파견 때문이라는 걸 알아차렸다. 이 회장님께서는 다급함을 못 참아선지 청와대로 전화를 연결하고, 외무부와 직접 통화를 하시던 중 피우던 담뱃불을 꺼 버리며 수화기를 든 채 언성을 높이셨다.

"뭐? 지금 자네 뭐라고 했나? 내가 말했지! 이번 대회가 얼마 나 중요한지 알아? 무슨 말이 이렇게 많아?"

"내가 직접 가서 해결해야지 안 되겠구먼!"

뭐가 잘 안 풀렸는지 '꽝' 하고 전화를 끊으시고는 황급히 사무실을 나가셨다. 이 회장님은 정계, 재계, 언론계, 종교계 안 통하는 곳이 없는 마당발이셨다.

사실 대회가 개최되는 체코슬로바키아는 소련의 위성국가이고 우리와는 외교관계가 없는 나라였다. 북한과는 외교관계를 갖고 교류를 하던 사이였다. 비자 발급 등 어려움이 많았다. 실제로 대표팀 파견을 앞두고 선수 안전 등 소홀히 해서는 안 되는 일이 많았다. 그러나 이 회장님의 열정적인 업무 추진으로 무사히 선수단을 파견한 데 이어 한국스포츠 사상 최초로 세계여자농구선수권대회에서 세계 2위에 오르는 쾌거를 달성했다.

박신자, 김명자, 김추자 선수를 비롯해 금의환향한 선수들에게 온 국민들이 박수를 보냈다. 이 모두가 재정지원은 물론 여권 발행에서부터 선수단의 현지 체류일정까지 꼼꼼히 지원한 이 회장님의 공이 컸다.

이 회장님과 두 번째 만남은 내가 쿠웨이트로 출국하기 바로 전 '축 장도'라고 씌여진 봉투를 받는 자리에서였다. 이 회장께서 조동재 부회장님과 나를 무교동에 있는 〈호스그릴〉로 초대했다. 〈호스그릴〉은 서울에서 제일 유명한 양식당이었다. 식사를 하기 전에 이 회장님께서 말씀하셨다.

"협회 이사회에서 자네를 쿠웨이트 코치로 파견하기로 결정하였으니, 첫째 건강, 둘째 투철한 국가관, 셋째 국위선양을 달성해 주길 바라네!"

역시 군 출신다웠다. 그런가 하면 가족관계를 물으며 온화한 모습으로 타지에서 식구들도 잘 보살펴야 한다고 말씀하셨다.

세 번째 만났을 때는 내가 쿠웨이트 선수단을 이끌고 바그다드에 간 사이에 회장님이 쿠웨이트를 방문했을 때였다. 세상이 온통 오일쇼크로 떠들썩할 때 특사 자격으로 오셨다고 했다.

"여기에 방열 감독이 있을 텐데 만날 수 없을까요?"

무역대표부 총영사 만찬 자리에서 이 회장이 나를 찾은 것이다. 하지만 내가 이라크로 출국했다고 하자 대신 아내를 찾았다. 아내는 부랴부랴 두 아이들과 함께 만찬자리에 나가 인사를 드렸다고 말했다.

"방 감독 없이, 객지에서 고생이 많으십니다."

두 아이의 머리를 쓰다듬으면서 지갑을 꺼내 용돈까지 쥐어

주었다고 했다.

나는 아내의 말을 들으며, 서울을 떠나기 전 〈호스그릴〉에서 나와 우리 가족에게 특별한 관심을 기울이시던 때를 떠올렸다. 다음 날 나는 나의 부재로 인한 무례를 비는 편지를 발송했다.

2020년 4월 《마당발 정치인 이병희 평전》 출판기념일. 나는 이미 고인이 된 이병희 회장님 영정 앞에 머리 숙여 인사를 드렸다. 이 회장님과의 네 번째 만남이다.

南皐 김상하 회장님

1982년 8월, 존스컵대회가 대만에서 열렸다.

나는 대표팀 감독으로, 김상하 회장님은 단장으로 선수들과 함께 대만시 중태빈관에 체류하고 있었다. 경기를 마치고 호텔로 돌아왔는데, 김 회장께서는 TV 뉴스를 주시하고 계셨다. 국무총리로 김상협 씨가 임명됐다는 발표내용이었다. 그러면서 회장님께서는 걱정스러운 표정으로 말씀하셨다.

"이 분(김상협)이 총리직을 수락했다니 의문이고 걱정이네."

웬만하시면 가내(김상협 총리와 김 회장은 사촌지간)의 경사로 알고 귀국이라도 해야 할 것 같았지만, 남의 일처럼 촌평 한마디 하고는 꿈쩍도 않으셨다.

"회장님, 대표팀은 염려 놓으시고 귀국하셔야 되지 않겠습니까?"

나는 조심스럽게 말씀드렸다.

"아니? 방 감독! 지금 무슨 말을 하고 있는 겐가? 내가 대표팀 단장일세! 경기가 한참인데, 선수단과 함께해야지 가긴 어딜 간다는 겐가?"

이렇게 반문하며 내게 핀잔을 주시는 것 같았다. 대인의 면모를 보는 순간이었다. 이 회장님의 깊은 뜻을 헤아리지 못한 것 같아 조금 겸연쩍었다.

남고(南皐) 김상하 회장님은 20여 년을 농구협회 회장으로 농구 발전을 위해 헌신하셨다. 아시안게임과 올림픽을 각각 4회씩이나 치르셨다. 협회 이사진 구성 시 농구선수 출신을 특별대우한 최초의 협회장이었다. 김상하 회장은 철저하게 농구인들의 참여와 역할 확대를 최우선 방침으로 세운 분이셨다.

국내대회 개혁의 일환으로 채택한 농구대잔치를 과감히 발전시켜 국내 유일한 계절스포츠로 자리매김하는 데 결정적인 리더십을 발휘하셨다. 또 협회의 재정자립도를 높일 수 있도록 여러 번에 걸쳐 기금을 마련하셨다. 그런가 하면 협회장 재임 시절, 한국 최초의 프로농구 출범을 주도하셨다.

농구역사와 기록에 대한 관심도 높았다. 각종 대회 기록과 농구역사를 총정리해《한국농구 80년사》를 편찬했다. 농구 후배들로서는 결코 잊지 말아야 할 업적들이다. 김 회장님은 협회장 업무 말고도 삼양그룹 회장을 비롯해 한일경제인연합회 회장과 대한상공회의소 회장 등을 겸임하면서도 한 치의 소홀함 없이 농구협회 조직을 이끌었다.

그러나 불협화음이 나오는 때도 있었다. 협회가 어렵게 준비한 목적사업들이 이런저런 반대의 목소리로 벽에 부닥치기도 했다. '프로농구 출범'을 놓고 '프랜차이즈'(연고권) 문제로 농구인들 안에서 출범을 반대하는 물리적 행동도 벌어졌다. 그럴 때마다 김 회장님께서는 중용의 리더십으로 문제를 원만하게 해결하셨다.

"어제 〈우래옥〉에서 동창들과 점심을 같이 했는데 나까지 6명 남았어!"

2020년 초 헌법재판소 앞 〈로시니〉 양식집에서 점심을 함께 한 자리에서 한 말씀이다. 친구분들이 한 분씩 작고하시는 게 아쉬워 그리 표현하신 것 같았다. 그러나 곧장 환한 모습을 보이며 함께 자리한 정연철(농구인동우회 회장), 이인표, 김인건, 신동파, 조승연, 박한과 나를 바라보셨다.

"자, 건배를 제의합니다. 일단 앞에 있는 잔을 모두 채우세요."

그리고 이어서 잔을 한 손으로 치켜 올리시고 '건배사'를 하셨다.

"요즘 우리가 뜻을 세워야 하는데 좀처럼 잘 세울 수가 없으니 우리 다같이 무조건 세웁시다. 내가 '세우자'라고 하면 여러분들도 크게 복창하세요. 알았죠?"

앞에 앉았던 우리들 모두가 잔을 높이 들었다. 회장님이 "세우자!"라고 선창하시니, 우리도 따라 "세우자!"하고 복창했다. 어느새 김 회장께서는 부드럽고 온화한 모습으로 돌아와 한 사람씩 건배사를 지명하면서 좌중을 리드해 나가셨다.

누구보다 농구를 사랑하고, 농구인들을 사랑했던 김상하 회장님은 1997년 농구협회를 떠나셨다. 하지만 이렇게 후배들을 불러 이미 맺은 인연의 끈을 놓지 않고 늘 자리를 만드셨다. 이미 고인이 되신 변승목 부회장님, 허만우 부회장님, 정광석 감독, 정호천 국장, 하의건 부회장을 비롯해 박신자, 주희봉 이사들이 늘 같이 했다.

"내가 농구장엘 꼭 한 번만은 가고 싶은데 내 다리가 신통치 않아 당신들한테 폐가 될까봐 못 가고 있어? 가는 건 차타고 갈 수 있겠지만 입구서부터 체육관 자리까지 가서 앉을 수가 없단 말이야."

혼자서 움직일 수 없을 정도로 몸이 불편하게 됐을 때 우리를 만나자 하신 말씀이다.

"회장님, 저희가 잘 준비하겠으니 염려 놓으시고 참석하셔도 됩니다. 제가 연락을 드리겠습니다."

김 회장님은 만족한 표정을 지으셨다. 그리고 2015년 6월 28

일 아시아태평양지역 대학농구대회때 회장님은 VIP석이 아닌 경기장 중앙에 특별히 마련한 좌석에서 한국 대표팀이 경기하는 모습을 관람하셨다. 김 회장님은 기력이 없다며 1쿼터만 보겠다고 하셨지만, 점차 경기에 집중하더니 전후반 전 경기를 관람하셨다. 모처럼 행복한 시간이었다며 희색을 감추지 못하셨다.

2021년 1월 20일 南皐(남고) 김상하 회장님이 영면하셨다. 정연철 회장님을 비롯한 우리 농구인들은 영정 앞에서 김 회장님의 명복과 유가족의 평온함을 기원했다.

여자농구의 대모 윤덕주 회장님

2019년 11월 제네바에서 거행된 FIBA(세계농구연맹) 기술위원회에 참석했다. 세계연맹 사무실은 공항에서 차로 약 45분 거리였다. 2층 건물로 길게 옆으로 연결된 구조였다.

정문 바로 오른쪽 옆으로 세 사람 흉상이 우뚝 서 있었다. 가운데는 세계연맹 창설자 윌리엄 존스(Willian Zones), 오른쪽에는 농구 중흥을 이룩한 스탕코비치(Stankovich), 왼쪽에는 21세기 농구 도약에 시동을 건 바우만(Baumman) 씨 흉상이다. 1층 정문으로 들어서면 각종 전시물과 농구박물관이, 2층은 회의장과 사무실이다. 박물관에 진열된 전시물들에 관심이 가기 시작했다. 초기 농구가 부흥할 무렵 처음으로 입은 심판의 복장과 농구공, 농구골대, 선수들의 유니폼 등이 연차별로 전시되어 있었다. 그 옆으로 명예전당엔 사진들이 걸려 있었다.

그곳에서 윤덕주 여사님을 만날 수 있었다. 윤덕주 여사님은 아시아에서는 유일하게 농구명예의 전당에 헌액된 분이다. 윤 부회장님의 사진 앞에 한참을 서 있었다. 주마등처럼 옛 일들이 흘러갔다.

윤덕주 부회장님은 여장부, 여걸이셨다!

"금번 대회(1986년 6월, 제11회 아시아여자농구선수권대회)에 참가하려면 훈련비와 여행비가 꽤 많이 들 것 같습니다. 정부 예산이 일부 있지만 아무래도 3천만 원 정도 추가예산이 필요합니다."

변승목 부회장이 사무국이 제출한 국제대회 출전비와 제안서를 들고 조심스럽게 발언했다.

"아, 네! 예상보다 많이 들어가는군요?"

김상하 회장님이 말씀했다. 그때 침묵을 깨고 윤덕주 부회장님이 말씀을 이어갔다.

"내 생각엔 그 예산으로는 택도 없을 낍니다. 대표선수단만 해도 18명으로 구성될 텐데 그 돈 가지고 되겠습니까? 1억은 들지 않겠어요?"

모두들 놀란 듯 눈을 크게 떴지만 아무 말도 못했다.

"여자선수들은 입맛이 까다로워서 호텔음식 잘 못 먹습니다. 출국하기 전에 먹을거리를 전부 준비해야 하고, 현지에서 아이들

특식도 사 줘야 하고, 단복도 여자아이들이니까 젤로 예쁜 것으로 입혀야 하고, 국제 임원들과도 교류해야 할 텐데…!"

그렇지만 좌중은 모두 묵묵부답이다. 윤 부회장님은 답답함을 느끼셨는지 이렇게 말씀하셨다.

"회장님, 여자농구는 지가 책임지겠습니다. 그러니 다음 안건으로 넘어가시죠?"

본 안 통과 처리를 알리는 의사봉 두드리는 소리가 유난히 크게 들렸다.

윤 부회장님은 해외에서도 농구인이라면 무조건 마다 않고 맞아주셨다. 저마다 투숙한 호텔이 달라도 아침 식사시간에는 당신께서 머물고 있는 호텔로 무조건 집합이다. 그리고 최고의 식사를 제공하셨다. 농구인들이 아침을 굶을까 봐 염려해서가 아니라 입맛에 맞는 식사를 제공하려는 성의였다. 서울에서부터 마련해 갖고 온 한식을 공급했다. 전복내장으로 만들었다는 젓갈(고노와다)을 흰쌀밥에 얹어 먹으면 그 맛이 압권이었다. 이외에도 김치, 장조림, 볶은고추장, 김 등을 꺼내 놓으시고 우리로 하여금 마음껏 들도록 했다. 해외에서의 아침상은 늘 '윤 어머님'이 차려주시는 식사를 하는 게 행복했다. 누가 농구인들을 위해 그렇게 베풀 수 있단 말인가? 돈 있다고 다 할 수 있는 일도 아니다. 농구인을 사랑하고 베풀 줄 아는 사람만이 할 수 있는 일이다.

저녁 시간엔 아시아농구인 대표로 참석한 분들 모두를 호텔로 초대했다. 소위 한국 농구를 위한 사교장을 제공한 것이다. 아시아농구연맹회장 칼 칭(Carl Ching)과 사무총장 마텔리노(Martelino) 등이 한자리에 모였다. 이 자리에서 칼칭 회장은 금번 총회에서 아시아농구코치 대표자를 선출하는데 한국에서 사람을 추천해 주길 바란다고 했다. 그동안 중국코치 젠하이샤(全遼海 중국대표 감독) 씨가 대표로 일해 왔는데, 세계연맹에서 백 번 문의하면 백 번 다 무응답이었고 활동이 전혀 없기 때문이란다. 김상하 회장은 우리가 논의해서 내일까지 답을 주겠다고 했다. 이어서 식사와 술잔이 오가며 즐거운 환담이 이어졌다.

그때 외국인들이 알아듣지 못하는 우리말로 윤 부회장께서 발언했다.

"아시아코치 대표자는 영어도 할 수 있고, 능력도 있는 젊은 사람을 추천하는 게 어떻습니까? 회장님!"

그러시면서 맨 끝자리에 앉아 있는 나를 추천했다.

이튿날 나는 아시아 대표로 추천되었다는 공문을 칼 칭 회장으로부터 들었다. 그러나 나중에 이 일이 국내 코치협회에서 불화의 화근이 될 줄은 아무도 몰랐다. 어쨌든 나는 윤 부회장님의 추천으로 코치협회 아시아지역 대표로 선출됐다.

어느 날 기업 강의를 마치고 김해공항에서 귀경길에 올랐다.

탑승을 위해 줄을 섰는데 맨 앞에 휠체어를 탄 여행객이 있어 지체되고 있었다. 비행기에 올라 자리를 찾느라 두리번거리는데 내 옆자리 창쪽 자리에 휠체어를 탔던 분이 창밖을 내다보고 있었다. 윤 부회장님이었다. 나는 깜짝 놀랐다.

"회장님! 웬일이세요?"

윤 회장님은 다리를 자유롭게 움직이지 못하는 상태였다. 금방 내 눈시울이 뜨거워졌다. 짙은 검정색 스커트에 상의 역시 검은 옷을 입고 계셨다. 하얀 진주목걸이가 유난히 빛났다. 충무에 다녀오시는 길이라 하셨다. 비행기가 하늘로 솟아오르자 윤 회장님은 내 손을 잡고 이런저런 농구 이야기를 들려 주셨다. 김포에 도착해 내가 할 수 있는 일은 휠체어로 이동할 수 있도록 부축해 드리는 게 전부였다. 그리고 고개 숙여 인사를 드렸다. 그것밖에 할 일이 없었다. 윤 부회장은 창밖으로 손을 내밀어 보이지 않을 때까지 흔들었다.

누군가 나를 다급하게 불렀다. 그때까지 나는 명예의 전당에 걸린 윤 부회장님 사진 앞에 서서, 김해공항 비행기 속에서 '잠깐 해우'한 기억을 호출하고 있었던 것이다. 곧 세계농구연맹 기술위원회 회의가 시작되었다.

한평생 농구화 함께하신
변승목 부회장님

　한국농구협회의 역사 속에는 영원한 부회장으로 불리는 원로
가 계신다. 바로 변승목 부회장님이다. 1957년 제7대 임봉순 회
장님 시절 이사로 부임해 25대 김상하 회장님(1997) 임기까지 농
구협회에 헌신하셨다. 회장만 18분을 모신 분으로 농구협회와 농
구 발전을 위해 일생을 바치신 분이다.

　내가 변 부회장님을 처음 뵌 것은 연세체육동문회가 주관한
연세대학교 신입생환영회에서였다. 이른바 5대 운동부로 꼽히던
농구와 축구, 야구, 럭비, 아이스하키 선배들 중에서도 한눈에
알아볼 수 있을 만큼 훤칠한 키에 늘씬한 몸매를 갖고 계셨다.

　신입생 오리엔테이션 시간이다. 변 부회장님께서 인사말을
하시는데 말씨가 투박한 이북 사투리였다. 나중에 알았지만 평양

의 명문 숭인상업고등학교 출신이라고 했다. 이후 나는 대표선수 시절 농구협회에서 뵈었고 은퇴 후에는 이사로 함께 일하면서 자주 뵙게 되었다. 이사회가 끝나면 반드시 무교동 뒷길 술집으로 발길을 돌리셨다. 평소 말씀이 없으셨지만 일단 술이 들어가면 가슴에 담아 두었던 말을 토해내곤 하셨다.

"야, 방열이, 우선 술 한 잔 받으라우. 그리구 말야, 네래 아까 회의 때 '박정희장군배' 대회 참가자격에 대해 우리 협회 의견에 반대했는데 그 이유가 뭐이가? 어디 말해 보라우"

이런 식이었다. 혹시라도 회의 때 반문하면 내가 당황할 것 같아 그 자리에서는 참고 있다 술자리를 빌어 후일담 형식으로 물어보셨다. 변 부회장님의 따뜻한 인간미를 엿보여주는 자리가 언제나 즐겁고 감사했다.

현대 · 삼성이 한참 라이벌전을 벌일 때다. 82/83 첫 시즌에 챔피언 등극을 했지만, 그 다음 해엔 삼성에 덜미를 잡혀 삼성이 챔프의 자리에 올랐다. 허탈한 마음으로 농구협회 정호천 사무국장님과 저녁을 함께하는 자리였는데, 변 부회장님께서 어찌 아셨는지 들어오셨다. 사무국장과 나는 밥을 먹다 말고 벌떡 일어섰다.

"야! 방열이, 앉으라우, 합석해도 괜찮카서?"

"아 네, 그럼요. 여기 앉으시죠?"

옆 자리를 내어 드렸다. 변 부회장님은 자리에 앉자마자

"아주마이! 여기 술 좀 주쇼!"

그러자 정 국장님이 말했다.

"먼저, 식사를 좀 하셔야 되지 않겠어요?"

조심스럽게 여쭙자 변 부회장님은 단호하게 말씀하신다.

"야, 식산 무슨~, 여기 술이나 좀 날래 개오라우."

그리고 내게 잔을 주시면서 "야, 방열이! 현대가 오늘 지길 잘 했어, 맨 날 현대만 이기면 대갔어? 서로 이기고 지고 해야지. 한 쪽만 자꾸 이기믄 발전이 있냐 이 말이야? 어서 들라우!"

나는 나대로 이런저런 감정을 표현했지만 변 부회장님은 아랑곳 하지 않고 연거푸 잔을 권하셨다. 어느덧 시간이 자정을 향해 가고 있었다. 주변에 손님이 뜸해졌다. 밖으로 나오자 딱 한 잔 만 입가심하자고 내 손을 끌어 당기셨다.

"정 국장, 우리 잘 가는 데로 갑시다."

맥주 집이다. 긴 탁자에 앉자, 주문도 하지 않았는데 들어올리기도 힘들 것 같은 대형 잔에 1000cc 맥주가 들려 나왔다. 어찌나 큰지 얼굴을 파묻고 농구장에서 흘린 땀을 씻어내도 될 사이즈다. 한참 마시다 변 부회장님께서 말씀하셨다.

"야 방열이, 너 너무 머리 세우지 말라우. 너무 꼿꼿하면 부러지는 경우가 있어 알간? 가끔 숙일 때도 있어야 해 알 갔어?"

술이 확 깼다. 취중진담이라고 했다. 분명 오늘의 패배에서

무엇이 진정한 스포츠맨십인지 배워야 한다는 뜻일 게다. 뒤를 돌아봐야 했다. 연거푸 술잔을 비웠다. 마시고 또 마시다 정신을 잃었다.

"방열이 일어나라우!"

낯선 방안이다. 내가 어떻게 이곳에 와 있는지 어리벙벙했다. 눈앞에는 변 부회장님이 웃으시며 앉아계셨다.

"해장하러 갈 테니 어서 일어나라우."

또 재촉하셨다. 나는 사모님께 인사를 올리고 죄송하다는 말만 계속했다. 변 부회장님은 댁에서 얼마 떨어져 있지 않은 곳의 한 추탕집으로 나를 데리고 가셨다. 그리고 해장을 했다.

"머리를 세우지만 말고 때론 숙이라~야! 진짜배기는 패배에서 배우는 거 아이가?"

참으로 소중한 가르침이었다.

2008년 농구협회장 출마에 관심을 가지라고 하신 말씀이 내게 주신 지상의 마지막 하문이셨다. 변 부회장님은 2009년 1월 타계했다. 빈소에는 김상하 회장님을 비롯해 전 농구인들의 발길이 이어졌다.

한국농구를 국제무대로 이끄신 조동재 선생님

내가 소장하고 있는 농구이론 서적은 꽤 많은 편이다. 농구에 미쳐 날뛸 때 명동 뒷골목을 서성이며 '농'자만 보이면 무조건 구입한 책들이다. 해외 원정할 때도 유명 서점을 찾아 구입한 따끈따끈한 책들. 그리고 조동재(아시아재단 및 아시아농구연맹 사무총장) 총장님으로부터 받은 책이 주를 이룬다. 특히 조 총장님께서는 아시아재단에 농구에 관한 책이 들어오면 나를 찾곤 하셨다.

"미스터 방, 나 조 총장인데 오늘 시간 있으면 한 번 들러. 알겠나?"

그리고 대답도 듣기 전에 전화를 끊으셨다. 이런 날은 대박을 치는 날이다. 없는 시간도 만들어서 가야 한다. 아시아재단은 한국은행 바로 뒷 건물 2층이다. 흥분된 마음으로 계단을 2개, 3개

건너뛰면서 헐레벌떡 들어설라치면 조 총장님은 타자기를 앞에 놓고 앉아 계시다가 말씀하신다.

"아니, 벌써 왔어? 여기 이거, 보지 그래!"

책상 위에 미리 준비한 책을 밀어 주신다. 흥분된 마음을 억지로 진정하면서 조심스럽게 책을 받아 우선 제목부터 점검한다. 《농구코칭방법》(Basketball Teaching Method), 《농구기술 개발방법》(How to develop the Basketball Skills), 《농구 인생 60년》(60 Years of Basketball Life) 등의 컬러판 책이 나를 기다리고 있었다.

"미스터 방, 시간 없을 텐데 어서 가지 그래."

책을 받아 들고 감사의 인사를 할라치면 내 등을 밀어내며 하시는 말씀이었다.

농구인들 가운데는 조 총장님을 좋아하는 부류도 있고, 반대로 싫어하는 분들도 있다. 싫어하는 부류는 조 총장님이 너무 개인적이고 사고방식이 우리와 맞지 않다는 것이다. 1963년 아시아농구대회가 대만에서 진행되고 있었다. 대만과 결승전을 눈앞에 두고 있었는데 국내에 일이 생겨 조 총장께서 급거 귀국하게 됐다.

"아니, 사람이 애국심도 없는 것도 유만 부득이지. 아 이럴 때는 심판 배정이라도 우리가 불이익을 당하지 않게 도울 수도 있는 것 아냐? 그냥 간다는 건 이해가 안 된다니까? 농구협회 부회장은 왜 하는 거야? 그리고 갈 거면 왜 왔어?"

당시 조 총장님은 아시아농구연맹 사무총장을 겸임하고 있어
서 심판 배정에 전권을 쥐고 있었다. 한국팀 코칭스태프나 선수
들로서는 큰 도움을 줄 수 있는 조 총장의 귀국이 못마땅했던 것
이다.

심지어 어떤 사람은 철저한 개인주의자요, 기회주의자라고 몰
아붙이기도 했다. 조 총장님을 좋아하는 사람들은 그가 쉰 살이
넘은 기성세대지만 사고가 새롭고 젊은 사람들과도 허심탄회하게
지내는 점을 들었다. 여기에다 권위주의적이지 않은 데다 말끔한
신사이며 영어 실력까지 탁월해 좋아하는 사람들이 많았다.

우연의 일치였지만 조 총장님과의 만남은 꾸준히 계속되었
다. 조 총장님이 농구협회 국제담당 부회장을 역임하실 때, 내가
상임 기술이사로 함께 일한 탓도 있다. 현대농구단 감독 시절에
는 이경재 감독님과 친분이 두터운 조 총장님을 합숙소 등에서
뵐 기회가 많았다. 나는 그때마다 농구이론서 중 해석이 어려운
부분을 메모해 두었다가 조 총장님의 번역에 많은 도움을 받기도
했다. 심지어 조 총장님을 괴롭혀 드린 적도 있다.

"조 총장님, 책을 읽다 도저히 이해되지 않는 부분이 있어서
그러는데 오늘 시간이 되시는지요. 가능하시면 인터콘티넨탈호
텔 커피숍에서 뵈면 하는데요. 어떠세요?"

성질 급한 나는 가끔 예의에 벗어난 언사로 도움을 요청했다.

"이 사람아! 뭣 하러 그 비싼 호텔에서 돈을 낭비하나? 그리지 말고 호텔 지하철역에 있는 햄버거 집에서 만나세. 거긴 커피한 잔에 천 원이야, 천 원!"

서울대병원에 입원해 계신 조 총장님을 찾아뵈었다. 이전에 입원하신 고려병원 때보다 더 야윈 모습이었다. 그런데도 타자기를 앞에 놓고 타이핑을 하고 계셨다. 나는 놀랐다. 온몸이 야월 대로 야위셨던 것이다.

"괜찮으세요, 총장님?"

조심스럽게 여쭈었다.

"미스터 방, 사람은 머리가 쉬고 있다면 죽었다는 의미야!"

그리 말씀하시며 계속 뭔가를 두드리셨다.

그리고 그날 오후 세상을 등지셨다. 나의 기억 속에서 조 총장님이 여전히 타이핑을 하시는 듯하다.

농구 철학가 정상윤 선생님

정상윤 선생님은 농구를 가장 독창적으로 지도하신 분이다. 한국의 초기 농구 지도자들은 대부분 일본과 미국의 영향 속에서 지식을 익히고 전략전술을 세워 활용했다. 정상윤(1948년 런던올림픽 한국농구대표 감독) 선생님 역시 일본에서 농구를 배우고 익힌 분이었지만, 지도자로 변신한 뒤에는 키 큰 선수 중심의 미국 농구 스타일에서 벗어나 키 작은 한국선수들에게 맞는 코칭방법을 찾기 위해 노력해 왔다.

한국 농구 지도자로서는 처음으로 우리 선수들을 위해 맞춤형 코칭방법을 구상한 분이라고 볼 수 있다. 정 선생님은 한국농구에 공간개념을 중시한 훈련계획을 수립해 적용한 분이다. '기브 앤 고(give and go)', '스크린 플레이(screen play)', '점프패스(jump pass)', '스플릿 더 포스트 플레이(split the post play)' 등과 같은 공간을 이용한 기술이 적용되었다.

내가 정 선생님의 지도를 받은 건 1964년 도쿄올림픽 대표선수로 뽑혀 훈련을 받을 때다. 나는 일단 새로운 코치를 만나면 신속하게 그의 지도 스타일을 파악해 적응하려고 노력했다. 만약 완전히 새로운 지도 스타일이면 그동안 다른 분들로부터 익힌 농구이론이나 기술들은 일단 접어 둔다. 나는 그렇게 해야 적응이 잘 됐다. 그런데 간혹 나와는 정반대로 생각하는 선수들도 있다는 걸 알았다. 가령 이럴 때이다.

"선생님, 저는 이렇게 하는 것이 맞는다고 생각하는데요"

코치의 방법에 이의를 제기하고 있는 것이다. 바로 이때 코치의 태도는 모든 선수들에게 중대한 메시지를 전달하는 계기이기도 하다. 코치는 이런 순간을 잘 활용해야 한다.

"아, 그래! 그렇게 배웠어? 그럼 그렇게 해도 돼!"

이런 코치는 자신의 지도철학과 가치대로 소신 있게 지도할 수 없는 사람이다. 다시 말해 '갈팡지팡' 지도자형이다.

"뭘, 말이냐? 내가 알려준 대로 따라 해!"

이런 코치야말로 원칙과 일관된 지도 철학과 이념을 가지고 있는 코치이다. 정 선생님은 바로 후자 스타일의 코치였다. 자신의 지도에 꾀를 부리거나 소홀히 하는 선수는 즉각 코트 밖으로 내몰았다. 이해하지 못하는 경우라면 비교적 긴 시간이 들어가더라도 훈련과제에 대한 이론적 배경을 꼼꼼하게 이해시켰다. 때론 설명이 길어 땀이 식어버리는 경우도 있었다.

언젠가는 우리를 체육관 밖 풀밭에 앉히고 풀 한 포기를 뽑아 당신이 믿는 스포츠 세계에 대한 설명을 한 적이 있었다.

"자, 여러분! 이 풀을 보아라! 작은 식물이지만 뿌리와 줄기와 잎이 바깥세상과 만나야 잘 자란다. 우주 공간을 뚫고 달려온 빛을 받아 생명을 유지한다. 농구도 저 풀과 빛의 관계처럼 질서가 있어야 한다. 선수가 있으면 볼이 있고, 선수는 코트의 공간을 이용해 볼을 바스켓에 이르도록 한다. 그 과정을 그려보면 막힘없이 골에 이르는 흐름이 있다. 5명의 선수가 물 흐르듯 그렇게 뛰어야 한다. 바로 햇빛과 물과 흙이 만나 잘 자라는 저 풀들의 생명력과 같다. 풀들이 빛을 이용하듯 농구는 빈 공간을 이용하는 경기다."

정 선생님은 그때마다 질문 있냐고 물었지만, 아무도 질문하지 않았다. 정 선생님은 농구장 위의 소피스트였다.

농구전도사 이상훈 감독님

1977년 2월, 쿠웨이트로 엽서 한 장이 날아왔다. 발신인은 이 상훈 감독님이셨고 수취인은 방열이었다. 나는 깜짝 놀랐다. '아니, 이 감독님께서 내 주소를 어떻게 알고 서신을 발송하신 건가?'하는 놀라움이었다. 그러나 곧 이해가 되었다. 수취인 주소가 쿠웨이트농구협회로 되어 있었기 때문이다. 감독님은 내 정확한 주소는 몰랐지만, 협회로 발송하면 내가 받아 볼 수 있을 것이라는 생각으로 보낸 것이다.

평소 이 감독님의 필체를 익히 알고 있었기에 흥분된 마음을 억누르며 읽어 나갔다. 내용인 즉 사막 땅에서 농구 가르치느라 고생이 많겠다는 격려의 말씀과 본인 스스로도 농구 지도를 위해 사우디아라비아의 제다로 곧 출국할 예정이라는 내용이었다. 사막에서의 오랜 고립 생활 탓에 어쩌다 엽서 한 장이라도 오면 늘 기대가 부풀고 마음이 설레었다. 나는 즉시 '감독님의 성공적인 여행이 되길 기원한다.'는 내용의 편지를 발송했다.

1967년, 여자농구 지도자 시절로 시간을 돌렸다. 제일 먼저 찾아 뵌 분이 바로 상업은행 감독으로 계신 이상훈 감독님이다. 이 감독님은 내가 남자대표선수로 한창 활약할 때 나를 지도하신 데다 연세대학교 선배이기도 했다. 나는 선수 시절 지도자를 만나면 비교적 예리하게 관찰하곤 했다. 무엇을 요구하는지? 무엇을 강조하는지? 그리고 지도이념은 어떤 것들인지를 재빨리 파악했다. 선수는 지도자의 가르침에 맞게 적응하는 게 자신의 성장을 위해 가장 옳은 방법이라고 믿었다.

이 감독님은 근엄하시고 빈틈이 없는 분으로 학교 선생님 분위기가 나는 지도자였다. 자신만의 훈련원칙과 지도이념이 남달랐다. 신기술을 도입해 새로운 지도방법으로 선수들을 지도했다.

"이봐, 그렇게 하면 안 되겠더군!"

선수 지도과정에서 이 말이 나오면 비상이 걸렸다. 규범화된 형식과 투철한 정신을 많이 강조했다. 나중에 숙명여자대학교에서 일반 여대생을 상대로 교양체육(농구)을 지도하기도 했다.

숙명여자대학교 강당에서 뵌 이 감독님은 예전에는 결코 볼 수 없던 모습이어서 나름 충격이었다. 이 감독님을 전문 농구선수들만 가르치는 농구감독으로 생각해왔는데, 여대생들에게 농구를 가르치고 있었다. 충격적이었지만 신선했다. 패스와 드리블 같은 기본동작을 가르치고 있었는데. 우리를 지도할 때와는 전혀 다른 방식이었다. 마치 양떼들 사이에 서 있는 예수님처럼 느껴졌다. 지도자란 배우고자 하는 대상이 누구냐에 따라 지도법도 달라진다는 것을 깨닫는 것으로 만족했다.

가장 가까이서 이 감독님을 뵐 수 있었던 것은 1972년 아시아 여자대표팀과 '73년 모스크바유니버시아드대회에서 감독/코치로 일할 때이다. 감독님은 훈련 중에 일어난 일들과 선수들의 전술 이해 상황 등을 반드시 기록으로 남기는 게 특별했다. 애연가에 애주가였던 탓에 에피소드도 많이 남기셨다. 하지만 농구에 대한 열정은 누구도 감히 따라 할 수 없을 정도였다. 책상엔 항상 농구 전문서적이 놓여 있었다.

1977년 12월 8일, 갑작스럽게 비보를 받았다. 감독님께서는 열사의 땅 사우디아라비아 현지에서 간염으로 급서하셨다. 시신을 운구한 여객기가 김포공항에 도착했다. 영상 50도의 사막에다 위생 개념도 엉망이던 환경이었다. 감독님을 공항에서 곧바로 장지로 모셨다. 이상훈 감독님은 둥근 '공용어' 농구공 하나를 들고 사막의 나라 중동 청년들과 이야기를 나눈 스포츠 프런티어셨다.

글을 마무리하면서

긴 여행길의 종점에 닿으니 가슴이 벅차오른다. 내 삶의 모든 것이 한 권의 책으로 세상과 마주한다는 생각에 두려움으로 꽤나 설레기도 한다. 그동안 몇 권의 책을 출판하면서 그때마다 크고 작은 감회에 쌓여보기도 했지만, 이번 같지는 않았다. 아마도 나이를 먹은 탓이리라.

사실 나는 대중을 대상으로 글을 쓰거나 남들에게 내 생각을 글로 보여주는 성향은 아니라고 생각했다. 하지만 가천대학교에서 교수로 재직하던 시절, 언론사로부터 청탁(겨울철 농구시즌 칼럼)을 받아 기고하면서 글에 빠져 본 경험이 있어 이렇게 어설프게나마 자서전까지 써 보자는 용기를 내게 되었다. 결정적 계기는 동아일보 최화경(1980년대 동아일보 체육부 농구담당 기자) 씨다. 그와의 인연은 오늘날까지도 이어지고 있어 고맙고 감사하다.

책을 출간해 준 대경북스에도 고마운 마음을 전한다. 대경북스는 내가 책을 출판할 때마다 관대하게도 흔쾌히 허락해주었다. 《스포츠보도론》, 《사회체육 프로그램론》, 《전략농구》, 《농구 바이블》, 《페어플레이를 위하여》, 《대한민국 농구기술 및 규칙의 변천사》 등이다. 더구나 코로나 19 팬데믹으로 비상시국이었지만 1년 내내 이 책밖에 생각하지 않고 나와 함께 씨름했다. 감사한 마음을 전하고 싶다.

나는 어려서부터 호기심 많은 소년으로 커왔다. 성인이 되어서는 내 몸의 내부에 쌓여 있던 호기심이 외부로 향한 도전으로 바뀌면서 농구와 함께 끊임없이 이어왔다. 그러니까 내 삶의 과정은 타인의 부추김으로가 아니라 나 스스로 내면으로부터의 발로된 여정이라 할 수 있다. 진학 선택이 그랬고, 직장 선택이 그랬고, 해외 이주도 그랬으며, 창단 팀만 선택해 지도한 것도, 교육에 이바지한 것도 그러하다. 그 과정에서 때로는 상심과 절망 속에서 승부해야 했고, 때로는 스포츠 세계에서 희망과 기대감으로 승부를 겨루기도 했다.

그 시간과 걸어온 도정을 뒤돌아보면서 한 줄 한 줄 써나갔다. 우리들의 삶이 턱없이 짧은 인생이라는 것은 익히 알고 있지만, 그래도 앞으로 지내야 할 삶을 위해 자기 회고와 반성은 필수적이라는 생각으로 집필을 마무리할 수 있었다.

이 책을 읽을 독자들에게 하고 싶은 말이 많다. 말 못할 많은 사연이 있었지만 일일이 말해 주지 못한 여러 선후배, 동기생, 친구 특히 나를 친형처럼 따라 주었던 선수들과 지인들께도 많은 이해와 격려를 부탁드리고 싶다. 혹여 단 한마디라도 인상적이거나 감동적인 문구가 있다면, 나는 정말로 기쁠 것이다. 그러나 뜻하지 않게 잘못된 부분도 있을 게다. 반드시 지적해 주길 바란다. 의문이 들거나 관심이 가는 부분이 있다면 언제든 커피 한 잔 나누며 견해를 나누고 싶다.

마지막으로 내가 쓴 글에는 지나치게 자유롭거나 도전적인 부분도 있을 것이다. 그것은 어린 시절부터 아무것도 강요하지 않고 모든 것을 스스로 해결하도록 도전의 길로 안내해 주신 아버님과 어머님의 가정교육 방침이었기 때문일 것이다. 이 기회를 빌려 감사의 말씀을 올린다. 그리고 항상 내 뒷바라지에 정성을 기울였던 사랑하는 아내와 가족에게도 감사함을 표한다.

2022년 3월 2일

자택 서재에서

방 열